KB085896

반야

10
반야

제3부 | 아침이 오리라

송은일 대하소설

문이당

차례

무언가 있으매 하나로 이루어져 있었다
천지에 앞서서 생겨났다
들어도 들리지 않고 보아도 보이지 않을 정도로
고요하고 깊으며
비길 것 없이 홀로 있으며
바뀌지 않는다
만물의 어미라 할 만하다
아직 그 본래의 이름을 모른다

— 『노자 老子』, 「갑본甲本」 편 중에서

무섭지 않아

동짓달과 섣달, 정월 하순에 이르는 동안 수앙은 밤마다 허리께에다 넝쿨 꽃문양을 연비했다. 저녁 예불을 올리고 저녁을 먹고 난 뒤한 시진간에 걸쳐 이루어지는 연비는 흔훤사에서 온 의녀 연덕이 시술했다. 연덕이 시술하는 동안 백단아나 우동아, 능연, 수열재며 방산 등이 번갈아 들어와 책을 읽어 주거나 도성 안에서 벌어지는 온갖 얘기를 해주었다. 그들에게서 얘기를 듣노라면 잠이 왔다.

새벽에 일어나면 예참하고 점사 손님을 맞았다. 오전에는 무가와춤을 익히고 낮에는 팔도 칠성부에서 찾아드는 일들을 처결하고 천수도를 그렸다. 석 달에 걸친 연비를 통해 왼쪽 골반에서 등허리를 감고 오른쪽 골반을 거쳐 왼쪽 젖가슴 아래에 닿는 꽃 넝쿨 문양이새겨졌다. 맨 마지막에 한글 글자 '반야'를 꽃잎 모양으로 새겼다. 알몸에 꽃 너울을 걸친 듯 아련한 무늬 안에 전대 칠요들의 이름이 적바림됐다. 칠성부 역사였다.

연비가 끝난 뒤 도솔사로 갔다. 정암스님이 입적하시게 됐기 때문이었다. 정암스님이 입적하시고 발우를 받으신 수행방장 성검스님께서 도솔사 주지가 되셨다. 수앙이 심경와心經窩에서 지내던 그 열흘 사이에 심경와 화단의 명자나무가 첫 꽃망울을 터트렸다. 큰 눈이 내렸다가 녹은 오후였다. 이파리 대신 가시를 단 맨 가지에서 피어난 꽃송이가 붉다 못해 검어 보였다. 이튿날 몇 송이가 더 피었다. 그 다음날부터는 셀 수 없게 되었다. 이 한 철에 전생을 탕진하고 말겠다는 듯이 맹렬하게, 잉걸불처럼 뜨겁게 꽃송이들이 마구 피었다. 꽃 진 자리에서는 이파리가 피어났다.

열매가 능금 모양이되 모과 향기를 풍기는 명자 열매의 맛은 시고 떫고 썼다. 그런 탓에 명자는 능금이나 배나 복숭아 같은 상용 과일이 되기 어려웠다. 약성은 높다. 명자 열매는 근육에 경련이 날 때나 통풍으로 인한 마비 증상이나 설사나 이질을 그치게 하고 각기병에도 좋다. 차를 끓여 꿀 한 숟가락을 타 마시면 심한 피로도 금세 그친다. 절집 안에 살기에는 꽃 색깔이 심히 붉고 가시가 사나운 명자나무가 심경와 화단에서 만발해 있는 까닭은 약성이 높은 덕이었다. 심경와 화단의 명자나무는 칠 척 높이로 솟구친 수백 개의 가지가 한 동을 이루어 꽃 담장 같았다.

별님의 유골함이 묻힌 반야오 화단에도 노루귀와 난초와 얼레지들이 새순이며 꽃망울을 터트렸다. 수앙은 반야오에 들러 화초 포기들 사이에 돋은 연한 잡풀들을 뽑곤 했다. 날마다 뽑건만 들여다보면 또 잡풀 싹이 돋아 있는 게 신기했다. 화단이 아니라면 뽑아 내고 싶지도 않을 것처럼 앙증맞은 잡풀들도 가만히 들여다보면 꽃들이 매달려 있었다. 놔두면 며칠 만에 화초들을 잡아먹으며 무성해 지기에 어쩔 수 없이 손을 대지만 뽑을 때마다 안쓰러웠다.

초부옥 마당에는 판돌들이 깔려 잡초가 덜했다. 판돌 새새에 잔디가 심겨 있으므로 잔디 사이에 돋은 어린 잡초들만 촉촉 솎아내면 됐다. 그 가운데에 별님처럼 다비된 김강하의 유골이 묻혀 있었다. 마당 가운데 판돌들이 도래 멍석처럼 동그랗게 깔린 곳이었다. 별님의 무덤 위에 풀꽃들이 자라듯 김강하의 무덤 위 판돌들 새새에 고운 잔디가 돋고 있었다.

도솔사에서 돌아왔을 때 마치 기다렸던 듯 소전 모궁으로부터 경희궁 장락전으로 들어오라는 기별이 왔다. 수앙은 무녀가 관에 신고한 신당 이외의 장소에서 점사를 보게 되면 살아나기 어렵다는 관상감의 조례를 예로 들어가며 부디 살려 달라는 투의 간곡한 답을 올렸다. 내가 갈 수 없으니 필요하면 당신께서 오시라! 그런 속말을 알아들었는지 사흘 만에 장락전 대신 그의 딸 화완이 반야원을 찾아와 말했다.

친정어머니가 아들을 잃은 뒤 꿈에 시달리신다. 잠을 제대로 못 주무시거니와 등창을 심하게 앓는다. 갖은 처방을 다해도 등창이 심해지기만 하자 의원들이 수면약을 드시게 했다. 며칠간은 효험을 보는 듯했으나 다시 못 주무시게 되었고 등창은 온몸으로 번졌다. 그러니 어쩌면 좋겠냐고 화완이 수앙에게 물었다. 수앙이 짐작하기에 장락전의 등창과 불면은 아들을 잃은 마음병에서 온 것이 아니라 노환이었다. 수명도 몇 달 남지 않았다. 수앙이 어찌할 수 있는 영역이 아니고, 어찌할 수 있다고 해도 하고 싶지 않았다.

"아씨 어마님의 문제는 무녀가 아니라 약방의원과 의논하셔야 할 것 같은데, 의원이 나수지 못하여 소인을 찾아오시었다 하므로 여쭙나이다. 어마님께오서 시달리신다는 꿈이 어떤 내용인지 아시옵니까?"

"당신의 젊은 날 모습들을 자주 보시는데 실상으로 좋았던 일들이 꿈에서는 반대로, 끔찍하게 나타나 놀라신다 하더군. 어찌 그러실까? 혹시 작고한 내 오라버니가 혼령으로 어마님을 괴롭히는 걸까?"

"소인이 어마님을 봬야 알겠사오나 아드님이 어찌 어마님을 괴롭히겠나이까? 혹시 어마님께서 뜬것들의 시달림을 받으신다고 해도 아드님의 혼령은 아니겠지요."

"오라비인지 아닌지. 어쨌든 뜬것들 짓이라면 굿을 해야 하지 않은가?"

화완은 제 모친의 병이 귀신들의 짓인 것으로, 그것도 제 오라비 귀신의 짓인 것으로 여기고 싶은 듯했다. 오라비가 원래 그리 좋잖은 사람이었기에 죽어서도 모친을 괴롭히는 악귀가 된 것이라고.

"아씨 말씀들을 들으면서 소인이 생각한 바로는 어마님의 병세에는 뜬것들이 작용치 않았습니다. 굿을 하실 것까지는 없다는 것이지요. 그럼에도 아씨께서 어마님을 위해 굿을 하시겠다고 한다면 소인들이 마다할 까닭은 없겠지요."

"이런 경우에는 어떤 굿을 하나?"

"어마님의 심간에 맺힌 게 무엇인지를 소인들이 상세히 들어보고 그 맺힘을 풀어 편해지실 수 있는 굿을 구성해야지요. 그 경우에 주안점은 어마님의 심간에 맺힌 게 무엇인지 어마님께서 먼저 말씀을 해주셔야 한다는 것이고요."

제 모친이 당신이 한 짓을 먼저 털어놓아야 한다는 사실이 거리꼈던가. 제 모친이 한 짓의 배면에 자신이 독사처럼 혀를 놀렸다는 사실이 드러날 게 겁났던가. 화완이 의논해 보겠다는 여지를 남기고 돌아갔다.

화완이 다녀간 날 오후에 경춘전에서 칠지 선녀한테 은밀히 입궐해 달라는 편지를 보내왔다. 조정에서 사도세자의 아들인 세손을 효장세자의 아들로 바꾸는 절차를 의논하고 있을 때였다. 세손을 낳은 경춘전으로서는 기가 막힐 법했고 수앙도 이해 못할 바는 아니지만 입궐할 처지가 아니므로, 못 뵈러 감을 혜량하시라 답신했다.

수앙은 경춘전에도 좋은 맘이 아니었다. 경춘전의 내인 윤고은내는 삼내미 출신으로 수앙에게 몇 달간 글을 배웠다. 윤고은내를 통해 경춘전에서 나온 말을 전해 들었다. 소전 사태가 발발하던 날 경춘전은 무녀 소소를 잡아다 대전 앞에 바치라 김강하에게 명했다. 당시 경춘전이 얼마나 다급했는지 모를 바는 아니지만 그이가 무녀 소소한테 그러면 안 됐다. 은혜를 원수로 갚으려 했던 그 심사를 수앙은 돌아보고 싶지 않았다.

동궁이 효장세자의 후사로 바뀔 날짜가 임박한 게 큰일이긴 한 모양이었다. 이번에는 곤전에서 무녀 칠지한테 입궐하라는 명을 내렸다. 수앙은 장락전에 올린 것과 똑같이 쓴 편지를 곤전으로 보냈다. 미천한 자가 감히 궁에 입궁할 수 없나니 부디 용서하소서. 거절 편지를 보낸 지 이틀 만인 오늘 곤전이 직접 반야원에 나타났다.

이월 십일일 수앙의 네 번째 손님이 그이다. 자신의 신분이 노출되지 않을 것이라 철썩 같이 믿고 여염의 젊은 아낙처럼 홍익루에서부터 걸어 들어온 곤전 김여주. 우동아가 따라 준 차 한 모금을 마신 곤전이 수앙을 향해 입을 연다.

"그대가 칠지선녀인가?"

"예, 아씨."

"복채가 여섯 냥이라던데?"

"예, 아씨. 복채를 주시고 사주를 말씀해 주십시오. 바깥어르신의
사주도요."

"그래야 마땅하겠으나 내 바깥분의 사주는 말하기가 어렵네. 내
사주만으로 봐 주게."

"그리하오소서."

자신의 사주를 말한 곤전이 주단으로 만들어진 주머니를 꺼내 내
민다. 우동아가 무릎걸음으로 다가가 받쳐들고는 수앙의 탁상 위에
놓고 물러난다. 수앙이 노란 술 늘어진 주머니를 열어 여섯 냥을 확
인하는데 그 모양을 보고 있던 곤전이 입을 연다.

"셈속이 확실하구먼."

"황송합니다, 아씨. 이제 하문하소서. 하문하실 때 정황 설명을 상
세히 해주시면 소인의 해석도 한결 분명해 질 수 있나이다."

"내 열다섯 살 여름에, 연치 높은 남정의 재취로 혼인을 했네. 지
아비를 통해 자식 낳기가 어려운 상황이지. 헌데도 나는 자식을 낳고
싶네. 이왕이면 아들을 낳고 싶고. 내가 자식을 낳을 수 있겠는가?"

"황공하오나, 아씨께오서 자식을 낳긴 어려우실 듯하여이다."

"내 이제 스물한 살인데 자식을 영 못 낳는다고? 내 바깥어른의
연치가 높다 하니 그리 보는 겐가? 남정은 지푸라기 잡을 힘만 있으
면 자식을 만들 수 있다던데?"

"아씨께서 여염 아낙이시라면 자식을 못 낳으실 까닭이 없고, 바
깥분과의 사이에서 자식을 얻지 못하면 씨 도둑질이라도 하실 수 있
겠으나 아씨께오선 지체 높으신 데다 워낙 특별하시므로 불가능하
시겠지요."

이극영을 통해 씨를 얻으려 했던 곤전이 정곡을 찔린 듯 움찔한다.

"씨 도둑질이라니? 특별하지 않으면 그런 짓이 가능하다는 말인가?"

"의원들에 따르면 내외간에 자식을 낳지 못할 때 그 원인이 여인에게만 있는 게 아니라 하더이다. 씨앗을 틔우지 못하는 몸을 가진 여인이 있듯이, 씨알이 아예 없거나 생명으로 맺히지 못하게끔 약한 씨알을 지닌 남정도 있다고요. 불임인 내외의 경우 어느 쪽에 원인이 있는지는 하늘님이나 아실까 사람은 모르는 거지요. 그런데도 현실에서 무자식인 경우, 책임은 여인에게만 전가됩니다. 딸만 낳은 경우도 마찬가지고요. 아들을 낳지 못하면 아낙은 내침을 당해도 할 수 없고 부처님도 돌아앉는다는 시앗도 마땅히 감당해야 하지요. 여인에게는 아들이 일생과 같으니 여인은 무슨 수를 쓰든 아들을 낳으려 합니다. 그 무슨 수가 결국은 외간과의 교접을 통한 씨 도둑질이기 십상이고요."

"그런 일이 잦은가?"

"잦다 할 수는 없사오나 드물지도 않는 것으로 아옵니다. 무자식의 여인들은 삶이 워낙 위태로운지라 들키지 않고 씨를 얻을 수만 있다면 수단방법을 가리지 않기가 보통인 것 같더이다. 아들을 낳지 못하면 사나 죽으나 똑같이 되니 눈에 뵈는 게 없어지는 거지요. 원체 정숙하거나 맘이 약하여 그리 못하는 경우에는 양자를 들이는 것이고요. 하온데 아씨께서는 특별하시어 그와 같은 일은 하실 수 없지 않나이까?"

"무녀인 자네 입장에서, 간절함에도 그와 같은 일을 할 수 없는 내 특별함이라는 건, 무엇을 뜻하는가?"

"아씨께서 지니신, 타의로도 자의로도 깨실 수 없는, 존엄함이겠지요."

"그런 게 정말 사주에 나타나는가?"

"예, 아씨. 아씨께서는 여의주를 지니고 나신 걸로 나타납니다."

"여의주를 갖고 태어난 내가 여인이니 용을 낳아야 하지 않는가?"

"아씨의 여의주는 아씨 것인바 아씨께서 현재 사용하고 계시는 거지요. 하온데, 아씨! 정인을 두고 계시지요?"

수앙의 느닷없는 질문에 곤전의 눈동자가 심히 흔들린다. 수앙은 곤전이 그런 일 없노라고 부정해 주기를 바란다. 버럭버럭 화를 내며 어느 안전이라고 삿된 망언을 하느냐고 호통쳐 주기를. 그런데 흔들리던 눈빛을 차분히 가라앉히며 쉽게 수긍해 온다.

"그러네."

극영이 혼자 미쳐 날뛴 건 아닌 것이다. 그 점은 다행스러운데 곤전을 미워할 수 없게 된 수앙으로서는 다시 한 번 기가 막힌다.

"그분과 어찌하시고 싶으십니까?"

"그의 자식을 낳고 싶네. 자네가 말하는 나의 특별함을 버리면 그의 자식을 낳을 수 있겠나?"

"그분의 사주를 아시옵니까?"

"나보다 한 살 높다는 것만 알지, 생월일시는 모르네."

수앙은 안다. 곤전과 이극영은 자식을 낳을 수 있는 인연이었다. 궁합이 딱 맞는 사주였다. 사주를 떠나서도 둘 다 팔팔하게 젊으니 언제든 회임할 수 있었다. 하지만 둘의 딱 맞는 궁합은 극영에게는 좋지 못하다. 회임한 곤전은 태아를 대전의 씨로 만들기 위해 갖은 수단을 동원할 터이고 와중에 이극영은 살해당할 것이었다. 불빛 본 하루살이처럼 나부댄 이극영의 작태로 보자면 기꺼이 곤전한테 뛰어들어 타 죽고도 남을 듯했다. 수앙은 극영을 그리 둘 수는 없었다.

궁리 끝에 둘 사이에 오작교를 놓고 다니는 까치의 날개를 부러뜨리기로 했다. 김여주의 유모였다가 곤전으로 따라들어간 지밀상궁 김씨. 그가 편지를 들고 다닐 수 없게 주저앉힐 방법을 찾으라고 우동아한테 명했다.

"김상궁이 더 이상 곤전에서 지낼 수 없도록, 다신 심부름을 다닐 수 없게만 만들어 놓으세요."

김상궁이 매월 초하루와 열엿새 날에 궐을 나와 곤전의 사가에 들르는 모양이었다. 그런 날 곤전의 봉서가 극영에게 전달됐다. 온양댁한테서 편지 들어오는 날짜를 듣고 우동아가 김상궁의 뒤를 밟아 거기까지 알아낸 게 작년 시월 열엿새 날이었다. 김상궁은 작년 동짓달 초하룻날 낮에 우륵재에 편지를 전하고 나오던 길에 넘어졌다. 곤전 사가인 옥구헌 근방이었다. 정신을 잃은 김상궁은 옥구헌으로 업혀 들어갔고 그날 편지는 극영에게 전해지지 않았다. 그들의 마지막 편지는 온양댁에 의해 수앙에게로 왔다. 김상궁은 풍 맞은 것처럼 되었으므로 까치 노릇은커녕 얼마간은 사람 노릇도 못하게 되었다.

더 이상 극영에게 편지를 보낼 수 없게 된 곤전이 삼동을 인내하며 지내다가 칠지 무녀를 불렀고 응하지 않으니 직접 온 것이었다. 그사이 극영의 처는 아들을 낳았다. 지난 정월 십일이었다. 온양댁은 극영한테 편지 보낸 사람이 곤전인 걸 모르고, 극영은 곤전한테서 편지가 오지 않은 내막을 몰랐다. 그가 그런 내막을 알아 좋을 게 없으므로 돌고 돌아 손을 썼다. 극영으로 하여금 곤전의 맘이 변한 것으로 생각하도록 했다.

"그분의 사주를 알아야 두 분의 인연의 깊이를 짐작할 수 있을 터입니다만 아씨 사주와 관상으로 뵈올 때 아씨는 고고하며 고독하십니다. 혼인하시기 전에 이미 그분과 아셨던 것 같은데, 아씨께서는 그분을 선택하시지 않으셨지요?"

"계집이 혼인을 선택할 수 있는가? 그건 불가항력이었네."

극영에게 듣기로 두 사람의 첫 만남은 왕후 간택 한 달 전이었다. 김여주가 정혼한 상태도 아니었기에 왕후 간택에 임했다. 나이를 불문하고 정혼한 도령이나 규수는 간택령에서 제외되기 때문이다. 불가항력이랄 수 없었다. 곤전이 된 김여주가 대군이나 공주라도 낳았더라면 이극영과의 사통을 꾀하지 않았을 것이므로 그 만남도 불순했다.

"누구와 혼인을 하기는 어려워도 누구와 혼인을 아니할 수는 있겠지요. 누군가와 정말 혼인하기 싫다면 임시방편으로라도 칭병하거나 자해하여 피하는 수가 있고 미룰 수도 있을 겁니다. 미루다 보면 아니할 수도 있을 테고요. 아씨께서 그런 생각을 못하신 건 그만큼 절실하지 않으셨다는 뜻이고, 그 절실하지 않음은 아씨의 고독수에서 비롯한 것이 아닐는지요. 소인 생각에 그분과의 인연은, 더 깊어지시기 어려울 성싶나이다. 인연이 깊어지시면 두 분 다 몹시 위태로워지실 것이고요. 점괘 아니라 상식으로도 그렇지 않습니까."

"허면 나는 끝끝내 생과부로 고독하게만 살아야 한다는 건가?"

"그저 생과부로 사시기 싫어 자식을 낳고자 하신다면 꼭 그분이 아니어도 되지 않나이까? 그분보다 더 쉬운 사람, 아씨가 누군지 모르는 사람을 취하시는 게 아씨께 더 이롭지 않겠습니까?"

"그 사람이라서 내가 이런 생각을 하게 된 것이지, 없는 것 하나를 더하기 위함이 아니야. 그가 없음으로 모든 게 없는 것과 같음을 그대는 모르는가?"

어찌 모르랴. 김여주가 곤전이 아니고, 그로 인해 수많은 사람이 죽고 또 죽게 될 게 아니라면, 곤전의 의도가 불순했더라도 극영이 맘을 주었으므로, 정인들을 찢어 놓지 않았을 것이다. 주막의 뒷방을 빌려 만났다는 두 사람한테 비연재든 은월당이든 내어 줬을지도 모른다.

"모든 걸 버리실 수 있을 만치 그분에 대한 맘이 간절하시고, 그분의 맘도 그러하시다면, 두 분이 손잡고 달아나실 수 있겠지요. 아무도 두 분을 알아보실 수 없는 곳으로요."

놀라운가. 눈이 커진다. 말리는 사람이 있으면 더 하고 싶은 게 상사지정이다. 더 하라고, 끝까지 가 보라고 부추기면 오히려 자신을 돌아보게 된다. 과연 내가 누리는 걸 모두 버릴 수 있는지, 그럴 만한 사랑인지. 그래서 극영에게 그치라고 다그치지 않았다. 그치란다고 그칠 수 있는 것도 아니었다. 네가 속한 세상을 모조리 박살내고, 곤전을 죽이면서까지 기어이 끝까지 가고 싶으냐! 그리 을러대는 대신 수앙은 내가 죽어 버리겠다고 한바탕 울부짖었을 뿐이다.

"그런 곳이 세상에 있다고 믿는가?"

"아씨께 그럴 수 있는 맘과 용기가 계시다면 숨어 살 곳이야 어찌 없겠나이까. 누구나 자신이 사는 곳만 벗어나면 숨어 사는 것과 같아지는 것을요. 작년에 저희 원에 많은 기민들이 들어왔습니다. 그들을 만나면서 소인도 알게 되었습니다. 지주나 관의 탐학에 시달린 백성들은 단지 먹고살기 위해, 태어나 평생 살던 곳에서 야반도주를 감행하더이다. 깊은 산속 처처에 사람이 사는 까닭이지요. 아씨께서 맘 주실 만한 분이시라면, 아씨를 모시고 달아나실 정도의 용기도 지니셨을 것 같아 드린 말씀입니다만, 미천한 소인의 천박한 생각일 뿐이니 괘념치 마소서."

"달아나는 것 외에 그의 자식을 낳을 방법이 내게 정령 없다는 말인가?"

"이미 말씀드렸습니다. 아씨의 특별하심으로 인해, 아씨께서 세상의 눈을 피해 잠시 그분을 안는다 해도 자식을 얻으실 수 없음을, 아씨께서도 잘 아시고요. 차라리 아씨께서 소인한테, 그분과 달아날 방법을 찾아보라 하시면 그건 해드릴 수 있을지도 모르겠습니다. 두 분이 숨으실 만한 구체적인 방법도 나올 것이고요. 그러므로 아씨께서 먼저 생각하셔야 할 것은 진정으로 원하시는 게 무엇인지, 그 점일 것입니다. 자식인지, 그분인지. 혹은 아무것도 선택하지 않은 채 현재 지니신 것에 자식과 그분까지 얹어 살고 싶으신 건지."

제 앞에 놓인 찻잔을 가만히 들여다본다. 지밀상궁이 떨어져 나간 상황에서 곤전이 이극영을 다시 만나려면 자신의 목숨과 집안의 명운이 달린 치부를 다른 상궁이나 궁녀한테 털어놓아야 한다. 복마전의 한가운데 들어앉은 곤전한테 자신의 치명적인 약점을 드러낼 만한 아랫사람이 있을지, 그리하여 다시 이극영한테 만나자는 봉서를 보낼 수 있을지는 두고 보면 알리라. 한숨을 쉬고 난 곤전이 입을 연다.

"내 다시 온다면 그와 달아날 방법을 묻고자 함일 것이네."

지금 둥지를 짓지 않는 새들은 나중에도 짓지 않는다. 사랑이나 사랑에 따른 행동도 지금이 아닌 나중은 없다.

"예, 아씨. 달리 하문하실 사항이 있으십니까?"

"지난 초겨울부터 내 친가의 모친께서 자꾸 앓으시는데 온갖 의원이 드나들어도 무슨 병이신지, 진단을 못하네. 정확히 진단을 못하니 약이 듣지도 않아 통 잡숫지를 못하고, 근래에는 기신조차 어려우시네. 혹시 귀신이 드신 겐가?"

경희궁 장락전에 사는 소전의 모궁은 아들을 죽이는 데 앞장서고 나서 불면과 등창을 앓는다. 내의들이 고치지 못하는 까닭은 아들이 귀신으로 나타나서가 아니다. 그 아들의 혼령은 이승에 터럭만큼의 미련도 두지 않고 사라졌다. 장락전은 자초한 병으로 수명을 줄여가고 있었다. 곤전의 모친도 군부인인 덕에 내의들에게 진맥을 받고 처방도 받는다. 그럼에도 병이 낫지 않는 이유는 죽을병이라서가 아니라 귀신이 끼었기 때문일 것이다.

"아씨 댁 어마님을 뵈어야 알 것이오나 그리 편찮으신 경우 대개 귀신이 작용한 탓이리라 여기나이다."

"어떤 귀신들일까?"

어떤 귀신들일지 몰라 묻는 건 아닐 터이다. 수앙이 지금 궁금한 건 곤전 김여주가 제 오라비들이 하는 짓을 어느 정도까지 알며 묵인하는가 하는 점이다. 물론 제 큰오라비가 권총강도짓을 한다는 사실까지는 모를 터이다. 작년 구월 초하루 새벽에 보제원거리에 나난 권총강도들. 그 새벽에 그들에 의해 죽은 사람이 열한 명이고 병신이 된 사람이 다섯 명이나 된다 했다.

"아씨의 어마님을 먼저 뵈어야만 어떤 뜬것들에 시달리시는지를 소인이 알게 될 것입니다."

"자네는 누가 불러도 아니 간다면서?"

"저희 원의 무녀들은 보는 눈이 원체 많아 못 다니옵니다만 저희보다 규모가 작은 굿당의 무녀들은 찾아뵐 것이옵니다. 그런 무녀를 부르시어 어마님을 뵙게 하시고 이후의 일은 어마님의 시녀한테 대신 진행케 하시면 되실 터입니다."

"이곳에서 굿판이 흔히 벌어진다면서?"

"굿은 굿판 주인집에서 하는 게 가장 좋으나 도성에서 굿을 못하게 되어 있어 무녀들마다 자신의 집이나 산천을 찾아가 굿판을 벌이옵니다. 저희 원도 도성 밖에 있는지라 바깥마당에서 흔히 굿을 하옵니다만, 아씨 어마님께서 기신하시기 어려우시다 하니, 평소 어마님과 알고 지내는 무녀를 댁으로 부르시어 뜬것의 정체를 파악케 하신 뒤 그이로 하여금 치병굿을 하게 하오소서."

"어마님을 업어 모시고라도 예 와서 자네한테 보이고 굿을 해야지, 번거롭게 다른 델 다시 찾겠나? 굿판 비용이 얼마나 드나?"

"댁에서 정하시기 나름이옵니다."

"그래도 대강을 말해 보게."

"저희 원에서는 아무리 작은 판이라도 무녀 열두 명이 참여하여 열두거리를 다 치르는지라 굿판 자체가 다른 굿당보다 훨씬 큽니다. 최소 비용이 백 냥이옵고 백 냥씩 더해질 때마다 판의 크기가 커집니다."

"판의 크기가 커진다는 건 무얼 말하는 것인가?"

"구경꾼, 즉 굿판 참여자가 많아진다는 뜻이옵니다. 제물이 구경꾼들에게 나누어지므로 구경꾼이 많을수록 제물도 많이 마련하게 되는 것이지요. 많은 사람의 생기를 모아 혼령을 위로하면서 도솔천으로 밀어올리는 것입니다. 혼령들로 하여금 생사의 분별심을 깨치게 하여, 산 자에 대한 해찰을 그치게 하고, 이생에 대한 미련도 버리게 하는 것이고요."

"백 냥이면 구경꾼이 몇이나 드는데?"

"굿판 주인이 조용히 치러 달라 당부하지 않는 한 백 냥짜리 굿판의 구경꾼은, 백 명 안팎입니다. 헌데 다른 굿당의 어지간한 굿판에도 그 정도 구경꾼은 쉽게 들지요. 저희 원이 아니라 아씨 어마님께오서 편히 납실 만한 굿당에서 치르셔도 무방하시다는 뜻입니다. 의논해 보시고 꼭 저희 원에서 치르고 싶으시면 다시 내방하시어 저희 원주인 구일당과 논의하시면 됩니다."

"한 가지 더 묻겠네. 내가 연만하신 분의 재취로 혼인했으므로 그분에게는 장성한 아드님이 계셨네. 아드님에게도 아들이 있었고. 헌데 아드님이 하세했지. 아드님의 아들, 그러니까 내게 손자 되는 아이는 제 큰아버지 되는 이의 후사로 정해졌고. 그런 과정들이 하세한 아드님한테 몹시 서운할 수도 있으므로 내가 명색이 계모로서 아드님의 혼을 위로하고 명복을 빌어주고 싶은데 그런 굿도 가능한가?"

"이런저런 정황을 상세히 의논한다면 가능하십니다."

"어느 정도의 상세함을 말하는 건가?"

"지금 저는 아씨께서 누구신지 모르는 채 이야기를 나누고 있으나 아씨 댁에서 굿판을 벌이고자 하실 때는 아씨 댁이 어느 댁인지, 작고하신 아드님이 어떤 분이신지 손자 분은 어떤 분인지 다 알아야 한다는 뜻이옵니다. 그건 저희 원에 있는 무녀들뿐만 아니라 어떤 무녀가 치르는 굿이라 해도 같사옵니다. 모든 굿은 누구를 위한 것인지 주체가 분명해야 하기 때문이지요. 점사는 익명으로 가능하오나 굿은 실명이 원칙인 까닭입니다. 그걸 감안하시어 굿판을 결정하셔야 하는 거지요. 굿판은 필요에 따라 망자의 집안이나, 무녀의 신당이나, 저희 원과 같은 굿당이나 망자의 묘소 등에서 치르는데 간혹 명산대천을 찾아가 판을 벌이기도 하옵니다. 굿을 맡은 무녀와 굿판의 주인이 의논하기 나름이고요. 오늘 소인이 아씨께 드릴 수 있는 말씀은 여기까지이옵니다."

"점사를 끝내는 기준은 뭔가?"

"소인뿐만 아니라 모든 무녀들이, 손님과 마주하여 점사를 볼 때는 온몸 온 마음을 다해 정성을 기울이며 말씀을 드리는데, 어느 순간이 되면 오늘 할 말은 다했다는 생각이 듭니다. 할 말이 없어지는 것이지요."

"복채의 크고 작음과는 상관없고?"

"예, 아씨."

"알겠네. 내 언젠가 다시 올 수도 있을 것이야."

"예, 아씨. 강령하시길 비나이다. 살펴 가시옵소서."

수앙이 앉은절을 하는 사이 머리 뒤로 넘겼던 너울을 내려 쓴 곤전이 일어나 나간다. 우동아가 대문 앞까지 배웅하기 위해 따라 나간다. 대문 밖에서부터 다른 호위들이 홍익루까지 모신다. 그사이에 홍익루에 손님이 와 있으면 모시고 올라오기 마련이다. 새 손님이 들기 전에 능연이 천마죽을 가지고 들어와 탁상에 놓아준다.

"아씨 손님이 한 분 더 계신 듯합니다. 드십시오."

수앙은 먹고 싶지 않다. 예전에 별님께서 적게 드시는 걸 뵐 때마다 수앙은 어머니가 부러 조금 드시는 거라고 여겼다. 작년 정월에 도솔사에서 나와 날마다 점사를 보면서 알게 됐다. 몇 시간 점사를 보고 나면 아무것도 입에 넣기가 싫다는 사실을. 뭘 먹기 싫을 뿐만 아니라 말도 하고 싶지 않았다.

"좀 전의 손님이 곤전이었습니다."

능연의 눈이 커진다.

"곤전이 자신의 연사며 모친에 대한 이런저런 이야기를 하고 나갔는데, 기어이 굿을 하겠다고 나설 거 같습니다. 그런데 그 집에서 굿을 하려는 이유는 모친의 병 때문만은 아니겠지요. 지난 이태 사이, 소전 사태에 관련된 거개의 집안에서 갖은 흉사를 겪었지 않습니까. 죽거나 다치거나 집안이 쫄딱 망하거나. 그들이 그리된 까닭이 어디에 있든, 대개 무슨 일인가는 겪었습니다."

"옥구헌은 멀쩡했지요."

"사실, 곤전이 벌인 짓 때문에 완전히 망할 판이었지만 극영이 함께 벌인 짓이라서 우리가 막았던 것이지요. 우리가 부원군 일가를 한 차례 살린 셈이 됐습니다. 그렇지만 그 집으로서는 불안하겠지요. 소전 사태의 장본인들로서 자신들만 무사히 넘어가겠나 싶었을 거고요. 그런 판에 곤전의 유모상궁이 넘어졌고 그 모친도 앓고 있습니다. 집안에 흉조가 드리웠다고 여기겠죠. 흉조를 곧 소전의 망령 탓이라 여기므로 굿을 해서 흉조를 걷어내야 하리라 생각한 것이겠고요."

"그 때문에 곤전이 여기까지 직접 잠행한 것이군요."

"여하튼 그 사가 모친의 치병굿이든, 소전 진혼굿이든 우리가 못한다고 못 하지요?"

"온갖 굿을 다 하는데, 그 집 굿만 못 하겠다고 할 수는 없지요. 헌데, 소전 진혼굿이라면 일이 몹시 커질 수도 있을 텐데, 무슨 기미를 느끼신 겁니까? 곤전이 직접 무슨 일을 벌일 것 같습니까?"

"곤전이 직접 나서지는 않을 테죠. 요즘 곤전은 그런 여유도 없을 거고요. 조금 전 모친의 신간에 대한 걱정도 진심이었어요."

"그런데요?"

"곤전이 환궁한 다음에 친가로 연락하겠죠. 역시나 굿을 해야 할 것 같고, 어차피 할 굿이라면 반야원에서 해야 한다고요. 그런 말을 들은 옥구헌에서는 군부인의 치병굿과 소전 진혼굿을 벌이기로 결정하겠죠. 제가 추측하기로는 그래요. 그 다음 추측은 선생님이 해 보세요."

"오홍부원군은 소전 사태 이후 은인자중하고 있습니다만 그 아들들은, 명화단으로 모자라 청명당을 만들어 설치고 있지요. 소전 사태 이후 그와 관련된 자들 집안에서 일어나는 온갖 우환들이 귀신의 짓이라 소문났고요. 그 집안들 거개가 우리 원에서 큰굿을 했다는 소문 또한 온 도성에 퍼져 있습니다. 그 삼부자는 아마도 소전 관련 소문의 진원지가 이곳이라 여길 것입니다. 어쩌면 진작부터 우리 원을 지목하고 캐고 있을지도 모르고요. 급기야 곤전마저 우리 원을 다녀가 모친의 치병굿, 소전의 진혼굿을 이곳에서 하라 하므로 그들은 굿판을 빙자하여 무슨 일이든 벌이려 할 것입니다."

"제 생각도 그렇습니다. 그들이 굿판을 벌이자 하면 우리가 마다하여도 이후 무슨 트집이라도 잡으려 할 것입니다. 우리로서도 언젠가 한 번은 크게 치러야 할 굿판이고요. 근자에 왕실 사람들이 연이어 저를 찾아대는 걸 보니 그때가 온 것 같습니다. 크게 한판 치러야 할 것 같으니 대비해 주세요. 대비했다가 아무 일도 안 일어나면 왕실이나 부원군 집에서 내놓은 돈으로 우리 잔치 한번 하는 걸로 하지요. 도성 안 무절들이 한꺼번에 모여 노는 재미 한번 보게요. 더불어 어른들도 좀 모시고요."

"어느 어른들을 말씀하시는지요?"

"경령 어른들이요."

"일이 그리 크리라 보시는 겁니까?"

"일이 얼마나 커질지는 지금으로서는 잘 모르겠으나 그 어른들은 뵐 때가 되었지 않습니까. 내달 초순에 뵐 수 있게 해주시어요. 그즈음에 날짜는 알아서 정하시고 장소는 청계산이 좋겠어요. 국태사."

청계산 원골에 자리잡은 국태사는 조선왕조 초기에 삼봉 정도전이 국태민안國泰民安을 기원하며 짓게 했다는 절이다. 조선은 유학儒學을 바탕으로 했지만 백성들 태반이 부처를 받드는바 그 정서를 반영하여 절을 앉히고 백성들의 맘을 달랬다. 대개의 고찰古刹들이 삼국시대와 고려시대에 세워진 데 반해 국태사는 조선시대에 개창된 조선식 절인 셈이다. 하지만 삼봉이 태종 이방원과의 세력 다툼에서 밀림으로서 조선불교는 대대적인 탄압을 받았고 국태사도 그 무렵에 유명무실해졌다. 거의 버려지다시피 했던 국태사를 사신계가 접수하여 증개축한 것이 지금으로부터 이백여 년 전 중종조였다고 했다.

"알겠습니다. 맞춤한 날을 잡아 연통하겠습니다. 이제부터 저희들이 수행할 터이니 아씨는 우선 그 죽부터 드십시오."

우동아가 들어와 새 손님이 앉을 자리를 정리한다. 능연이 우동아한테 이른다.

"우 무절, 자네는 아씨께서 죽 다 잡숫기 전에는 손님 들이지 말게."

우동아가 대답한다.

"제가 나가 대비하고 있을 테니 선생님이, 아씨 죽 다 잡숫게 하고 시좌하시어요."

능연이 듣는 척도 안 하고 나간다. 하는 수 없는 듯 우동아가 수앙의 상머리로 다가앉더니 수저를 쥐어준다. 천마를 말려 볶은 뒤 가루를 내어 쑨 죽이다. 잣가루도 들어갔다. 구수한 향이 나는데도 첫 수저에 비리다. 두 숟가락 뜨고 나니 그만 먹고 싶다. 우동아가 수앙의 숟가락을 가져다 죽을 뜨더니 입에 넣어준다.

"이걸 잡숴야 아침도 잡수실 수 있을 테고 잘 잡수셔야 힘이 나서 학동들의 책거리를 구경하실 거 아닙니까?"

오늘 학당에서는 책거리 행사가 벌어진다. 아이들의 공부 정도를 시험해서 단계를 높여 주는 계절행사다. 처음에 열한 명이었던 학동이 지금은 서른아홉 명에 이르렀다. 학동들보다 나이가 높은 수련생도 그만치 된다. 그들을 아울러 반야원 식구는 백오십이 명이고, 원실에 사는 식구와 아랫마을들에 깃든 계원 식구까지 합치면 삼백 명이 넘는다. 식구가 그리 느는 사이에 수앙은 시간이 어떻게 지나는지 모르게 바삐 살았다.

"이따 아침 먹을게요."

"아씨가 다 드시지 않으면 능연께서 절 축출하실 겁니다."

"내가 무서워요, 능연이 무서워요?"

"당연히 능연이 무섭죠."

"능연이 무서워요, 수열재가 무서워요?"

"수열재지요."

"수열재가 무서워요, 방산이 무서워요?"

"방산이요. 아씨, 말놀이 하시는 겁니까?"

"방산과 혜원 중에는 누가 무서워요?"

"혜원이시죠. 제 스승이시니까요."

"그럼 혜원과 나 중에는 누가 더 무서워요?"

"물론 혜원이십니다. 결국 물으실 것 같아 미리 말씀드리는데, 아씨는 안 무섭습니다. 말 나온 김에 여쭙지요. 아씨께서는 누가 제일 무섭습니까?"

나는 요즘 누가, 뭐가 무서운가. 죽어 봐서인지 죽는 게 무섭지 않다. 별님이 아니 계시므로 어머니들과 스승들이 무섭지 않다. 김강하가 사라졌으므로 누가 사라진대도 두렵지 않다. 극영이 곤전과 그 난리를 치고 남복한 성로가 배동이 되어 동궁과 붙어 지내도 그러려니 할 뿐이다.

"아무도, 아무것도 무섭지 않은, 내가 무서워요!"

시선이 마주치자 우동아가 눈을 내리뜨고 중얼거린다.

"이제 아씨가 좀 무섭습니다."

수앙은 흐흐흥, 웃고는 물로 입가심을 하고 조바위를 다시 쓴다. 우동아가 그릇을 내간다. 잠시 홀로 있게 됐다. 하루 중 홀로 있는 시간이 이만큼씩뿐이다. 점사 볼 때는 물론이고 밥 먹을 때나 책 읽을 때나 노래와 춤을 익힐 때나 그림 그릴 때나 옷 갈아입을 때, 심지어는 대소변 볼 때도 혼자 있지 않는다. 도솔사에 들어가 법당에 박힐 때도 우동아나 방장스님 중 한 분이 곁에 있다.

생전의 별님께서는 짬만 나면 말씀하시곤 했다. 잠시 홀로 있고 싶구나. 수앙도 홀로 있고자 한다면 그리 말하면 된다. 그리하지 않을 뿐이다. 홀로 있고 싶은 만큼 홀로 있기 싫은 탓이다. 혼자 있노라면, 정신 빠져 있노라면 그사이에 돌이킬 수 없는 일을 벌일 것만 같았다. 총탄을 자신의 머리에다 쏘거나 정수리에 독침을 꽂고, 심장에다 비수를 박고, 성벽에 올라가 뛰어내리고, 강물에 뛰어들고, 나무에다 목을 매달고. 온갖 상상이 너무 생생해 수앙은 요즘 홀로 있고 싶지 않다.

청풍명월을 그리다

국빈은 이록과 만난 날 이후 청명당에 들었고 오늘이 세 번째 모임이다. 그사이, 김국빈은 네 품계를 승차하여 시강원의 정칠품 설서가 됐다. 이록이 국빈을 시강원으로 옮겨놓은 것이었다. 김국빈에게 봄이 왔다. 강산에도 봄이 피었다.

앞선 두 차례 모임에 참석했다가 빠질 사람들이 빠지면서 청명당원이 확정됐다. 김구주와 김국빈과 정후겸, 윤면희, 성윤정, 민준, 강성복, 심노정, 박춘하, 권찬언, 하준업, 한주염. 모두 구품에서 오품의 관헌들이고 나이는 열일곱 살에서 스물여섯 살까지다. 정후겸 외의 사람들은 모두 과거에 급제했다. 김구주와 정후겸 외 열 명의 집안은 김국빈처럼 특별히 내세울 것 없는 예사로운 반족이다. 이 모임이 청명당일 수 있는 까닭이었다. 청명당원 중의 만단사자는 국빈과 사재감 참봉인 심노정뿐이다. 심노정의 부친은 오래도록 한성부 정칠품의 참군을 지내다 이록이 판윤으로 부임하면서 전격 승차하여 종오품의 판관이 됐다.

청명당 무반 모임인 청무회에는 문반과 정반대로 만단사자 아닌 사람이 김문주와 정치석 둘뿐이라 했다. 국빈도 태감을 자주 뵙게 되면서 알게 된 사실이다. 태감은 국빈에게 청명당 문반과 무반이 함께 어울리지 않는 분위기를 주도하라 명했다.

"서른 명 가까운 젊은이들이 더불어 움직이면 틀림없이 소리가 나고 이목을 끌게 되므로 청명당을 은밀하게 만들어라. 김구주를 따르는 듯이 움직이되 그에 끌려다니지 말고 가만가만 청명당의 분위기를 장악해라. 어떤 일에도 앞장서지는 말고 특히 네 이름이 올라야 할 문서 같은 것이 만들어지지 않도록 해라. 어느 문서에도 네 수결이 들지 않게 하라는 게다."

태감의 말씀대로 못할 것은 없었다. 이번부터 매 모임마다 열 돈씩의 회비를 내기로 하면서 장부를 만들자는 안건이 나온 지금만 해도 가만히 듣고 있던 국빈은 고개를 저으며 몸을 곧추세운다.

"고작 열두 명인 우리가 그 정도를 기억치 못하여 장부를 기재합니까? 그리고 어쩌다 보면 열 돈을 내지 못할 사정이 생길 수도 있는데 그때마다 빚쟁이처럼 장부에 이름이 남는다면 이 모임이 어찌 청명당일 수 있고, 빚쟁이가 되면서 이 당에 남아 있을 까닭이 무엇입니까?"

좌장이거니와 호조의 종팔품 계사計士라 당수로 뽑힌 한주염이 국빈의 말에 고개를 끄덕인다.

"김 설서 말씀이 맞습니다. 회비를 강제하는 건 우리 모임의 취지에 맞지 않지요. 우리가 회에 들고 나는 걸 자유롭도록 했듯이 회비도 내는 것을 기본으로 하되 사정이 여의치 못해 못 낼 때는 아무렇지도 않게 그냥 넘어갈 수 있어야 한다고 봐요. 또 누군가 어쩌다 목

돈을 낼 경우에도 다 같이 감사를 표하되 장부에 기록을 남기지는 않아야 한다고 봅니다. 그럴 경우 우리 회의 분위기가 돈의 흐름을 좇을 수가 있으니까요."

"맞습니다."

김구주다. 그는 열 냥의 회비를 내놓아 첫 모임을 성대하게 꾸렸다.

"우리가 이번부터 열 돈씩의 회비를 내기로 한 까닭은 회에 대한 소속감을 높이자는 뜻이지 강제력을 지니자는 의미가 아닙니다. 그러므로 당수께서 당비를 운영하시며 장부를 쓰실 때는 매달의 수입과 지출과 이월금의 총액만 기록하시면 될 듯합니다."

"그렇지요. 그리하겠습니다. 회비에 관한 사항은 이쯤에서 마무리 짓고 이제 우리 회가 매달 토론키로 한, 일 년치 주제에 관한 이야기를 좀 해보지요."

지난달 모임에서는 매월 주제를 정해 토론하되 일 년치를 미리 정해놓고 특별한 사안이 생기면 논의를 병행하기로 했다. 한 달 동안 그에 대해 생각해 와서 이번 모임에서 정하기로 했다. 모여 놀자는 것이되 명색이 학인이고 관헌이므로 외양으로나마 그럴 듯한 명분을 만들자는 뜻이었다. 거개가 서원이나 향교에서 수학했고 성균관을 거쳤으며 청명당의 배경에는 서원과 향교와 성균관과 유림이 있는 셈이었다. 그래서 청명당에는 그럴 듯한 명분이 필요했다. 차츰 주목을 받게 될 터이고, 나이가 들어 관직들이 높아져 가면 정치세력으로 커나갈 것이기 때문이다.

청명당에 들었고 시강원으로 옮겼으나 국빈은 마음에 족쇄가 걸린 듯했다. 비로소 봄이 왔다고 자위하지만 애써 그리 여길 뿐 이극영과 화해하지 못하는 까닭에 어떤 일에도 떳떳치 못했다. 그가 잘

했다고 칭찬하고 좋다고 환호해 줘야 잘하고 좋은 것이 될 것 같은데, 그는 같은 공간에서도 눈조차 마주치지 않잖은가. 극영은 동궁한테 국빈을 형제처럼 자란 벗이라고 소개하지도 않았다.

동궁은 조회나 대전과의 경연 자리에 보덕과 필선과 문학까지만 배석시켰다. 동궁의 오후 시강은 미시진과 신시진 사이에 이루어지는데 시강시간의 동궁은 그야말로 책만 팠다. 책을 읽다가 불쑥불쑥 교관들을 향해 질문을 던지곤 했다. 그렇게 지명당한 교관의 대답이 여의치 않으면 왼손 검지로 자신의 인중을 위아래로 긁었다.

동궁의 질문은 늘 엉뚱했다. 『효경』의 「효평孝平」 장을 시강하는 중에 유협이 쓴 『문심조룡』의 「애조哀弔」 편을 들어 묻는 식이었다. 『효경』의 「효평」은 천자와 경대부와 사족과 서인의 효가 모두 같다는 문구였다.

"천자와 경대부와 사족과 서인의 효심이 모두 같을 제, 천자가 서인의 효심을 바라보는 시선을 『문심조룡』의 「애조」 식으로 표현하면 어떤 양상이 될까요, 김 설서?"

그 질문을 받던 지난 정월 말 시강 때까지 국빈은 『문심조룡』을 읽어 본 적이 없었다. 『문심조룡』이 문장 쓰는 법을 세세히 서술한 책이라는 것은 알고 있었지만 읽을 필요를 느끼지 못했고 읽을 시간도 없었다. 과거시험에 나오지 않은 책이기 때문이었다. 또 시강원으로 옮긴 지도 얼마 안된 때였다.

"황공하여이다, 저하. 소신은 미처 『문심조룡』을 읽지 못했나이다."

그리 대답할 때 낯이 뜨거웠다. 동궁의 질문은 보덕 영감한테로 옮아갔다. 보덕과 필선과 문학이 각각의 생각을 술술 풀어 놓으면서 토론이 진행됐다. 그날 이후 동궁은 국빈을 오흥부원군이 시강원에 심은 세작쯤으로 여기는 것 같았다. 국빈이 시강원으로 들어선 게 느닷없으므로 오해할 만했다. 전임 설서가 퇴청 길에 다리를 건너는데 한 떼의 사내들이 쫓고 쫓기는 듯 요란하게 지나갔다. 그 바람에 그의 몸이 밀쳐져 다리 아래로 떨어졌는데 허리를 심히 다쳤다. 그는 두어 달이면 운신할 테지만 당장 등청할 수는 없게 되었고 그 자리가 비게 되어 최근 과거에서 장원 급제한 국빈에게 그 자리가 넘어온 것이었다. 전임 설서는 자신을 운신할 수 없게 만들고 사라진 사내들이 누군지 모른다고 하지만 국빈은 짐작했다. 국빈의 자리를 옮겨 주리라고 약조했던 판윤대감의 수족들일 것이었다.

시강원으로 오게 된 계기가 그러할 뿐 국빈의 마음은 이극영과 같았다. 동궁 편에서 측근으로 지내고자 했다. 그런 국빈의 마음을 동궁과 극영이 밀어낼 뿐이다. 더하여 동궁과 극영 사이에는 배동 이성로까지 있다. 사내 옷을 입고 사내아이처럼 보이는 이극영의 질녀. 그 아이 본색이 계집임을 온 궐이 다 알지만 아무도 거론치 않는 것 같았다. 대전에서 그 아이한테 액정서 사알 벼슬을 내렸기 때문이었다.

관헌이되 무엇에도 매이지 않고 저 원할 때 입궐하고 퇴궐하는 아이. 이목구비가 사뭇 선명하여 사내아이처럼 보이는 성로는 가녀리고 고운 영로를 조금도 닮지 않았다. 영로도 몹시 총명한데 성로의 명석함은 기이할 정도여서 그 점도 자매 같지 않았다. 대전과 노신들의 질문을 한 시진이나 감당할 수 있는 계집아이라니. 그런 성로가 동궁의 시강 때면 옆방에 앉아서 동궁과 교관들이 주고받는 내용들을 고스란히 흡수하고 있었다. 한 마디도 끼어들지는 않지만 때로

책장을 넘기거나 잔기침을 하거나 붓대의 뒤축으로 서안의 책면을 두드려 제가 있음을 표시하곤 했다.

"일 년 주제를 논하는 맥락에서 생각해 본 것인데요, 동궁 배동이 계집이라는 사실에 대해 어찌들 보십니까?"

예빈시 봉사로 있는 박춘하다. 심노정 참봉이 제꺽 응대한다.

"주상께옵서 경연관들과 더불어 시험하시고서 사알을 제수하셨다는데 우리가 어찌 볼 일은 아니지 않습니까?"

"물론 주상께서 하신 일이야 모두 마땅하신 것이지요. 하지만 신하된 자들 입장에서는 전례에 없는 일들에 대해서 생각해 봐야 하는 게 아니겠어요? 풍기나 기강의 문제가 전혀 없을까요?"

"풍기나 기강이라니오. 좀 과한 표현 아닙니까?"

한주염이 반박하자 박춘하가 무시하며 말을 잇는다.

"배동 문제만이 아닙니다. 최근에 작미약원이라는 여인들만의 약방이 생겼다고 했어요. 내의원에서 허가를 내준 정식 약방인데 여인들만 들어갈 수 있다고요. 그게 허가를 내줄 일인가요? 여인들만 모여서 무슨 짓을 할 줄 알고요?"

"여인들만 모여서 무슨 짓을 합니까? 여인들만으로 무슨 짓을 해 봐야 여인들 일이겠지요."

예문관 검열인 하준업의 말에 방안에 웃음이 파다해진다. 같이 웃고 난 박춘하가 다시 나선다.

"제가 문제라고 느끼는 점은 작미약원이 순수한 약방이 아닌 것 같기 때문이에요. 거기가 개원한 지 한 달쯤이라는데 부중 여인들 사이에, 거기 가면 어여뻐져 나온다는 소문이 돈다 하더군요."

"여인들이 어여뻐지면 우리야 좋지 않습니까?"

하준업의 반박에 또 웃음판이 벌어지더니 이야기가 온통 그쪽으로 흘러간다. 여인들이 어여뻐지는 건 좋으나 그 어여쁨이 그냥 되는 게 아니라 과도한 돈을 작미약원에 낸 사치의 결과이며 그건 결국 여인들의 방탕이 아닌가. 집안을 가꾸고 식구들을 위해 침선하고 방아를 찧고 자식을 낳아 길러야 할 여인들이 제 몸치장에 몰두한다면 그건 그 집안은 물론 조선의 미래를 망치는 게 아니냐. 의녀들이 제들 돈벌이를 위해 벌인 그런 작태를 방관해야 옳으냐. 국빈은 화제의 비약에 어이가 없어 내버려두다가 봉상시 부봉사 강성복의 말에 비위가 상해 끼어든다.

"강 부봉사, 작미약원에 가 보셨습니까?"

"여인들만 들어갈 수 있다는데 제가 어찌 가 봅니까?"

"직접 보지도 않고, 거기 다녀온 여인한테 직접 들은 것도 아닌 우리가 여기 앉아서 침소봉대해도 분수가 있지요. 거기 다녀온 여인이 집안을 망쳤다는 소문을 들으셨습니까? 거기 다녀온 여인들이 침선이며 방아며 육아를 팽개쳤다는 소문이 있습니까? 관에서 정식 허가를 내주었다면서요? 관이란 주상전하의 뜻을 대신 펼치는 곳 아닙니까? 그렇다면 그 약방에는 여인들만의 약방도 필요하다 여기신 전하의 뜻이 들어 있는 거지요. 헌데, 이제 갓 문을 연 약방이 여인들만을 위한 곳이라 해서 이처럼 난삽하고 문란하게 떠들어댄다면 우리가 저자거리의 장사치들과 다를 게 뭐고, 칠패거리의 왈짜들과 다를 게 무엇입니까? 우리가 청명당으로 모일 이유는 무엇이고요?"

방안 공기가 싸해진다. 국빈은 작심하고 신랄하게 내뱉었다. 이극영이 그리 싫다는데도 여기 왔는데 고작 이따위 소리나 지껄여야 한단 말인가. 국빈은 이곳이 청명당이라 하여 오고 싶었다. 이름 안에 대의와 명분이 있다고 여겼다. 그 대의명분이 이런 식으로 이루어져 나갈 수는 없을 터라 아직은 초장인 지금 바로잡아야 하는 것이다. 바로잡히지 않을 것 같은 족속들이 헛소리나 떠들기 위해 작당한 것이라면 이쯤에서 떨어져 나가야 할 것이다. 김구주가 박수를 치고 나서 입을 연다.

"김 설서 말씀이 옳아요. 우리 농이 지나쳤어요. 여인들 이야기가 나와서 과열된 거지요. 이제 아까 배동 이야기 직전으로 돌아가서 다시 시작하지요."

어찌 이리 맘 붙일 곳이 없는가. 국빈은 확 털어내고 일어나 버리고 싶은 울화를 짓누르며 차를 마신다. 술자리를 시작하기 전에 이런저런 토론을 하자는 규칙을 정한 탓에 지금 갈증을 달랠 건 차뿐이다. 맘 붙일 곳이 없는 건 집에 정을 붙이지 못한 탓일 것이다. 아들의 일생을 백치한테 내주고 당신의 안위를 구하신 어머니와 제가 천치인 줄도 모르는 돼지가 있는 집. 국빈은 한숨을 쉬고는 차를 따른다.

모임은 으레 긴 술자리로 이어지기 마련인데 정후겸은 청명당의 긴 술자리가 재미없었다. 슬그머니 빠져나와 말에 오르는데 김국빈도 뒤따라 나온다. 당원들 중 가장 젊은 후겸은 이제 열일곱 살이다. 김국빈은 열아홉 살로 바로 위다. 열여덟 살에 장원 급제한 천재. 한성판윤의 말에 따르면 그러했다. 김국빈은 한성판윤이 키우는 인재인 것이다. 장동을 빠져나오는 동안 한참이나 말이 없던 그가 경복궁 근방에 이르자 말을 세우고 돌아본다.

"홍 별제, 어디로 가세요?"

"원동에 어머니 뵈러 갑니다. 그 때문에 그냥 나온 거예요."

"아, 어머니랑 따로 지내신다고 했지요? 어찌 모시고 살지 않는 겁니까?"

후겸은 화완 옹주로부터 아들로 인정받지 못했다. 아들이 됐는데도 옹주가 아들로 봐주지 않기 때문이었다. 후겸도 옹주가 어머니 같지는 않았다. 이태 전까지만 해도 낳아준 어머니와 함께 지낸 후겸에게 스물여섯 살짜리 과부를 어머니로 느끼는 게 가당키나 한가. 모자관계가 지어졌으므로 어머니라 부르는 것이고 이왕이면 화목하고 싶어 수시로 찾아다니는데 옹주는 곁을 주지 않았다. 아니 근래들어 낯을 덜 찌푸리는 걸 보면 애는 쓰는 기색이었다. 가끔은 밥 먹고 가라 하기도 했다. 밥 먹으라 하는 게 아니라 밥 먹고 가라 하는 게 여전할 뿐이다.

"백부께서 당신 밑에서 가풍이며 군자의 도를 익히라 하셨지요. 김 설서는 어디로 가세요?"

"허원정 가서 이곤과 놀까 하고요. 술은 그 친구하고 마셔야 맛있거든요."

정후겸이 두 살 어려도 벼슬은 더 높고, 근본은 서출이어도 현재지체는 대지도 못할 만치 높은지라 김국빈은 말을 놓을 수 없다. 그런 관계가 청명당 안에 많아 모두 다 존대하는 걸 규칙으로 정했다.

"난 허원정에 여러 번 갔어도 이곤을 한 번도 못 봤네요."

"좀 별스런 사람이라 사랑채 쪽이 아니라 주로 내원에서 시간을 보내기 때문에 그렇지요. 요새는 조카아이와 노는 게 제일 재밌다 하더군요."

"김 설서."

"말씀하세요."

"시강원에 함께 계시는 이극영 나리와 향리에 동문수학 하셨다면서요?"

"그랬지요."

"친하게 지내십니까?"

"그렇지요 뭐. 이 문학 얘긴 왜요?"

"그 댁, 그러니까 전 대사성 이무영 영감 댁에 장성한 따님이 있는 모양이에요?"

김국빈의 눈초리가 세모꼴이 되는 것 같다. 벌써 혼인했다면서 제가 장가들 것도 아닌 터수에 웬 경계인가.

"남의 집안 규수를 운운함은 도리에 어긋나는 거 아닙니까?"

본색이 장사치 족속이라 상스러운 언사를 하는 거라고 무시하고 있는 것이다. 임금의 외손자가 되어도 본색을 떨칠 수가 없다. 저들의 시선 안에 후겸의 본색이 들어 있는 까닭이다. 화완 옹주가 그러하고 청명당원들이 그러하고 장원서 관헌들과 관속들이 그러하다.

"무슨 짓을 하는 게 아닌데 도리까지 따질 거 있습니까?"

"남의 집안 규수를 운운하는 게 이미 무슨 짓에 해당하는 겁니다, 별제 나리."

후겸은 치욕을 참으며 웃는다.

"그러시지 마세요, 나리. 사실 우리 집안 어른들께서 그 댁에 청혼서를 넣었다는 이야길 들어서, 문득 궁금하여 물어본 것뿐입니다. "

집안에서 양자로 들인 후겸의 혼사를 시작했다. 조건은 명망 높은 가문의 규수여야 한다는 것이었다. 후겸의 출신의 미천함을 덮으려는 공사工事라고나 할까.

"답서가 왔답니까?"

"이 문학께서 향리에서 복상 중이신 이무영 영감께 청혼서를 전달했고, 엊그제 답서가 왔다더군요. 헌데, 규수가 이미 정혼하였고, 복상 중이라 탈상하면 혼인할 것이라 귀댁의 청혼을 반려하노라, 그랬답니다."

규수의 정혼은 이무영 영감이 부마집안의 청혼을 거절하기 위해 들이댄 거짓일 것이었다. 혼인 당사자가 다름 아닌 서출의 후겸이므로 거절한 것이다. 어쩌면 사실일 수도 있다. 단지 거절하기 위해 정혼했다고 말할 수는 없지 않은가. 그런 말은 어떻게든 퍼져 나가기 마련이고 그로 인해 혼담이 끊길 수도 있기 때문이다. 사실이든 거짓이든 거절당한 후겸으로서는 스스로의 출신 때문이라 여길 수밖에 없었다.

"그렇군요."

"그 집으로 청혼서를 보냈다는 걸 알지도 못했는데 어쩌다 거절당했다는 말을 들으니까 기분이 묘하더군요. 내 것을 남한테 뺏긴 것 같다고나 할까요? 이런 맘이 뭐죠?"

"남의 것을 제 것처럼 여기는 도둑놈 심보거나 남 잘되는 게 싫은 소인배 심보지 뭐겠어요? 어쨌든 홍 별제, 다음에 보죠."

정곡을 찔렸으나 통쾌하기도 한 후겸은 소리 내 웃으며 배웅한다.

"예, 김 설서."

김국빈이 광화문 앞을 지나 안국방으로 가려는지 경복궁 담을 따라 내려간다. 정후겸은 경복궁 뒷길로 접어든다. 제물포 가까운 용현골에서 지내던 몇 해 전 후겸은 아버지가 붙여준 독선생 밑에서 공부를 하던 중이었으나 재미없었다. 장사치 아들이 장사나 배우고 큰 배 모는 법이나 배우면 됐지 무슨 글공부란 말인가. 아버지가 운영하는 객관이 몇 개고 부리는 배가 몇 척인데 글을 읽어서 뭘 하나. 『소학』을 다 읽고 외워야 『대학』을, 사서삼경을 읽는다는데 후겸은 『소학』을 일 년 넘게 붙들고 있었다. 그 무렵 아버지가 작고한 부마 정치달의 양자로 들어가게 되리라 했다. 설렜다. 갑자기 앞이 밝아졌고 넓어졌다. 그냥 반족도 아닌 옹주의 양자라 하지 않는가. 미적거리며 붙들고 있던 『소학』을 두 달 만에 달달 외고 『대학』을 시작했다. 그때로부터 두 해나 지나 양자 입적이 확정되어 부마집안으로 들어갔다.

그 무렵에 아버지가 사라졌다. 바다에서 풍랑을 맞아 침몰한 것 같다고 했다. 아버지의 침몰은 후겸의 뒷배가 사라진 것과 같았다. 너무 일찍, 뜻하지 않게 가업을 이어받은 형은 부산하기만 할 뿐 가업을 제대로 추스르지 못하는 성싶었다. 아버지의 첩실 족들한테 맡겨 뒀던 객관들을 다스리지 못하는 듯했고 수십 척의 크고 작은 배들의 선장들도 못 이기는 것 같았다. 형은 후겸의 든든한 언덕은커녕 몇 냥 쥐어줄 줄도 몰랐다. 지체 높은 집안의 양자로 입적된 데다 어린 나이에 벼슬까지 함으로 재물 같은 건 필요 없는 줄로 알았다. 양자로 입적되기 전에도 형은, 자신은 장자라 가업을 운영하고 차자는 집안을 새로이 만들게 하자는 아버지의 뜻에 불만이 많았다. 자신이 양자로 가고 싶다는 걸 애써 숨기지도 않았다.

하지만 양자 자리가 그리 양양하기만 하지는 않았다. 부마 집안은 지체가 높을지라도 큰 부자는 아니었다. 부마가 세상에 없고, 이조참판까지 지냈다는 부마의 부친 정우량 대감도 십 년 전에 세상을

뜨셨다. 힘이 되어 줄 부마의 숙부 정휘량 대감도 없었다. 현재 집안
엔 부마의 모친이셨던 정부인과 부마의 형 헌달의 식구들이 살았다.
정헌달은 종칠품 관헌이었다. 어쨌든 그 집은 장자인 헌달로 이어져
나갈 것이므로 차자인 치달의 아들 후겸은 원동궁으로 들어가야 맞
았다. 그리하라고 정치달의 후사로 정해진 것인데 화완 옹주가 받아
들이지 않고 있는 것이다.

　아버지가 그렇게 사라지지 않고 그대로 있었더라면 후겸이 지금
처럼 팔방의 눈치를 보며 지내지 않아도 됐을 것이다. 네게 황금으
로 집을 지어 주리라, 하던 아버지였다. 정씨 가문의 서자로 태어나
집을 나섰던 조부가 제물포에 자리잡으면서 재물을 쌓게 되자 용현
동 顯同, 이른바 용날골을 찾아내 집을 지었다. 자손 중에서 용이 태
어나라는 축원이 담긴 집이었다. 그 소망을 이어받은 아버지가 차자
인 후겸을 용으로 보았다. 언젠가 여의주만 물면 될 것이므로 공부
를 시켰다.

　부마 정치달이 후사 없이 죽은 뒤 양자를 물색하고 있다는 걸 알
게 된 아버지가 후겸을 밀어넣기 위해 정씨 문중을 드나들게 되었
다. 아버지는 그 자리가 아들의 여의주라고 여겼던 것이다. 후겸은
마침내 여의주를 갖게 되었다. 그런데 여의주를 가졌다고 날 수 있
는 게 아니었다. 날기 위해서는 용틀임을 해야 하고 용틀임을 하자
니 물이 찰랑거리는 깊고 큰 연못이 필요했다. 어디서 침몰했는지,
어느 바람에 날려갔는지 알 수 없는 아버지는 사라짐으로써 아들의
연못을 말려 버렸다. 이제 후겸이 스스로 연못의 물을 채워야 했다.
채울 것이었다.

　"어서 오십시오, 나리."

원동궁의 청지기가 반긴다. 그래도 주인 아들 대접은 하는 것이다.

"어머님은 계신가?"

"옹주께서는 경희궁에 가시었는데 아직 돌아오시지 않았나이다."

"허면 일성재日城齋로 들어가겠네."

그리해도 되겠냐고 묻는 대신 그냥 선언한 후겸은 사랑으로 향한다. 청지기가 가로막지는 않는다. 사랑채의 당호가 일성재인 까닭은 부마위호가 일성위日城尉였기 때문이었다. 오래전 일성위가 사용하던 물건들을 고스란히 간직하고 있는 사랑은 아직 고인만의 공간이었다. 후겸은 하룻밤도 원동궁에서 묵어 보지 못했다. 사랑채에서 시간을 보내 본 적도 없다. 내원에 들어가 옹주를 만나고 나면 계동 본가로 갔기 때문이다. 오늘은 일성재에서 죽치리라고 작심하고 왔다. 옹주가 돌아와 나가라 하는지는 두고볼 셈이다. 앞서 대청을 올라간 청지기가 일성위가 사용하던 방이 아닌 대청 건넌방의 문을 연다. 후겸은 일성위의 방문을 직접 열고 들어선다.

청무회

명화단은 사라지고 청명당 무반이 됐다. 청명당 무반을 약칭하여 청무회라 부르기로 했다. 청무회원은 기존의 명화단 여덟 명에 더해 윤행, 김양중, 임상복, 장성립, 민성우, 방성제, 최석규 등이 가세하여 열다섯이 됐다. 지난해 구월 초하루 새벽에 보제원거리 사대 약방을 털면서부터였다. 서넛으로 조를 이루어 같은 시각에 동시에 네 약방으로 들어갔고 수직자들을 쏘아 넘기며 돈궤를 탈취해 나오기까지 삼분지일각이나 걸렸을까. 워낙 빨랐던 탓에 살인한 것에 대한 죄책감을 느낄 새도 없었다.

그때 사대 약방에서 탈취한 은전이 일만육천오백 냥이었다. 열네 명이 일천 냥씩 똑같이 나눠 갖고 남은 이천오백 냥은 무기 구입과 공금으로 썼다. 예전에 칠십 냥이면 구할 수 있었던 권총 한 정이 규제와 감찰이 심해지면서 값이 올라 백 냥씩을 지불해야 했다. 구입한 총과 탄환, 화약 등은 장동 청명당 사랑채의 벽장에다 숨겼다. 창고바닥에 숨겨도 사라질 수 있음을 알게 된 데다 청명당에 김문주가 살게 됐으므로 이번에는 사랑 벽장 안 궤짝에다 넣어 잠그고 그 위에 책권을 쌓아놓았다.

청무회가 보제원거리에서 탈취한 일만육천오백 냥은 몹시 큰돈이었다. 하지만 각 일천 냥씩 나누어 갖게 되니 감수했던 위험도에 비한다면 턱없이 적었다. 누구에게나 돈은 언제나 모자란 법이라 청무회원들에게도 돈을 써야 할 곳은 부지기수였다. 반년이 흘렀다. 약방거리로 나갈 때 이번이 마지막이라 했지만 그리하지 못할 것은 누구나 예상했다. 예상했던 대로 오늘 다시 그 얘기가 나왔다.

"한 번, 딱 한 번만 크게 하고 진짜 손 텁시다."

고인호의 말에 반대하고 나서는 사람이 없으므로 정치석도 나서지 못한다. 혼자 도드라지는 것에 대한 두려움 때문은 아니다. 반대해 봐야 먹히지 않을 것인데 쓸 데 없는 짓을 할 필요가 없지 않은가. 늦기도 했다. 무엇을 하거나 무엇을 아니하거나. 요즘 자주 그런 생각이 들었다. 피를 갈아 넣는다고 해도 새 사람이 되기에는 늦었고, 죽는다고 해도 청무회를 그만두기 늦었다. 어제 한 짓이 오늘의 삶이고, 오늘 한 짓이 내일의 삶이라 할 때 오늘 반대하지 못한 결과가 내일 어찌 나타날지 불 보듯 훤해도 반대하며 나서지 못하는 까닭이다.

"크게 할 수 있는 곳이라면, 어디죠?"

윤행이다. 오위 동군정東軍程으로 다니는 그는 연진용의 소개로 청무회에 들어왔다.

"얼마 전에 생겼다는 작미약원 어때요? 거긴 계집들만 있다는데?"

홍남선이 고개를 젓는다.

"거기가 큰돈 갖고 있기에는 시기상조지요. 기껏 달포쯤 됐다는데 무슨 돈을 벌었겠습니까? 손님도, 아니 환자라고 해야 하나, 환자도 아직 많이 들지 않을 텐데, 아직 돈을 들이붓고 있다고 봐야죠."

돈화문 앞 대로쪽으로 대문을 내고 있던 그 집에 이태 전까지 내자시 판관 문성국이 살았다. 누이 덕에 한 시절 부귀권세를 누렸던 그는 병이 들어 사직했고 저택을 헐값에 팔았다. 문 소의에 대한 대전의 총애가 여전했더라면 그는 다시 관직을 받았을 테지만 이제 무망하게 되었다. 문 소의가 총애를 잃어가던 즈음에 소전 사태가 남으로써 털뽑힌 암탉 신세가 되고 말았기 때문이다. 문성국의 집을 차지한 의녀들이 집을 고치며 대로 쪽으로 난 대문을 막아 버리고 골목 안쪽으로 뻗은 담장을 터서 문을 새로 냈다고 했다. 내자가 소문을 들었다며 정치석한테 종알거린 말들이었다. 눈치 봐하니 모임 회원들과 함께 가본 듯했다. 작은 문 안으로 들어가면 진짜 대문이 있다는 것이며 환자의 수행인들은 큰 대문 안으로는 못 들어가며 문 수위들이 검정 바지저고리에 진달래 빛깔의 쾌자를 입고 쾌자와 같은 빛깔의 반 복면을 한 처자들이라는 등의 풍경 설명이 제법 상세했던 것이다.

"덕적골 무녀들의 집이 어떨까요? 작금 도성에서 거기만큼 돈을 가장 많이 버는 곳도 없을 것 같은데요."

임상복이다. 홍남선을 따라 들어온 임상복은 청무회의 전신인 명화단이 예전에 반야원을 생각했다가 포기한 사실을 모른다.

"거긴 방비가 몹시 단단하다던데? 주변 숲에 온통 덫을 놔서 침입자들을 막는다고 하고. 덫 놨다는 팻말이 곳곳에 있다고 들었어요."

고인호의 말에 김양중이 나선다.

"나도 그리 들었어요. 나뭇가지 새에 걸쳐진 철사에 발이 닿기만 하면 톱니올무에 걸리거나 쇠꼬챙이가 튀어나와 여러 사람이 심각히 다쳤다고 했어요. 그리고 그런 거 아니라도 무녀들은 건드리지 않는 게 우리 신상에 좋을 성싶어요. 반야원은 특히나, 괜히 그처럼 유명할 리 없잖아요!"

반족출신인 김양중은 무과에 여러 번 응시했으나 들지 못했다. 그의 백부가 우의정까지 지낸 김상로이고 중부인 김현로가 순천진 수사로 가 있지만 그의 부친은 일찍 하세했다. 백부가 소전 사태에 대한 문책을 받아 귀양가고 중부가 전라도로 배속되어 내려간 뒤 김양중은 의지가지가 없어졌다. 그는 원래 명화단이었으나 금위군으로 들기를 거부하면서 빠졌다가 백부가 귀양가면서 김문주에게 돌아왔고 청무회로 들어왔다.

"나는 반야원에 가 봤소."

방성제다. 경운궁 건너 황화방에 사는 그의 집안은 시전에서 제법 큰 규모의 곡물상을 벌이고 있다. 박두석이 언제 가 봤냐고 묻는다.

"닷새 전에 선화 무녀한테 점치러 갔소."

"칠지가 아니라 선화한테 갔단 말이오?"

"에이, 칠지는 복채가 높아서 못 만나죠. 그리고 복면 쓰고 점사 본다는데 복면만 쳐다보려고 그 높은 복채를 내겠소?"

"선화는 어여쁩디까?"

박두석의 질문에 다들 피식대면서도 방성제의 대답을 기다린다.

"복채 한 냥 더 내고 품을 수 있다면 그리고 싶습디다."

안개가 낀 것 같던 방안 공기가 와르르 터진 웃음으로 맑아진다.

"선화가 방 선달 앞날에 대해 뭐랍디까?"

"내 사주에 나무와 풀이 많아 쇠와는 상극인데 몸에서 쇳내가 난답디다. 무슨 일을 하냐기에 곡물을 거래한다 했더니, 다른 일은 하지 말고 그 일만 하라면서 날카로운 쇠는 절대 만지지 말라고 하더군요. 그래서 총은 날카로운 쇠에 들어가느냐고 물어보려다가 참고, 혹시 시전에 나올 일이 있으면 동시전 곡물거리의 방가네 점포로 오시라고, 그러면 꽃이 만발한 가산 어름에서 암수 서로 정다이 곡차나 한잔 나누자, 하고 나왔습니다."

"방 선달한테 아무 짓도 말고 곡물장사나 하라는 거 보니 그 무녀 참 신통하구려. 선화가 방가네 곡물전에 들를 것 같소?"

"그건 아직 모르지요."

주제가 엇나가는 게 싫은 정치석이 끼어든다.

"해서, 무녀와 암수 서로 정답기를 바란 걸로 끝이오?"

"그럴 리가 있습니까. 이왕 나선 김에 목멱산 봉수대 쪽 성곽으로 올라가 반야원에 들어갈 방법을 궁리해 봤어요. 먼 거리가 아닌데도 숲이 깊은 탓에 성곽에서 보이는 반야원이라곤 우물마당뿐입디다. 눈을 부라리며 한참을 보자니 몇 채의 기와지붕 귀퉁이가 언뜻언뜻 비치고, 그 아래 쪽 원실의 집 몇 채와 등마루평과 외실과 진강포구도 훤히 보이는데 반야원은 감쪽같이 숨어 있더라는 것이죠. 목멱산 봉수대 쪽 성곽을 돌아서 반야원 담장을 따라 숲을 누벼 보았어요. 반야원 담장도 성곽입디다. 담이 높아서가 아니라 담장에 접근하기가 어려웠어요. 일정치 않는 덫과 함정들이 터무니없게 많이 설치돼 있습디다. 밤에는 물론이고 한낮에도 함부로 들어가기 어렵게요. 뭔가 하나만 잘못 건드리면 치명상을 당하면서 붙잡힐 수밖에 없는 함정들 같았어요. 함정을 굳이 숨겨 놓지도 않았고요. 결국 반야원으로 들어가려면 정문인 홍익루를 통할 수밖에 없다는 겁니다."

김문주가 입을 연다.

"그처럼 삼엄한 곳으로 들어가려면 아주 철저히 계획하고 준비해야죠. 서둘러선 안 되고."

"최소한 점사 한 번씩은 보러 가 봐야겠지요."

김문주의 말에 선뜻 대꾸하고 나선 연진용은 작년 봄부터 제 본가 얘기를 일체 하지 않았다. 본가에 큰일이 있는 게 분명한데 관직에 있는 부친이나 가형에 관한 무슨 말이 들리지는 않으므로 돈 문제일 것이었다. 서자라 아들 대접은 못 받고 살았을지라도 모친이 부친의 부임지를 따라다니며 살므로 본가에 벌어진 문제에서 자유로울 수는 없었다. 지난가을의 일천 냥도 어쩌면 이미 본가로 들어갔을지도 몰랐다. 그래서 돈이 급한지도 모른다.

돈 문제에 관한 한 정치석은 좀 나은 편이었다. 가끔 권전 시합장에 나가 몇 냥씩 생길 때, 예전에는 동료들과 더불어 탕진했으나 권전장을 홀로 찾아다니게 된 후로는 내자한테 내놓곤 한다. 뒤웅박처럼 못생겼으나마 그 얼굴에 환한 웃음이 피는 걸 보면 안쓰럽다.

지난가을에 나눠 가진 일천 냥의 은자는 고스란히 숨겨 놓고 있었다. 보통으로는 죽었다 살아나도 만질 수 없는 일천 냥의 거금을 내놓았을 때 어디서 생겼냐는 추궁을 당할 게 뻔했다. 풍족하지는 않을지라도 식구들이 굶지는 않았다. 어머니와 내자는 정치석의 녹봉과 딴 벌이로 벌어 내놓는 몇 냥씩에 고마워하며 알뜰히 살림을 꾸렸다. 세 아이도 보통으로 잘 자랐다. 그런 식구들한테 살인강도짓으로 탈취한 돈을 내놓을 수는 없었다.

숨겨 놓은 은자 덕에 가끔 미래를 생각해 보기도 한다. 나중 언젠가 이 무리에서 떨어져 자유로워졌을 때 도성에서 먼, 한적한 곳에다 몇 마지기 논과 몇 뙈기의 밭을 구하고 자그만 집을 짓고 푸른 바람과 밝은 달을 느끼며 지내는 상상이었다. 그때쯤엔 죄책감 같은 것도 사라져 있고 내가 못나 이 꼴이라는 자괴감도 없기를 바란다. 가끔 상상이 지나칠 때도 있었다. 그 자그만 집에서 선인부인 은씨와 지내는 자신. 김강하를 죽이면서 인생이 꼬였다는 생각 때문인 것 같았다. 선인부인이 그 지아비를 잊고 푸른 바람처럼, 환한 달빛처럼 웃는 날 정치석도 모든 것에서 놓여나 바람처럼 달빛처럼 가벼워질 성싶었다.

몇 차례 비연재에 들어가 봤다. 온 집안이 꽃밭이었다. 폐쇄된 대문 안쪽에서부터 내원 담장 밑까지, 처마 밑에서 마당 끝까지, 뒤란을 빙 둘러서 오로지 꽃만 있었다. 키 큰 꽃나무는 가장이에 있고, 중간키 꽃나무들은 그 안쪽에서 자라고, 풀꽃들은 종류별로 무더기무더기 모여 피고. 사이사이 난 오솔길에는 잔디가 깔렸고. 그 꽃집을 가꾸는 흔적은 있을지라도, 어지간한 살림살이가 고스란히 정리돼 있음에도 사람이 사는 자취는 느껴지지 않았다.

완유헌에도 가봤다. 그때는 짐짓 김강하와의 인연을 강조했다. 무과 입격 동기이며 익위사에서 친히 지냈노라고. 묘소가 어디 있냐고 물었다. 완유헌 청지기가 작은 서방님의 묘소는 평양 선산에 있노라 했다. 부인께서 어찌 지내시느냐고 묻지는 못했다. 완유헌에 선인부인이 살고 있지 않다는 것만 느꼈다.

"그러면 일단, 내일부터라도 각기 짬나는 대로 반야원에 가 보기로 하지요. 내달 모임까지 모두 한 번씩은 반야원과 그 일대를 살피는 것으로요."

김문주의 결론에 오위 중군정中軍程의 한 명인 최석규가 잠깐만요, 하고 나선다.

"목멱산 괴담이라고 들어들 봤어요?"

정치석이 금시초문이듯 다른 사람들도 뜨악한 얼굴로 최석규를 쳐나본다.

"아마 덕적골 곳곳에 설치됐다는 덫들 때문에 소문이 났겠지만 목멱산에 귀신처럼 들어가면 귀신이 돼 버린다는 소문이 있습니다. 목멱대왕이 노하신다나."

"목멱대왕? 함부로 들어오지 말라고 반야원에서 만든 말이겠지. 뜬소문들까지 일일이 신경쓰다가는 아무 일도 못하잖아? 결정난 대로 진행하자고."

정치석이 입 다물고 있는 사이에 결정이 나 버렸다. 한 달간의 유예가 생기기도 했다. 한 달 뒤에 무슨 일을 결정하여 어떤 일을 벌이게 될지 몰라도 이 밤엔 이들과 그만 헤어지고 싶다. 정치석은 내일 새벽 번차례를 핑계로 자리에서 맨 먼저 일어난다. 혼자 마포나루 권전장으로나 가 볼 셈이다. 돈을 벌기 위해 가는 것만은 아니다. 주먹을 치고받을 때의 긴장과 몰두가 좋아서다. 상대를 치면 시원하고 얻어맞으면 통렬한 쾌감이 있다.

요즘 권전거리에 새로운 투사가 등장했다. 무장승이라는 별명을 지닌 자로 흑호인 정치석과는 한 번 붙었다. 지난 섣달이었다. 그때는 정치석이 이겼으나 그날은 무장승의 첫 출전이었다. 두 명을 이기고 올라와 흑호와 마주선 그가 만만치 않은 상대임을 대번에 느꼈다. 이후 그는 출전할 때마다 이기고 있는 모양이었다. 오늘 그와 만난다면 어떨까. 방을 나오니 비로소 빗방울 소리가 들린다. 봄을 재촉하는 비다. 비 그치고 나면 꽃들이 어지러이 피어나기 시작할 것이다. 그렇듯 계절의 순환은 짐작할 수 있는데 앞날은 점점 미궁이 되어간다.

대체 가능한

지난 동짓달 초하룻날 낮에 사가에 나간 지밀상궁 김씨가 때가 되어도 돌아오지 않았다. 당시 김상궁은 곤전이 이극영에게 보내는 편지를 지니고 나갔다. 초사흘에 만나자는 내용이라서 곤전은 좌불안석이 되어 기다렸다. 저녁나절에야 사가에서 기별이 왔다. 그날 김상궁이 사가 대문이 보이는 거리에서 넘어져 정신을 잃었다. 낮이라곤 해도 동짓달이라 거리에 사람이 드물었다. 발견되었어도 어느 집 아낙인지 알기까지 시간이 약간 지체됐다. 옥구헌 아낙이라 밝혀져 집안으로 업어 들이고 의원을 불렀다. 그런 상황에서 궐로 기별을 한 것이었다. 김상궁이 쓰러진 시각으로 가늠하면 이극영의 집에 편지를 전하고 나온 후로 가정할 수 있었다. 하지만 그 이틀 뒤 곤전은 사가로 나가지 못했다. 물론 주막으로도 못 갔다. 두려웠다. 이극영이 기다릴 것이란 생각에 아득했으나 홀로 움직일 용기는 없었다.

김상궁은 나흘 만에 깨어났다. 깨어나긴 했으나 정신이 딴 데로 가 버렸다. 몸은 와불처럼 움직이지 않는다고 했다. 그날로부터 석 달여가 지난 요즘 옥구헌의 보모는 물 긷고 빨래하고 청소를 했다. 누가 시키면 그만큼 할 수 있는 모양이었다. 스스로는 할 일을 찾을 수 없고 주위에서 벌이지는 일들의 맥락을 알시 못했나. 백치가 돼버린 것이었다.

김상궁을 잃은 곤전은 이극영에게로 통하는 길을 잃었다. 그 길을 복구해야 이극영을 다시 만날 수 있는데 김상궁이 하던 일은 워낙 은밀해야 하므로 대신할 사람을 찾기 어려웠다. 심복처럼 부리는 상궁과 내인들이 있을망정 그들에게 시킬 수 있는 건 곤전으로서 당연한 일들이었다. 곤전의 사통은 아니었다. 누군가에게 털어놓는 순간 곤전은 체면이고 권위고 잃는 것. 그럴 바엔 아무것도 아니하는 게 마땅했다. 전부 아니면 전무여야 하는 것이다. 그렇게 다짐했으나 이극영에게로 난 길을 잃자 그에 대한 섭섭함이 생겼다. 어떻게 한 번도 찾아오지 않는단 말인가. 지밀까지 들어오지 않아도 먼발치에서라도 볼 방법은 얼마든지 있지 않은가. 편지 한 장쯤 보내지 못할 까닭도 없다. 헌데 그는 아무런 일도 하지 않았다.

답답하여 찾아가 본 반야원의 칠지선녀는 정인에 대한 맘이 그리 간절하면 손잡고 달아나라 했다. 달아나겠다면 그 방법을 찾아줄 수 있다고도 했다. 칠지선녀의 그 말은 김여주가 곤전인 걸 모르기 때문에 할 수 있는 소리였다. 왕후는 달아나지 않는다. 달아날 수 없기 때문이고 달아나고 싶지도 않기 때문이다. 왕후가 왕이 되기는 어려워도 그에 버금가는 권력을 행사할 수 있다. 갖고 싶은 게 있으면 가질 방법을 찾으면 되는 자리가 왕후인데 왜 달아난단 말인가. 곤전도 그 방법을 찾기로 했다. 왕에 버금가는 권력을 가지면 되는 것이었다. 그리되려면 동궁이 열다섯 살이 되기 전에 국상이 나서 수렴

청정을 시작하거나, 동궁을 사라지게 만들고 종친가의 어린 아들을 양자로 들이는 방법밖에 없다.

하지만 동궁이 효장세자의 아들로 확정되었다. 효장세자에게 입양되면서 사도세자의 아들이 아니게 되었으므로 복상服喪도 그쳤다. 이제 동궁은 죄인의 아들이 아니라 명실상부한 국본이 됐다. 경연에 참석해 본 신료들은 입을 모아 동궁이 총명하다고 하는 모양이었다. 동궁은 한번 읽은 문구를 잊는 법이 없으며 일 년 전의 어느 날 어느 시에 경연관들이 무슨 말을 했고 자신이 어떻게 대답했는지를 정확히 기억했다. 자신들이 언제 무슨 말을 했는지 기억치 못하는 신료들과 경연관들은 경연 자리에서 수시로 면박을 당하는 모양이었다.

"대감께서는 매번, 여염의 삼척동자들도 알 만치 닳고 닳은 문장만 인용하십니다. 좀 새로운 문장을 인용하시면 제 공부에 도움이 되겠는데요. 대감께서 쓰신 참신한 글귀는 없습니까? 글이나 쓰고 앉아 계실 시간이 없으신가요? 정무 처결하시느라 바빠서요? 전하께옵선 하루 이백여 통의 상소나 장계를 읽으시고 비답을 내리시는 와중에도 책을 읽으시고 문장을 지으시는데, 대감, 영감들께선 무슨 일로 그리 바쁘신지요?"

동궁이 그러하므로 글공부 좋아하는 대전이 더 귀애하는지도 몰랐다. 이제 국상이 나기만 하면 천하 없는 일이 있어도 세손동궁이 등극할 것이다. 동궁이 등극하면 소전 사태에 관련된 자들은 뼈도 추리기 어렵게 됐다. 만의 하나 곤전이 대군을 낳는다고 해도 이미 장성한 동궁을 폐하고 대군을 세자에 앉히리란 보장은 없다. 세손동궁이 제 아비처럼 글러먹은 종자로 몰려 폐위되거나 돌연히 죽는다면 모를까. 대군이 태어날 가망은 희박하게 됐으나 곤전과 옥구헌이 살아남을 수 있는 길은 역시나 동궁이 사라지는 것이었다. 문제는 동궁이 사라지게 할 방법이 없다는 점이다.

소전은 부왕과의 갈등이 워낙 심했기에 흉한 말들이 먹혔다. 고변을 했다. 벽보를 붙여서 소전이 역모를 꾸몄다거나 군사를 모았다거나 부왕을 죽이려 칼 차고 경희궁으로 향했다고 소문을 만들었다. 금상이 선왕을 독살했다는 수십 년 묵은 항간의 소문을 소전이 들추고 있다는 말도 퍼뜨렸다. 하다 못하여 누이와 상피 붙었다는 소리까지 했다. 그 모든 건 소전이 빌미를 주었기 때문이었다. 동궁은 이제 갓 열세 살로 흠잡을 데가 없었다. 범절 바르고 공부 부지런히 하고 계집 같은 건 알 나이가 못됐다. 동궁을 향한 대전의 애착은 크고도 깊었다. 작년 가을 동궁이 이극영을 대동하고 잠행을 나갔다가 그의 집까지 갔는데 그 집에서 아이를 만났다. 환궁한 동궁은 대전에게 이극영의 조카를 배동으로 청했던가 보았다.

다음 날 대전이 경연 자리에 아이를 불러 글공부를 시험했는데 아이 대답에 막힘이 없었다. 아이를 한 시진가량이나 시험한 대전이 아이를 동궁배동으로 허락했을 뿐만 아니라 별쭝나게도 액정서 별정 사알을 제수했다. 아이한테 대전 직속 품계를 내린 건 아이들을 데리고 장난한 것이라 할 만했다. 장난을 가장하여 동궁의 측근을 만든 것이었다. 궐 출입이 무한히 자유로운 측근. 별정 품계일지라도 열세 살 아이에게 육품 관직은 가당치 않다고 아무도 간언하지 못했다. 작금에 동궁을 폄훼하는 소리를 한 마디라도 했다가는 구족이 멸할 판이었다. 곤전은 펼쳐 놓고만 있던 『소학』을 덮고는 읊조린다.

"산보를 나갈 것이다!"

지난겨울이 앞서 겪은 스무 번의 겨울을 모두 합친 것보다 길었다. 하다 못하여 직접 무녀를 찾아가기까지 했다. 대번에 정인이 있지 않냐고 단정하던 칠지선녀! 그는 어쩌면 김여주가 왕후임을 알아봤을지도 몰랐다. 알고도 모르는 체한 것인지도. 어떻든 곤전이 외간 사내와 통정한 사실을 알아 버린 칠지선녀와 반야원이므로 그대로 둘 수는 없게 되었다.

　곤전은 금원 숲을 향해 나선다. 봄이 왔다. 이른 봄 햇살이 어느새 따갑지만 마구 걸어 볼 참이다. 금원 깊숙한 곳에 가면 존덕정이 있고 그 곁 연못 가장이에 매화나무가 있다. 열흘 전에 꽃망울이 잔뜩 맺힌 걸 봤으니 지금쯤 꽃이 피었을 것이다. 꽃이 피건 지건 이극영은 창덕궁에 오지 않고, 와도 금원 쪽을 기웃거리지 않는다. 개유와와 열고관과 서고가 금원에 있으므로 발걸음을 하기는 할 텐데 언제 다녀가는지 모르므로 곤전 입장에서는 그가 일절 안 오는 것과 같았다. 그걸 알면서도 곤전은 우연을 기대하곤 했다. 춘방에서 서고쪽으로 가자면 대조전과 통명전 사잇길이 가장 가까우니 어떻게든 부딪치지 않을까. 우연은 없었다. 맘이 없는 것이었다. 곤전은 더 이상 이극영을 기다리지 않기로 했다. 그가 그립지 않은 것은 아니나 그리움보다 자존이 훼손당한 부끄러움이 더 컸다.

　내일은 이십삼일, 수유일이다. 이극영은 등청조차 하지 않고 자신의 집에서 식구들과 함께 지낼 터이다. 그의 부인은 어떤 여인일까. 집에서 그는 어떤 모습일까. 그와 그런 이야길 나눌 만한 여유를 가져 보지 못했다. 주막 뒤채에 함께 있을 때면 몸의 갈급을 푸느라 바빴다. 그때마다 곤전의 몸은 균열하고 정신은 풍등에 올라앉은 것처럼 위태로이 가물거렸다. 뜨거움은 지진처럼 깊은 곳에서 일어나 전신으로 터졌다.

그 뜨거움을 계속 누릴 수 있다면 못 할 일이 없다고 여긴 시절은 지나갔다. 어떤 이유로든, 그가 움직이지 않는 이유가 설령 김여주를 위한 것이라 해도, 이제 늦었다. 아무리 이목을 조심한다손 편지 한 장 보내올 줄 모르지 않는가. 그런 겁쟁이는 김여주도 더 이상 필요 없다. 세상 모두와 불화할지라도, 그 끝이 김여주의 완전한 부서짐일지라도 그와 잡은 손을 놓고 싶지 않았다. 손잡고 있다고, 언제든 잡을 수 있을 만치 가까이 있다고 여겼던 그 손이 빠져나가더니 돌아올 줄 몰랐다. 잃어버렸다. 그렇지만 한 번 튼 둑이었다. 이극영을 대신할 사내쯤 못 찾으랴. 작은 오라비 구주에게 글 선생을 찾아달라고 했다.

이극영에게도 글 선생을 청한 적이 있었다. 그를 글 선생으로 삼는다면 훨씬 임의롭게 만날 수 있을 것 같아서였다. 이극영은 곤전이 글 선생을 두는 법이 없으므로 불가하다고 가벼이 비켜갔다. 그가 마다할 때는 섭섭하지도 않았다. 그에게 미쳐 지내던 즈음이라 그를 보기만 하면 되었다. 이제금 오라비한테 글 선생을 데려다 달라 한 건 사통하기 위함이 아니라 진정으로 글 선생이 필요해서다.

동궁전에 배동인 계집아이의 글공부가 대전과 노신들이 감탄할 만치 높고 깊다는 말을 들을 때 충격이었다. 나는 어찌 글공부를 해 두지 않았던가. 사가에서 자랄 때는 계집의 몸으로 천자문 정도면 충분하다 여겼다. 입궐하여서도 부족함을 느끼지 못했다. 요즘은 달리 생각됐다. 하릴없는 뒷방 늙은이처럼 늙어갈 것이 아니지 않는가. 언젠가는, 평생 책벌레들처럼 책을 파먹고 사는 만조백관을 아울러야 하므로 그때를 대비해야 하는 것이었다. 오라비가 저녁에 글 선생이 될 자를 데려올 것이었다.

"무어지, 저들은?"

숲길을 지나 저만치 나타난 존덕정 주변에 다수의 궁인들이며 관헌 복색이 움직이고 있지 않은가. 김상궁을 이어 지밀상궁으로 삼은 도상궁이 아뢴다.

"장서원 속인들이 연못 주변을 다듬고 있는 모양이옵니다. 물리치오리까?"

"장서원 사람들만 있는 것 같지 않은데? 내의원 복색도 섞였지 않아?"

"내의원 사람들이 금원 숲에 어떤 약초들이 자라는지 이따금 살핀다고 들었습니다. 광지문 밖에 내의원 채마밭이 있사온데 내의들이 게서 약이 될 만한 채소를 가꿔 수라간 궁인들에게 수라상을 올릴 때 참조하라 권하기도 한다고요. 모두 물러가라 하리까?"

"됐네. 내 잠시 정자에 올라앉을 터이니 저들은 하던 일 계속하게 하게."

도상궁이 하던 일 계속하라 소리쳤으나 늦었다. 모조리 동작을 멈추고 허리를 굽힌다. 맨땅에 엎드린 자들도 있다. 내인들이 존덕정 마루 위에 깔개를 깔고 곤전의 자리를 마련하는 동안 수그린 자들은 꼼짝도 하지 않는다. 곤전은 자리에 앉으며 도상궁에게 주변 사람들이 하던 일 계속하게 하라고 손짓한다.

"마마께옵서는 잠시 계시다 가실 터이니 모두 하던 일을 계속하시오!"

도상궁의 외침에 궁인들이 지싯지싯 움직인다. 아무래도 불편한지 주변에서 슬금슬금 멀어진다. 내의원 복색들은 한꺼번에 빠지려는 기색이다. 곤전은 내가 무슨 귀신이라도 되는가 싶어 기분이 상한다.

"도상궁, 저 내의원 관헌을 가까이 부르라."

도상궁의 부름에 내의원 관헌 복색이 존덕정 옆으로 다가오더니 여러 걸음 거리에서 읍하며 옮조린다.

"내의원 참봉 장무슬, 대조전의 부르심을 받잡나이다."

사뭇 젊고 키가 껑중하다. 수염을 말끔하게 밀었는데도 눈매가 날카로워서인지 인상이 이극영에 비해 거칠다. 눈앞의 장무슬을 이극영과 비교하던 곤전은 피식 웃는다. 어쩌다 젊은 남정을 보면 이극영을 기준으로 판단하는 버릇을 버려야 할 때가 됐다.

"무슨 일을 하던 중인가?"

"약초들의 씨앗이 어디까지 퍼지는지 살피고 있었나이다."

"궐 안에서도 약초를 채취하나?"

"광지문 바깥 숲속에 내의원 약초밭이 있습니다. 약재를 채취하기보다 각 약재가 되는 초류들의 생태를 관찰하기 위한 밭이옵니다. 씨앗들이 저절로 멀리 퍼지기도 하는데 궐내로도 날아들어 소신 등은 그 움직임을 살피고 있나이다."

"초류들은 그렇게 아무 데로나 날아가도 잘 사나?"

"제 본성에 맞는 여건이 되면 싹을 틔우고 뿌리를 내리는 것이라 여기나이다."

그리 듣고 나니 곤전은 궁 안에 뿌리를 내리지 못해 싹도 못 틔운 것 같다.

"작년에 왜국에 간 사신단이 그 길목인 대마도에서 무슨 식물을 동래부사한테 보냈다던데, 혹시 들었는가?"

"마의 일종으로, 더운 곳에서 번성하여 예사 마보다 뿌리열매가 많이 맺히는바 정사께서 우리 백성들을 위해 고구考究해 볼 만하다 여겨 동래로 실어 보내셨다고 들었나이다."

동래부사 강필리는 재작년 초까지 사헌부 지평을 지내던 자로 사도세자를 감싸고돌다가 삭직되었다. 그렇지만 사도세자 사후 복직되어 호조 참의를 지내다 동래부사로 나갔다. 왜국 사신단의 정사로 간 조엄도 사도를 옹호하던 자이며 사도를 옹호하던 자들이 대개 그러했다. 떨려나갔다가 예전보다 높은 자리로 돌아와 세손의 신하로 자리를 굳혀갔다. 곤전의 자리가 안정될 수 없는 까닭이자 곤전이 그들의 이름자를 외는 연유였다.

"그리 먼 곳에서 온 식물에게는 조선이 이역일 제 이역에서도 잘 자라려나?"

"식물들은 제 살던 곳과 비슷한 햇빛과 비만 있으면 자라고, 환경이 약간 달라도 그에 적응하며 자라는 것이라 배웠나이다."

"이역에서 와 이역에 심겨 자란 그 같은 식물이 뭐가 있는데?"

"소신이 다 알 수 없고 열거할 수 없을 만치 많을 것이옵니다."

"가령?"

"우선 담배라 불리는 연초 식물이 임란 때 명국 병사들을 따라 들어와 팔도에 퍼진 것으로 아나이다. 붉은 양념과 밑반찬과 나물로 쓰는 고초는 고려조 말에 벽란도를 통해 이역에서 전해졌다 하옵고, 그 훨씬 전 삼국시대에는 감자와 옥수수가 북국이었던 고구려를 통해 이 땅으로 내려왔다는 기록을 읽었나이다."

"그런 기록들이 다 있어?"

"백성들의 식생에 큰 영향을 미치는 식물들의 유래는 기록에 남아 있는 것으로 아옵니다."

"그런 책들이 어디에 있는데?"

"열고관과 개유와에 중원에서 온 책 삼만여 권이 있사온데 그중에는 별의별 내용의 책들도 있삽고, 집현고에는 이 땅에서 지어진 책이 오만여 권이 있어 그 안에도 가지각색의 책들이 있다고 들었습니다."

"의관들도 그런 서고 출입이 자유로운가?"

"장경각은 동궁 저하와 춘방 관헌들만 드나들 수 있으나 다른 서고들은 궁내에 봉직하는 모든 관헌들과 칠품 이상 외직 관헌들의 출입이 허용되나이다."

"내의원 관헌이면 내의원에 드는 환자들 보기만도 바쁠 터인데 아는 게 많구먼?"

"약초밭 건사도 소신의 일이라 원속들과 함께 돌아보았삽고 이제 원으로 돌아가려던 참이었나이다."

"내가 와서 달아나는 게 아니고?"

"황공하여이다."

"내 아랫배가 살살 아픈 즈음이니 원으로 돌아가거든 의원을 보내게."

"예, 마마."

고개를 숙인 채 다박다박 답할 뿐 시종일관 표정이 없다. 곤전을 대하고 있음에도 어려움이 없고 곤전이 아프다는데도 살피려는 기색을 보이지 않는다.

"내 아프다 하는데 당장 진맥은 아니하는가?"

"소신은 대조전 마마를 진맥할 권한이 없나이다."

"의원이면서?"

"의원이긴 하오나 왕실의 진맥은 내의원 오품 이상의 의원들만 할 수 있사옵고 내명부 어른들의 진맥은 의녀 두 명을 동반한 오품 이상 의원들만 할 수 있나이다."

"혹여 오품 이상 의원과 의녀들이 멀리 있고 장 참봉만 내 가까이 있을 제 내가 급체라도 하면 어찌되지?"

"망극하여이다. 애초에 대조전께옵서 그리되실 상황은 벌어지지 않는 것으로 알고 있나이다."

그렇기는 하다. 내의원 안에는 일 년 내내, 수유일에도 종일토록 의원이 번을 선다. 대전이나 곤전이 거둥하면 의원이나 의녀상궁이 따라다니므로 구품 의원이 급체한 곤전을 진료할 일은 생기지 않는다. 그런 사실을 몰라서가 아니라 그저 대거리가 재미나서 연신 물었다.

"만의 하나 그런 일이 생긴다면?"

"진료해야지요."

"그리 진료하고 나면 그대는 어찌되나?"

"최소한 다른 관서로 나갈 것입니다."

"최대한은?"

"삭직되어 예사 약방의 삯 의원 노릇을 하게 되겠지요."

"곤전을 살렸는데도?"

"살렸으므로 그나마의 처분을 받겠지요."

"내가, 생명의 은인이라 하며 장 참봉의 품계를 높여 주라 도제조한테 청할 수도 있지 않을까?"

"의원이 환자를 돌보는 것은 당연한지라 생명의 은인이라 할 수 없사옵고, 소신이 대조전 마마를 진료한 것은 계통을 어기고 법규를 무시한 일인지라 문책 받아 마땅하나이다."

"나를 진료치 않으면 어찌되나?"

"목이 떨어지겠지요."

"하면 문제, 아니하면 더 큰 문제니 억울하겠네."

"그런 일은 생기지 않을 것이므로 억울할 까닭도 없겠지요."

"의원 취재 때 장원으로 입격했나?"

"아니옵니다."

"장원이 아닌데 내의원 관헌이 될 수 있었어? 사대부가 출신인가?"

"중인집안 소생이옵고 입격 직후 공교로운 일이 생겨 소신이 내의원에 들었나이다."

"혹시 『소학』을 읽었나?"

"예, 마마."

느닷없는 질문에도 어찌 그런 걸 묻느냐고 되묻지 않고 오로지 대답만 한다.

"백이와 숙제가 고사리만 먹다가 죽었다는 대목을 어찌 읽었나?"

"소신은 읽기만 했을 뿐 그에 관한 소견을 가지지 않았나이다."

"지금 생각난 대로 말해 보게."

"고사리 같은 것으로만 연명하다 굶어죽지는 않았을 것 같사옵니다."

"고사리 같은 것? 백이와 숙제가 고사리만 먹은 게 아니라 고사리와 같은 것들을 먹은 건가?"

"사람이 밥을 먹는다 할 때 쌀보리로 지은 밥만이 아니라 조와 콩과 수수 등으로 지은 밥을 통틀어 의미하는 것이듯 고사리를 먹었다 할 때 꼭 고사리만은 아니었을 것이라, 불쑥 아뢨나이다."

"듣고 보니 그러네. 어쨌든 백이와 숙제가 고사리 같은 것을 먹은 건, 은나라를 쳐서 멸망시킨 주나라의 무왕이나 태공에게 복종하며 산다는 뜻인가? 자넨 어떤데?"

"소신이 은나라를 지켜야 하는 입장이었다면, 은나라를 지키지 못한 순간에 소신은 이 세상 사람이 아닌바, 고사리 같은 것으로 연명하는 일도 없을 것 같나이다. 그리고 설령 산속으로 들어갔다고 해도 이왕 들어간 산에서 고사리 같은 것만 먹지는 않을 것입니다."

"왜?"

"어떤 산이든, 산에는 사지 멀쩡하고 눈이 있는 자라면 찾아낼 수 있는 먹을거리가 수두룩하기 때문입니다."

그의 말이 재미나서 곤전이 흐흥 웃는다. 재치가 있는 자다. 이왕 들어간 산에서 고사리만 뜯어먹다가 굶어죽을 까닭이 없지 않은가.

"산에 있는 수두룩한 먹을거리를 내게 가르쳐 보게."

"사람의 밭에서 나는 것들은 산에 거의 있기 마련이옵니다. 하온데 대조전마마. 소신은 원으로 돌아가야 할 시각인지라 이만 물러날까 하나이다. 가납하소서."

어지간한 자라면 곤전과의 우연한 독대를 서둘러 끝내고 싶어 하지 않을 것이다. 아첨은 아니할지라도 호기심이라도 가질 만하다. 어찌 이런 걸 묻느냐고 반문하며 대화를 이어갈 법한데 그렇기는커녕 얼른 떠나고 싶어 한다. 곤전이 내의원 하급 관헌을 붙들 구실도 없다.

"무정한 사람이로군. 알겠네. 가 보게."

곤전의 허락이 떨어지기 바쁘게 장무슬이 내의원 원속들을 몰아 사라진다. 장원서 원속들은 곤전이 장무슬에게 말을 거는 동안 죄 사라졌다. 주변에는 대조전 상궁과 내인들뿐이다. 아무 일이 없었음에도 뭔가 큰 사건이 지나간 듯이 존덕정 주변이 허전하고 썰렁하다.

결국 이극영 때문이다. 그와의 고리가 끊김으로써 다른 모든 고리가 끊긴 것처럼 느끼는 것이다. 후, 곤전은 한숨을 내쉬곤 비로소 매화에 시선을 모은다. 장무슬 같은 자를 신하로 둘 수 있다면 좋으리라. 지키기로 된 걸 지키지 못하므로 그것과 더불어 멸하겠다는 그의 말은 의리니 충정이니 하는 것에서 나온 게 아니었다. 지키기로 된 그것과 자신이 하나라는 명료함일 뿐이었다. 전부 아니면 전무! 그에게는 은나라나 주나라가 중요한 게 아니라 자신이 무얼 안고 있는지만 문제였다. 그런 신하의 주군일 수 있고, 그런 남정의 여인일 수 있다면 나라나 권력 같은 건 멀리 두고 매화꽃이나 들여다보며 살아도 좋으리라.

오후 시강이 난 뒤 국빈은 퇴청 준비를 하는 극영에게 다가든다.

"문학 나리, 아들을 낳으셨다면서요? 나리는 진짜 안 되는 일이 없으십니다."

극영이 지난달에 아들을 낳았다는 말을 오늘 아침에 시강원 관속들이 하는 말을 듣고서야 알았다. 그게 서운해 말이 좀 삐딱하게 나갔다.

'형, 아들 낳았다며? 좋겠다. 축하해.'

그리 말할 참이었는데 엇나갔지 않은가. 지난겨울부터 둘 사이가 그랬다.

"그러시는 김 설서도 못지않게 잘 나가시던데?"

장난스레 걸려던 말이 삐딱하게 나갔을지라도 헤아려 주길 바랐건만 극영은 비아냥거리곤 휙 나가 버린다. 해도 너무한다 싶다. 내가 뭘 잘 못했는가. 죽자 사자 공부해서 장원 급제 했고 그 덕에 청명당에 든 거고, 시강원으로도 들어왔다. 전격적인 승차라고 해도 이극영의 승승장구한 승차에 비할까. 자기는 정오품이면서 내가 칠품이 됐다고 그걸 못 봐내서 저러는 것 아닌가. 네가 그리 나오면 나도 그리 나갈밖에. 국빈은 비집고 나오려는 눈물을 밀어넣어 버리고 시강원을 나선다.

국빈이 홍화문 밖으로 막 나서자 통인 복색이 다가와 김구주의 기별을 전한다. 지금 은밀히 돈화문 건너 주막으로 오라는 내용이다. 국빈이 돈화문 주막에 도착해 저녁을 먹고 있노라니 관복 차림의 김구주가 와 상머리에 앉더니 입을 연다.

"내 시방 곤전을 알현하러 들어갈 참인데, 김 설서 같이 입궁하려나?"

"제가 어찌 곤전엘 들어갑니까? 더구나 다 늦은 저녁인데요?"

"이제 초저녁인데 다 늦기는 뭘."

"곤전께서 몸소 저를 찾으실 리 없고, 나리께서 제게 함께 입궁하자 하시는 까닭이 있습니까?"

김구주와 어울린다는 사실만으로도 이극영과 멀어졌다. 그 덕에 승차하여 시강원으로 들어갔지만 이극영과의 관계는 회복치 못했다. 요즘 국빈은 시강 시간이면 가시방석에 앉아 있는 것 같았다. 그런 판에 김구주와 함께 곤전에 들어갔다는 사실이 동궁 측에 알려지면 무슨 봉변을 당할지 몰랐다.

"사실 은밀한 부탁이 있어 자넬 보자 한 거야."

"말씀해 보십시오."

"곤전께서 글공부를 하고 싶어 하시네. 헌데 곤전께서 종학을 다니시겠나. 종학 교관을 불러들이시겠나. 그렇다고 상궁들한테 배우시겠나?"

"배움에 체면이 있습니까?"

"배움에 체면이 있지 않고! 더구나 곤전이신데 어찌 체면이 없어?"

"허면 절더러 곤전마마의 교관 노릇을 하라는 말씀이십니까? 무슨 수로요?"

"자네가 하겠다고만 하면 수야 없겠나?"

"곤전께서 근자에 무슨 책을 읽으시는데요?"

"『소학』을 보시는 걸로 아네."

"『소학』을 읽으실 정도면 어지간한 책은 다 보실 수 있을 텐데 교관을 필요로 하신단 말씀입니까?"

"글자 읽는 것만으로 공부가 안 되는 걸 자네가 잘 알지 않나? 자네가 좀 도와주시게."

"제가 교관 노릇을 한다고 해도 내외법이 엄연한데 무슨 수로 곤전엘 드나듭니까? 그 점은 곤전께옵서 더하시지 않습니까?"

"자네가 응락하면 방법을 찾는다니까. 도와주겠나?"

오죽하셨으면 곤전에 앉아 글공부를 하고 싶어 하시랴, 싶다. 글공부를 중시하는 대전과 교관들을 묵사발로 만들기 일쑤인 동궁. 보지 않아도 본 것 같다. 방법이 있다면 못해 드릴 게 뭔가. 게다가 곤전과 그 오라비가 도와 달라지 않는가.

"그러면 우선 먼발치서 잠시 배알하겠습니다."

홍문관부교리 김구주는 곤전의 오라비여서 아무 날 아무 시에나 궐 안으로 들어갈 수 있었다. 그와 일행인 김국빈도 아무런 제지 없이 입궐하여 곤전까지 이르렀다. 곤전을 이처럼 쉽게 알현할 수 있다니! 국빈은 쿵쾅거리는 심장을 다스리느라 곤전 웃방에 엎드려서도 숨을 나누어 쉰다. 곤전은 저쪽 방의 너울 안쪽에 계셨다.

"어서 오세요, 오라버니. 어머니 병세가 어떠신지 여쭙고자 드시라 했습니다."

"예, 마마. 저녁 수라는 젓수셨나이까?"

"먹었습니다. 오라버니께서는요?"

"소신도 먹고 입궁했나이다."

"같이 드신 분은 누구십니까?"

"소신과 함께 태학에서 공부하고 작년 가을 증광시에서 장원 급제한 김국빈이옵니다. 현재는 시강원의 설서로 있나이다. 근방에서 동문들의 모임이 있었사온데, 문득 소신의 동무를 마마께 보여 드리고 싶어 동행하였습니다."

"잘 하시었습니다. 어마님께선 좀 어떠신가요?"

"고만고만하십니다."

"혼잣소리 하시는 증세는요?"

"어느 날은 더하시다 어느 날은 덜하시다 그러십니다."

"결국 굿을 해야 하련가요?"

"아버님은 좀 더 지켜보자 하시고 형수님은 빠른 시일 내에 굿을 하는 게 좋겠다고 하십니다. 아버님께서 체면이 있으시어 쉽게 결정

치 못하시는 거지요. 형수님은 마마께 여쭤 말씀을 들어봄이 어떨
까, 오늘 아침에도 소신한테 말하더이다."

"의원들이 감당치 못할 것 같으면 무녀들의 힘이라도 빌려 봐야지
요."

"그리 전하겠나이다. 마마."

"이렇게 오셨는데, 저녁들은 드셨다 하니 다과라도 드셔야지요?"

"소신과 벗에게 차 한 잔씩만 내려주소서."

내인들이 금세 다과상을 들여와 김구주와 국빈 앞에 한 상씩 놓는
다. 다관과 찻종지가 있을 뿐 찻잎은 없다. 찻잎 대신 얇게 저며 구
운 고기며 버섯전 등이 올랐다. 찻잔을 기울이자 더운 다향 대신 사
늘한 솔향이 풍긴다. 솔잎주다. 한잔 따라 마신 김구주가 너스레를
떤다.

"다향이 그윽하옵니다. 마마."

"좋으시다니 다행입니다. 맛나게 드시면서 바깥세상 이야기, 선비
들 이야기 등을 좀 해보시어요. 김 설서!"

"예, 마마."

"작년 가을 경희궁 방방례 장에서 전하께 어사주를 하사받으시며
나를 보았습니까?"

그날 국빈은 대전 곁에 곤전이 계시다는 것은 알았어도 미처 쳐
다볼 겨를이 없었다. 방방례 자리에 들기 전에 내관들이 입격자들을
모아놓고 교육하기를 전하께옵서 고개를 들라 하시기 전에는 고개
를 들면 아니 된다 했다. 그날 전하께서 고개를 들라는 말씀을 하시
지 않았다. 내관들을 통해서 어사주가 내려왔고 그걸 마신 게 다였
다. 곤전의 옥안은커녕 대전의 용안도 제대로 못 봤다.

"소신 그날 감히 옥안을 우러러 뵙지 못했나이다."

너울 저편에서 웃음소리가 나는 것 같다. 천정에 매달린 등들과 사방에 선 사등 불빛들로 낮처럼 환하지만 너울 저편의 옥체는 보이지 않는다. 그저 고운 색채의 형상이 계심을 짐작할 수 있을 뿐이다.

"김 설서!"

"예, 마마."

"내 오라버니한테 무슨 얘기인가 들으셨습니까?"

"『소학』을 읽으신다, 들었사옵니다."

"내 얼마 전에 『소학』, 「계고」편을 읽는데 백이, 숙제가 나왔어요. 주나라의 무왕이 태공으로 하여금 은나라를 치게 하니 백이숙제 형제가 그리하지 말라고 간했습니다. 좌우에서 백이숙제를 죽이라 하였지만 태공은 백이와 숙제가 의로운 사람들이라며 부축하여 보냈습니다. 무왕은 이미 은나라를 평정했고 천하는 주나라를 받들던 때였지요. 백이숙제는 그걸 부끄럽게 여겨서 주나라의 곡식을 먹지 않겠다고 수양산으로 숨어 들어가 고비를 캐먹다가 굶어죽었습니다."

"예, 마마."

"이후 후세들은 입을 모아 백이숙제의 의리와 청백을 찬양하고 있지요?"

"예, 마마."

"모두가 한 입인 듯 백이숙제가 옳다고만 합니까? 백이숙제가 그르다는 말은 없습니까?"

"세종조와 문종조, 단종조를 살았던 성삼문이라는 사대부士大夫 학인이 중원에 가서 수양산 밑을 지나다가 백이숙제의 묘가 있는 곳을 바라보며 지었다는 시가 있나이다."

"읊어 보세요."

"당년에 말을 붙들고 서서 감히 옳지 않음을 말하노라. 대의가 당당하여 해와 달처럼 빛났네. 초목도 비와 이슬에 젖었거늘 그대들의 수양산 고비 먹은 것이 부끄럽네! 이와 같은 풍자시입니다. 주나라의 곡식을 먹지 못할 것으로 여겼다면 주나라 땅이 된 수양산의 고비도 먹지 않은 게 옳다고 한 것이지요. 그리 읊었던 성삼문은 세조께 승복치 않고 육신이 찢겨 죽었다고 하더이다."

"성삼문이 세조께 불복한, 그리하여 육신이 찢겨 죽은 까닭이 무엇인데요?"

"성삼문은 세조께서 선왕이셨던 단종으로부터 존위를 찬탈하신 것으로 여기고 신하로써 섬기기를 거부한 것이라 들었나이다."

"그러한 내용을 기록한 책은 어느 서고에 들어 있습니까?"

"창덕궁 집현고와 장경각, 경희궁 존현각에 있삽고, 태학 서고에 있나이다. 각 처 서원이나 향교마다 있을 것이옵고, 서책을 즐겨 읽는 학인들의 집 서가에 꽂혀 있기도 할 것이옵니다. 부중 책방들에도 있을 것이고요."

"조선 땅에 책이 그리 많습니까?"

"조선이 학문을 숭상하는지라 처처에 책들이 적지 않은 것으로 아나이다."

"그렇구려. 헌데, 성삼문이 그리한 것을 김 설서는 어찌 생각하시나요?"

"황공하여이다, 마마. 성삼문이 옳다고 여기기는 하오나 그와 같은 신념을 위해 목숨을 내걸 만한 배짱이 소신에게는 없나이다."

흐흥. 낮은 웃음소리가 난다.

"솔직하시니 유쾌합니다. 지금 김 설서처럼 이런저런 입장을 비교하며 가르쳐 줄 선생이 내게 필요합니다. 이따금 들어와 내게 그런 설명을 해주시겠습니까, 김 설서?"

"망극하여이다, 마마. 소신이 외는 머리로 문장을 달달 외어 운 좋게 급제는 했사오나 미련하고 미욱한지라 감히 곤전마마 안전에서 한 마디인들 할 수가 있겠나이까. 부디 혜량하오소서."

"세상은 처처에 책을 그리 쌓아 놓고도 여인들한테는, 그 여인이 곤전이라 해도 「내훈」을 읽고 필요한 글은 언문으로 쓰면 된다 하고요. 그러면서 세상은 학식이 들지 못한 여인들을 하시하고 무시합니다. 심지어는 여인이 원래 미련하여 사서삼경을 배울 수 없다고도 하지요. 가르쳐 놓지 않고, 배우려는 여인들의 의지를 한사코 꺾으면서 그리 말합니다. 곤전인 내가 그런 하시를 받아야겠습니까?"

"망극하여이다, 마마."

"내가 그리 살 수 없기에, 도둑공부라도 하려고 오라버니께 마땅한 스승을 찾아달라고 청한 것입니다. 오라버니가 김 설서를 모시고 온 거고요. 이리 뵙자니 영명해 보이십니다. 내 글 스승이 되어 주시면 좋겠습니다. 스승이 돼 주세요."

"사제지간은 임의로이 마주앉아 이러니저러니 나누는 이야기를 통해 공부를 해나가는 것인데 소신이 어찌 마마 앞에서 선생 노릇을 할 수가 있겠나이까. 통촉하소서."

"이처럼 목소리가 들리는 거리에서 주렴 드리우고 하면 되지 않겠습니까? 열흘에 한 번, 그게 잦다면 보름에 한 번 정도라도요."

곤전이 이렇게까지 나올 때 못 한다 하고도 앞날이 순탄할까. 어쩌니 저쩌니 해도 당금 조선에서 일인지하 만인지상이 곤전 아닌가.

이극영이 그처럼 극진히 섬겼던 소전은 이 세상 사람이 아니다. 소전이 뒤주로 들어가던 날 그 광장에서 죽겠다고 계단에다 머리를 부딪는 소전을 이극영이 몸으로 막았던가 보았다. 아들한테 죽으라는 명을 내려놓은 대전께서 쳐다보고 계신지라 어떤 신료도 편들고 나서지 못하는 소전의 자해를 이극영이 막고 나섰던 것이다. 당시 대전의 진노로 보자면 이극영은 그 자리에서 죽어 마땅할 것 같은데 그 반대였다. 대전은 소전 사후 그 책임을 물어 유수한 신료들을 유배 보내거나 삭탈관직 했으면서 이극영은 정오품의 문학으로 높여 놓았다. 당시에도 시강원 사서였던 남상본으로부터 들은 바에 따르면 그랬다. 이극영이 다시없는 벗이자 형일 때 들은 이야기였다면 영웅적으로 느꼈을 그 행동들이 감정이 상한 후에 들으니 아주 어리석거나 몹시 간교한 행태로 느껴졌다.

아서라, 말자!

도리질로 극영 생각을 떨쳐낸 국빈은 눈앞의 상황에 집중한다. 소전은 없고, 동궁은 어리고, 대전께선 연만하시고 곤전께서는 겨우 묘령이시다. 국상이 나는 순간 곤전은 대비전으로 올라앉을 것이고, 동궁이 관례를 올리기 전에 국상이 난다면 수렴청정으로 어린 임금의 웃전이 된다. 조선은 대비의 나라가 되는 것이다. 지금 동궁이 문제가 아니다. 이극영과 척지는 걸 따지고 있을 때는 더욱 아닌 것이다. 국빈은 다과상 옆으로 나앉아 무릎을 꿇으며 복명한다.

"소신 김국빈, 마마의 명을 따르겠나이다."

"고맙습니다, 김 설서. 허면 내 잠시 스승을 뵙기로 하지요."

좌우에 시립했던 내인들이 너울을 양쪽으로 잡아당겨 시야를 틔운다. 국빈이 잽싸게 허리를 수그리노라니 고개를 들라는 하명이 내린다. 국빈은 몹시 무거운 고개를 조심스레 들어 곤전을 알현한다. 꽃수 놓인 흰 당의를 입으시고 첩지머리에 봉잠 하나를 꽂으신 곤전은 국빈이 상상한 모습보다 훨씬 젊고 곱다. 조선에서 가장 귀하며 어여쁘다 여겼던 이영로도 곤전에 비하여 아직 풋내 나는 아이일 뿐인 것 같다. 곤전과 눈길이 맞닿는 순간 국빈의 가슴이 둥당둥당 뛴다. 국빈은 급히 머리를 숙여 방바닥에 이마를 댄다. 곁에서 김구주의 웃음소리가 들린다.

말하지 않아도 괜찮아

무슬은 칠지선녀의 시좌가 가리키는 자리에 앉아 조바위를 쓰고 있는 수앙을 바라본다. 내림굿 때 등불 불빛으로도 알아본 수앙이므로 지금 아침 빛 속에서는 환히 보인다. 큰 눈, 오똑한 코, 가는 목. 보일 듯 말 듯 가려진 입술의 빛깔은 그리 붉지 않다. 제 탁상 위에 맞잡아 놓은 손에는 나비 날개처럼 얇은 수갑을 꼈다. 수앙이 말없이 바라보기만 하므로 무슬이 먼저 입을 연다.

"아씨를 만나게 해달라고, 선오 형한테 세 번 청했는데, 세 번 다 맞아죽을 뻔했습니다."

"아직 살아 있는 걸 보니 생떼를 몹시 쓰진 않았나 보네요?"

"한 번 더 그런 청을 하다간 정말 맞아 죽을지도 모르겠다 싶어서 머리를 한참 썼습니다. 제 머리가 나쁜가 봐요. 칠지선녀의 손님이 되면 대번에 해결되는 거였는데 그걸 지난 섣달 초에야 생각해 냈잖아요."

"섣달 초에 생각해 내고도 이제야 온 까닭은 뭐예요? 복채 마련하느라고요?"

내의원 참봉의 일 년 녹봉이 쉰두 냥쯤이다. 무슬의 녹봉은 열두 달치로 나뉘고 곡식과 면포 등으로 변해 의탁해 사는 큰형 집으로 들어온다. 큰형수는 그걸 당연한 듯이 받으며 등청한 날의 점심값만 챙겨주었다. 무슬도 그러려니 여겼다. 돈이 따로 필요한 일이 거의 없었고 어쩌다 필요할 때는 큰형한테 말해 얻었다. 지난 섣달 초에 무슬은, 수앙을 보려면 칠지선녀한테 점을 치면 된다는 생각을 해냈다. 동시에 돈이 없다는 걸 깨달았다. 수중에 지닌 게 겨우 석 냥 정도였다. 장무슬의 전 재산이 그만큼이었다. 석 냥을 더 구해야 하는데 백방으로 궁리해도 돈 벌 방법이 생각나지 않았다.

그 며칠 뒤 내의원 하속들이 권전장에 대해 나누는 얘기를 들었다. 운이 좋으면 쌈꾼들의 시합에 돈을 걸어 몇 배로 벌 수 있다는 것이었다. 귀가 번쩍 뜨였다. 구경삼아 배고개 권전장이며 숭례문 밖, 마포나루 권전장에 한 번씩 가서 쌈꾼들한테 돈을 거는 대신 쌈꾼들의 시합을 관찰했다. 권전장 기본 입장료가 닷 푼이었다. 하룻밤에 예닐곱 번의 시합을 사흘 밤 보고 나니 도전해도 될 것 같았다. 싸움에 져도 얻어터지기만 할 뿐 돈이 나가지는 않으므로 다행이었다. 마포나루 권전장에서 출전을 신청하며 다른 투사들처럼 별명을 썼다.

"무장승이? 바리데기 서방 말인가?"

무슬이 댄 별명을 듣고 권전장의 변사辯士가 그렇게 반문했다. 무슬은 무장승이 바리데기 이야기에 나오는 여러 저승신의 한 이름이라 생각했을 뿐인데 변사가 바리데기 서방이라 하니 그럴싸한 것 같았다. 어쨌든 무장승은 첫 출전에서 백승이란 별명의 상대한테 구십구 번쯤 맞고 딱 한 방, 운 좋게 제대로 쳤다. 그 한 방으로 간신히 이겼다. 백승을 이기고 나자 전승이란 상대가 나타났다. 전승한테는 백승에게만큼 많이 맞지는 않았다. 백승을 통해 마구잡이 주먹싸움의 요령을 약간 익힌 덕이었다. 전승에게 겨우 이기고 나니 흑호라는 자가 등장했다. 흑호는 몸피가 무장승보다 컸다. 키는 비슷한데 몸집이 벅수처럼 두터웠다. 그에게 다섯 대 정도 맞고 쓰러졌다. 그날 밤 무슬은 이백 대 가까이 맞고 두 냥을 벌었다.

열흘 뒤에 다시 마포나루 권전장으로 갔다. 다섯 사람을 이겼고 열 냥을 벌었다. 세 사람을 이기면 석 냥인데, 네 사람을 이기면 닷 냥, 다섯 사람을 이기면 열 냥을 번다는 걸 그 밤에 배웠다. 때로 다섯 번 이긴 자들끼리의 특별 시합이 벌어지기도 하는 바 그 판에서 우승하면 서른 냥을 번다는 것도 알게 됐다. 동시에 흑호니 비룡이니 철권이니 하는 일급 투사들이 있고 그들은 두 번 이상 이기고 올라온 자들과만 시합을 벌이며 그 같은 일급 투사들이 나오면 권전장구경꾼들의 내기판이 달아오른다는 것을 알게 됐다. 노름판이었던 것이다. 그날 밤에 흑호 같은 일급 투사들은 나타나지 않았다. 덕분에 무장승이 오승을 하며 열 냥을 벌었으나 일급 투사 반열에는 오르지 못했다. 일급 투사가 되려면 일급 투사로 알려진 자와 붙어 이겨야 한다는 것이었다.

칠지선녀를 만날 수 있는 복채가 여섯 냥인데 그보다 십수 배 더 벌었음에도 무슬은 권전장을 찾아다녔다. 흑호를 만나 이기거나, 이길 수 없다는 걸 확인하고 싶었던 것이다. 열흘에 한 번 정도씩 여러 권전장을 드나들며 시합을 벌이고 돈을 벌었다. 흑호를 다시 만난 건 이레 전 마포나루 권전장에서였다. 그날 오십여 합이나 주먹을 주고받는 동안 무슬은 흑호가 산만하다는 걸 느꼈다. 흑호의 몸은 투사의 본능으로 움직이는데 생각이 자주, 잠깐씩 딴 데로 쏠렸다. 그런 순간의 흑호는 상대인 무장승이 두 달여 전에 제 주먹 다섯 방에 나가떨어진 자라는 걸 잊는 것 같았다. 제 주먹 다섯 방에 나가떨어졌던 자가 수십 합을 겨루고 있다는 사실을 망각하는 듯했다. 딱 그 순간에 무장승의 주먹이 나가 그의 왼쪽 관자놀이를 쳤다. 그 한 방으로 흑호가 턱 나자빠졌고 무장승은 서른 냥을 벌며 일급 투사 반열에 올랐다.

"맞습니다. 무슨 복채를 여섯 냥씩이나 받아요? 너무 심한 거 아닙니까?"

"저 찾아오는 손님들은 복채 높다는 말은 아니하시는데요? 뿐인 줄 알아요? 여섯 냥의 열곱을 내는 손님들도 드물지 않아요."

"제가 일 년 동안 벌 돈을 하루에 버시니, 참 좋으시겠습니다."

"제가 원래 돈을 잘 벌잖아요? 잘 아시면서?"

"수문동, 작미약원作美藥園도 아씨 작품이지요?"

맞는지 수앙이 흐흐흥, 웃는다. 약방을 내리면 내의원의 허락을 받아야 한다. 내의원 출신 의녀 여섯 명의 공동 명의로 작미약원 개설 허가 신청서가 들어왔을 때 도제조 이하 판관까지 신청서를 심의하는 내의원 상급관헌들의 의견이 분분했다. 신청서 내용에 적힌 여인들만을 위한 약방이라는 구절 때문이었다. 계집들이 감히! 계집들끼리 뭘 하겠다는 것이며 계집들끼리 뭘 할 수나 있는가? 설왕설래하다 작미약원 불허 결정이 나려는 찰나에 도제조 대감이 잠깐, 하며 가로막았다.

"여인들 몸은 여의들만 세세히 볼 수 있지 않은가? 내명부에서 환자가 날 제 우리는 남녀유별 법에 갇혀서 진맥조차 상세히 못 짚는 실정이고. 조선 백성의 절반이 여인이고 그들이 조선 백성을 낳는바 여체를 깊이 연구할 필요가 있긴 하지."

결국 내의원 관헌들이 실사를 나갔다. 약방이 될 집을 둘러보고 의녀들과 대화를 나누고 난 뒤 약방으로서 손색이 없다는 결론에 이르렀고 허가가 났다.

"나는 생각난 것을 말했을 뿐이고 선생님들이 다 하셨지요. 꽤 멋지지 않아요?"

"좋더이다. 어쨌든 복채를 준비해 왔으니 드리겠습니다."

"칠지선녀한테 무얼 물어보려고요?"

"물어볼 거 없습니다. 얼굴 한 번 보려고 왔으니까요."

"물어볼 거 없는 손님한테는 복채를 받지 않아요. 복채가 없으면 점사도 없는 거고. 정말 물어볼 거 없어?"

비로소 수앙다워진 말투에 무슬의 맘이 푹 놓인다.

"칠지선녀한테 물어볼 건 없어요. 꽃님 김경이나 수앙이라면 모를까."

"그럴 거면 하필 이 시각에 와? 오늘 등청 안 해?"

"오늘 칠지선녀의 마지막 손님이 되기 위해 묘유 시작한 지 이태 만에 처음으로 수유를 냈어요. 멀쩡한 몸에 옴이 올랐다고 거짓말을 하면서."

거짓말로 수유를 낸 이유가 또 있었다. 곤전이 내의원에서 가꾸는 약초들에 대해 물을 것이 있다며 장무슬을 지명하여 펌우사로 불렀다. 존덕정에서 곤전과 부딪친 이틀 뒤였다. 펌우사는 존덕정 바로 곁에 있는 작은 집으로 방 한 칸에 마루가 달려 있었다. 판관이 명하여 펌우사로 가면서 원속 다섯을 대동했다. 곤전이 수백 가지 약초의 이름과 쓰임새에 대해 알아야 할 필요가 없는 것이므로 그 의도가 몹시도 꺼림칙했던 것이다. 곤전은 문이 환히 열린 방안에 앉아 존덕정 앞 연못을 바라보고 있었다. 그날 무슬은 펌우사 마루에 올라앉아 곤전한테 한 시간 넘게 약초들에 대해 설명했다. 듣고 난 곤전이 말했다.

"내일 이 시각에 계속 듣겠소. 여기서."

이튿날 똑같은 짓을 하고 나서 곤전이 사흘 뒤에 다시 하자 했다. 그날 밤 무슬은 금강약방 의원인 장무현에게 상황을 설명하고 먹으면 두드러기가 돋는 독말풀 씨앗을 가져다 달라 했다. 다음날 무현이 독말풀 씨앗 가루를 가져왔다. 사흘째 되는 날 아침에 등청하여 점고를 마친 무슬은 독말풀 씨앗가루를 몰래 먹었다. 한 식경 만에 복통과 설사가 나면서 두드러기가 돋았다. 무슬에게 급작스레 핀 두드러기 때문에 내의원이 아연 긴장했고 원인이 뭐냐 따지느라 분분했다. 무슬은 간밤에 돼지고기 몇 점을 먹은 게 잘못된 것 같다고 거짓말을 했고 그 길로 조퇴를 당했다. 이틀 쉬었으나 두드러기 흔적이 완연한 얼굴로 등청한 무슬은 가렴증이 가라앉지 않아 일을 하기 어렵다며 수유를 청했다. 두드러기 자국이 있는 의원이 환자를 볼 수는 없으므로 수유가 허락 났다.

"며칠간이나?"

"닷새요. 삼짇날인 오늘과 팔일을 끼워서 이레 동안 쉬게 됐어요."

"말단 관헌이 그처럼 길게 쉰다고 해도 돼?"

"다들 핑계만 있으면 쉬고, 핑계가 없으면 만들어서라도 쉬는데,

난 어지간하면 수유일에도 쉬지 않고 번을 섰던 덕이죠."

"평양 다녀와도 되겠네?"

"설에 다녀왔는데요. 이번 수유 동안에는 아무것도 안하고 아무데도 안 가고 꽃님 김경, 수앙, 칠지선녀하고 놀 작정입니다."

"칠지선녀는 내의원 참봉 장무슬하고 이레씩 놀 만큼 한가하지 못한데?"

"걱정 마세요. 마당 쓸고 풀 뽑고 나뭇가지 치면서, 가능하다면 학동들한테 선생 노릇도 하면서 놀 테니까요."

"그도 어려울걸?"

"왜요, 또 작두 탑니까?"

수앙이 허허헝 웃으며 머리와 얼굴을 가렸던 조바위를 벗는다. 깡똥한 머리와 허연 얼굴이 드러난다. 얼굴을 드러낸 수앙이 오른손을 입술에 대더니 입으로 수갑을 벗긴다. 수갑 벗은 손으로 왼손의 수갑을 조심스레 벗는다. 드러난 왼손 손가락들이 이상한 물체를 끼고 있다. 저런 걸 어찌 끼고 있는 걸까, 무슬의 등골에 옴씰한 한기가 끼치는데 수앙이 그것들을 톡톡 벗겨낸다. 손가락들이 없다. 아니 왼손의 엄지를 제외한 네 손가락이 지나치게 짧다.

졸지에 놀라 발딱 일어난 무슬은 수앙의 탁상 앞으로 다가든다. 수앙의 왼손을 받쳐 잡는다. 그림 그리거나 꽃을 따는 것조차 안했으면 싶을 만치 아름답던 수앙의 네 손가락, 두 마디씩이 끊겨 사라졌다. 사고가 아니다. 누군가 작두 같은 것에다 대고 하나씩 일삼아 끊어냈다. 얼마나 아팠을까. 얼마나 무서웠을까. 무슬의 손가락들이 작두날에 하나씩 썰리는 것처럼 아프다. 기가 턱 막히면서 눈물이 치솟는다. 아팠을 수앙의 왼손을 제 얼굴에 대고 무슬이 운다. 수앙이 소리친다.

"울지 마. 뚝 그쳐."

무슬은 눈물을 추스르곤 수앙의 두 손을 포개 자신의 손으로 감싼다.

"아팠겠다, 우리 꽃님이. 무서웠겠다, 우리 경이."

"딱 죽고 싶을 만치 아팠어. 즉시 죽고 싶을 만치 무서웠어."

"누, 누가 가져갔어? 왜? 언제?"

"내가 진짜, 그거 묻는 사람들 때문에 넌더리가 나서 그대한테는 그냥 보여주는 거야. 어차피 알아볼 거고 누가 이랬냐고 물으면서 펄펄 뛸 테니까. 나는 있지, 사람들이 남의 손을 그렇게 유심히 보는 줄 몰랐어. 내 손가락 모자란 거 보지 말라고 모조손가락 끼고 수갑까지 끼고 사는데, 날 알던 사람은 기어코 알아보더라고. 한 번 보고 말 사람도 그냥 지나치는 일이 없어. 손이 왜 그러냐고 꼭 물어. 아주 징글징글해. 그러니까 그대는 묻지 마. 누가 내 손가락을 가져갔는지 말해 줘도 소용없어. 한 사람은 벌써 죽었고 한 사람은 죽일 수가 없게 됐거든."

"죽이고 싶어, 그 한 사람을?"

"낱낱이 찢어죽이고 싶어. 그렇지만 못 죽여. 나는 그게 분해. 일만 번의 절을 해도 그런 분기를 다스릴 수가 없어."

"왜 못 죽이는데?"

"그걸 말할 수 없는 게 더 분해. 그러니까 묻지 마."

"알았어. 그건 묻지 말라니 묻지 않을게."

"이제는 괜찮아. 괜찮은 것 같애. 이 모조손가락들을 혜원께서 만들어 오셨는데, 손가락 하나마다 쌀 한 가마니가 들어갔대, 손가락마다 쌀 한 가마니를 끼고 다니는 사람이 또 있겠어?"

"그, 그렇겠지."

"그러니까 난 괜찮고, 괜찮아야 해. 그대도 걱정하지 마."

괜찮고, 괜찮은 것 같고, 괜찮아야 한다니!

"걱정 말라니 안 할게. 음, 그렇다면, 오늘 칠지선녀는 뭐합니까?"

"작미약원에 가 보려 했는데, 안 갈래. 장무슬, 이제 칠품 무절 됐어?"

"무절로는 육품이고 칠품은 의원됐다고 올려 주시던데요. 왜요?"

"오늘 장무슬이 나를 데리고 나가야 하는데, 그러려면 칠품은 돼야 가능할 거니까."

"내가 칠품이든 아니든 하루쯤은 무엇이나, 아씨 맘대로 할 수 있는 거 아닙니까?"

"이 집 사람들은, 나를 하나도 안 무서워해. 내가 눈치를 봐야 하는 거지. 그렇죠, 동아언니?"

무슬은 이제야 시좌를 의식한다. 신당에 들어서 수앙과 마주한 순간에 시좌를 잊어버렸다.

"조금 무섭다고 말씀드렸잖습니까. 오늘은 장 참봉과 함께 나가십시오. 어디로 가실 건지만 말씀해 주시고요."

"비연재로 갈게요."

"그러면 두 분이 아침을 드시는 동안 출타 준비를 해드리겠습니다. 장 무절께서도 아씨와 함께 안남재로 오시기 바랍니다."

우동아가 나가자 수앙이 활짝 웃고는 풀어놨던 모조손가락과 수갑을 끼고 오른손 수갑을 무슬한테 건넨다. 무슬이 오른손 수갑을 끼워 주자 일어나 나가자며 눈짓한다. 수앙이 불단이 있는 방으로 들어선다. 삼단으로 차려진 예단 위에 청동빛 아미타불께서 안석하고 계시고 그 아래 갓난 아기만 한 부처님이 앉아 계신다. 수앙이 예단 앞에서 합장 칠배하더니 관자재보살을 읊조리며 무릎을 꿇는다. '행심반야바라밀다시.' 외고는 엎드린다. 새벽 예불을 올렸을 텐데 아침 먹어야 할 시각에 「반야심경」을 외며 백팔배를 하려는 모양이다. 수앙 뒤에서 무슬도 함께 백팔배를 올리기 시작한다. 무슬은 열네 살 여름에 화도사를 떠난 이후 처음 해보는 백팔배다.

흰 바지저고리에 검정 쾌자를 걸치고 방립을 써 얼굴이 보이지 않는 수앙은 자그만 몸피의 남정 같다. 홍익루에서 혜정원까지 시오리 남짓한 길을 두 식경 정도에 왔을 만치 잘 걸었다. 혜정원 옆 담장의 작은 문 앞에 이르자 쪽문 처마에 매달린 설렁을 쳐다본다. 무슬이 설렁을 잡아당기자 수앙이 비로소 방립을 벗어 손에 든다. 얼굴이 상기됐을 거라 여겼더니 내내 응달진 곳에 있었던 것처럼 창백하다. 봄볕에 델 것 같아 무슬은 수앙의 방립을 가져다 해를 가려준다. 안에서 소리가 난다.

"누구십니까?"

수앙이 대꾸하지 않고 주먹으로 문짝을 툭툭 툭 치자 안에서 빗장이 풀리더니 일꾼 복색이 나타난다. 환갑 가까이 되어 보이는 일꾼이 수앙을 알아보고는 반색하며 읍례한다.

"오랜만에 오셨습니다, 금복 도련님."

고개를 끄덕인 수앙이 작은 문 안으로 쑥 들어간다. 무슬이 들어서자 뒤에서 문이 닫히고 빗장이 질린다. 내담과 외담 사이의 폭이

한 아름은 될 만치 넓다. 백여 보나 걸었을 때 중문이 나타난다. 열려 있는 중문을 넘어서자 육모정이 보이고 그 앞에 연못이 보인다. 마당 저편에 함월당이라 쓰인 전각이 있다. 연못가에서 풀을 뽑고 있던 일꾼 복색 둘이 수앙을 보고는 황급히 읍하고 나서 안을 향해 소리친다.

"금복 도련님이 오셨습니다!"

뜰 이곳저곳에 있던 일꾼 복색들이 일제히 돌아보며 허리 숙여 읍하고 함월당 대청 왼쪽의 앞문이 벌컥 열린다. 앞 퇴로 나선 여인은 방산이다.

"우리 님께서 기별도 없이 어찌 이리 납셨답니까?"

수앙을 반기던 방산이 무슬을 알아보고는 놀라 눈을 크게 떴다. 방산에게 인사한 무슬이 오늘 반야원에 점사 보러 갔다가 아씨를 모시고 나오게 됐노라 설명하고 나자 수앙이 말한다.

"오늘 비연재에서 지낼게요, 스승님."

"그리하시구려."

흔쾌히 답한 방산이 일꾼 둘을 앞세워 함월당을 나섰다. 함월당 후원에 단칸집이 있다. 문을 열자 마루방이다. 방 왼쪽으로 들어선 일꾼들이 마루를 오른쪽으로 밀어내자 아래로 난 계단이 나타난다. 인광노를 들고 뒤따라온 한 일꾼이 앞서 계단을 내려가 불을 밝힌다. 지하통로 양쪽 벽에 걸린 등불들이 차츰 켜진다. 통로는 무슬이 고개를 수그리지 않아도 될 만치 높고 한 아름은 될 법하게 폭도 넓다. 무슬이 칠십 보를 걸었을 때 통로가 갈라졌다. 오른쪽으로 몇 발짝 걸으니 계단이다. 일곱 개의 계단은 비연재 내원의 헛간채 바닥으로 뚫렸다.

비연재는 유릉원의 별원처럼 온통 꽃밭이다. 내원이며 사랑채 할 것 없이 담장을 따라 진홍색의 명자나무들이 꽃 울타리를 쳤다. 명자꽃 안쪽으로 키 순서와 종류별로 심긴 화초들이 꽃을 난분분하게 피웠다. 족히 백 가지는 될 법한 화초들 위로 나비들이 날아다닌다.

방산을 따라온 혜정원 일꾼들이 안채의 방문들을 활짝 열어놓고 마루에다 꽃수 놓인 깔개를 깔아 놓는다. 수앙은 연화당 마님처럼 그 어떤 존재가 된 거구나. 무슬은 여인들의 공순한 움직임들을 통해 짐작한다. 수앙은 그 어떤 존재라도 될 수 있을 사람이므로 칠성부령이 된 게 이상하지 않다. 설령 왕후가 됐다고 해도 그럴 만하다 여길 터이다.

"내 점심 때 되면 맛난 것 보낼 테니 예서 편히 놀아요. 꽃놀이를 하든 노래를 부르든 시를 짓든 이 안에서는 아무 걱정 없으니 맘껏들!"

방산의 말에 기단 아래쪽에 잔뜩 피어난 제비꽃들을 들여다보고 있던 수앙이 중얼거린다.

"술 좀 보내주세요, 스승님."

"술? 술도 좋겠지. 그리하리다."

방산이 일꾼들에게 가자고 손짓하고는 꽃밭 사이로 난 오솔길을 따라 아래채 헛간으로 들어간다. 방산이 사라지고도 수앙은 고개를 들지 않고 꽃들을 살피고 다닌다. 반야원 길을 내려오면서 수앙이 말했다.

"난 새벽에 한 시진 동안 점사를 봐. 한 시진 내에 많게는 여섯 손님의 일생을 들여다보면서 말을 해. 그게 끝나고 나면 정말이지 입 열기가 싫어. 그런데 내가 말을 안 하고 있으면 주변 사람들이 숨 막혀 해. 난 미안하지. 미안한 게 몹시 불편하고. 내가 이 집에 살게 된 이유는 뭐든 내 맘대로 해도 된다고 해서였는데, 완전히 속았어. 난 입 닫고 있을 자유조차 없어."

"나한테는 한 마디도 안 해도 돼요. 어려워하지 않을게요."

무슬이 대답하고 난 뒤 수앙은 홍익루에서 혜정원에 이르는 시오 리 길을 걸어오면서 정말 한 마디도 하지 않았다. 여기 도착해 두 마 디 했다.

"오늘 비연재에서 지낼게요, 스승님. 술 좀 보내주세요."

무슬은 수앙이 입을 열지 않아도 불편하지 않다. 수앙의 손가락이 잘려나간 이유를 몰라도 상관없다. 제 스스로 보여주었거니와 살아 서 지금 눈앞에 있지 않은가. 웃고 싶지 않고, 먹고 싶지 않고, 말도 하기 싫은 그 속내가 안타까울 뿐이다.

무슬이 집안의 이모저모를 살피고 있는데 아래채 쪽에서 여인들 이 나타난다. 앞선 여인 뒤로 소반이며 술병들을 든 세 사람이 따랐 다. 수앙이 앞선 여인을 향해 다가가 안는다. 여인이 수앙을 안아 토 닥인다.

"아씨, 볕이 따갑습니다. 맛난 걸 많이 가져왔으니 그늘에서 드시 며 노십시오. 많이 좀 잡수시고요."

"그럴게요, 스승님."

여인이 수앙을 이끌어 대청에 올려놓고는 무슬을 향해 말한다.

"장 무절, 나는 혜정원 부원주인 수열재 구여진이오. 오늘 그대가 우리 아씨의 호위를 맡게 됐으니 우리는 안심하고 물러나 있을게요. 무엇이든 필요한 게 있으면 설렁줄을 당기세요."

"예, 부원주님."

무슬이 읍하자 수열재가 일꾼들을 데리고 사라진다. 아침과 점심 사이의 주전부리로는 과하게 호화스런 소반 세 개가 꽃 깔개 위에 놓였다. 한 상은 밥이 될 만한 차림이고 한 상은 안주, 한 상은 술 병 세 개와 잔 두 개가 올라 있다. 무슬이 밥이 될 만한 상에서 잘게 잘 린 호박떡을 집어 권하니 수앙이 고개를 젓는다.

"아침도 거의 안 드셨잖아요. 뭐 좀 드셔야 기운이 나서 놀죠."

반야원 안남재에서 함께 아침상을 받았을 때 수앙은 딱 두 수저 떴다. 그나마 뜬 것은 무슬이 밥을 먹게 하기 위해서였다.

수앙이 빈 술잔을 들어다 내민다.

"난 요새 뭘 먹는 게 싫어. 술이나 한번 줘 봐."

"술은 좀 해?"

"혼인할 때 합환주 마셔 본 거 말고는 술을 입에 대본 적 없으니까, 내가 술 좀 하는지 못 하는지 난 몰라."

"마셔 본 적도 없는 술을 달라 했어?"

"그대한테 미안해서 술이나 대접하려고 그랬지. 그 핑계로 나도 술을 배워 볼까 했고."

"나한테 왜 미안한데?"

"이렇게 엄살하며 당연한 듯이 엉겨붙고 있잖아. 내가 무슨 짓을 해도 장무슬이 다 받아 줄 거라고 여기면서. 미안해."

무슬은 두 잔의 술을 채워 놓고 수앙의 오른손을 끌어다 술잔을 쥐어준다.

"나한테 미안해해도 괜찮고, 미안해하지 않아도 괜찮아. 술맛이나 한번 봐요."

수앙의 열세 살에 처음 만났다. 무슬은 열네 살이었다. 그사이 무슬은 수앙 덕에 환골탈태했다. 같은 세월 동안 수앙은 술맛도 모른 채 장무슬한테 미안해하는 사람으로 변했다. 수앙이 왼손으로 술잔을 받치곤 술을 마신다. 마실 만한지 잔을 비워 내려놓는다. 무슬은 자신의 잔을 홀랑 비우곤 두 잔을 다시 채워 놓고 고기전 한 점을 집어 수앙의 입 앞에 댄다. 수앙이 고개를 젓더니 술잔을 들어 술을 마신다.

빈속에 술 다섯 잔을 마신 수앙의 얼굴에 홍조가 돈다. 미소도 어린다. 술잔을 반쯤씩만 채워 주었으므로 많아야 석 잔쯤 마셨는데 몽롱한 표정으로 마당의 꽃들을 쳐다보고 있다. 미소 띤 눈물 덩어리 같다. 눈물 덩어리가 그대로 푹 무너질 것 같은 조바심에 무슬이 불러본다.

"꽃님 아기씨!"

꽃님이 돌아보지 않은 채 "응." 한다.

"김경!"

"응."

"금복 도련님!"

"응."

"수앙아씨!"

"응."

"우리 시전 구경 나갈까요?"

"아니."

"비단섬 보러 갈까요? 능라도?"

"아니."

"임림재 갈래요? 혜원 뵈러?"

"아니."

"백두산 갈까요? 태백혈 찾으러?"

"아니."

"그럼 좀 잘래요?"

수앙이 무슬을 향해 고개를 돌린다. 눈이 취기와 눈물로 어룽져 있다. 무슬이 그 눈물을 닦아 주려 손을 뻗으니 수앙이 속삭인다.

"나, 살기 싫어."

무슬의 가슴이 퍽 막히면서 울음이 솟구친다. 어찌 그런 소리를 하느냐고 물을 필요가 없으므로 울음이 난다. 왜 살기 싫은지 다 알 것 같으므로, 그 말을 다른 누가 아닌 장무슬에게 했으므로 무슬은 수앙을 그러안고 운다. 내 가슴에 제 얼굴을 묻고 우는 꽃님 김경을 감싸안고 함께 펑펑 운다. 제가 정말 살기 싫다면 살아야 한다고 말하고 싶지 않다. 무얼 위해 누굴 위해 살아야 한단 말인가. 꽃님 김경이 세상에 없다면 선해 장무슬에게도 세상은 필요치 않으므로 이만하면 충분한 것 같다. 지금 이렇게 안고 함께 울 수 있으므로 다 된 것 같다. 제가 죽으면 따라 죽으면 된다. 함께 죽자 하면 함께 죽고, 제가 죽여 달라면 죽여 주고 따라 죽으면 되지 않겠는가.

스물세 살의 장무슬. 생일을 모르므로 생일이 없다. 생일이 없으나 무슬은 열네 살 이후 누가 생일을 물으면 영명사 아래 꽃밭에서 꽃님 김경을 처음 만난 칠월 이십삼일이라고 답한다. 그날 이래 장무슬의 세상은 김경을 중심으로 진행돼 왔다. 김경을 향해서만 자라는 나무처럼 오직 그를 위해 컸다. 김경을 안고 그와 살을 섞을 날이

오리라는 상상을 한 적은 없다. 김경이 불가침의 존재이며 그런 사람으로 존재하기만 바랐을 뿐이다.

그랬던 김경이 스스로 장무슬의 품으로 들어와 안겼다. 울고 또 울다가 자고 일어난 어제, 석양녘이었다. 김경이 무슬에게 안아 줘, 했다. 그 말이 살려 달라는 비명처럼 들렸다. 무슬은 처음이었다. 김경을 안을 날이 있으리라고 상상한 적 없으나 다른 여인을 품고 싶은 적도 없으므로 동정이었다. 처음이므로 서툴렀다. 김경이 은 연중에 이끌어주었다. 두 번째에는 무슬이 이끌 수 있었다. 세 번째 는 김경 몸의 움직임을 감각했다. 낱낱의 촉감과 그 몸에서 이는 기 의 변화.

파루 소리에 맞춰 비연재를 나온 뒤 김경을 반야원 외삼문 아래 까지 데려다주었다. 들어가라 하니 김경이, 며칠간 예서 지낸다더니 어디 가냐고 물었다. 홀로 있기 싫은 아이 같은 투였다. 어디 좀 갔 다가 내일 오겠다, 하고 나온 길로 평양으로 향했다.

해 질 녘에 서문약방에 도착해 저녁을 먹고는 유릉원으로 들어온 참이다. 김인하가 내원에서 저녁을 먹고 사랑으로 나오다가 무슬을 발견하고는 눈을 크게 떴다. 방으로 따라 들어선 무슬은 김인하에게 절하고는 앉는다.

"수유일도 아닌데 어쩐 일이냐?"

"며칠간 수유를 냈사옵고, 스승님께 청할 일이 생겨 왔나이다."

"말해 봐라."

"내의원을 사직하고 반야원으로 들어가고 싶습니다."

"뭐라고?"

"반야원으로 보내 주십시오, 스승님."

"이태 전에는 내의원에 안 들어가고 반야원으로 가고 싶다고 난리더니, 이젠 사직하고 반야원으로 가고 싶다고? 대체 네놈 머리통엔 뭐가 들었기에 그리 막무가내냐?"

"황송하옵니다."

"이놈아, 생각을 좀 해봐라. 공식적으로 반야원에 사는 사람은 무녀 다섯 명뿐이다. 다른 사람들은 다 바깥세상에다 적을 둔 채 반야원에서는 이름도 얼굴도 없이 지낼 뿐이란 말이다. 왜냐! 천민인 무녀들의 하속으로 살지 않기 위해서다. 무녀들은 어쩔 수 없이 천민으로 산다지만 다른 사람들은 그리 살기 어렵기 때문이다. 해서 반야원에 사는 사람들의 삶은, 한집 식구가 다 들어가 살고 있을지라도 늘 임시다. 바깥세상에 번듯한 자리가 마련되면 그쪽으로 옮겨가기 위한 임시란 거다. 너는 번듯한 삶터가 마련됐다. 내의원 관헌 되기가 별 따기보다 어려울 제 너는 거기 들어갔지 않으냐? 허면 내의원에서 벼슬 높이며 살아갈 생각을 해야지 어찌 무녀들 사는 집으로 들어가고 싶어 해!"

"어제 수앙아씨를 만났습니다."

"만났다손!"

"임림재 이후 육 년 만의 면대였습니다. 그럼에도 여전히 벗이었습니다."

"그렇겠지. 네들이 어린 날 오죽 붙어다녔느냐?"

"여전히 벗인 덕에 수앙아씨가 소제한테 말하더이다."

"반야원으로 들어오라 하더냐?"

"아니오. 아씨가 이러시더이다. 나, 살기 싫어!"

"뭐?"

"비연재에서 술 석 잔쯤 드신 뒤에 멍해 있다가 하신 말씀이 그랬습니다. 아씨는 살아야 할 이유를 모르는 것 같더이다. 말하기 싫고, 먹기 싫고, 자기도 싫은 것 같더이다. 저대로 두면 스스로 말라죽을 것 같더이다. 하여 소제가 스승님께 달려왔습니다. 소제로 하여금 아씨를 측근에서 보살피게 해주십시오."

"너, 혹시 그 아이하고 무슨 사이가 된 게냐?"

"처음 만난 날부터 소제한테는 오직 꽃님 김경, 수앙아씨뿐이었습니다. 지금도 그렇고 앞으로도 그럴 것입니다. 아씨와 어떤 사이도 아니지만 사람관계에서 이름 붙일 수 있는 모든 사이기도 합니다. 그러므로 아씨가 계셔야 소제도 존재합니다. 부디 소제를 반야원으로 보내 주십시오, 스승님."

"너, 장무슬의 미래는 생각 아니하느냐? 네 자신의 삶 말이다."

"사람들이 흔히, 세월 지나면 맘이 바뀐다 하더이다. 상사지정은 특히 잘 식는다고, 암만 길어도 삼 년이면 덤덤해 진다고요."

"그게 자연스런 이치다."

"그럴지도 모르겠습니다. 하온데 소제는 세월을 지나지 못하는 것 같습니다. 영명사 앞 꽃밭에서 김경을 만난 이래 소제의 세월은 지나는 게 아니라 처음 만난 그곳으로 가서 붙습니다. 소제한테 꽃님 김경을 제외한 삶이 없는 것 같다는 것입니다."

"그 아이를 향한 네 맘은 내 일찍이 알아보았다만, 그 아이는 바깥 세상에서는 반족의 과부다. 반야원에서는 무녀다. 그럴 제 네가 지금 하는 말이 무슨 뜻인지 아느냐?"

"압니다."

"그 아이가 예사 과부나 예사 무녀가 아니라는 것도 아느냐?"

"짐작하옵니다."

"네가 어찌하여도 그 아이와 혼인치 못한다."

"압니다."

"그 아이의 사내로 살게 될 때 너는, 다른 여인과 혼인치 못한다."

"그런 생각이 있다면 소제가 지금 스승님 앞에 엎드려 있을 까닭이 없겠지요."

"그 아이는 삶의 방향, 삶의 방식이 정해졌으나 너는 이제 겨우 스물세 살의 사내다. 그리 단언하는 게 아니야."

"방금 말씀드렸지 않습니까. 제 삶의 방향과 방식은 김경을 만나면서 결정되었습니다. 소제는 김경을 향해서만 충동하고 자양하며 수거됩니다. 김경이 있어 만단사를 버렸고, 입계했고, 의술을 공부했고, 무술을 수련했습니다. 소제는 김경이 살아 있기만 하면 됩니다. 그런데 김경이 죽어가고 있습니다. 하여 저 또한 죽어갑니다. 부디 저를 살려 주십시오, 스승님."

스승이 말없이 노려보기만 한다. 한참이나 노려만 보다 체머리를 흔들곤 입을 연다.

"네가 제 곁에 있기를 그 아이가 원하는 것 같으냐?"

"모릅니다. 제가 그 곁에 있어야겠다고 작정했을 뿐입니다."

"그 아이가 너를 곁에 두기를 원해야 하고, 그 아이가 원해도 우리 부령께 여쭤야 한다."

"여쭤 주십사, 스승님께 청하고 있나이다."

스승께서 한숨을 쉬신다. 한숨을 거푸 쉬고 당신 두 손가락들의 관절을 꺾는 소리를 열여섯 번이나 내고는 무슬을 쳐다본다.

"알았다. 내 일단 여쭤보마. 여쭈긴 할 것이나 부령께서 불허하시면 두 번 다시 반야원을 운운치 말아야 할 것이다. 알겠느냐?"

"부령께서 불허하시면 반야원으로 들어가겠다는 말은 다시 아니 하겠습니다. 하오나 내의원은 사직케 해주십시오."

"반야원으로 못 들어가는데도 사직을 하겠다고?"

"반야원으로 못 가면 홍익원이나 금강약방으로 가고 싶습니다. 그곳들에 제 자리가 없다면 보제원거리에서 다른 약방을 알아보겠습니다. 내의원을 사직케 해주십시오."

"이놈아! 그 아이 곁에 못 있을 상황이면 내의원에서 관헌으로서의 네 위상을 키우는 게 우리 세상을 위하는 길이자 네 자신을 위한 길 아니냐?"

"우리 세상이 소제한테는 김경이라 말씀드렸습니다."

"사내놈이 일생을 여인한테만 건단 말이냐?"

"황송하옵니다, 스승님."

"달리 생각해 볼 여지가 없다는 거냐?"

"달리 생각할 여지가 없거니와 내의원에서 지내기 어려울 것 같은 일이 생겼습니다."

"점입가경이라더니! 뭐냐?"

무슬은 존덕정 앞에서 곤전과 마주친 일부터 환자 시늉한 일까지 털어놓는다. 어쩌면 곤전은 아무 생각 없이 그저 약초에 대한 호기심으로 그러했을지도 몰랐다. 두 차례에 걸쳐 약초에 대해 듣고 물을 때 제법 진지했지 않은가. 무슬 자신이 앞서가며 침소봉대한 것일 수도 있었다. 빠른 시일 안에 수앙 옆으로 가야 한다는 다급함이 아니라면 곤전이 그러거나 말거나 스승 앞에서 거론하지 않았을 것이다.

"곤전이 네게 그러는 것을 꺼림칙하게 느낀 까닭이 뭐냐?"

"꺼림칙함에 까닭이 있어야 하옵니까?"

무슬이 볼 부른 소리를 내자 김인하가 껄껄 웃고는 말한다.

"여기나 저기나 젊음이 문제로구나. 내 젊을 때는 그게 문제일 줄 몰랐더니 이제 알겠다."

"스승님께선 지금도 젊으신데요."

"됐다, 이놈아. 일단은 내가 다 알아들었고, 부령께 취품하여 답을 듣기까지는 시일이 걸릴 테니 너는 집으로 가서 쉬고 상경하여라. 가부간에, 한 달 안에는 네게 기별이 가리라."

"은혜가 깊으시옵니다, 스승님."

"나가 봐라. 내일이든 모레든 상경하기 전에 나를 보고 출발토록 하고."

"소제, 시방 도성으로 향할 참입니다."

"뭐야?"

"내일 아침에 만나기로 한 사람이 있어 이 길로 출발하려 하옵니다."

"너, 오늘 도착한 거 아니냐?"

"그렇습니다."

"어떻게 왔는데?"

"뛰어왔지요."

"종일, 육백 리를?"

"예."

"내의원 참봉 녹봉으로는 말을 살 수 없더냐? 해서 말처럼 뛰어다니는 게야?"

요즘 어지간한 말 한 필의 값은 백 냥에 가깝다. 무슬은 석 달간 권전장을 드나들며 말 두 필 값은 벌었다. 말을 구입할 생각은 못했다. 앞으로도 못할 것이다. 이제 가끔 꽃님 김경을 데리고 다니며 맛난 것 먹이고 따숩게 재워야 하므로 돈이 필요할 것이기 때문이다.

　"예, 스승님."

　무슬의 수긍에 흐허허, 웃은 김인하가 바깥을 향해 게 누구 있는가, 하고 외친다. 행랑아범이 들어오자 말한다.

　"예전에 꽃님이가 타던 말 이름이 비로였던가?"

　"예, 대방."

　"비로가 몇 살이나 됐지?"

　"아기씨가 타실 때 세 살이었으니 열 살쯤 됐습지요."

　"아직 팔팔하구먼. 비로를 장 의원한테 내주게."

　"비로는 신우 도련님이 타시는데요?"

　신우는 김인하의 큰아들이자 오품 무절이다. 무슬이 그랬듯 영명사를 오르내리며 맹렬히 수련하고 가업을 잇기 위해 장사를 배우고 있었다.

　"신우한테는 다른 말 타라 하고 비로는 장 의원한테 내주게. 장구들 다 채워서."

　"예, 대방."

　행랑아범이 나가자 얼굴을 찡그리듯 웃는다.

　"이제껏 나는 제자인 네가 언제나 자랑스러웠고, 앞으로도 그러할 것이다. 너는 스승으로서의 내게 많은 기쁨을 주었다. 그럼에도 나는 너한테 더 잘하라 채근했을망정 상을 준 적이 없다. 칭찬도 아니했지. 비로는 그동안 네가 내게 준 기쁨에 대한 보답이다. 더하여 장차 네가 나아가야 할 길에, 그 길이 어느 길이든지, 보탬이 되라고 너에게 붙여 주는 것이다. 어디서 무슨 일을 하며 살든지 몸조심하고 길 조심하라는 의미다. 미친놈처럼 펄쩍펄쩍 뛰어다니지 말고."

"예, 스승님."

"나가 보아라."

무슬은 김인하한테 절하고 밖으로 나선다. 유릉원의 마사는 대문 밖 유릉지의 왼편 숲에 들어 있다. 행랑아범이 마사에서 비로를 이끌고 대문 앞으로 오는 참이다. 비로는 세 살 무렵에도 길이 잘 들어 있었다. 사람 말도 잘 알아들었다. 끄덕하면 멀미를 하던 김경이 '나 어지러워.' 하면 고삐를 잡은 무슬이 신호하기 전에 비로가 먼저 멈춰서곤 했다.

"아저씨, 고맙습니다."

행랑아범에게 인사한 무슬은 비로에 올라앉아 방향을 돌린다. 스승께서 행랑아범한테 비로를 내주라 할 때 인사로라도 사양의 말을 하지 않았다. 꽃님의 말을 그 주인한테 데려갈 것이기 때문이었다. 유릉원 앞을 벗어나 비로의 목을 만지며 말한다.

"비로야, 꽃님한테 가자."

비로가 알아듣기라도 한 듯 흐응, 콧바람을 내며 걸음을 재촉한다. 스승께선 한 달 안에 기별하겠노라 하셨다. 그 내용이 어떤 것일지는 기별을 받아 봐야 안다. 이태 전 그때처럼 장무슬은 그대로 내의원에 봉직하라는 것일 수도 있다.

"부디 그리되지 않기를!"

중얼거린 무슬은 하늘을 올려다본다. 북동쪽 하늘에 북두칠성이 선명하다. 국자 모양의 북두칠성. 국자의 손잡이를 직선으로 따라 가

다 보면 오똑하게 보이는 별이 북극성이다. 나침반이 가리키는 별. 오래전 나침반을 지닌 적이 있었다. 스승 효맹께서 길을 잃지 말라고 주셨던 나침반을 품에 지니고 금강산과 백두산을 올랐다. 그때 길을 잃지 않았던 건 나침반과 북극성보다 북두칠성 덕이었다. 북극성을 찾기 위해서는 북두칠성부터 찾아야 하기 때문이었다. 그 나침반을 선신의 손에 쥐어 주고 땅에 묻으면서 길을 잃었다. 꽃님 김경으로 인해 길을 찾았다. 꽃님 김경이 북두칠성처럼, 북두칠성으로 그 자리에 있으므로 장무슬의 길이 되었다. 그 길 끝에서 지금 꽃님이 기다리고 있다. 무슬은 비로를 다독이며 서둘러 가자고 속삭인다.

청계산 회합

안양원安養院은 국태사의 대중 전각이다. 평소에는 국태사 승려들의 공부방이고 수행자들이 찾아왔을 때 묵는 방이기도 하다. 오늘은 사신계 경령들이 쓰기로 했다. 사신경 김상정과 청룡부령 감선동, 백호부령 임현도와 주작부령 조회경, 현무부령 이무영과 칠성부령 심경!

안양원 뜰에 내리는 연둣빛 햇살을 내다보며 경령들의 이름을 되새기던 이무영은 칠성부령의 이름에서 주춤한다. 반야가 그러했듯 심경에게도 성씨가 없지 않은가. 이한신의 딸인 심경은 정작 그 이름으로 불릴 때는 성씨를 갖지 못했다. 그 탓에 김경이 되고 은재신이 되었으며 숱한 이름을 갖게 되었다. 이제 심경 앞에 이씨를 붙이기는 어쩐지 어렵다. 어울리지도 않는 것 같다.

"하기야 저 아이한테 무엇이 어울리랴."

안양원 뜰로 막 들어서는 심경을 보며 중얼거린 무영은 도리질을 한다. 천지간에 꽃이 난분분한데 심경은 흰 바지저고리에 검정 쾌자를 덧입고 검정 초립을 쓰고 버선 모양의 검정 가죽신을 신었다. 단발머리 모양이 다를 뿐 저를 둘러싼 호위들과 흡사한 복색이다. 그럼에도 환하다. 마당을 둘러싼 숲에 콩배나무며 야광나무 등이 꽃을 잔뜩 피우고 있지만 심경에 댈 것이 못된다. 무영의 호위들이 심경에게 예를 갖추자 심경의 호위들이 무영을 향해 읍례한다. 양 호위들이 수인사를 나눈다. 그사이 초립을 벗고 계단을 올라온 수앙이 방으로 들어오더니 마주선다.

"칠성령 심경, 현무부령을 뵙습니다."

"현무령 이무영, 칠성령을 뵙습니다. 올라오시느라 힘드셨지요?"

"괜찮았습니다. 현무령께서는 언제 당도하시었나이까?"

"어제 오후에 와서 묵었습니다. 총경과 청룡령께서도 어제 오시어 묵으셨고요. 시방 두 어른은 큰스님 처소에서 담소 중이십니다. 나주의 백호령께서는 어제 도성에서 주작령을 만나셨고 오늘 함께 오신다는데, 지금쯤 강을 건너셨을 테고요. 두 분이 당도하시면 다 같이 정식으로 인사 나누기로 하고 우선 좀 앉으시지요."

"먼저 좌정하시어요."

무영은 여섯 개의 소반이 놓여 있는 방 가운데를 쳐다보고는 그냥 열린 문 앞에 앉는다. 명진을 비롯한 무영의 호위 네 명과 능연을 위시한 심경의 호위 여섯이 등을 돌린 채 둘씩 짝지어 서서 수화를 주고받으며 속닥거리고 있다. 서로 알음아리가 있는 덕에 한 동아리 같다. 수앙이 다가드는 것 같더니 무영에게서 두 걸음쯤 되는 자리에 앉는다. 무슨 말인가 할 줄 알았더니 잠잠하다.

무영은 할 말이 너무 많아 입을 열기가 어렵다. '몸은 괜찮냐. 잘 견뎌줘서 고맙다. 사온재께서 임종하시기 전에 너를 잘 보살피라 하셨는데 나는 네게 어찌해 줘야 할지를 모르겠다.' 하고 싶은 말들이 하나같이 사사롭다. 따져보자면 관계가 너무 복잡해 말머리를 잡기도 어렵다. 제 무릎을 세워 두 팔로 안은 채 가만한 심경도 그래서 입을 다물고 있는지도 모른다. 무영은 심경처럼 그저 있기로 한다. 딸아이 곁에 두고 봄볕 쬐는 늙은이처럼 한가로이 그냥 있어 보기로. 가만히 있자니 가만히 있을 만하다. 침묵이 편하다.

간밤에 사신경을 호위해 온 김인하 무진이 현무부령 이무영에게 독대를 청해왔다. 마주앉았을 때 그가 장무슬이라는 칠품무절에 관한 이야기를 꺼냈다. 장무슬과 심경이 만난 때부터 며칠 전에 평양으로 쫓아온 얘기까지 한참을 풀어 놓고 덧붙였다.

"녀석이 그러더이다. 자신은 열네 살 때부터 경이를 향해서만 충동하고 자양하며 수거된다고요. 영감께서는 그런 연모를 해본 적이 계시는지요?"

김인하의 질문에 무영은 잠깐 생각했다. 반야를 만나 떠나보내기까지 지극히 연모했다. 그를 사랑하여 늘 기뻤고 그를 사랑하여 늘 아팠다. 그 아픔으로 반생을 지나왔다. 처음이었고 내내였고 마지막일 것이었다. 그랬지만 어쩔 수 없이 다른 여인에게 장가들어 자식들을 낳았다. 스스로를 위해 공부하며 책을 십수 권 썼다. 여인 반야만을 향해 충동하고 자양하고 수거됐던 건 아니었다.

"오래도록 어떤 이를 사랑하였으나 그 녀석과 같지는 않았던 것 같군요. 연모의 양상은 사람마다 다른 것 아니겠습니까? 김 대방께서는 어떠셨는데요?"

"저는 열네 살 이월 보름날에 동갑내기 처자와 혼인했는데요, 그 처자한테 친정 같은 게 없었습니다. 그 사람이 백두산 어느 골짜기에서 자라 내려왔다는데 우리 집에 들어온 지 한 달쯤 만에 초례를 치렀습니다. 당연히 친영례 같은 것도 없었지요. 혼인했다는 실감도 못했고요. 그저 신기한 처자가 우리 집 별원으로 들어와 있는 것 같았습니다."

"부인이 신기한 분이셨습니까?"

"그 사람이 높고 깊은 산골짜기에서 자라 나온 탓인지 예사 처자와는 아주 달랐습니다. 세속 물정을 전혀 몰랐거든요. 그러면서도 다 아는 것처럼, 저를 보면 배시시 웃는 겁니다. 별 하나가 떨어져서 저를 향해서만 반짝이는 것 같았달까요. 열네 살의 저는 그 별 같은 사람 때문에 설레고 일렁이고, 두근거리고, 얼이 빠졌습니다. 그 처자가 제 첫정이 됐지요. 당시 영명사로 다니며 수련할 때였는데 제 집에 그 사람이 있다는 생각에 설레서 허구한 날 헛손질을 하다가 도반들한테 죽어라 얻어터지곤 했습니다. 그런데 어른들이 우리 내외가 열일곱 살 이월 보름이 돼서야 합방을 시켜주지 뭡니까. 어쨌든 그 삼 년 동안 내자한테 키운 맘이 원체 크고 깊어 버렸던 것 같습니다. 혼인한 지 이십육 년째이고 큰아이가 열일곱 살이나 됐는데도 다른 여인이 눈에 들어오지 않습니다."

"하여 장무슬을 이해하시는군요?"

"이해하지요. 그럼에도 안타까운 건 녀석의 삶이 저와 달리 편치 않으리라는 것 때문이고요. 그놈이 급기야, 섶을 지고 불구덩이로 들어가겠다고 나섰지 않습니까. 그 어리석은 놈을 어쩌면 좋겠는지요, 영감?"

김인하가 물었을 때 무영은 도솔사에서의 심경을 생각했다. 그날이었다. 금세라도 반야의 숨결이 꺼질 것 같던 찰나 곁에서 눈물을 훔치고 있던 심경이 느닷없이 펄쩍 일어나며 "안 돼!" 소리쳤다. 무영은 그때 심경의 비명이 제 모친의 숨결이 그치면 안 된다는 것인 줄 알았다. "안 돼. 안 돼." 심경이 연신 비명을 지르며 방을 뛰쳐나갔다. 마당에서 팔짝팔짝 뛰다가 혼절을 해버렸다. 그때서야 무영은 김강하한테 무슨 일이 일어났음을 깨달았다. 그 순간 반야의 숨결이 그쳤다.

"녀석이 원하는 대로 하게 해도 무방하지 않겠습니까."

장무슬을 위한 결정이 아니었다. 심경을 보살필 의원이나 시좌가 없어서는 더욱 아니었다. 남녀를 불문하고 누구든 사랑하고 사랑을 받아야만 이 사나운 세상을 견디며 살 만하지 않은가. 심경에게도 그런 존재가 필요했다. 삶의 의욕이 없는 아이한테 자그만 위로라도 생기면 살고 싶을 수도 있으므로. 무엇보다 속을 터놓을 수 있는 사람이 있어야 숨쉬고 살 터이므로.

"놈이 그토록 원하는 일이니, 그래도 되겠지요."

여러 날 고심하다 결정을 내린 김인하는 오늘 아침 장무슬에게 사람을 보냈다. 내의원에 사직서 내고 정리한 뒤 반야원으로 가서 능연 무진을 만나라. 너의 새로운 자리가 마련되리라. 지금쯤 그 기별을 받았을 장무슬은 이 달 안에 내의원을 정리하고 반야원으로 들어갈 것이다.

무슬은 제가 그토록 원하여 다가선 심경의 곁이 얼마나 가파른 곳인지 모를 터이다. 무녀의 정인으로, 칠요의 사내로 산다는 게 얼마나 혹독한 인내를 필요로 하는지. 칠요는 스스로 필요하다 싶으면 정인을 두고 혼인도 한다. 칠요 반야는 이무영이 닿지 못한 곳에서라도 했다. 장무슬은 칠요 심경 곁에서 그런 걸 지켜봐야 할지도 모른다.

이무영이 그러했듯 장무슬은 어리석다. 젊음이, 애모가 그러하다.

'맞아요. 무슬은 지극히 어리석어요. 그리 어리석어 지극히 아름답지요.'

문득 들린, 혹은 느껴진 심경의 목소리에 무영은 곁을 돌아본다. 심경은 두 팔로 싸안은 제 무릎에 볼을 댄 채 마당을 내다보고 있다. 꽁지머리에 매달린 검정 댕기가 방바닥까지 늘어져 있다. 무영은 떨리는 속내를 참고 속말을 해본다.

'시방 아기 네가 나한테 말을 하고 있는 거니?'

수앙은 그대로 있는데 소리가 느껴진다.

'제가 지금 영감께 장무슬 얘기를 하고 있어요.'

'이, 이런 게 가능해?'

'영감과 제가 같은 순간에 같은 생각을 하여 통한 거지요. 별님과도 이렇게 대화를 나누셨잖아요. 별님과 마지막 대화를 나누신 분이 영감이시고요.'

'그건 꿈이었다. 꿈에서 별님과 신시에 갔었어. 나중에 신시에서 만나게 될 거라 하시더구나.'

'지금도 꿈이에요. 영감과 제가 동시에 꾸는 꿈이요.'

'아가, 경아.'

'예, 영감.'

'지금 너와 내가 동시에 한 꿈을 꾸는 까닭이 있느냐?'

'인연에서 비롯한 소통입니다만 이리 대화하는 김에 말씀드리지요. 미구에 조정으로 들어오라는 대전의 명이 영감께 도착할 겁니다.'

'나는 복상 중인데?'

'그래도, 대전 가까운 자리로 들어오라는 교지가 온양으로 갈 겁

니다. 거절하십시오.'

'거절해야 하느냐?'

'내년까지는 관직으로 돌아오시면 아니 되십니다. 금년 중으로는 도성으로도 들어오시지 말고요. 아예 한강을 건너오시지 마세요. 영 감께 그 말씀을 드리려 제가 여기서 경령들을 뵙자고 한 겁니다.'

'나는 네 어머니 말씀을 어겨본 적이 없으므로 네 말에도 그러할 것 이다.'

'또 한 가지 드릴 말씀이 있는데, 주제넘지 않으려나 모르겠습니 다.'

'아무 말이라도 나는 괜찮다.'

'영로아기한테 청혼서가 자주 들어오지요?'

'그렇다. 올해 들어서만도 열 건이 넘는다.'

'혼인시키시는 게 어떠세요?'

'그 아이 열여덟 살 넘어 혼인을 거론하겠다고 아비인 내가 약조 했다. 들어오는 청혼서마다 이미 정혼했노라, 복상 중이라 탈상 후 혼인할 것이다, 핑계대면서 거절하는 참이다.'

'정혼이라도 해놓는 게 어떨까요? 정혼해 놓고 탈상 후에 혼인하 면 되지요. 그러면 영로아기가 열여덟 넘잖아요.'

'그래야 할 이유가 있어?'

'영로아기가 지닌 기운이 온화하고 풍기는 기세가 좋은 데다 아바 님과 집안의 명망이 높으니 혼담이 끊지 않습니까.'

'덕담인지 험담인지 애매하구나.'

'덕담이랄 수는 없습니다. 영로아기를 탐내는 집안들, 젊은이들이 많은 까닭에 아기가 구설을 타게 생겼으니까요.'

'허면 어찌하니? 영로 짝으로 누굴 맞춰야 할까? 영로가 이야기책 쓰면서 살아가게 할 녀석을 어디서 어떻게 찾지? 그런 녀석을 길러 낸 집안을 어디서 찾아?'

'제가 아는 집안에 그럴 만한 녀석이 있습니다. 제 부친 닮아서 영명하고 순수하고 과감하기도 한 청년으로 자랐을 겁니다. 무엇보다 시부모 자리가 훌륭하지요. 시조부모도 그러시고요.'

'물론 계원 집안의 계원이겠지? 누군데?'

'김신우입니다.'

'누구 아들인데?'

'김인하 무진의 아들입니다.'

'아아. 김 무진이 열일곱 살이라 하던 큰아이가 그 녀석이구나. 영로와 동갑이네?'

'그렇지요. 제가 그 아이 어린 시절에 고모로서 한집에 살았기에 알지요. 성정이 아주 예쁩니다. 영로아기와 궁합도 좋고요. 해서 드리는 말씀인데, 이번에 김 무진과 만나신 김에 의논해 보시고 두 분의 뜻이 맞으시면 영로아기를 유릉원으로 보내시어요. 혼인은 나중에 하더라도요.'

'영로를 도성에서 떠나게 하라는 뜻인 게냐? 그만치 심각하다고?'

'그러시는 게 좋겠다 싶어서요. 물론 영감께서 먼저 수긍하시고 김 무진과 뜻이 맞으셔야겠지요.'

'혹시 신우 녀석한테 연모하는 규수가 있으면 어쩌지?'

'그런 걸 알아보시며 의논하시라는 거지요. 아! 이제 소리 내어 말을 해야 할 것 같네요.'

속말을 마친 심경이 고개를 든다. 무영을 쳐다보는 게 아니라 마당 가운데 숲 쪽을 쳐다본다. 안양원을 둘러싼 숲 밖이 소란해지는 가 싶더니 사람들이 한꺼번에 들어온다. 사신경과 호위대, 청룡부령과 호위대, 주작부령과 호위대, 백호부령과 호위대. 얼추 스무 명이 넘는 사람들이다. 총경의 호위는 그 장자인 김인하 무진이고 청룡부령의 호위대장도 그 장자인 감장산 무진이다. 백호부령의 호위대장은 큰사위인 윤종해 무진이고 주작부령의 호위대장은 조카인 조병준 무진이다.

서른 명의 호위들이 안양원을 둘러싸는 사이 대중방에서는 경령들 간의 인사가 이루어진다. 사신경인 김상정 도방은 공석公席임을 감안해 딸이자 며느리인 심경에게 깍듯이 공대한다. 심경은 사양치 않는다.

"인사를 마쳤으니 칠요께서 오늘 경령 회합을 소집한 까닭을 풀어 보시구려."

심경이 사신경에게 합장을 한 후 입을 연다.

"어르신들께 세 가지 사항을 여쭙고 고견을 들은 뒤 제 입장을 정리하기 위함입니다. 첫 번째는, 칠요인 제가 사사로운 원한을 품에 있어 무절들을 동원해도 되는지 여쭙고 싶습니다. 아시다시피 제 지아비인 김강하는 이태 전 당시 현무부 무진으로 세손위종사에 임해 있었지요. 소전이 뒤주에서 꺼내진 이틀 뒤에 대전을 알현하고 경희궁을 나오다가 흉적들의 총탄을 맞고 참사慘死했습니다. 제가 흉적들의 정체를 낱낱이 알게 된 지도 일 년가량 되었고요. 그자들이 지난 이태간 도성에 여러 차례 출몰한 권총강도단이라는 사실을 어르신들께서도 능히 짐작하실 줄로 압니다. 제가 그자들을 처결할 때 무절들을 동원해도 될는지요? 가불가를 분명히 말씀해 주시기 바랍니다."

말의 내용보다 심경의 어투가 단호하다. 아직도 반야의 자장 안에서 지내는 무영인지라 반야 닮은 심경의 매서운 어투가 낯설다.

"우리가 불가하다 할 시 어쩌시려고 칠요께서는 그처럼 단호히, 사사로운 원한풀이라는 말씀을 하십니까?"

경령 중 연장자인 주작부령 조회경이다. 손녀뻘의 칠요가 하는 말이 독단적인지라 노파심에 끼어드는 것 같다.

"저 혼자서 해야지요."

"혼자서 어떻게 말씀입니까?"

"하느냐 마느냐를 결정하기가 어렵지 하기로 작정한다면 혼자라고 방법이 없겠나이까?"

수앙이 조금 전에 무영에게 속말로 들려주었다. 내년까지는 관직을 받지 말고 올해는 도성 안으로도 들어오지 말라고. 영로의 짝도 맞춰 주며 혼인시키라 했다. 그와 같은 대화를 무언으로 나누었다. 같은 꿈을 꾸어 가능한 일이라 했으나 그건 수앙이 저 혼자 무슨 짓이라도 할 수 있음을 보여준 것이었다. 작년 이월, 원각사의 자산스님이 도솔사에 박혀 있던 수앙에게 칠요가 되라는 총령을 전달하러 갔다. 자산스님이 돌아온 후 무영과 만난 자리에서 껄껄 웃으며 말했다.

"모친이, 너 살고 나 살자는 분이었다면 따님은, 너 죽고 나 죽자는 분이시던데요. 너 살고 나 살자는 것이든 너 죽고 나 죽자는 것이든, 단 한 사람만 죽어야 한다면 자신을 내놓을 거라는 점에서는 모녀가 같아 보이고요. 이제 칠요가 되시었으니 무슨 짓을 해도 괜찮을 것입니다만, 그분 혼자서는 나서시지 않게 해야 할 것 같더이다.

홀로 나설 시 참말 죽자는 것일 테니까요."

심경이 홀로 나서는 상상조차도 하지 않도록 무영이 서둘러 입을 연다.

"가당합니다. 칠요. 그자들은 현실 세상과 우리 세상을 아울러 휘젓는 살인자들입니다. 그자들을 처결하는 일이 칠요의 사사로운 원한풀이라고 할 수 없지요."

무영의 말에 청룡부령 감선동이 합당하다고 한다. 백호부령 임현도가 무방하다 하고, 주작부령 조회경이 마땅하다고 뜻을 표하자 사신경이 입을 연다.

"놈들을 처결하는 일은 칠요께서 전권을 가지셔도 되리다. 자락자락 찢어발기든, 관절마다 토막을 내든, 구멍을 숭숭 뚫어 놓든 원하는 대로 하세요. 칠요가 하셔야 할 일이라 여태 놔둔 것이었어요."

"고맙습니다. 두 번째 질문은 만단사에 관한 것입니다. 육 년 전에 만단사령 이록이 사신으로 청국을 다녀오면서 부실해 졌지요. 당시 저는 어린 데다 철이 없어 세상 돌아가는 걸 몰랐습니다만, 그때 이록이 부실해진 원인에 우리 세상이 관여했으리라는 건 짐작합니다. 당시 현무령께서 서장관으로 이록과 함께 연경에 다녀오셨으니 그 내막을 자세히 아시리라 여기고요. 그 전에, 전대 칠요이셨던 반야께서 만단사 거북부 안으로 깊숙이 들어가시어 거북부를 이록으로부터 떼어놓으셨지요. 그 때문에 만단사를 전유해 왕실을 엎으려던 이록의 계획이 무산되었고 청국에 다녀오면서 아무것도 못하게 되었지요. 이록이 부실하게 지내는 동안 만단사 수뇌부는 제각각 움직이면서 헝클어진 듯했습니다. 헝클어진 듯했을 뿐 와해된 건 아니었죠. 작금의 이록은 한성판윤입니다. 도성 살림이 그의 수중에 들었지요. 그를 그대로 방관해도 되겠는지요?"

청룡부령 감선동이 나선다.

"우리가 방관하고 있지 않음을 칠요께서도 아시지 않습니까? 그의 휘하에 다수의 우리 계원이 포진해 있습니다. 이록의 사위인 윤홍집만 해도 우리 세상의 육품 무절입니다. 비휴들이 전부 윤홍집 휘하에 있고요."

사신경이 거든다.

"작년 삼월 보름날 이록의 영지인 포천 땅 산정평에서 만단사 내전이 있었다는 걸 칠요께서도 들으셨을 겁니다. 그때 만단사 무사들 일백오십여 명이 사령을 죽이겠다고 총칼 들고 나섰지요. 그 내전으로 인해 이록이 앉혔던 세 부의 부령이 탄핵 당했어요. 그 세 부령이 관리하던 부 자산의 태반이 거덜났기 때문이라 하더이다. 부 자산을 탕진한 자들이 이록을 죽이려 나섰던 것이지요. 어쨌든 죽은 사람은 없었다는 그 자리에서 만단사자들은 세 부령을 탄핵하고 세 부의 부령을 새로 뽑았는 바, 기린부령은 조돈, 봉황부령은 윤홍집, 용부령은 장인력이라는 자가 되었다고 합니다. 그 한 달 전에 거북부령에 선출된 황동재까지 아울러 만단사가 일신한 것이지요. 내가 알아본 바 네 부령이 다 마흔 살 안팎으로 젊고 윤홍집을 제외한 세 사람은 이록과 직접적인 관련이 없어요. 그들의 부친들도 이록과 개인적인 연분을 맺지 않은 사람들이었고요. 만단사는 이제 이록 개인의 조직이 아니라는 겁니다. 그리될 수 없는 체제, 즉 원래의 만단사로 회복되어 가는 과정에 있는 걸로 볼 수 있습니다. 얼마간은 두고 볼 법합니다."

"알겠나이다."

"수긍하셨습니까, 칠요?"

"저는 이록이 그대로 가라앉아 있을 사람이 아니라 여깁니다. 새로운 계획을 훨씬 은밀하게 세우고 있을 것이라고요. 그 딸인 이온도 마찬가지로 잠시 웅크리고 있을 뿐이라 생각합니다. 그렇지만 어르신들께서 만단사의 내막을 속속들이 꿰고 계시므로 제가 두루 일천하다는 걸 절감합니다. 황공하옵고, 깊이 사려하는 습관을 들이도록 애쓰겠습니다."

"그래, 마지막 질문은 무엇입니까?"

"우리 세상이 세손 동궁을 어찌하려는가 하는 문제입니다."

"세손을 어찌하다니요?"

"이태 전 여름에 우리는 소전을 돌보지 않았습니다. 그때 어르신들께서는 계원들에게 일체 관여치 말라는 명을 내리셨지요. 그러므로 이제 세손을 어찌하실 건지 여쭙는 겁니다. 세손을 적극 보호하여 등극케 할지, 왕실이 되어가는 대로 지켜볼지, 보호하면 얼마큼 보호하고 내버려두면 얼마큼 내버려둘지."

마구 쏟아지는 심경의 직설이 어지러운 듯 백호부령 임현도가 크음, 헛기침을 하며 나선다.

"칠요께서는 어찌 생각하시는지요? 칠요의 의중을 먼저 말씀해보시지요."

"세손에 관한 제 생각은 두 가지입니다. 먼저, 우리가 세손을 보호하기로 한다면 세손을 우리 세상에 입계시켜야 한다는 것입니다. 입계시켜서 그로 하여금 우리 세상이 지향하는 바를 익히게 하는 거지요. 그리하여 기어이 등극시킨 뒤 우리 세상이 나아가고자 하는 바를 펼치는 임금이 되게 하는 것입니다."

"무슨 수로 세손을 입계시킵니까? 만인지상이 될 세손이 명령 체계로 움직이는 우리 계의 존속방식을 납득할 수 있을까요? 그가 입계하면 우리 세상은 필연코 세손의 사사로운 조직으로 변하고 말 터인데, 그 점을 어찌하시려고요?"

"세손을 보호하기로 결정하면 입계시킬 방법을 찾을 수 있겠지요. 세손이 입계하면 우리 계의 원칙과 지향하는 바를 납득할 것이고요. 우리 세상이 추구하는 바를 세손이 납득치 못한다면 그는 계원 될 자격이 없는 것이고, 우리가 그를 보호할 필요도 없겠지요."

"세손을 시험하자는 말씀입니까?"

"우리 모두 입계할 때 시험을 거쳤습니다. 문답시험의 첫 질문이, 하늘 아래 모든 사람은 동등하다, 마땅하냐? 이지요. 강령원리, 모둠살이에 해당하는 수십 가지 질문이 다 사람이 서로 아름답게 살자는 내용입니다만 우리 계의 존속방식에 관한 질문들은 기가 막히고 무섭지요. 저는 아홉 살 겨울에 입계 문답시험을 치렀습니다. 부모 자식의 목숨보다 명이 우선인 걸 수긍할 수 있냐는 그런 질문들! 사실 그건 질문이 아니지요. 지금까지 배운 것들을 버리고 인지상정조차도 버리고 자신을 죽여야 하는 일방적인 세뇌입니다. 아니요, 그리는 못합니다. 어찌 그럴 수가 있답니까? 하면서 물러나기 십상입니다. 헌데 아홉 살의 저는 수긍했습니다. 수십 가지 항목의 어이없는 질문을 받으면서 어떤 재미난 세상, 신비로운 세상을 상상할 수 있었기 때문입니다. 에이, 설마, 엄마가 많이 편찮은데 엄마 버리고 다른 데 가서 뭘 하라 하겠어? 엄마는 스승님들이 보살펴 주시겠지. 그사이에 나는 무슨 명인지를 따르고 나서 얼른 돌아오면 될 거야! 그런 믿음이 생기더라는 겁니다. 제 어렸을 적의 그 믿음을 저는 요즘도 입계 절차를 치르는 신입 계원들을 통해 이따금 만납니다. 이 자리에 계신 어르신들께서도 믿음의 경계를 넘으셨기에 어린 날 입계하실 수 있었을 테고 우리 계원들 모두가 그런 이유로 입계할 수 있었을 겁니다. 그건 하나의 이치를 깨닫는 과정이지요. 사실 아주 쉬운 이치이고요. 저는 세손도 그런 이치를 깨칠 수 있으리라고 생각합니다. 그 이치를 인정할 수 있는 심성인지 아닌지가 관건이라 할 때 그 심성을 시험하는 것이 그리 어려울 것 같지도 않고요."

환갑 넘은 사신경이며 청룡부령, 주작부령은 칠요가 사람인지 자세히 살피려는 것처럼 눈을 크게 뜨고 있다. 쉰 살 갓 넘은 백호부령은 벌어진 입을 다물지 못한다. 무영은 딴 세상에 와 있는 것 같다. 듣다 보니 전혀 어려울 것 같지 않은 그 일, 세손을 입계시키는 일을 왜 생각해 보지 않았는지 이상하다. 어떻게 수백 년 동안 그런 일을 시도하지 않았는지. 시도한 적이 있었으나 전해 듣지 못한 것인가. 분위기를 바꾸기 위해 무영이 나선다.

"칠요, 세손에 관한 두 번째 생각은요?"

"우리가 세손을 보호하지 않고 왕실과 조정의 흐름에 그냥 두기로 한다면, 그 측근에 있는 우리 계원들은 깨끗이 물러나는 것입니다. 이태 전 어른들께서는, 소전을 돌볼 것도 아니면서 김강하를 그 측근에 두셨지 않습니까? 결과는 참혹했고요. 앞으로 우리 계원들이 김강하 같은 꼴을 당하지 않게 하려면 세손 곁에서 빼야지요. 제가 아는 바 현재 세손과 가까이 있는 우리 계원은 익위사의 설 수사를 비롯한 몇 사람과 시강원의 문학으로 있는 이극영과 세손의 배동으로 궐을 드나드는 이성로입니다. 이극영은 현무부 육품이고 이성로는 칠성부 이품이지요. 그 두 사람은 현무령의 아우이자 딸입니다.

그전에, 그 둘은 반야의 자식들이었고 제게는 혈육과 다름없는 아우들입니다. 어린 날 이극영은 저와 쌍둥이처럼 자랐습니다. 이성로는 제가 몇 해간 딸처럼 끼고 키웠고 현재도 그렇습니다. 우리가 세손을 보호하지 않기로 한다면, 저는 우리 세상이 지킬 필요 없는 세손을 위해 제 아우들을 그 곁에 두고 싶지 않습니다. 제가 지아비를 잃은 것으로 모자라 아우들을 그 곁에 두어야겠습니까? 세손이 제게 무엇이고 조선이 제게 뭔데요? 어르신들께 왕실은 무엇이고 조선은 무엇입니까?"

봄볕이 문지방을 넘어와 일렁거리건만 방안에는 살얼음이 낀 것 같다. 심경이 반야와 닮은 점이라고는 외양뿐인 모양이다. 박속처럼 하얀 낯빛에 실금만 한 웃음기도 드리우지 않고 제 할 말을 모조리 내뱉었다. 나이들 대로 든 경령들에게 입장을 분명히 하라고 다그쳤다. 계에 대한 불신이 깊고 원망이 사무쳤다.

무영은 심경 앞에서 사실 할 말이 없다. 김강하가 그런 일을 당할 줄 몰랐다는 것은 변명이 되지 않는다. 당시의 소전을 구하기 위해 계가 나서면 수백, 수천의 사람이 죽을 것이기에 못 움직였다는 말도 마찬가지다. 어떤 시도도 하지 못했고 하지 않았잖은가. 회합이 길어지겠구나! 무영은 마당을 내다보며 한숨을 쉰다. 마당은 텅 비어 있다. 경령들의 호위들이 모조리 안양원 둘레 숲으로 물러나 있기 때문이다.

앵두나무 꽃잎이 한들한들 날리는데

열세 살 이곤이 칠엽꽃을 만났을 때는 용담화가 피던 초가을이었다. 지금은 열아홉 살 봄이다. 가마골 웃실 숲길에 온갖 꽃들이 만발했을 것이라 예상하고 왔는데 숲이 사라졌다. 이태 전 여름밤에 난 산불이 이 언저리를 훑고 간 사실을 잊었던 것이다. 웃실 초입에서는 제법 창창하던 나무들이 위로 올라올수록 성글어지다가 칠엽꽃을 만난 등성이에서는 키 낮은 관목과 칡넝쿨과 풀만 얹은 민둥산이 됐다. 길옆 바위가 아니라면 어딘지도 못 알아볼 뻔했다. 불타다 남았을 나무 둥치들을 근방 민촌에서 어찌나 알뜰하게 긁어갔는지 태초부터 관목과 풀만 자라던 등성이였던 것 같다. 낮에 지나간 비 덕분에 키 낮은 식물들과 연둣빛 이파리들이 까치발을 딛고 기지개를 켜는 것처럼 보인다.

"불깡탱이에 이끼 핀 꼴이네."

등짐을 진 채 경중거리고 다니던 늠이의 한탄에 곤이 묻는다.

"불깡탱이가 뭐야?"

"불에 홀라당 타고 남은 옥수수 대가 불깡탱이잖아요. 서방님은 그것도 몰라요? 과거 급제는 어찌하셨나 몰라. 암만 해도 수상해. 답지 쓸 때 국빈 서방님 문장을 곁눈질하신 거지요?"

곤이 보기에 요즘 김국빈이 암만 해도 수상했다. 지난 섣달에 교서관까지 찾아와 청명당 운운한 뒤로 허원정으로의 걸음이 꽤나 잦았다. 이극영과는 사사로이 만나지 않는 것 같고 청명당 패들과는 가까이 지내는 듯했다. 삼월 보름날인 오늘도 그 패는 배를 세내어 뱃놀이를 나간다고 했다. 기생들과 악공들과 고기와 술과 연초 등을 잔뜩 싣고 나간다며 곤에게도 동행을 권했다. 당연히 마다했지만 국빈이 어쩐지 음충맞아진 듯해 곤은 그 패거리 근방에도 가고 싶지 않았다.

"과장에서 국빈 형과 나란히 앉지도 않았어. 그리고 과거 시제에는 불깡탱이 같은 건 안 나오거든!"

"이 민둥산에 별꽃님도 안 나타날 것 같거든요?"

"아니, 나타날 거거든!"

소리치며 둘러보는데 정말 나타난다. 아래쪽에서 두 사람이 올라오고 있지 않은가. 분홍빛이 감도는 희고 긴 저고리, 바짓부리가 분홍빛인 검정 말군바지를 입고 분홍꽃이 수놓인 듯한 검정 육합모를 쓰고 얼굴을 다 내놓은 채 나타난 별꽃과 그의 시좌. 시좌도 말군바지에 긴 저고리를 입고 연둣빛 쾌자를 걸쳤다. 팔목에는 상전의 것인 듯한 쓰개치마를 걸고 등짐을 졌다. 반야원 신당에서 칠지선녀를 시좌했던 그이다. 석양을 받으며 가까이 걸어오는 별꽃은 온 숲에다 불을 피우거나 꽃을 피우며 움직이는 정령 같다. 여섯 해 전에 볼 때는 이처럼 환한 사람인지 몰랐다.

"그쪽 꼬맹이는요?"

이곤이 얼결에 손을 내밀며 묻자 별꽃이 하하, 큰소리로 웃는다. 얇은 수갑 낀 오른손을 잡혀 주며 답한다.

"그 아이는 이제 꼬맹이가 아니라서 나를 따라다니지 않아. 누구 손등을 물지도 않고."

늠이를 쳐다보며 말한 칠엽꽃이 이곤의 손에서 제 손을 빼가려 한다. 이곤은 손을 놓지 않고 더 그러잡는다. 이곤의 손안에 옴팍 들어오는 얇은 손이다. 곤이 열세 살 때는 칠엽꽃의 몸피가 약간 더 컸다. 지금은 곤이 훨씬 크다. 곤은 칠엽꽃보다 훨씬 커진 자신이 대견하다.

"여기 불이 났던 걸 잊었어요. 드센 봄볕을 가려줄 만한 그늘이 없을 거라는 걸 몰랐고요. 미안합니다."

"괜찮아요, 선비님. 나 어릴 때 이곳에 자주 왔었기 때문에 불탔다는 말 듣고, 와 보고 싶었어. 나무가 빼곡해 햇볕도 잘 안 들던 숲이었는데, 아주 훤하네. 휑하다 해야 할지. 한 백 년쯤 지나면 예전 모습을 되찾을 수 있을까?"

"배, 백 년이요? 그렇게나 오래 걸릴까요?"

"내 팔로 한두 아름씩 될 만한 소나무들이 많았는데, 그 정도 나무는 일이백 년씩은 되지 않았을까?"

"어쩐지 비관적인 투예요. 일 년 만에 만났는데, 비관적인 말씀은 말아 주세요."

"일 년인지 육 년인지 모르겠지만, 선비님, 우리가 여기서 손잡은 채로 뭘 할까?"

"여기는 앉을 곳이 없으니까 제 집으로나 갈까요?"

"선비님 댁이 어딘데?"

"집이 여러 곳인데 여기서 가장 가까운 곳은 삼청골의 보현정사예요. 가실래요?"

참 어이없다 싶어 수앙은 이곤을 새삼 쳐다본다. 이곤은 혼탁한 연못에서 피어난 연꽃이라 할 만하다. 이곤에게 저간의 일들을 말하고 싶지 않다. 그의 무구한 열정이 좋다. 그를 지켜주고 싶다. 일 년 전엔 달랐다. 그때는 그를 부수어 이온과 이록에게 복수할 심산이었다. 한 존재를 잃은 상실감, 그걸 넘어선 허원정의 대 끊김. 이록과 이온을 죽이지 않고 저절로 망하게 할 작정이었다. 이곤을 꾀기로 했고 꾀기 위해 그의 꿈을 꾸었다. 그때 열세 살 소년의 꿈을 찾아갔는데 열여덟 살의 청년이 있었다. 그 청년 속에 들어 있는 수앙은 열여섯 살이었다. 그는 수앙을 열여섯 살에 묶어 둔 채 품으면서 자랐던 것이다. 실제로 그런가 싶어 현실의 그를 만났다. 꿈속의 그와 현실의 그, 열세 살의 소년과 열여덟 살의 청년이 똑같이 아름다웠다. 일 년 만에 다시 만난 그는 작년보다 더 눈부시다.

"집이 많은 건 집이 없는 것과 같지."

"그걸 어찌 아십니까?"

"나도 집이 많아 알아. 그래서 사는 게 복잡하다는 걸. 지금은 서로 복잡한 집을 떠나서 간단히 해결키로 해. 요 아래 입구 쪽은 나무들이 좀 남았잖아? 그리로 가."

"그것도 괜찮지만, 혜정원으로 갈래요? 혜정원이 도성에서 제일 좋은 객관이라잖아요. 넓고 조용하고 뭐든지 원하는 대로 해준다고 하고요."

"거기 가 보지는 않았나 봐?"

"말만 들었어요."

"나는 혜정원에 여러 번 가 봤어. 거긴 차 한 잔 마셔도 한 끼 식비를 다 내야 하는, 아주 번거로운 곳이야."

"그, 그래요? 그러면 저 아래쪽에서 앉을 자리를 찾아볼까요?"

"그게 좋겠지?"

곤이 늠이한테 앞서 내려가 그늘을 찾으라고 손짓한다. 수앙이 아무 신호도 하지 않으므로 우동아는 두 사람 뒤에서 따라 걷는다. 우동아는 오늘 여기 나오고 싶어 하지 않았다. 이곤을 만나 할 것이 없거니와 이곤을 만나게 되면 하고 싶은 걸 더 못하게 되지 않겠는가. 그리 느끼는 우동아의 심사가 사실 수앙의 맘과 같았다. 윤홍집 때문에 그의 딸을 공들여 살렸다. 와중에 골 부리듯 백성들한테 양곡을 풀라 했는데 이온은 그 일을 넘치게 했다. 그 덕에 허원정과 이록 부녀의 명망이 높아졌다. 어디 당해 봐라. 그릇된 심사로 했건만 그들을 도와준 꼴이 됐다. 어쨌든 오늘 여기 왔다. 이곤의 꿈속으로 들어가 그를 당겨들인 책임이 있으며, 그를 원래의 자리로 돌려보내야 하므로.

"이름이 뭡니까? 칠엽화라거나 별꽃은 내가 혼자 부른 이름이고, 칠지선녀 심경은 도성 사람이 죄 부르는 이름이고, 아, 한 가지 더 알아요. 그림쟁이 칠엽화사七葉畵士!"

"그건 어찌 알았어?"

"그림 거리에 나가서 같은 낙관을 사용하는 화공에 대해 수소문했지요."

"한참 전부터 그림을 팔지 않았는데!"

"그러게, 요새는 칠엽화사의 그림이 나오지 않는다더라고요. 그나저나 원래 이름이 뭐냐고요."

"나는 이가 꽃님이야."

"이꽃님?"

"왜, 나한테 어울리지 않아?"

"듣고 보니 아씨한테 진짜 잘 어울리고 내가 별꽃이라 부른 게 잘한 것 같아 좋은데, 쉬운 이름이라 이상해요. 아씨는 참말 특별한데 꽃님이라는 이름은 우리 보현정사에 하나 있고, 허원정에도 있고 인달방에 사는 제 벗의 집에도 있거든요."

수앙은 곤의 손에서 자신의 손을 뺀다. 그가 보통으로 살아가려면 칠엽화인지 별꽃인지 꽃님인지를 말끔히 잊어야 하는데 이곤은 제 맘에 맺힌 걸 잊는 사람이 아니다. 그럴 사람이면 열세 살에 언뜻 본 처자를 찾아 무녀 앞에 이르렀을 것이며 이 봄날에 여기 와 있겠는가.

"내려가서 처처에 있는 꽃님들을 화제話題로 시 한 수 지어주면 좋겠네."

"시를요?"

"선비들은 시를 잘 짓잖아? 시를 지을 수 있어야 선비이고."

"그렇기는 한데, 실력이 들통날까 봐 무서운데요. 저는, 글을 외기는 잘하는데 시를 짓기는 어렵거든요."

"과거시험장 아니잖아. 흉보지 않을게. 소문내지도 않고."

곤이 수앙 곁으로 다가들어 손을 잡고 걷는다. 수앙은 잡힌 손을 내버려둔다.

"넘어질까 봐 잡아 드리는 거예요. 예전에 저한테 주신 시, 기억하세요?"

"오래된 데다 그때 즉석에서 써서 줘 버렸기 때문에 기억이 없네. 꽃 시였을 텐데."

"이렇습니다."

−꽃은 피웠으나 미처 못 그린 이파리는 여백으로 남았네. 그 여백에 그대의 맑은 숨결이 푸르게 피어나겠지.

"그땐 나도 시 좀 지었네!"

"시 좀 지으셨지요. 그때 주신 시의 답시는 나중에 들려 드릴게요. 지금은 꽃님에 관한 시에요. 오래 생각해서 내놓으면 더 부끄러울 수 있으니까 즉석에서 얼른 읊을게요. 유치하다고 흉보기 없깁니다."

"흉 안 봐."

"음, 한글 시로 읊을게요."

−오래전 내가 그린 별 하나 높이서 홀로 떨며 반짝이기로 밤마다 내 눈물 한 방울씩 지어 올렸다. 그 별 이제금 땅에 내려와 꽃으로 피었다, 봄이다!

꽃님이 흐흐흥 웃더니 곤이 읊은 시를 똑같이 느릿느릿 읊조린다. 꽃님이 똑같이 읊조리는 걸 듣자니 곤은 부끄럽다. 유치하지 않은 가. 장원 급제한 덕에 세손의 교관들이 된 이극영이나 김국빈이 들었더라면 배꼽을 잡고 나둥그러질지도 모른다. 꽃님은 흉보지는 않는 것 같다.

"저기다 자리 잡았나 보네요."

늠이가 내리막길 왼편의 소나무 밑에다 자리를 깔아 놓고 등짐 속에 넣어온 음식들을 차리고 있다. 늠이 너머 나무 둥치 사이로 가마골 집들이 보이고 시냇가에서 놀고 있는 아이들도 비친다. 부친의 생신일인 오늘은 곤의 생일이기도 하다. 부친께서는 생신잔치 같은 것을 벌이지 말라 명하셨다. 대대적인 잔치를 벌이리라 여기며 한 달 전부터 은근히 부산했던 내원 아낙들이 김빠진 얼굴들이 됐다. 잔칫상은 차리지 못했어도 음식은 여느 날과 달랐다. 곤은 아지어멈한테 교서관에서 번서는 동료들에게 가져다 줄 거라며 음식을 싸 달라 청했다. 숲이 없어졌다는 걸 생각지 못했으므로 숲에서 놀 참으로 물으며 술까지 챙겨왔다.

늠이가 만들어놓은 자리 옆에 이르자 꽃님의 시좌가 쓰개치마를 펼쳐 나뭇가지에 걸고 깔개를 잇대어 제 상전의 자리를 만들고 등짐을 푼다. 오단 찬합과 물병이 놓인다. 한입에 먹기 좋게 썬 콩찰떡이 한 합, 색색의 정과 한 합, 호두만 하게 빚은 오색 주먹밥이 한 합, 얇게 저며 볶은 고기 한 합, 물기를 짜낸 여러 김치가 한 합. 늠이가 감탄한다.

"우와, 도시락이 꽃밭 같네요. 우리 것도 좋은데 아씨 댁에 비하니까 어쩐지 면구한데요? 그렇죠, 서방님?"

허원정의 부엌어멈은 동그랗게 빚은 만두 한 합과 북어포 무침 한 합, 살 발라 무친 닭고기 한 합과 해초부각 한 합, 한입 크기로 자른 너비아니 한 합을 싸주었다. 안주상인 셈이다.

"그렇구나. 아주 골고루 좋다. 드세요, 아씨. 시좌도 드시고요."

미소 지으며 읍해 보인 시좌가 잔에다 물을 따라 꽃님한테 건넨다. 꽃님이 수갑 낀 손으로 받아 맛있게 마시곤 싱긋 웃는다. 시좌가 약간 물러나 옆으로 앉는다. 늠이는 깔개 밖의 나무뿌리에 걸터앉는다.

"선비님, 모꼬지 준비를 단단히 해오셨네?"

"일 년 전부터 기다렸는데, 당연하죠. 그런데, 아씨. 손 좀 줘 보세요."

곤이 손을 내밀자 꽃님이 오른손을 내민다. 곤은 자신의 오른손으로 그 손을 잡고 왼손을 또 내민다. 일 년 전 반야원 신당에서는 무심코 봤는데 오늘은 꽃님의 왼손이 자연스럽지 못한 걸 첫눈에 느꼈다. 꽃님이 오른손을 빼가며 고개를 흔든다.

"남녀가 유별한 세상에서 이렇게 마주앉아 있는 것만도 큰일인데 여인 손을 마구 만지고 그러면 못 써요, 선비님. 내 손은 그만 만지고, 좀 전에 지은 시 얘기해."

"에이, 부끄럽게."

"시 좋은데 왜 부끄러워? 시를 받으면 화답시를 해야 하는데, 나는 그림은 좀 그리지만 시는 잘 못 지어. 요즘은 특히 그렇고. 그래서 외고 있는, 꽃에 관한 짧은 시를 들려줄게. 선비님도 아는 시일 거야."

　－앵두나무 꽃잎이 한들한들 날리는데, 어찌 그대 생각지 않으랴만,
　그대 사는 곳 멀기만 하네.

『논어』, 「자한」편에 나오는 구절이다. 앵두꽃 날리는 정경을 보며 정인을 떠올리지만 정인이 먼 곳에 있어 못 간다는 뜻이다. 정작 중요한 건 이 노래에 붙은 공자의 말씀이다. '아직 진정으로 그리워하지 않는 것이니라未之思也, 그리움에 어찌 먼 길이 있으랴夫何遠之有哉!' 지금 꽃님은 공자의 말씀으로 자신의 뜻을 이중으로 전하고 있

는 것이다.

"제가 멀어서 못 오고, 저를 그리워하지 않으므로 못 온다, 그 말씀입니까?"

"그렇지."

꽃님의 시좌가 가만히 몸을 일으키더니 제 상전한테 읊조린다.

"아씨, 소인들은 시내에서 잠시 손을 씻고 오겠나이다."

꽃님이 고개를 끄덕이자 시좌가 늠이한테 손을 까딱거리며 따라오라 신호한다. 늠이가 고삐 끌린 소처럼 따라간다. 자리를 비켜 주느라 늠이를 끌고 나간 시좌는 시내까지 가는 게 아니라 열 걸음쯤 되는 나무 밑에다 늠이를 앉혀 놓고 저는 멀찍이 돌아서 위쪽으로 간다. 상전들을 위해 자리를 비우기는 하되 딱 호위거리에서 자리를 잡으려는 것이다. 호위거리란 말이 들릴 정도의 거리이므로 제 상전에게 함부로 하는 걸 좌시하지 않겠다는 경고이기도 하다. 곤은 술두 잔을 따라 한 잔을 꽃님 앞에 놓고 한 잔을 들어 반쯤 마시고 내려놓는다.

"이 술은 어제 거른 건데 맛이 순하니까 한 모금 해보세요. 그리고 시좌들이 비켜 주었으니 하던 얘기 계속해요. 여기 나오셨잖아요. 그건 나한테 왔다는 거 아닙니까?"

수앙은 오른손으로 잔을 쥐고 왼손바닥으로 받치며 술 몇 모금을 마신다. 술이 독해 저절로 낯이 찡그려진다. 지난 삼짇날 비연재에서 무슬과 마실 때는 독한 걸 몰랐다. 그때는 맘이 워낙 컴컴하고 독했다. 그날 술에 취해가며 오래도록 울었다. 무슬이 더불어 울어 주었다. 함께 죽어 주마고 했다. 진정 원한다면 제 손으로 죽여 주겠다고도 했다. 그 말을 듣고 수앙은 자신이 정말 죽고 싶은 건 아님을 깨달았다. 화를 내다가, 울다가, 웃다가, 노래를 부르다가 춤을 추다가 지쳐 쓰러졌다. 깨고 나니 석양녘이었다. 석양에 빛나는 꽃잎들과 연둣빛 이파리를 보고 있자니 또 눈물이 났다.

"내가 이 선비한테 오면, 이 선비는 날 어쩌려고 자꾸 그리 말하는 거지?"

"혼인할 거예요. 난 열세 살 그때부터 아씨하고 혼인하고 싶었어요."

"이보세요, 선비님. 남녀간의 마음은 우선 놔두고, 현실적으로, 이 선비가 열세 살 소년일 적에 나는 이미 어떤 남정의 안해였어. 그에 더하여 지금은 무녀야. 이 조선에서 선비와 무녀가 어떻게 혼인을 해?"

"그때 어떤 사나이의 안해였는지 모르지만 지금은 아니시잖아요?"

"어찌 알고 그리 말해?"

"아씨는 육 년 전 그때 이 숲에서 남장을 하고 호위를 둘이나 거느리고 그림을 그리고 있었어요. 양손 손가락들마다 물감이며 탄필가루가 묻어 있었지만 내가 멋 부리느라 읊은 『장자』의 구절을 알아챘어요. 즉흥시도 썼어요. 예사 사람이 아니고 예사 신분도 아니었죠. 예사 신분이 아닌 아씨의 지아비도 예사 사람이 아니었겠죠. 헌데 이 조선에서 예사 사람이 아닌 사나이의 안해라면 무녀가 될 수 없잖아요? 그러니까 아씨가 무녀인 지금은 지아비가 없는 거죠. 아씨는 신이 내리는 바람에 집안에서 내쫓긴 거죠? 내쫓긴 담에 무녀가 된 거고요? 난 아씨가 무녀인 건 상관없어요. 나는 조선 사람 아니해도 되고, 우리 아버님 아들도 안 할 수 있어요. 조선에서 살지 않아도 되고요."

꽃님이 흐흥 흐흥 웃는다. 웃음을 그치고 가만히 이곤을 바라본다. 쌍꺼풀진 눈이 참 크다. 큰 눈이 슬프다. 슬픈 눈이 보는 사람의 가슴을 저리게 한다.

"좀 전에 이 선비가 지어준 시가 좋아. 이 선비가 칠엽, 별꽃을 그린 마음을 담아 준 시니까. 그 맘을 내가 아니까."

"안다면서 길이 멀다는 말씀은 왜 해요. 지금 이처럼 가까이 있는데요."

"나는 애초부터 이곤과 함께할 수 없는 사람이야. 이곤이 조선 사람을 안 할 수 없고 그대 아버님의 아들 안 할 수 없고, 내가 무녀가 아닐 수도 없어. 그대가 판윤대감의 아들인 것과 내가 무녀인 것은 변할 수 없는 사실이니까. 그대가 알아챈 것처럼 난 지금은 지아비가 없어. 내가 무녀가 되면서 버려진 게 아니라, 혼인하고 난 뒤에 느닷없이 무녀가 된 안해를 기꺼이 품어 줬던 지아비가, 세상에 없기 때문이야. 현재의 내가 누구의 안해도 되고 싶지 않은 이유야. 나는 지아비로부터 더할 수 없이 높고 깊은 사랑을 받았어. 그보다 내가 더 그를 사랑했고, 그 마음이 지금도 생생해. 그래서 나는 다른 사람이 필요치 않아. 더욱이 이 선비의 안해는 되고 싶지 않고. 무엇보다 나는 이 선비로 인해 위태로운 지경에서 간당간당 살기 싫어. 간당간당이라도 얼마나 살겠어? 이 선비가 그리 나오면 판윤대감께서 나를 고이 두시겠어? 또 나만 위태로운 게 아니지. 이 선비가 우리 집에 와 봐서 알 거야. 우리 집은 한성부 관할이야. 무녀 다섯 명과 권속으로 이루어진 이백여 명의 우리 식구는 현실 세상에서 아무 힘이 없어. 판윤이신 그대 아버님께서 저것들 치워라, 한 마디만 하시면 우리 식구는 끝이라고."

"우리 아버님은 그리 무서운 분이 아니세요. 솔직히, 무녀 며느리를 곱게 받아들이지는 못하실 수도 있어요. 그래도 아들이 사랑하는 여인을 함부로 하실 분이 절대 아니에요. 천출인 나를 양자로 삼으신 분이에요. 품이 얼마나 넓으신데요. 오히려 아씨와 내가 함께 살수 있는 방법을 찾아주실 거예요. 그럴 만한 힘이 있으시고요. 아시다시피 판윤대감이시잖아요."

"이봐요, 선비님. 선비님 집안은 허원정이잖아. 그대의 부친께서 광해군의 오대손이시고 그대는 육대손이야. 그대의 부친이 아들의 짝으로 나타난, 과부 출신의 무녀를 고이 보실 거 같아? 조선 안에 그런 공경대부는 없어. 그대의 아버님도 그런 분이 아니시고. 아무리 물정 어두운 그대도 그쯤은 짐작할걸!"

곤은 일 년 전 반야원을 찾아가 칠지선녀를 만나고 나올 때 생각이 많았다. 칠지선녀와 혼인하겠다고 나서면 부친께서 어찌 나오실지. 부친은 모든 사람에게 더 없이 자애로우시지만 며느리 문제는 다르다 여길 수도 있지 않을까 싶었다. 정면 돌파보다는 시간을 벌어가며 부친을 설득하는 게 나으리라 생각했다. 급제부터 해야겠다고 결심하고 시험공부에 매진했던 까닭이었다. 꼴등에 가깝게 정말 간신히 급제했음에도 부친께서 그처럼 좋아하실 줄이야. 이제부터는 네 하고 싶은 대로 해라. 교서관에 등청하던 첫날 아침에 그리 말씀하실 정도였다. 하지만 꽃님의 말을 듣고 보니 하고 싶은 대로 하라는 부친 말씀이 무녀와 혼인해도 좋다는 뜻은 아닐 것 같다.

"그럼 저는 어떻게 합니까?"

"간단해."

"어떻게 간단한데요?"

"벗으로 지내면 되는 거지. 이처럼 볕 좋은 봄날에 한 번씩 만나 시 짓고, 시 외면서, 맛난 것 나눠먹는 벗. 지금 참 좋잖아. 하나도 복잡하지 않고. 이렇게 지내기로 해."

불쑥 일어난 곤은 차려진 음식을 돌아가 꽃님 앞에 이른 뒤 무릎을 접고는 꽃님 손에 들린 잔을 뺏어 내려놓는다. 동시에 두 손으로 꽃님의 얼굴을 감싸고 입술을 맞댄다. 얼떨결에 열린 꽃님의 잇새를 혀로 스치고 위아래 입술을 건드리곤 잽싸게 물러나 자리로 돌아와 앉는다. 꽃님의 눈이 어리둥절해져 있다. 곤은 씩 웃고는 갓을 바로 잡는다.

"저 방금 익숙했죠."

"그런 것 같네."

"그러니까요. 저는 세상 여인 모두하고 벗할 수 있을 거예요. 꽃님과는 벗 못해요. 일 년 전에도 말씀드렸잖아요. 날마다 아씨 꿈을 꾼다고. 아씨하고 손잡고, 안고, 입 맞추고 색정하는 꿈을 만 번쯤 꿨는데, 어떻게 벗을 해요? 오 년 만에 만나도 어젯밤 안은 여인 같고, 일 년 만에 만나도 새벽에 안은 안해 같고, 지금도 안고 있는 것 같은데, 아씨하고 함께 있는 꿈이 날마다 너무 생생하여 열아홉 살이 되도록 다른 여인을 안아본 적 없고, 안아보고 싶지도 않은데, 시나 짓고 외는 벗을 어찌합니까?"

그도 그렇겠다. 속으로 중얼거린 수앙은 술잔을 받쳐들고 술을 몇 모금 마신 후 내려놓으려다 마저 마신다. 곤이 젓가락으로 닭고기 한 점을 집어 내민다. 수앙은 고개를 젓고 정과를 가리킨다. 그 동안 생김새는 별님을 닮았을지라도 성정은 닮지 않았다고 자신했다. 그런데 식성이 차츰 닮아가고 있었다. 먹고 싶지 않은 게 점점 늘었다.

이곤이 닭고기를 자신이 먹고 정과를 집어 수앙에게 내민다. 수앙이 오물오물 먹는데 가만 쳐다보고 있던 곤이 몸을 부르르 떨곤 술을 따라 마신다. 수앙의 잔에도 따라 놓는다. 열아홉 살 사내의 속곳 안쪽 사정을 능히 짐작할 만하다. 자신이 좋아하는 여인을 앞에 두고 있지 않은가. 이곤이 순정하고 색정 경험이 없기에 덮치는 대신 몸을 진저리 치는 것이다.

지난 삼짇날, 스물세 살이나 된 무슬도 첫 색정은 서툴렀다. 몸이 시키는 대로 자연스레 수앙이 이끌었다. 두 번째부터는 무슬이 이끌었다. 새벽에야 잠이 들었다. 깨어났을 때 무슬이 벌써 일어나 수앙을 들여다보고 있었다. 잠깐 잤는데도 모처럼 푹 자고 일어난 것처럼 맘이 가벼웠다. 할 일과 하고 싶은 일과 기어이 해야 할 일들이 순차로 떠올랐다. 국태사에서 열린 경령 회합에서 갖은 소리를 다 하며 어른들을 기함하게 만들 수 있었던 것도, 그리하여 뜻한 대로 결론을 이끌어낸 것도 무슬과 함께한 시간에서 힘을 얻은 덕이었다. 세손을 입계시키든 입계시키지 못하든 세손이 사신계가 보호할 만한 성정을 지녔는지, 시험하기로 했다. 그 일을 수앙이 맡았다.

수앙은 술 한 모금으로 입가심을 하고는 입을 연다.

"지금 참 좋네. 따스하고 밝고 부드럽고. 살아 있는 것 같아. 난 남정하고 이렇게 노는 걸 좋아해. 색정 나누는 것도 좋아하고. 그래서 앞으로도 이런 자리를 피하지 않을 것 같고, 즐기게 될지도 몰라. 물론 이 선비하고도 그럴 수 있지. 하지만 그리하지 않을 거야. 왜냐면, 이 선비가 좋은 사람이기 때문이야. 좋은 사람이 힘들지 않게 살기를 바라기 때문이고, 나도 이 선비 때문에 어렵게 살기 싫어. 그러니까 앞으로 일 년에 한 번쯤 만나 시 짓고 외고 술 마시고 햇볕 쬐는 벗만 해. 복잡하지 않게."

"함께 방법을 찾아볼 생각이나 나를 믿고 기다려 줄 생각이 없고요?"

"모든 상황이 그렇고, 내가 그리 만들기도 할 거야."

"어떻게요?"

"나는 이 선비의 안해가 되지 못하고, 되지도 아니할 테지만 첩실이나 숨은 계집으로 살지 않을 거거든. 물론 이 선비 손잡고 멀리 도망치지도 않을 거고."

"그게 무슨 말씀입니까? 내가 설마 이꽃님을 첩실로 앉히겠어요? 숨겨 놓겠어요? 도망, 아씨가 원하지 않으면 안 합니다."

"이 선비는 나를 좋아하잖아!"

"아씨를, 꽃님을 사랑한다고 여태 고백했잖습니까. 여태 한 고백으로 내 맘의 백분의 일, 천분의 일도 표현 못 했어요. 나는 외는 머리가 좋지만 일상에서는 아주 멍청하고 단순해요. 내 주변의 모든 것은 나하고 상관없이 만들어진 거예요. 내가 없어도 아무렇지도 않게 굴러갈 거고요. 나는 그래서 중요한 게 없어요. 지켜야 할 것도 없고요. 그런 나한테 의미가 생긴 건 이꽃님을 만나면서부터예요. 나는 꽃님 씨가 좋아요. 의미 같은 걸 떠나서 그냥 좋아요."

"그래서 문제야. 그대가 나를 그리 좋아해서."

"나는 조선의 남정, 아버님의 아들도 안 할 수 있다고 했잖아요."

"그런 현실적인 문제들을 차치하고, 그대와 나 둘만 놓고 가정해 봐. 일단 나는 이곤이 참 아름다운 사내라 느끼지만 위험을 감수할 만큼은 그대를 원하지 않아. 그래도 어쨌든 둘이 남녀로 만나며 산다고 전제하더라도 그대는 그대가 원할 때 나를 만날 수 없어."

"언제 만날 수 있는데요?"

"그대는 내가 원할 때만 나를 만날 수 있어. 그대가 나를 원하는 동안은 다른 여인을 가까이할 수 없어. 그대한테 다른 여인이 생긴 순간 나는 그걸 알 수 있고 그 순간부터 그대를 원하지 않을 거니까 그대는 나를 만날 수 없게 되는 거지."

"더 쉽게 말씀해 주세요."

"더 쉽게! 나는 일백 명의 남정을 정인으로 둘 수 있어. 판윤대감의 아들 이곤은 나한테 일백 남정 중의 한 사람일 뿐인 거야. 그런데 그대한테 나는 유일무이한 여인이어야 해. 그런 상황을 그대가 흔연하고 자연스레 받아들여야 하고."

"그래도 이해가 잘 안 되지만, 나름 이해한 걸로 미루어 짐작하자면, 그런 건 꽃님한테 아주 나빠요. 꽃님은 일백 명 사내를 거느리고 살기는커녕 자기 몸도 맘대로 못 하잖아요? 물잔 하나, 술잔 하나도 제대로 못 잡으면서! 나 하나 데리고 살기도 힘들면서! 무슨 그런 괴이하고 어마어마한 소리를 해요? 짐짓 나쁜 척하고 있는 거잖아요? 위악은 위선보다 나쁜 거고 위악을 부리는 자신한테는 특히 나쁜 거예요."

꽃님이 흐흐, 작게 웃기 시작하다가 큰소리로 웃는다. 웃다가 수갑 낀 두 손으로 얼굴을 가리며 웃음을 추스른다. 손을 떼지 않는다. 곤은 좀 전처럼 일어나 꽃님에게 다가든다. 그의 두 손목을 잡아 떼고 얼굴을 본다. 감은 눈자위에 눈물이 번졌고 번진 눈물 위로 또 눈물이 흐른다. 이런 장면, 꿈에서 무수히 겪었다. 생시에서는 누이 유원이 죽어 위패로 놓여 있을 때조차 울지 않는데 꿈에서 별꽃을 만나면 울었다. 때로 울고 때로 웃는 꿈속의 별꽃을 일천 번쯤 안으면서 열아홉 살이 되었다. 지금도 그 일천 번의 꿈속인지도 모른다. 꿈에서는 무엇이든 가능했다. 지금이 꿈이므로 이렇게 안을 수도 있는 것이다.

곤은 꿈이 오래 지속되기를 바라며 눈물 흐르는 꽃님의 눈에 입술을 댄다. 두 눈에 입술을 찍고 입맞춤을 하려는 순간 꽃님이 고개를 틀며 중얼거린다.

"그만!"

꿈에서 밀려난 곤은 물러나 앉는다. 자리를 옮기지는 않는다.

"일 년, 아니 반년만 기다려 주세요. 이따 집에 가서 아버님과 이야길 해볼게요. 오늘 아씨 이야기를 그대로는 아니하면서 상황을 볼 테지만 아버님이 절대 수용해 주시지 않겠다 싶으면 난 일단 집을 나올 거예요. 그리고 아씨와 함께 지낼 수 있는 상황을 만들어 갈 겁니다. 난 아씨가 아니면 안 되니까요. 기어이 아씨여야만 하니까요."

꽃님이 수갑 낀 두 손으로 자신의 얼굴을 매만지고 두 손으로 물잔을 잡아 물을 마신다. 곤은 술잔을 비운다. 잔을 내려놓는데 멧비둘기 우는 소리가 들린다. 부우 부우 부우. 새소리가 신호인 듯 꽃님이 오른손을 입에 가져다 대고 수갑을 벗는다. 수갑을 벗은 오른손이 껍질 벗긴 시누대 죽순처럼 희고 길다. 희고 긴 오른손으로 수갑 낀 왼손을 받치더니 입을 연다.

"좀 전에 내가 분명히 말했는데도, 그대는 그대의 상황만 괜찮으면 그대와 내가 맺어질 수 있다고 오해하고 있어. 그거 아냐, 이 선

비. 그대 상황 때문이 아니라 내가 안 되는 거야. 이 선비가 그리 나
오니 하는 수 없네. 지금부터 이 선비가 나와 맺어질 수 없는 이유,
나를 탐하면 안 되는 까닭, 내가 세상 사내 전부를 안을지라도 이 선
비는 안지 않을 진정한 이유를 말할게. 나는 이미 겪을 만치 겪은 괴
로움이지만 이 선비는 이제부터 겪어야 할 괴로움에 대해서 말할게.
내 곁에 다가들지 말라고, 나를 잊으라는 뜻으로, 내 손가락에 얽힌
저간의 일들을 그대한테 밝힐 거야."

충혈된 꽃님의 눈동자가 곤을 직시한다. 세상 사내 모두가 되도
이곤은 안 되는 이유라니. 내가 모르는 뭔가가 있구나. 곤은 꽃님의
입을 막고픈 충동을 느낀다. 듣기 전에 알았다고, 왼손의 부자유스
러움에 대해 묻지 않겠다고, 일 년에 한 번 만나는 벗으로나 지내자
고 말하고 싶다. 하지만 늦었다. 꽃님이 오른손으로 왼손 수갑의 손
가락을 가만가만 빼내고 있지 않은가. 흰 수갑이 빠져나온 손가락마
다 손가락 모양의 긴 골무 같은 것을 끼었다. 살빛으로 염색한 가죽
을 정교하게 바느질해 만든 모조손가락이다.

일 년에 한 번쯤 모꼬지 나온 듯 만나 시 쓰고, 시 외며, 맛난 것
먹는 벗이나 하자. 꽃님이 그리 말할 때 동의할걸 그랬다. 꽃님의 말
대로 간단한 거였는데 끝끝내 고집을 부려, 망했다. 손가락이 잘려
나간 꽃님의 왼손과 멀쩡한 오른손을 나란히 보는 순간 일생 써 본
적 없는 그 말이 즉각 떠올랐다. 망했다! 곤이 망했다고 느낀 그 순
간에 망한 사람은 꽃님이었다. 이미 망해 있는 사람. 무엇으로도 복
원되지 않을 폐허. 텅 빈 내부가 그 안에 있었다. 그리하여 이곤도

망했다.

　꽃님이 이온과 김강하가 처음 만난 가마골 이야기부터 했다. 여러 결별들과 재회들과 혼인과 납치 시도와 납치와 고신과 고신 과정의 질문들. 사신계를 찾는 만단사. 소소 무녀와 얼굴이 닮은 꽃님이. 박 사비와 이온이 당한 일들. 빈사지경에서 간신히 살아난 꽃님. 그 과 정에서 꽃님에게 내린 뭇기와 그의 지아비의 참혹한 죽음과 허원정 의 관계까지 듣는 동안 곤은 한 마디도 끼어들지 않았다. 끼어들지 못했다. 그 모든 일들이 일어날 때 이곤은 허원정에 있었다. 곤은 많 은 내용의 단면이나 표면들을 기억하고 있었고 꽃님의 이야기는 그 단면들의 내용을 보충해 준 것뿐이었다.

　"이 자리에 나올 때 저는 나리께 아무 말씀도 드리지 않고 오늘을 지낼 수 있기를 바랐습니다. 미천해진 제가 옛 인연을 빙자하여 나 리처럼 멋진 분과 벗으로 살아갈 수 있기를 바랐던 것이지요. 이제 제가 나리를 다시 뵙기는 어려울 테지만 나리께서 강령히 살아가시 길, 늘 빌며, 멀리서라도 지켜보겠습니다. 나리께서도, 어딘가에서 나리가 잘 사시길 비는 벗 하나가 있음을 믿으시며, 환하고 아름다 이 지내시길 빕니다."

　말투까지 바꾸어 인사를 끝낸 꽃님이 자신의 시좌를 불러놓고는 모조손가락을 끼고 수갑을 덧낀 뒤 일어났다. 꽃님의 시좌가 와서 도시락을 뺀 자신들의 짐을 착착 챙기더니 제 주인을 앞세워 떠났 다. 늠이가 다가와서 곤의 눈치를 봤다. 꽃님이 남겨 놓은 도시락과 곤이 싸온 음식이 거의 그대로 남았다. 곤은 술병을 집어 잔에 따르 며 중얼거린다.

　"여기 음식들, 저 아래서 놀고 있는 아이들한테 나눠주고 와."

늠이가 술을 제외한 음식들을 죄 챙겨 내려간다. 곤은 술을 마신다. 뜨겁고 영롱하고 설레던, 길고도 길었던 꿈이 박살났다. 잔해는 없다. 의혹도 없다. 꽃님의 말을 듣는 동안 전후, 좌우, 고저의 맥락들이 다 꿰어 맞춰졌다. 부친은 오랜 세월을 거치며 숱한 사람들의 꿈으로 이루어진 만단사를 사유하려 했고 그 과정에 무녀 소소를 이용하려 했다. 소소 무녀가 듣지 않고 사라졌으므로 그를 사신계의 수괴로 간주하여 찾았다. 이온은 김강하를 차지하기 위해 그 안해를 겨누던 중에 김강하의 안해가 무녀 소소와 닮은 걸 알고 그를 납치했다. 김강하의 안해와 사신계와의 연결점을 찾으려 했다. 와중에 꽃님의 손가락이 잘려나갔고 이온은 불구가 되었다. 그 모든 새중간에서 아무것도 아닌 채 끼어 있던 이곤은 어떤 일도 해본 적 없이, 폐허의 흔적도 없는 여기 남았다.

"서방님, 이제 집으로 갑시다."

두 개의 빈 도시락을 말끔히 챙겨온 늠이가 채근한다. 덩치와 맞지 않게 수다스런 편인 늠이가 곤한테 왜 그러느냐 묻지 않는 걸 보면 꽃님과의 대화를 다 들은 모양이다.

"아씨가 한 말들을 이해했어?"

"이해했어요."

"단박에 이해가 됐어? 그 모든 게?"

"예."

"어떻게?"

"저는 서방님보다 두 살 많고, 서방님이 방안에서 책 읽을 때면 주변에서 뭔가를 했죠. 태학에 계실 때나 교서관에 계실 때는 집안에서 뭔가를 하고요. 웃전들께서 뭘 하시는지, 가솔들은 뭘 하는지 살피거나 그들이 나누는 말을 듣기도 했고요. 웃전들께서 잘 모르시거나 알아도 무시하는 게, 아랫것들의 눈과 귀와 입이죠. 웃전들께서는 아랫것들한테 손발만 달려 있는 것이라 여기시는 것 같지만 아랫것들한테도 눈과 귀와 입이 있어요. 머리도 있고요. 웃전들의 명을 수행하는 아랫것들은 모르는 게 없고, 아랫것들끼리는 비밀이 없는데, 웃전들은 그런 것을 모르시죠. 아랫것들을 사람이라 여기시지 않아 전혀 유의하지 않으시는 거예요. 암튼 우리 주변에서 일어난 일들에 대해 저는 서방님보다 아는 게 훨씬 많을 겁니다. 서방님이 이해하실 만한 이야기들을 제가 이해 못 하면 그게 이상하죠."

"기분이 어떤데?"

"잘 모르겠어요. 서방님은 어떠신데요?"

"나도 잘 모르겠어. 그저 텅 빈 기분이야. 아무것도 남지 않은 것 같은."

"이제 별꽃님을 잊으실 수 있겠어요?"

"그것도 모르겠어. 내 손가락을 잘라서 그 사람 손가락에 붙여 주고 싶었던 생각만 뚜렷해."

"옛날에, 붓을 쥐고 계시던 아씨 손이 참 예쁘시긴 했어요."

"그랬지."

늠이가 가만하다. 서로 할 말이 없으므로 침묵한다. 또 멧비둘기가 운다. 부우, 부우. 늠이가 입을 연다.

"술도 다 드신 것 같은데 집으로 가죠."

아까 꽃님이 집이 많은 건 집이 없는 것과 같다고 하더니 그 말이 딱 맞다. 허원정, 보현정사, 이화헌, 영미동, 산정평, 상림. 집이 너무 많은 모양이다.

"내가 갈 집이 생각나지 않아."

"그럼 생각날 때까지 가만있어 보죠 뭐."

늠이가 깔개 귀퉁이에 털썩 주저앉는다. 그의 등 뒤로 그림자가 매달렸다. 석양이다. 이제 곧 해가 지고 별들이 뜰 것이다. 아까 꽃님에게 준 시는 꽃 시였던가, 별 시였던가. 잘 모르겠다. 오래전 내가 그린 별 하나 높이서, 홀로 떨며 반짝이기로 밤마다, 내 눈물 한 방울씩 지어 올렸다. 그 별 이제금 땅에 내려와 꽃으로 피었다, 봄이다!

봄이긴 하다. 그저 봄일 뿐이다. 이곤이 별을 쳐다보며 꽃님을 그리고 있는 동안 정작 눈물을 철철 흘린 사람은 그 사람이었다. 이곤은 몰랐다. 눈으로 보는 것을 머리로도 가슴으로도 마음으로도 헤아리지 않았다. 이곤은 모든 걸 그냥 보았고, 당연히 보았다. 세상에 그냥 당연한 게 어디 있으랴. 관대하고 자애로운 아버님이 사실은 아무렇지도 않게 사람을 죽일 수 있는 사람이었다. 쓸모없는 자들과, 걸치적거리는 자들을 가차없이 치울 수 있는 사람. 사리분별이 몹시 분명하면서도 속하들이며 하속들에게 너그럽기 그지없던 누님이 납치와 고신을 자행할 수 있는 여인이었다. 그랬기에 누이 유원을 입궐시키고 끝내 소전의 손에 맞아죽게 만들었다. 그렇게 이루어진 허원정의 아들이 이곤이었다. 장차 아버님과 누님처럼 되어갈 광해군의 육대손. 꽃님과 혼인하겠다고 나섰더라면 어떤 상황이 벌어질까. 꽃님의 목숨이 위태롭지 않다면, 그의 남은 손가락을 보존할 수 있다면, 어떨지, 저질러 보고 싶다. 재미있을 것 같지 않은가. 곤은 흐흥, 실소한다. 마음이 몹시 아파야 할 것 같은데 아무렇지도 않다. 정말 아무렇지도 않다. 곤은 남은 술을 마저 마신다.

입계

　배동 이성로는 대전 직속의 액정서 별정 사알로서 아무 날 아무 시
나 궐 출입을 할 수 있는 통부通符를 지녔다. 성로는 보통 하루걸러 경
희궁으로 입궐하는데 오전은 융복전의 작은 방이나 존현각에서 책 읽
으며 시간을 보낸다. 특별한 일이 없는 한 점심은 함께 먹고 동궁의
오후 시강에는 옆방에 배석하고 해 질 녘에 퇴궐한다. 가끔은 저녁에
도 퇴궐치 않고 밤에 이루어지는 동궁의 무술수련을 지켜보거나 동궁
과 궐 숲을 꿰며 놀다가 작은 방에서 자기도 한다. 융복전 궁인들은
그러려니 한다.

　수유일인 오늘은 동궁이 성로한테 창덕궁에 들어와 있으라고 전
갈했다. 곤전께 문안드리고 경춘전에서 모궁과 세손빈궁까지 만나
고 난 동궁은 부친의 혼궁인 시민당에서 영좌에 절하는 것으로 창덕
궁에서의 공식일정을 마친다. 동궁이 덩달아 영좌에 절하고 일어나
는 성로한테 속삭인다.

　"잠행 나가자."

이월 하순과 이달 초순에도 잠행을 나가 쏘다녔다. 익위사 전체를 달고 다니는 게 몹시 수선스러움을 작년 생일 첫 잠행 때 알게 됐다. 지난 두 차례의 잠행 때는 존현각과 집현고에 박혀 있는 시늉을 해 놓고 번서는 위사와 별감 넷만 따르게 했다. 덕분에 잠행 사실이 새 나가지 않았다.

"저하의 이마를 한번 짚어 보고 싶은데요."

성로의 말에 동궁이 혹 다가들어 이마를 내민다. 성로의 손이 동궁의 이마를 짚어 보고는 그 손으로 자신의 이마를 짚는다.

"시방 내가 제정신이 아니라는 거야?"

"에이, 설마요. 잠행 나가셔도 될지 살펴보는 거지요. 괜찮으신 거 같네요."

"곧 의원 취재 본다고 나서겠구나!"

"설마요. 전하께서 윤허하시었어요?"

"허락하셨어. 어마마마께도 허락받았고."

대전께서는 동궁이 하고자 하는 일들을 대개 윤허하셨다. 아침에도 조심히, 소리 없이 다니거라, 하셨을 뿐이다. 경춘전께서는 좀 길게 당부하셨다. 한 달에 잠행 두 번은 잦다고, 궐 밖에 나다니는 습관을 들이면 차분히 살기 힘들어 진다고, 안전상의 문제도 있으니 조심해 달라 했다.

"오늘은 어딜 가시고 싶은데요?"

이월 하순에는 인왕산에 올라가 도성이 어떻게 펼쳐졌는지를 내려다보았다. 두 사람 다 도성을 그처럼 한눈에 본 건 처음이었다. 아련히 내려다 본 도성은 온통 꽃 천지였다. 한강조차도 꽃빛깔의 이내를 피우며 흘렀다. 지난 팔일에는 도성을 감싼 성곽을 돌았다. 도성은 성 안 사람들만으로 꾸려지는 게 아니었다. 성 안 사람들과 성 밖 사람들은 여울물처럼 요란하게 소통하며 살아가고 있었다. 창의문 안쪽에 팥떡을 파는 할멈이 있어 두 조각씩을 사먹으며 문을 드나드는 사람들을 한참이나 구경하고 그날 잠행을 마쳤다.

"성균관 구경갈까?"

"저하가 납시면 성균관이 뒤집어질 텐데 그게 무슨 잠행이에요?"

"그러면 아무 데나, 네가 나하고 가고 싶은 데 가자."

"저는 온갖 데를 다 다닐 수 있기 때문에 특별히 가고 싶은 곳이 없는걸요."

말은 그렇지만 성로의 속내가 따로 있기는 하다. 보름 전에 수앙이 말했다. 혹시 동궁께서 잠행을 나서시면 비연재로 모시려무나. 오늘 아침 창덕궁으로 들어오라는 전갈을 받으며 성로는 동궁의 잠행을 예상했다. 반야원으로 기별하게 하고 입궐한 참이었다. 수앙은 지금쯤 비연재에서 선인부인 은씨가 돼 있을 터였다.

"그러면 칠지선녀를 만나러 가자."

그 말 하기 위해 성균관을 운운했구나 싶어 성로는 속으로 웃으며, 겉으론 정색한다.

"무녀를 만나는 일은 내명부 어른들만, 그나마 비공식으로만 하실 수 있잖아요. 저하께서는 그리하시면 아니 되시는 거고요."

"평소 아니하던 걸 해보는 게 잠행인데 어때서?"

"평소 안 하는 걸 하는 공부가 저하의 잠행이시긴 해도, 저하는 저하이시니까 할 일과 아니할 일은 구분해야죠. 그리고 이 시간에 반야원에 가 봐야 칠지선녀를 만날 수는 없답니다."

"왜?"

"칠지선녀는 묘시진 간에만 점사를 본다고 해요. 점사를 아니 볼 때는 천하 없는 일이 있어도 손님을 만나지 않는다고, 온 도성에 알려져 있어요. 이 시각에 반야원에 가면, 지금이 사시간이니까, 삼정 무녀를 만날 수는 있겠네요. 미시간에는 선화 무녀, 신시간에는 묘향 무녀를 만날 수 있고요."

"넌 그런 걸 어찌 다 알아?"

"저하와 제가 처음 만난 곳이 소소 무녀의 집이었잖아요? 어머니가 무녀들과 아주 가까이 지내신 덕에 저도 여러 무녀를 만났죠."

"칠지선녀도 만난 적 있어?"

성로는 순간 갈등한다. 거짓말하는 것과 말하지 않는 것과는 다르다. 지금까지 동궁과 참 많은 이야기를 나눴다. 말하지 않은 건 많을지라도 거짓말을 하지는 않았다. 거짓을 말할 상황이 된 적이 없다. 동궁은 뭐든 묻는 것을 좋아하지만 성로가 거짓말을 해야 할 만치 파고들지 않았다. 배동으로 궐에 들어선 첫날에 성로가 자신의 비밀을 말했기 때문이었다.

"예, 저하."

"칠지선녀는 어떤 사람이야?"

"여인이죠."

"놀려?"

동궁이 노려보자 성로가 입을 삐죽한다.

"칠지 무녀의 생김새는 선녀처럼 곱고요. 신기는 귀신처럼 높고요. 성정은 좀 쌀쌀맞은 편인 것 같지만 원래부터 그런 게 아니라 무녀가 되면서 좀 변한 것 같아요. 쌀쌀맞은 쪽으로요. 아무튼 오늘 저하가 반야원에 가셔도 그이를 만날 수는 없으세요. 게다가 그이 만나려면 복채 여섯 냥이 필요한데 저하, 그만한 돈 없으시잖아요? 저는 한 냥 두 돈 있는데요."

"너랑 아는 사이라며?"

"저하는 모르시잖아요? 모르는 사람이 칠지선녀 만나려면 그이 점사시간에, 복채 여섯 냥 들고 가야 한다니까요. 복채는 깎는 법이 아니래요."

"그럼 어쩌지?"

"그이를 꼭 만나야 하세요?"

"꿈 때문에."

"그, 형체 없는 사람이 등장한다는 꿈이요? 꿈속의 그이하고 칠지선녀가 무슨 상관이라고요?"

"내 꿈속의 그이가 누군지 칠지선녀한테 물어보려고. 그런 건 무녀한테 물어봐야 하는 거잖아? 무녀한테 물을 거면 칠지선녀한테 묻는 게 가장 나을 것 같고."

"그렇지만 오늘 그이를 만나는 건 어려우니, 나중에 기회가 되면 시도해 보기로 하고요. 저하, 오늘은 삼내미에 한번 가 보실래요?"

"삼내미? 혜정원에 가 보자고?"

"혜정원이 아니라 그 뒤쪽 비연재라는 집에 제 스승님이 살고 계셔요."

"그건 금시초문이네? 네 스승님이 누구신데?"

"예전에 위종사에 계셨던 김강하 좌장사, 기억하시지요?"

동궁의 마음이 찌르르 울린다. 오래전 그이를 데려왔던 아바님이 그러셨다.

"네 무예 스승이시다. 스승으로 깍듯이 섬기며 배워라."

동궁이 일곱 살 때였다. 아바님을 잃고 스승을 잃은 뒤 동궁의 등 뒤 하늘은 늘 먹구름이 낀 듯했다. 아바님도 스승님도 꿈속에 일절 나타나지 않았다. 팔방에서 한기가 끼쳐왔다. 그런 판에 효장세자의 아들로 입적당하고 복상조차 못하게 되었다. 상복을 벗을 때 서럽고 무서웠다. 무섭고 서러운 며칠을 지내던 중 그의 꿈을 꾸기 시작했다. 사실 부친을 잃고부터 꿈에서 이따금 형체 없는 그 사나이를 느꼈다. 효장세자의 아들로 이적되고 만 근래에는 그가 한층 짙게 느껴졌다. 무서운 이가 아니므로 무서운 꿈도 아니었다. 오히려 꿈에서 그를 느끼고 나면 머리를 짓누르는 먹구름이 가시고 밝은 언덕이 나타난 듯했다. 그가 몹시 궁금했다.

"그 스승님은 이 세상에 아니 계시잖아."

"그 내당아씨가 제 스승님이세요."

"그래? 그랬어?"

성로는 서고書庫 같고 저자거리 같았다. 무궁무진했다. 신기하고 재미났다. 성로를 만나지 않았더라면 어찌 지내고 있을지, 동궁은 상상하고 싶지 않았다.

"선인부인의 자호字號가 수앙이신데, 부군을 잃으신 뒤에 세상에 없는 사람처럼 지내고 계세요. 동령동쪽으로 난 비연재 대문을 아예 막아 버리고 어쩌다 출입하실 때는 혜정원을 통해서 다니세요. 저도 그래서 스승님을 뵈러 갈 때는 혜정원을 거쳐요."

"넌 아무 때나 수앙을 뵈러 다닐 수 있어?"

"저는 수앙의 유일한 제자니까 가능하죠."

"네 아바님과 김 수사의 친애가 깊으셔서 그리된 거야?"

"그런 셈이에요. 아, 저하! 비연재도 아니 되겠어요."

"왜 또!"

"수앙이 과부시잖아요?"

"그, 그렇지. 그렇지만 난 미성년인 데다 네 동무로서 가는 거니까 내외법을 따지지 않아도 되잖아?"

"내외법 때문이 아니라 과부인 수앙이 거기 계시는 게 비밀인데 저하가 위사들을 달고 가시면 비밀이 탄로 나잖아요."

"위사들은 입이 무겁잖아. 오늘도 번서는 위사들만 같이 갈 거니까 괜찮지 않겠어? 시정 탐문 차 혜정원 살피는 척해도 될 테고."

"차라리 이러면 어떨까요?"

"어떻게?"

"저하와 제가 열고관에 들어가 책 읽는 척하고, 문 익찬과 백 별감만 따르라고 하는 거요."

수유일에 열고관에 찾아오는 관헌은 전혀 없다. 두 사람은 열고관에 박혀서 해 질 녘까지 몇 권을 읽는지 시합을 벌인 적도 있었다. 동궁은 정독하는 습관이 있고 성로는 속독이 버릇이라 결과는 처음부터 정해져 있었다. 그때 시합에서 진 동궁은 성로한테 소원 들어주기 빚 하나를 지게 됐다. 그때부터 두 사람은 여러 가지 시합을 벌여 소원 들어주기 빚을 주고받고 있었다. 현재 성로의 점수가 삼 점이라 동궁은 성로의 소원 세 가지를 들어줘야 하는 빚쟁이였다.

"그리해도 되겠지. 나도 선인부인을 뵙고 싶어. 네 스승님이시라니 더욱 뵙고 싶고."

"그럼 그렇게 해놓고 한번 가 볼까요, 효성 도련님?"

성로가 효성이라 부를 때는 둘이 동무가 되는 것이고 말도 튼다. 동궁의 숨통도 훤히 트인다.

"네가 안 간다고 하면 나 삐지려고 했다!"

"에이, 사나이가 그만 일에 삐지면 아니 되시죠. 그리고 삐지는 게 아니라 상대를 설득하셔야 하는 거 아니에요? 군왕이 되실 건데 지금 저 하나쯤 설득하실 수 있어야 나중에 만조백관을 움직이실 수 있죠."

"또 선생님처럼 군다. 조그만 게."

작년 가을 재회할 때만 해도 비슷했던 키가 겨울 지나면서 달라졌다. 동궁이 쑥쑥 크는 데 반해 성로는 야금야금 크기 때문에 벌써 검지 하나만큼 차이가 났다.

"일단 가 보지요. 먼저 아, 해보세요."

의약공부를 한다더니 연신 의원 흉내를 내려는 것 같아 우습다. 동궁이 성로를 따라 아, 입을 벌려 보인다. 성로가 입 안을 들여다보더니 고개를 갸웃하고는 웃는다.

"왜, 내 입안에 뭐가 있어?"

"발간 혀와 하얀 이만 계시네요."

동궁이 검지로 성로의 이마를 톡 친다.

"수앙 스승님의 연세가 어떻게 되셔?"

수앙언니가 몇 살이더라? 성로는 고개를 갸웃한다. 성로가 임림재에서 처음 만났을 때 수앙은 이미 어른 같았다. 언니이자 스승이자 어른이라고만 생각하며 자라는 중에 수앙이 진짜 어른이 돼 버렸다. 방산이며 수열재께서도 꼼짝 못하는 높고 높은 어른. 그래서 성로는 요즘 수앙이 백 살쯤 된 것 같았다.

"한 백 살?"

동궁이 짐짓 눈을 부라린다. 동궁을 놀리는 건 늘 재미있다. 놀림 받을 때마다 동궁은 눈살을 찌푸리지만 화를 내는 건 아니다.

"한 스무 살쯤 되셨나? 아니, 내가 일곱 살 때 스승님이 혼인하셨고 그때 나이가 열여섯 살인가 그러셨으니까!"

"스물둘이시네."

"아이구, 우리 효성 씨, 똑똑하셔요!"

동궁을 놀린 성로가 잡고 있던 손을 축 빼서 아바님 영좌에 공수 예를 올리곤 나간다. 동궁도 영좌에 공수하며 속으로 아뢴다.

'아바마마, 소자는 성로하고 놀러 나갑니다. 오늘은 성로 덕에 김강하 스승님 댁에 가 볼 수 있게 됐어요. 스승님을 죽인 자들, 소자가 아직은 미력하여 잡아내지 못하지만 언젠가는 반드시 잡아 드릴게요. 아바마마를 그쪽으로 보낸 자들도요.'

왕세자 이선을 죽음으로 몰아붙일 수 있는 거대한 먹장구름이 왕세손 이산에게도 고스란히 드리워져 있다. 하여 동궁은 자신의 심중에 담긴 말을 입 밖으로 전혀 내지 못한다. 심지어는 성로한테조차 말하지 않는다. 고작해야 혼령이 계신지 아니 계신지 알 수 없는 아바님의 영좌 앞에서 다짐할 뿐이다. 그때마다 분기가 솟구쳤다. 예전에 아바님이 어찌 그처럼 미쳐 도셨는지 이해할 것 같았다. 아바님을 이해해 가는 중이므로 아바님처럼 속절없이 당하지 않을 것이었다. 성로가 김강하처럼 주군을 따라 흉사 당하게 만들지도 않을 것이다. 그리하자면 강성해져야 한다. 강성해지기까지는 어떤 적의나 분기를 내비치지 않고 힘을 키울 것이다.

비연재는 자그만 무릉도원 같다. 온통 꽃이다. 담장을 따라 꽃나무 울타리를 둘렀고 울타리 안쪽으로 기화요초들과 나비들이 난분분하다. 앞서 들어선 우익찬 문현조와 별감 백동수가 집 안팎을 이리저리 살피고 나서 수직 위치를 잡는 참이다. 비연재는 옆으로 긴 집이라 동쪽이 내원이다. 내원의 안쪽에 장독대와 우물이 나란한데 장독대 낮은 담 옆에 그이가 서 있다. 회색 저고리에 살굿빛 치마를 입고 흰 앞치마를 두르고 머리에는 송라를 쓰고 흰 무명 수갑 낀 손에 호미를 들고 있는 여인. 성로가 쾌자자락을 나부끼며 여인을 향해 뛰어간다. 동궁이 주춤주춤 따른다.

"선생님, 제 동무, 효성과 같이 왔어요. 괜찮죠?"

성로의 말에 여인이 흙 묻은 손으로 송라를 들치며 허리를 수그린다. 동궁은 어리둥절해 마주 인사한다. 어디서 익히 본 사람인데 낯선 것 같아서. 몹시 어여쁜데 어여쁘다고 말하기 어려운 낯섦이랄까. 아름다움은 온화함과 밝음을 풍기는 것이라 여겼는데 선인부인의 아름다움은 서늘하다. 이른 아침에 일어나 뜰에 쌓인 눈을 봤을 때처럼.

"어서 오세요, 도련님."

"수앙 선생님을 뵙습니다."

"저를 선생이라 부르시게요?"

"성로 선생님이시라니 저절로 된 것인데, 싫으신가요?"

"싫기는요, 황감합니다."

"저를 성로와 같은 제자로 받아 주시겠습니까?"

"그러지요."

한 번의 사양도 없이 대번에 승낙하시는 게 재밌어 동궁이 힛, 웃는다.

"헌데 선생님, 꽃밭을 손수 가꾸십니까?"

"오늘 모처럼 호미를 잡았답니다. 성로와 함께 마루로 올라가시어 편히 계십시오. 저는 시작한 김에 풀을 잠시만 더 메겠습니다."

"어차피 선생님 뵈면서 놀기 위해 왔는데요, 풀 메시는 거 보면서 놀고 싶습니다. 그 뒤 장독대 담에 감긴 넝쿨 꽃의 이름이 무엇인가요?"

"이건 으아리꽃입니다, 도련님. 담황색의 꽃이 참 곱지요?"

그사이 복건이며 쾌자를 벗어부치고 바지저고리 차림이 된 성로가 아래채 툇마루 밑에서 호미 두 자루를 들어 보이며 묻는다.

"효성! 공부 삼아 지슴 좀 메 보실래요?"

호미라! 궐 밖에 나온 게 실감나 동궁은 미소 짓는다.

"그럼 나도 복색을 갖춰야지."

동궁은 성로처럼 복건과 쾌자를 벗어 마루에 두고 저고리 소매를 걷으며 호미를 받는다.

"어떻게 하면 돼?"

"이쪽으로 오셔 보세요."

성로가 우물 곁에서 흰 꽃을 잔뜩 피운 조팝나무 곁으로 동궁을 이끈다. 그 주변에 자그만 자주색 꽃을 피우며 엉키기 시작한 넝쿨 풀을 한쪽으로 확 제치더니 뿌리에 호미를 쿡 박는다.

"야아, 이 사알! 앙증맞은 꽃들이 잔뜩 폈는데 그래도 돼?"

사알 소리가 간지럽다고 질색하는 성로가 진저리를 치곤 입을 연다.

"얘는 살갈퀴라는 건데, 야완두라고도 불리는 풀이에요. 어린잎은 뿌리째 뽑아서 나물로 먹기도 하는데, 요즘은 너무 쓰고 거칠어서 못 먹어요. 그런데 이대로 놔두면 조팝나무를 타고 올라 친친 감아 버리죠. 애들한테 친친 감긴 조팝나무는 숨쉬기가 힘들어서 차츰 말라요. 그러니까 선택의 문제인 거예요. 이 꽃밭의 지슴이 돼 버린 애들을 둘 것인지, 조팝나무를 튼튼히 키울 것인지. 수앙께선 조팝나무를 선택해서 이 마당에 심으셨으니까 살갈퀴는 메야 하지요. 메도 또 금세 나와요. 백성들의 전답도 그렇대요. 논밭주인이 씨 뿌려 가꾸는 작물과 주인이 원하지 않는데도 돋아난 풀들이 작물을 가려 버려, 논밭주인은 봄부터 가을까지 내내 지슴과 전쟁을 치르는 거지요."

지슴 메는 일에도 사람살이의 단면이 담겨 있음을 성로가 말하고 있다. 조팝나무를 살릴 것인지 앙증맞은 꽃을 피우면서 다른 식물을 말려 죽이는 살갈퀴를 놔둘 것인지. 무슨 일에든 선택을 해야 하고 선택에 따른 행동을 해야 한다. 행동하기 위해서는 힘이 있어야 한다.

"넌 대체 그런 걸 어떻게 다 알아?"

"저는 효성보다 스승이 훨씬 많아요. 제 스승님들은 효성의 교관들처럼 책만 파는 분들이 아니라 다채로우시고요. 그리고 이런 건 사람살이를 조금만 눈여겨보면 보이는 거예요."

"궐에서도 그래?"

"그럼요. 각 전각 주변에 있는 화단들, 작은 숲, 큰 숲들에서 궁인들이 날마다 그리하고 있어요. 효성이 못 볼 뿐이죠."

"넌 입궐하면 늘 나랑 같이 있는데 내가 못 보는 걸 언제 그렇게 많이 봐?"

"아는 만큼 본다 하잖아요? 아는 만큼 보고 본 만큼 다시 보면, 백배 천배로 보게 되죠. 그게 개안이고요."

"넌 대체 나 없이 뭘 그리 많이 보고 다니는 거야?"

"그래서 효성이 나를 좋아하는 거잖아요? 대신 봐 드리는 게 많아서."

"그건 그렇지."

"눈이 천 개쯤 됐으면 좋겠죠? 손도 천 개쯤 됐으면 싶으시고?"

"천수천안! 내가 보살이 아니니 천수천안이 되면 괴물인데, 내가 괴물이어도 나랑 놀아 줄 거야?"

"에이, 괴물하고 어찌 놉니까? 효성이 괴물이 되면 저는 천리만리 도망칠 거예요."

"네가 아무리 멀리 도망쳐도 나는 천수천안이라 다 볼 수 있고 어딜 가도 잡을 수 있는데?"

"그럼 저는 지금 효성 버리고 도망칠래요."

"나 두고 암 데도 못 갈 거면서 괜한 소리 하기는."

"저는 액정서 관헌이지 효성의 별궁이 아니라고요."

"그 점은 아무래도 내가 좀 미안해. 미리 사과할게."

"사과하시지 마세요. 저는 효성의 별궁이 되지 않을 거니까요."

"그대가 정 원하지 않으면 별궁으로 삼지 않을게. 근데 그대가 나중에 내 별궁 아니하면 뭐 할 건데?"

"벗하죠."

"벗 좋지. 벗하면서 별궁도 하고."

"자꾸 그리 말씀하시면 낼 아침 눈 뜨자마자 봇짐 메고 사직서 내던진 뒤에 도성을 떠날 거예요."

"어디 갈 건데?"

"그건 말씀 못 드리죠. 그렇지만 제가 갈 곳이 아주 많다는 건 짐작하실걸요."

수앙은 동궁과 성로의 이야기를 들으며 으아리 넝쿨 아래에 숨어 돋는 지슴을 맨다. 가슴이 싸하다. 동궁과 성로의 인연이 돌이킬 수 없을 만치 깊어져 버렸지 않은가. 성로가 계집아이인 걸 알고도 대전이 배동을 삼은 이유는 동궁이 컸을 때 후궁으로 삼아도 좋으리라 여겼기 때문일 것이다. 어차피 동궁이 조금만 더 자라면 궐 밖 계집들에게 눈을 돌릴 터이니, 동궁 곁에다 궐 밖의 계집아이를 놓아두면 일탈이 적어지리라 여긴 것이다.

별님께서 일부러 얽어 놓으신 건 아닐 테고, 어린 사람 둘이 자신들의 미래를 씨실날실처럼 촘촘히 엮어가는 중이다. 동궁 곁에서 성로를 빼내기에는 이미 늦은 것이다. 반년째 매양 붙어 지내는 셈인데 무슨 할 말이 저리 많은지 이마를 맞대고 호미질을 하며 끊임없이 속닥인다.

장독대 주변의 지슴을 정리한 수앙은 우물에서 물을 길어내 대야를 채우고 손을 씻고 땀을 걷는다. 다시 물을 길어 대야를 채워 놓고 소년과 소녀를 불러 손을 씻게 한다. 먼저 안으로 들어와 함월당과 연결된 설렁줄을 당겨 놓고 대뿌리 모조손가락을 끼고 왼손에만 수갑을 낀다. 수열재에 따르면 우익찬 문현조가 사신계 칠품 무절이라 했다. 역시 칠품 무절인 백동수는 자인의 지아비라 물론 잘 안다. 하지만 그 두 사람은 오늘 동궁이 이곳에 온 깊은 까닭은 모른다.

"드십시오, 도련님."

능연과 동아가 건너와 부엌에 준비해 뒀던 다과상을 내다주고 나갔다. 시장했던가, 동궁과 성로는 찻잔을 쳐다보지도 않고 떡과 과자와 수정과를 먹는다. 그사이 수앙은 그림틀을 가져다 놓고 종이를 끼우고 필통을 연다. 그림틀이 가려주므로 왼손의 모조손가락을 빼고 그려도 될 것 같다. 모조손가락을 끼고는 그림을 그릴 수 없었다.

"효성 도련님."

"예, 선생님."

"도련님의 어마님을 위해서 제가 지금부터 선물을 마련하려 합니다."

"제 초상을 그려 주시려고요?"

"예, 도련님. 편히 계시면 됩니다. 제가 도련님의 초상을 그리는 동안 저한테 말을 거셔도 되고요."

"제 어마님을 아십니까?"

"여러 해 전에 어마님께오서 부르시어 댁에 간 적이 있습니다. 뜰에 눈이 많이 쌓인 날이었지요."

"제가 누군지 아시는 거군요?"

"성로가 모셔왔는데 모르겠습니까. 근래에 도련님의 어마님께오서 아드님을 날마다 보시지는 못하고 지내시는 것도 알지요. 모자분이 떨어져 지내는 날이 많으시니, 도련님의 초상을 그려 어마님께 드리면 선물이 되실까 하여 그림틀을 꺼낸 것입니다."

수앙은 누군가의 초상을 그릴 때면 눈부터 그린다. 눈을 그리고 얼굴 윤곽을 잡고 코를 넣는다.

"고맙습니다. 어마님이 기뻐하실 거예요. 하온데, 선생님."

"예, 도련님."

"제 아바님을 뵈신 적도 있나이까?"

"오래전에 먼빛으로, 두 번 뵈었습니다. 한 번은 마상에 앉으시어 운종가를 지나고 계셨지요. 또 한 번은 어마님께서 부르시어 입궐했던 날, 여러 부인들이 어마님의 온실 구경을 하고 있을 때 아바님께서 잠시 들르셨기에 뵈었습니다. 어찌 물으시옵니까?"

"평소엔 아바님 모습이 환한데 어떨 때는 아바님 모습이 깜깜하게 떠오르지 않습니다. 제 아바님의 용태가 기억나시면 그려 주십사 하고요."

소전은 용상에 앉지 못해 어진이 없었고 죄인으로 타계하였는지라 누구도 초상을 그릴 수 없었다.

"도련님!"

"예, 선생님."

"간혹 아바님의 용태가 기억나시지 않으실 때는, 수발들에게 면경을 대령하라 하여 들여다보십시오. 도련님의 옥안에 아바님의 용태가 계십니다. 많이 닮으셨습니다."

아! 입을 벌린 동궁이 환히 웃는다.

"도련님의 초상을 어마님께 가져다 드릴 때는 제가 그렸다 하지 마시고 잠행 중 청계변에서 만난 환쟁이가 도련님 인상이 좋다며 그려 주더라, 말씀해 주시겠습니까?"

"수앙께서 여기 계시는 게 비밀이라서요?"

"그렇습니다, 도련님."

"그리할게요. 비밀이라니까 생각나는데요, 선생님! 작년 가을에 시강원의 이극영 문학과 첫 잠행을 나섰다가 금서들에 대해 들었습니다. 금서가 삼백여 종이나 된다고요."

"금서가 그렇게나 많군요. 하온데요?"

"제가 궁금했던 금서는 「달궁가」의 전거가 되는 이야기책인데, 그때 이 문학께서는 일 년 뒤에 가르쳐 주겠노라 하셨습니다. 수앙께서는 「달궁가」의 전거가 되는 금서에 대해 혹시 들어보셨습니까?"

"그게 궁금하셨으면 성로한테 물어보시지 그러셨습니까?"

동궁은 소반 건너에 앉아 수정과 속의 곶감을 수저로 자르고 있는 성로를 쳐다본다.

"이 사알, 너! 그걸 알고 있었어?"

"아마 알걸요."

"어찌 말하지 않았어?"

"효성이 나한테 그런 것 물은 적 없는 거 같은데!"

"열고관에서 내가 물었잖아? 이 안에 금서들이 있냐고. 존현각에서도 물었어. 넌 두 번 다 모른다고 했고."

"열고관이나 존현각에 제가 아는 금서는 없으니까 모른다고 했죠. 전 금서가 삼백 여 종이나 되는 것도 지금 처음 들었으니까요. 암튼 이제 말이 나왔으니까 스승님께 들으면 되겠네요, 뭐!"

수앙이 그림판에다 동궁의 왼쪽 눈매를 그리면서 입을 연다.

"그날 도련님과 함께 잠행한 이 문학께서 「달궁가」에 대해 어떤 설명을 하다가 금서에 관한 이야기를 하시게 된 걸까요? 달궁가에 나오는 신단수 때문에요?"

"맞아요. 제가 그날 달궁가를 처음 듣다가 신단수가 뭐냐고 여쭀더니 설명해 주셨어요. 신단수는 단군왕검의 부황인 환웅제석이 태백두산 아사달이라는 곳으로 강림할 때 임했던 나무의 이름이자 제단과 성지를 의미한다고요. 그런 얘기를 죽 하고 우리가 사용하는 단기檀紀가 옛조선에서 비롯된 것이라고도 하셨지요. 저는 여염아이들이 흔히 듣고 부르는 노래에 그처럼 어마어마한 배경이 있냐고, 아이들은 사천여 년 전부터 그런 걸 다 알고 달궁가를 불러왔을까, 물었고요."

"이 문학이 뭐라고 하시던가요?"

"그걸 누가 알 수 있겠습니까만 고구려 때는 비슷한 노래가 있었던 모양입니다, 그러셨어요. 그건 어찌 아냐고 제가 물었더니 이 문학이 시치미를 뚝 떼면서 말할 수 없다, 하셨어요. 금서 목록에 들어 있는 책을 거론해야 하기 때문이라고요."

"『달궁가』의 전거가 금서 속에 있기 때문에, 도련님은 아직 금서를 보시면 아니 되므로 말씀드리지 못한다, 그러신 모양이지요? 그는 어쨌든 관헌이고 도련님의 교관이니까요?"

"그렇지요. 헌데 조선 백성들이 다 아는 노래의 전거를 저만 모르는 건 이상하지 않습니까? 그날 이 문학과 돌아다니던 중에 어느 주막에 들어갔는데, 주막 중노미가 저한테, 동궁 같다고 하는 겁니다. 동궁 같다는 말이 바보천지 같다는 소리라는 걸 저는 그날 알았습니다. 온 백성이 아는 노래를 모르는 동궁이니 바보 소리를 들어 마땅했던 거지요."

"맘이 좀 상하셨군요! 그렇지만 도련님께선 조선백성들 거개가 모르는 걸 알고 계시기도 하지 않습니까? 사람마다 사는 방식에 따라서 알거나 모르는 일이 달라지는바 도련님께서 그걸 모르신다 해도 이상할 건 없지요. 그랬을 때 달궁가의 전거에 대해 아셔도 이상하지 않을 것 같고요. 이 문학께서는 일 년 뒤에 알려 주신다고 하셨지만 이왕 말이 나온 김에, 성로가 이야기 해드리려무나."

"뭘요?"

"『달궁가』가 나오는 책들과 그 내용들."

"그걸 전부요? 차라리 그 책들을 찾아다 효성 앞에 놔 드리는 게 빠르지 않을까요?"

"책은 나중에 보셔도 되잖니? 지금은 노시는 중이니 이야기해 드리며 놀려무나. 내가 초상을 다 그릴 때까지는 도련님께서 그 자리에 앉아 계셨으면 좋겠으니까."

성로가 잘게 자른 곶감을 숟가락으로 떠서 동궁 앞에 내민다. 동궁이 계피 물에 분 곶감을 받아먹자 성로가 대견하다는 듯 고개를 끄덕이며 웃는다. 동궁은 보통 때는 성로가 계집아이라는 걸 잊는데 요즘 가끔 느낀다. 눈을 찡긋하거나 에헤이, 그럼 못 써요, 하거나. 토라진 척하며 잡고 있던 손을 축 빼가거나 할 때. 함께 있다가 매화틀을 쓰기 위해 수줍어하며 옆방으로 들어가거나 지금처럼, 대견해하는 눈으로 웃을 때.

"우선 『자명령』이라는 책이 있어요, 효성!"

『자명령』으로 시작된 성로의 이야기가 『군아전』을 거치고 고구려 아도화상의 『조선영인록』으로 올라갔다가 고려 일연스님의 『원삼국유사』로 이어져 현 조선의 금서목록으로 돌아온다. 성로가 열거하는 책들 속에 유구하고 광대한 조선이 있었다. 아바님이 꿈꾸셨던 큰 조선이. 그 때문에 「달궁가」의 전거가 되는 책들이 금서로 지정된 것이었다. 청국 조정이 큰 조선, 강성한 조선을 싫어하기 때문이다.

"우와, 한 시진은 떠든 거 같은데? 점심 참이 됐나 봐. 다시 배고파!"

성로의 배고픈 시늉에 동궁이 떡 조각을 들어 성로 입에 넣어준다. 오물오물 먹는 성로 입이 귀여워 마주 웃다가 수앙과 눈이 마주친다. 수앙이 빙긋이 웃는다. 순간 동궁은 수앙과 닮은 사람을 떠올린다. 재작년에 어마님 따라가서 보았던 소소 무녀. 그이가 동궁의 손을 잡고 중얼거렸다. '옴치림, 옴치림, 옴치림.'

이튿날 김강하 수사한테 '옴치림'의 뜻을 물었더니 호신진언이라고 알려 주었다. 그 진언을 읊으며 온갖 죄업을 소멸하고 몸을 보호하여 병고와 재난이 없기를 기원하는 것이라고 했다. 수앙은 그때 동궁한테 호신진언을 읊어 주던 소소 무녀하고 닮았다. 소경이라 앞을 보지 못한다던 그이는 아바님과 관련되어 북악에서 타 죽었다고 했다. 동궁은 소소 무녀가 뜨거운 불길 속에서 스러지진 않았을 것 같았다. 그래서 그의 죽음은 부친이나 스승의 죽음만큼 참혹하지 않았다. 그의 죽음을 믿지 않았으므로.

"왜요, 도련님. 제 얼굴을 보고 누굴 떠올리셨습니까?"

"제가 뵌 적이 있는 어떤 분과 닮으셨어요."

"혹시 소소원의 소경 무녀를 말씀하시옵니까?"

"그분을 아셨습니까?"

"제 친가의 어마님과 동무셨고 제 스승이셨답니다. 저랑 몹시, 흡사해 제가 그분의 여식이라도 되는 양 닮았다고 주변에서 탄복하곤 했지요. 물론 그분은 제 얼굴을 못 보셨지만요."

"소경이라서요?"

"그러셨지요. 어쩌다 보니 외양은 저와 닮았던 분이었으나 그분은 저와 달리 아주 아름다이 살다 가셨습니다. 무녀로서의 신기가 높으시어 돈을 무수히 버셨는데, 그리 번 돈을 다 어렵게 사는 백성들에게 베푸셨고요. 저한테 좋은 말씀을 많이 들려주셨지요. 무녀들이 천민으로 살고 있기는 해도, 세상의 밑바닥에서 땅을 기름지게 하는 풀들처럼 백성들의 삶을 받치고 있다는 걸 그분을 통해 깨쳤습니다. 사람살이가 언젠가부터 태어난 자리로 귀천을 따지게 되었으나 원래는 만인이 동등하므로 서로의 목숨과 삶을 똑같이 아끼며 살아야 한다는 것도 배웠지요. 효성 도련님께서는 어찌 생각하시는지요?"

"원래는 만인이 동등하다는 소소 무녀의 말씀에 대해서요?"

"예, 도련님."

"저는 세상에 난 이래 만인이 동등하다는 말씀을 지금 처음 듣고 있습니다만, 어불성설이라 느끼지 않습니다."

"만인이 동등하다는 말이 어불성설이 아니라 느끼십니까?"

"누구나 한 번 살고 한 번 죽는 것이야말로 만인 동등의 기본이 아닐는지요. 단 한 번의 생인데 어떤 목숨은 귀하고 어떤 목숨은 천하다고 못하지요. 때문에 서로의 목숨과 삶을 똑같이 아끼며 살아야 한다는 소소 무녀의 말씀에 동감합니다."

"도련님께서 언젠가 지존이 되실 것인데 지존이 되시고도 지천至賤과 지존이 동등하다고 여기실 수 있을까요? 그리 여기시면 지천이 지존 자리에 앉는 것도 가당하다는 비약이 가능해지는데요?"

"지난 이 십여 성상 중에 지천의 피가 섞인 분들이 적지 않다고 알고 있습니다. 깊이 따지고 보면 지존과 지천이 다르다 할 수도 없을 겁니다."

"헌데 어찌 세상은 한사코 지존과 지천을 그처럼 벌려 놓는 걸까요? 도련님의 말씀대로라면 각기의 생업이 다를 뿐 사람에 귀천이 있어서는 아니 될 성싶은데요?"

"자신을 귀하다 여긴 자들이, 자신만 귀하고자 하는 그릇된 욕망으로 권력을 구축하고, 구축한 권력을 수단방법 가리지 아니하며 지키고 키우려 하기 때문이겠지요."

"도련님께서도 도련님만 지존 위位에 앉을 수 있다고 여기시지 않습니까?"

"물론 그렇습니다. 하지만 그건 제가 저만 귀하다 여겨서가 아니라, 현재의 제가 언젠가 될 군주로 키워지기 때문입니다. 제가 태어난 자리를 비롯하여 현재 지내는 생활이 온통 미래 군주로서의 교육이므로 다음 대 군주 노릇을 저보다 잘 할 수 있는 사람은 작금 조선에 없을 것입니다."

"훗날 등극하시어도 오늘 하신 말씀들을 기억하실까요?"

"저는 기억력이 좋은 편입니다. 오늘 선생님과 나누는 대화가 세상살이의 기본 이치, 우리 조선의 근본 원리에 해당하는 것인바 잊을 까닭도 없을 것이고요."

"조선의 근본 원리라는 건 무슨 말씀이실까요?"

"아직 읽지 못했습니다만 조금 전 성로한테 들은 이야기로만 유추했을 때, 웅녀와 호녀는 천신인 환웅제석을 받아들인 무녀였을 것 같습니다. 그들의 아들과 딸인 단군과 군아도 신성과 인성을 함께 지닌 무인巫人이라서 왕검이라 불렸을 것이고요. 단군과 군아의 후예들이 무인들이며 조선 백성이 다 무인이라고 할 수 있겠지요. 현 조선이 세워지면서 무인들이 천민으로 강등되기는 했을지라도 저는 지존과 무인이 다르지 않다고 생각합니다. 또한 지천이 지존과 애초에 다르다면 지존은 존재할 수 없습니다. 조금 전에 말씀드렸듯이 지난 성상들께서는 지천의 피를 반분하신 분이 적지 않습니다. 제 할바님과 아바님도 그러하시지요. 지천이 아니었더라면 제 아바님과 제 할바님은 이 땅에 나지 못했을 것입니다. 누구나 알면서도 아무도 말하지 못하는 사실이 있는데, 제 할바님이나 아바님께서는 정비가 아니라 지천 출신의 후궁들에서 나셨기 때문입니다. 지천의 할마님들께서 제 할바님과 아바님을 낳지 않으셨다면 저는 세상에 나지 않았겠지요."

"어떻게 그런 생각을 하실 수 있게 되시었는지요?"

"사실 지금까지 생각해 본 적 없습니다. 지존은 지존이 되는 순간 무결無缺, 무죄無罪한 존재가 됩니다. 하여 지존을 지존위에서 끌어 내릴 때는 죄를 입히지요. 제가 지금까지 아는 바가 그러했습니다. 지금 이 자리에서 지존과 지천의 동등함을 운운할 할 수 있는 까닭은 성로 덕일 것이고요."

"성로가 왜요?"

"성로가 제 배동으로 들어온 첫날 제게 자신의 비밀을 말해 주었습니다. 선생님께서도 아실 것 같은데요?"

성로는 제 얘기가 아니라는 듯이 딴청을 피우고 있다.

"성로가 어떤 비밀을 말씀드리던가요?"

"한 계집아이가 자그만 광대 패거리의 종자로 태어났는데 다섯 살 때쯤 여름에 헛소리를 마구 하게 되면서 아비로부터 물속으로 내던 져졌다고 했습니다. 아이를 내던진 아비며 패거리가 어둠속으로 사라져 버리고, 내던져지면서 몸을 다친 아이는 얕은 물에서 허우적이며 울고 있었습니다. 그때 한 처자가 나타나 건져 업어 주었습니다. 아이는 그 처자 등에서 잠이 들었고 어떤 이들 품으로 들어가 자랐습니다. 그러던 중에 이무영 영감 댁으로 들어가 딸이 되었으며 생년 월 일시가 저와 같다고 하였습니다."

광대 족들이 계집아이를 내던진 까닭은 사람의 말 때문이었다. 장차 무동舞童이 되고 더 커서는 사당계집으로 해우채받이가 돼야 할 아이가 말을 배우면서 말이 마구 터져 나오는데 그 말들이 하나같이 괴이했다. 광대 족들을 기함케 하고 화나게 하고 그들을 위태롭게 할 만한 말들이었던 것이다. 뿐만 아니라 허구한 날 울고 비명을 질러댔다. 그날도 광대 족들이 화개장터에서 연희를 끝내고 떠나려 할제 아이가 비명을 지르며 울어대므로 죽어라 패 놓고 물속으로 내던지고 떠났다. 그때 아이가 죽을 뻔했다가 살아났으므로 다시 태어난 셈인데, 그곳이 사신계 칠성부령 품이었다. 성로가 동궁과 같은 해 같은 날 같은 시에 태어난 것을 알아볼 수 있는 반야의 품. 성로의 생일이 동궁과 같은 날인 까닭이었다.

"그런 말을 들을 때 도련님께선 어떠셨습니까?"

"안쓰러웠고, 대견하고 신기했습니다. 그처럼 함부로 내던져진 광대 족의 아이가 조선 최고 석학이신 이무영 영감의 영애가 되었다는 사실이요. 이태 전 봄에 어마님 따라 소소원에 가서 만난 성아나 작년 가을에 우륵재에서 재회한 성로는, 저보다 공부를 많이 하고, 잘하는 아이입니다. 모르는 것이 없지요. 제가 난 자리의 귀천을 따질 수 없는 이유입니다."

"놀라운 말씀이십니다, 도련님. 도련님의 할바님께오서 들으신다면 대노하실 만하시고요."

"할바님의 깊은 성중까지는 제가 모르겠습니다만, 당금에 할바님과 함께 지내시는 제 할마님은 할바님께서 잠저에 계실 적에 사랑하시었던 비녀婢女셨지요. 외관상 두 분이 동등하시다 할 수는 없으나 함께하시는 삶의 내면에 작용하는 건 결국, 만인의 동등함이 아닐는지요. 그렇기 때문에 현실에서 천격이라 불리는 소소 무녀가 제 어마님과 할마님들의 동무로 지내실 수 있었을 것이고요."

"소소 무녀, 그분 젊은 시절에 그러셨다고 하더군요. 자주 입궐하셨다고."

"저도 그분을 자주 모셔다가 어마님을 뵙게 해드리고 싶었고, 따로 뵙고 싶기도 했는데 그럴 기회가 사라져서 애석해요."

"따로 뵙고 싶기까지 하셨습니까?"

"이상하게 그분이 자주 생각났거든요. 이따금 꿈도 꾸고요."

"어떤 꿈이신데요?"

"형상은 보이지 않는데 사나이처럼 느껴지는 존재를 만나는 꿈이에요. 제가 느끼는 그는 다정하고 안온한 기운을 풍깁니다. 제 등을 받쳐주는 듯 든든하고요. 그런 존재를 만나고 나서 꿈을 깨면 마음이 아프면서 소소 무녀가 떠오르고 그러면 좀 울고 싶은 기분이 되고요."

"저런! 소소 무녀는 어찌 도련님 꿈을 슬프게 할까요?"

"소소 무녀가 저를 슬프게 하는 게 아니라 제 꿈속의 그 사나이가 소소 무녀를 슬퍼하는 게 아닐까 싶기도 해요. 그 사나이가 생각하고 느끼는 걸 제가 다시 느끼는 게 아닐까."

"혹시 도련님의 아바님이실까요?"

"아바님이시라면 제가 못 알아뵐 리 없지요. 아바님은 제 꿈에 일체 나타나지 않으세요. 어마님 꿈에도 아니 오신다 하고요."

수앙은 동궁의 성정을 알아보려 이 자리에 오게 했다. 동궁의 성정은 잘 알게 됐거니와 그가 비연재에 들어선 순간에 그의 전생도 알아보았다. 지나온 것과 마주쳐 오는 것들은 닮아 있다던가. 동궁의 성정은 전생의 자신과 닮았다. 길지 않은 생애를 통해 긴 사랑을 남겨 놓았던 그이, 동마로. 동궁은 꿈에서 자신의 전생인 동마로를 보는 것이었다. 동궁이 전생의 자신과 만남은 수앙이 한 일이 아니고 할 수 있는 일도 아니었다. 동궁은 부친을 잃고 나서 두려움 속에서 혹독하게 인내하며 사는 중이고 그게 힘들어 자신을 감싸 줄 무형의 존재를 찾았다. 어린 동궁이 목숨을 위협당하는 공포 속에서 찾아낸 존재가 전생의 자신인 것이다.

"그러시군요."

"그래서 오늘 반야원의 칠지선녀를 찾아가 그 꿈에 대해 물어보려 했는데 성로가 반대했습니다. 찾아가도 그이를 만날 수 없다고요. 아무 때나 만날 수 있는 사람이 아니라고요. 저는 아는 사이라고 자랑을 하면서 말이죠."

동궁이 성로를 향해 눈을 흘긴다. 성로가 입을 삐죽해 보인다. 동궁이 손가락으로 집게를 만들어 성로의 입술을 아물린다. 한 자락의 스스럼도 없이 둘이 다정하다. 아직 어려 색정이 깃들지 않은 덕에, 더구나 성로가 사내 복색을 하고 있어 더 임의로운 것 같다.

수앙은 못 본 척하며 그림판의 동궁의 머리 모양을 잡는다. 상투를 틀지 않고 복건을 쓰고 나온 탓에 복건을 벗은 지금은 긴 댕기머리다. 수앙은 그림 속 동궁의 이마에 용문양의 띠를 그려 둘러 주기로 한다. 용 곁에다 문양 삼아 천령수호 부적을 그려 주기로.

"여쭐 게 있습니다, 선생님."

"예, 도련님."

"선생님께서는 반야원의 칠지선녀와 동무십니까?"

"어찌 그런 말씀을 하시는지요?"

"성로의 자친께서 소소 무녀와 동무시라 하고, 소소 무녀가 선생님께는 스승이라 하셨습니다. 선생님의 자친과 소소 무녀가 동무시라 하고, 성로는 칠지선녀하고 아는 사이라 하고 선생님은 성로의 스승이십니다. 소소 무녀와 선생님은 모녀지간인 것처럼 닮으셨고요."

"도련님의 말씀을 듣자니 사뭇 복잡하게 들리는걸요. 어머님들께서 무녀와 알고 지내다 보니 그 딸들도 알고 지낸다, 하면 될 것 같은데요. 소소 무녀와 제 생김이 닮은 건 우연인 거고요."

"소소 무녀와 칠지선녀도 아는 사이셨을까요?"

"예, 도련님. 소소 무녀가 칠지선녀의 신모셨답니다. 저와 칠지선녀도 그래서 동무이고 성로가 칠지선녀와 아는 사이가 된 연유랍니다."

"성로가 소소 무녀를 통해 우륵재에 들어선 것이고요?"

"그렇지요."

"어떻게 그처럼 될 수 있지요?"

"무슨 말씀이신가요, 도련님?"

"궐 밖에서는 여인들이 누구나 그처럼 친밀하게 삽니까? 사대부집안 부인들과 무녀들과 혜정원 같은 객관의 주인까지 아울러서요? 이 댁은 김강하 스승님 댁이고 수앙께서는 그 부인이신데, 조선 제일 객관이라는 혜정원과 한집인 것처럼 지내시고요. 그러면서 수앙께서 이 댁에 계신 건 비밀이라 하고요. 그건 수앙께서 혜정원의 보호를 받고 지내신다는 뜻이잖습니까."

"혜정원주님하고도 잘 아는 사이라 홀로 된 제가 의탁하고 있는 셈이지요. 그 점이 그리 이상하옵니까?"

"이상합니다. 내당들께서 그리 친밀하게 지내시면 바깥들께서도 서로 친하신가요?"

"그렇지요. 성로의 부친이신 이무영 영감과 제 지아비인 김강하도 사제지간이었으니까요. 작고하신 제 친가 부친께서는 홍문관 교리를 지내셨는데, 성로의 조부님이신 사온재 대감과 호형호제하신 벗이셨다고 하고요. 사온재 대감은 현재의 혜정원주의 모친이셨던 삼로라는 분과 평생 벗으로 지내셨다고 들었습니다. 좋은 인연이 대를 물려 이어진 거지요."

동궁이 수앙을 직시한다. 수앙도 피하지 않고 마주본다. 인연의 고리를 따지는 그의 의식이 소소 무녀를 떠올려 집요히 붙들고 있다. 소소 무녀가 중심에 있음을 느끼면서도 소소 무녀가 누군지를 깨닫지는 못한다. 도와줘야 할 때다. 동궁의 의식과 자신의 의식이 맞물리면서 합치된 찰나 수앙은 한 단어를 튕겨 올린다. 반야! 동궁의 비어 있는 의식의 한 점 안으로 반야가 섬광처럼 비쳐 들어간다. 순간 동궁의 눈이 커진다. 반야라는 존재를 깨달으며 의혹을 느낀 때문이다. 의혹 때문에 눈을 찌푸린다. 수앙은 들키지 않기 위해 입을 연다.

"한 사람이 자신한테 절대적인 존재를 잃는 게 어떤 것인지 도련님께서 잘 아시듯, 저도 잘 압니다. 살기 싫을 만치 힘이 들지요. 평생 힘들 것이고요. 그래도 저는 주변에 너 힘든 거 안다고 말해 주면서 같이 울어 주는 좋은 사람들이 있어서 살 만합니다. 도련님도 그러셨으면 좋겠습니다."

동궁이 창덕궁을 나와 이 비연재에 이르기까지 한 식경쯤 걸렸다. 그림자 길이를 보자면 사시진 중간 참이니 이 비연재에 들어온 지 한 시진쯤이나 됐다. 한 시진 사이에 들은 말과 뱉은 말은 동궁의 십여 년 생애를 통틀어 가장 막중했다. 한편으로는 가벼웠다. 수앙과 눈을 마주치는 동안 깨달은 반야라는 존재는 기이하게도 친숙하고 또 슬프다. 꿈에서 깼을 때처럼.

"선생님과 더불어 울어 주는 그분들은, 우연한 인연들의 결과일 뿐인가요?"

"무슨 말씀이시지요?"

동궁은 그림판 저쪽의 수앙을 다시 본다. 이태 전 소소원에 갔을 때 소소 무녀를 본 건 잠깐이었다. 어린 분의 점사는 보지 않습니다, 아씨. 그때 그이가 경춘전께 그리 말하며 동궁을 신당에 들이지 않았다. 하지만 그때 이후 동궁은 소소 무녀 얼굴을 잊은 적이 없다. 잊지 못하게끔 그이가 익숙했기 때문이었다. 어째서 소소 무녀 얼굴이 낯익은지 여쭸을 때 경춘전께서 동궁의 아기 시절에 만난 적이 있기 때문이리라 하셨다. 건강히 잘 자라라고 자는 머리맡에서 경문을 외워 준 일도 있노라 했다.

"제가 오늘 여기 온 것은 우연인가요?"

"성로가 모시고 왔지요."

"성로가 제 곁으로 온 건 우연인가요?"

"도련님이 소소원에서 성로한테 다가드셨다면서요?"

"성로가 그때 소소원에 있던 건 우연일까요?"

"그렇게 따지시기 시작하면 성로가 태어난 곳까지 가야 할 것 같은데요, 도련님."

수앙은 소소 무녀를 닮았다. 같은 사람은 아닐지라도 우연으로 치부하기 어렵게 비슷하다. 풍기는 기운은 흡사하리만치 닮았다.

"방금 생각났어요."

"무엇이요, 도련님?"

"소소 무녀가 반야예요. 제 꿈속에 나타나는 사나이가 소소 무녀를 생각하면 슬픈 거예요. 소소 무녀의 이름이 반야라서요. 둘은 서로를 아주 잘 알아요. 소소 무녀의 원래 이름이 반야지요, 선생님?"

"그렇다고 들었습니다만 도련님께서는 그 이름을 어찌 떠올리셨을까요?"

"꿈속의 그 사나이가 저한테 반야를 찾으라고, 찾아서 만나라고 가르쳐 준 거지요."

"그 사나이는 누구일까요?"

"저는 모르지만 저를 잘 알던, 그리고 소소 무녀 반야와도 잘 알던 사람이겠지요. 하여 반야가 성로를 제 앞에 두신 거고, 제가 지금 이 자리에 있는 거 같아요. 선생님께서 말씀을 해주셔야 할 것 같고요."

"무엇을요?"

"제가 이 자리에 닿은 이유요."

"도련님께서 오셨지 않습니까?"

"제가 스스로 왔습니다. 하지만 성로가 있지요. 성로 이전에 반야가 계시고. 제 꿈에 나타나 반야를 슬퍼하는 한 사나이가 있습니다. 그 사람이 반야를 만나라며 저를 이리로 보낸 셈이겠고, 선생님은 반야와 같은 존재로서 제 앞에 계시잖습니까?"

"저는 반야라는 이름의 그이가 아닙니다. 헌데 도련님 꿈속의 그이는 도련님한테 반야를 만나서 어쩌라는 걸까요?"

"만나 보면 알겠죠."

"반야는 이 세상 사람이 아닌데, 어찌 만나십니까?"

"저는 소소 무녀가 북악에서 스러졌다는 말을 믿지 않아요. 그이가 소경이라 해도 불길에 휩싸여 하세할 정도의 무녀였다면 그와 같은 명성을 얻었을 리 없지요. 그때 무녀를 잡으러 갔던 금위들이 사라진 까닭은 오히려 소소 무녀의 작용이었을 겁니다. 그러므로 소소 무녀는 더 이상 그 이름으로 지낼 수는 없게 됐을지라도 살아 있는 건 분명하고 반야원의 칠지선녀가 소소인 게 틀림없어요. 칠지선녀가 소소가 아니라면 반야원 안의 어느 곳에서 살고 있을 거고요. 칠지선녀의 집이 반야원으로 불리는 까닭이 그 때문 아니겠어요?"

"소소 무녀 반야는 이 세상에 아니 계십니다, 도련님. 그건 제가 잘 압니다."

"어떻게 잘 아세요?"

"도련님께서 짐작하신 대로 반야께서는 재작년 그때 북악에서는 나오셨습니다. 시좌들이 미리 모셔낸 덕에 어느 절로 들어가셨지요. 절에서 열흘째 지내시던 날, 도련님의 아바님의 장례가 시작되고 제 지아비가 죽던 날이었지요. 그날 반야께서도 돌아가셨습니다. 제가 어찌 아는가 하면요, 저는 제 지아비가 흉도들의 표적이 되리라고는 예상치 못하고 소소 무녀를 뵈러 그 절에 가 있었기 때문입니다. 반야께서는 저를 비롯한 여러 스님들이 지켜보는 가운데 운명하셨습니다."

"정말이신가요?"

"제 지아비가 도련님 아바님의 충직한 신하이자 다정한 벗이었습니다. 이봐, 김강하! 주군께서 늘 그리 부르신다고 지아비가 말하곤 했습니다. 제 지아비가 그런 주군과 명운을 함께 했는데 제가 지금 도련님께 허튼 소리를 하겠습니까. 천둥과 벼락이 치고 폭우가 쏟아지다가 그친 저녁나절이었습니다."

말하다 보니 눈물이 난다. 그렇게 울고도 남은 눈물이 있었는가. 동궁도 운다. 흐르는 눈물을 소매로 훔치다가 소맷자락을 얼굴에 붙이고 운다. 성로도 운다. 잉잉대다가 동궁에게 다가든다. 둘이 붙안고 운다. 아이들은 아이들인지라 울기만 한다. 수앙은 울면서도 생각을 한다. 동궁을 입계시킬 수 있겠구나. 별 수 없이 복잡해지겠구나.

한참을 울고 난 동궁이 성로의 눈물을 닦아 주고는 자신의 눈물을 훔친다.

"반야께서 아니 계시다니 이제 수앙께서 말씀해 주세요."

동궁을 이곳으로 오게 하기까지는 수앙이 개입했다. 이곳에 들어온 직후부터 동궁은 스스로의 의지로 길을 찾아냈다. 그 길에 들어설지 말지를 선택케 하는 것이 오늘 이 자리를 마련한 수앙의 목적이었다. 이제 정면 대응할 차례가 됐다.

"무엇부터 말씀드릴까요, 도련님?"

"오늘 제게 보여주시고자 한 그 무엇이, 무엇인가요?"

"자그마한 하나의 세상입니다."

"어떤 세상인데요?"

"함께 울어 주며 더불어 살아가는 사람들의 세상이지요. 아비로부터 내던져져 죽어가는 성로를 구해서 이무영 영감의 딸로 만든 사람들. 흉악무도한 자들에게 지아비를 잃고 우는 저를 위해 맘껏 울라고 자리를 깔아 주는 사람들. 도련님처럼 아바님을 잃고 두려움에 시달리는 사람을 위해 성로 같은 벗을 만나게 해주는 사람들. 그들이 더불어 있는 세상입니다."

"그런 세상이 어디에 있는데요?"

"지금 도련님 앞에 있지요. 하지만 그 세상은 그리 큰 힘이 없습니다. 그 세상은 도련님의 아바님을 지켜 드리거나 제 지아비를 지켜 줄 만한 힘은 없다는 겁니다. 그저 이 현실의 한 틈바구니에 스미어 살아가면서 할 수 있는 한 서로의 눈물을 닦아 주며 살아갈 뿐이지요. 서로의 눈물을 닦아 주는 그 맘을 지키면서 살아가는 사람들일 뿐이고요."

"그런 사람들의 세상에 성로가 속해 있는 것이고요?"

"그렇습니다, 도련님."

"성로가 오늘 저를 이끌어 선생님 앞에 이르게 하신 까닭은, 저를 그 세상으로 들어서 백성들의 눈물을 닦아 주는 군주로 키우시려 함이시고요?"

"그런 성정과 의지를 가지셨는지 살펴보기 위함이었습니다."

"만인이 동등하다는 반야의 말씀은 그 세상의 지향점인 거고요?"

"그렇습니다."

"제가 그 시험에 들었습니까?"

"기본 시험에 드셨습니다."

"본 시험은 무엇인데요?"

"그 전에, 도련님께서 그 작은 세상의 일원이 되실 수 있는지를 먼저 여쭙고 싶습니다. 도련님이 가지시거나 장차 도련님한테 속할 세상이 아니라, 도련님이 그 작은 세상의 일원이 되실 뿐이라는 사실을 인정하실 수 있는지요."

"성로가 그 일원이고, 김강하 스승님과 반야와 제 꿈속 사나이가 그 세상의 일원이었고, 수앙께서도 그러신 거고요?"

"그렇습니다."

"제 아바님께서도 그 세상에 속해 계셨습니까?"

"아닙니다."

"김강하 스승님께서 그 세상의 일원이셨는데 제 아바님은 아니셨다고요?"

"김강하는 도련님의 아바님께서 찾아내신 신하이자 벗이었지요. 김강하는 그 세상의 원칙이 아니라 사사로운 인연을 따라 주군을 모신 것이었습니다. 그렇지만 그 세상이 지향하는 바에 따라 주군을 모셨지요."

"제 아바님께서 그 세상에 속해 계시었다면 그처럼 참혹히 돌아가시지 않을 수 있었을까요?"

"잘 모르겠습니다. 다만 그 세상에 속한 김강하가 아무리 한 그날 도련님의 아바님과 도련님을 지키기 위해 곁을 떠나지 못했고 그 결과 흉적들의 표적이 되고 만 것은 알지요. 그 때문에 그 세상에서는 도련님을 그 세상의 일원으로 만듦이 어떤가, 생각한 것입니다. 그 세상의 일원인 성로가 김강하처럼 주군을 따라 죽는 사태를 막기 위해서요."

"저도, 어떤 경우든 성로가 저와 함께 죽는 걸 바라지 않습니다. 물론 저도 제 아바님처럼 죽고 싶지 않고요. 그렇지만 혹여 제가 잘못되어 성로가 홀로 남았을 때, 성로의 눈물을 닦아 줄 수 있는 세상이라면, 저도 그 세상의 일원이 되고 싶습니다. 받아 주십시오."

"그 세상은 도련님께 아무런 힘이 돼 드리지 못할 수 있습니다."

"저는 장차 군왕이 될 것이며 제 힘은 제게서 나옵니다. 제게서 나오지 않는 힘으로 무얼 하길 바라지 않습니다."

"다시 말씀드리지만 그 세상은 조선에는 속해 있을지라도 장차 군왕이 되실 도련님에게는 속하지 않습니다. 도련님께서 조선의 군왕이 되신 뒤에도 마찬가지입니다."

"저는 유한하지만 조선은 무한합니다. 선생님께서 말씀하신 그 세상은 무한한 조선에 속해 있지요. 유한한 저는 조선에 속해 있고요.

그런 세상을 제 것이라 여길 만큼 제가 우둔하지는 않습니다. 군왕
이 될 저는 조선과 그 세상을 지키며 사는 사람들의 일원이 될 것입
니다."

"그 세상의 일원이 되시기 위해서는 몇 가지 절차가 있고, 만나셔
야 할 몇 사람이 있습니다. 도련님이 특별한 분이시라 해도 그 절차
를 밟으셔야 합니다."

"따르겠습니다."

"그 세상의 일원이 되기 위한 일차 요건은 정음은 물론이고 한자
천자 이상을 읽어야 한다는 것입니다."

"저는 그 자격은 되는군요. 글자 좀 익혀 놓길 잘한 것 같습니다."

수양이 어이없어 웃자 동궁이 히히 웃는다. 농담할 줄 아는 동궁
이 대견하고 귀엽다.

"두 번째는 그 세상에 들어 있는 선진의 추천이 있어야 하는데, 그
건 제가 해드리지요."

"고맙습니다, 선생님."

"세 번째는 문답시험입니다. 그 세상에 들고자 하는 사람은 수십
가지 질문을 받게 되는데 그 질문들을 수긍하거나 수긍하지 않는 건
본인의 의지입니다."

"질문들에 수긍할 수 있어야 그 세상에 드는 것입니까?"

"그렇습니다. 한 질문을 받을 때마다 신중히 생각해서 답해야 합
니다. 그 질문들은 그 세상이 존재하는 이유와 존재할 수 있는 강령
들이 들어 있으므로 수긍치 못하면 그 세상에 들 이유가 없는 것이
지요. 그리되었을 때는 오늘 우리가 나눈 모든 대화를 잊으시고 이
자리 이전으로 돌아가시면 됩니다. 도련님께서는 오늘, 동무와 함께

동무의 선생을 만나신 것으로 치시면 되겠지요."

"알겠습니다."

"문답시험을 거친 사람은 사십구 일간의 묵언기간을 가져야 합니다. 도련님께는 그 시험이 불가능하실 수 있을 겁니다."

"그건 쉽지 않을 것 같은데요. 제가 입을 닫고 있으면 수십 명이 고통을 받거나 심지어 목이 떨릴 수도 있으니까요."

"그래서 묵언기간은 그 세상에 든 뒤에, 가능한 시기를 잡아 치르기도 합니다. 또 선진들과 의논하여 나누어 치르기도 하지요."

"그렇다면 다행입니다. 묵언 다음에는요?"

"그 세상에 드는 의식을 치르지요."

"어떤 의식입니까?"

"열 명의 선진이 지켜보는 가운데 그 세상의 계율을 지키겠다는 맹세를 하는 겁니다."

"그런 뒤에는요?"

"서원의식을 치르면 그 세상의 일원이 된 것입니다. 이후로는, 그 세상이 현실 세상에 없는 것처럼, 그 세상에 대해 들어본 적도 없는 듯이, 살던 대로 살면 됩니다. 그 세상이 도련님 주변에 있습니다. 필요에 따라 도련님께 말을 걸 것이고요."

"제가 문답시험을 통과하지 못하여 그 세상에 들지 못하면 성로도 제 주변에서 없어집니까?"

"아닙니다. 성로는 도련님과의 사사로운 인연으로 인해 그 자리에 있는 것이므로 도련님과 성로의 사사로운 관계는 두 분의 뜻으로 계속되거나 단절되거나 합니다."

"그건 참 다행이네요. 아무튼 제가 궁 밖에 나오기가 여의치 않고 워낙 많은 이목이 따라다니는지라 다른 날 잡아서 그 절차를 밟으려면 많이 늘어질 수도 있을 겁니다. 오늘 나온 김에 치르고 싶습니다."

"그리하지요. 성로는 혜정원으로 건너가서 도련님의 뜻을 전하고 수열재께 점심을 준비하시라 하여라."

성로가 "예, 스승님." 하며 일어나 읍하고는 마루를 내려간다.

"도련님께오선 잠시 그대로 계십시오. 점심을 자시기 전에 초상을 다 그려야겠습니다."

"말은 해도 되나요?"

"물론이십니다."

"그 세상의 명칭은 무엇이옵니까?"

"그건 문답시험을 치르신 뒤에 아시게 됩니다."

"제가 문답 시험을 통과치 못하면 그 세상의 명칭을 모르게 되는 건가요?"

"그렇습니다."

"성로한테 물어보면 말해 주지 않을까요?"

"좀 전에 제가, 그 세상에는 수십 가지의 문답과정과 사십구 일의 금언기간이 있다는 말씀을 드렸습니다. 금언기간을 거치고 맹세절차를 치르며 그 세상의 일원이 된 사람들은 그 세상 바깥의 사람들에게 그 세상의 명칭을 말하지 않게 됩니다. 성로도 그 절차들을 다 거쳤지요."

"죽어도요?"

"아마도요."

"벗이 물어도요?"

"벗이라면 벗이 말하지는 못하는 걸 굳이 묻지 않겠지요."

"문답시험은 선생님께서 진행하십니까?"

"저는 그런 절차를 진행할 수 있는 사람이 못됩니다. 곁에서 지켜만 봐야 합니다."

"성로는요?"

"성로도 마찬가지입니다."

"그 세상에는 엄격한 질서와 계급이 있고, 선생님과 성로는 거기 해당치 못하시는 건가요?"

"그렇습니다."

"작은 세상이 아니군요?"

"말씀드렸듯이 작습니다. 한 사람의 눈물도 닦아 주지 못하여 그저 실컷 울라고 자리나 깔아 주는 세상일 뿐입니다."

"제가 칠지선녀를 만날 수는 있습니까?"

그림판 저편에서 얼굴을 반나마 내놓고 담상담상 답하던 수앙이 상체를 곧추세우고 동궁을 쳐다본다. 시선이 맞닿는다. 유심히 볼수록 소소 무녀 반야와 더 닮아 보인다. 아니 그이 같다. 꿈속의 사나이가 슬퍼하는 그이. 반야를 생각할 때마다 눈물이 날 것처럼 느껴지게 하는 그 사나이는 누구일까. 아바님이나 스승 김강하는 아닌 게 분명할 뿐 다른 누구도 떠올릴 수 없다. 그 두 분을 제외한 누구도 이산의 꿈에 나타나 따사롭고 든든하게 등을 받쳐줄 사람이 없기 때문이다. 반야를 생각할 때마다 가슴이 미고 목이 메며 눈물이 날 것 같은 사람이라니. 그가 누구인지를 물으려면 칠지선녀를 만나야 하므로 그이를 만날 수 있냐고 물었는데 수앙의 시선이 자못 깊다. 아무래도 대답을 듣기는 어려울 성싶다.

홍역

동궁은 지난 이십삼일에 잠행을 나갔다. 그 사흘 뒤 밤에 신열이 났다. 잔기침을 하고 목이 부었다. 내의원에서 감기와 몸살이라 진단했고 탕약을 올렸다. 이십칠일의 동궁은 침소 밖으로 나오지 않았다. 이십팔일 아침에 동궁의 몸에서 좁쌀만 한 붉은 반점들이 발견됐다. 홍역이나 천행두일 가능성이 높았다. 그날로 경희궁에 비상이 걸렸다. 오위군이 궁을 둘러서고 금위군이 융복전 담장을 에워싸고 익위사가 전각을 지켰다. 천행두와 홍역을 치르지 않은 자들의 융복전 출입이 금지됐고 동궁의 침소에는 의원들과 내관과 내인 몇 사람만 드나들 수 있게 됐다. 시강원 교관들은 경희궁이 아니라 창덕궁 춘방으로 등청하게 됐다. 그리고 사흘째였다.

내의원에 다녀온 보덕 박명원이 침통한 표정으로 기다리고 있던 교관들을 향해 입을 연다.

"동궁저하의 환후가 홍역으로 확진됐다 합니다. 내의정 영감이, 홍역은 완전히 떨치고 기운을 차리기까지 보통 한 달쯤 소요된다고 하더군요."

떨쳐낼 수 있을 때 그렇지만 홍역 환자의 절반가량이 죽는다는 건 상식이다. 그래도 천행두보다는 홍역이 나은 셈이다. 천행두는 사분의 삼이 죽는 것으로 알려져 있다.

"동궁께서 홍역을 이겨내시는 동안 우리는 여느 때와 다름없이, 이곳으로 묘유합니다. 저하의 쾌유를 기원하면서 경건하게 각자의 학문에 정진토록 합니다. 헌데, 내의정에 따르면, 열꽃이 스러질 즈음부터는, 보통 열흘에서 보름 사이인데, 그 무렵에 재발하는 경우가 높고 동시에 환자가 몹시 갑갑해하며 밖으로 나가려 하기 십상이라, 그때 다시 위기가 생긴다고 합니다. 하여 내의정이, 시강원에서 그 시기를 대비하여 융복전에 드나들 수 있는 교관 한 사람이 준비하고 있어 달라 합디다. 저하께서 책 보기를 좋아하시니 좋아하시는 일로 견디시게 하자는 것이지요. 그런데 저하 곁에 들 교관은, 천행두와 홍역을 겪어 냈어야 하고, 현재 어떤 병증도 없이 건강해야 하고, 집안에 환자가 없어야 한다고 하더이다."

박 보덕이 필선 윤지수와 문학 이극영과 사서 남상본과 설서 김국빈을 쓱 둘러보곤 말을 잇는다.

"먼저 나는, 천행두와 홍역을 겪었고 집에 환자가 없소. 헌데 내 몸에 종기가 있소. 한 달쯤 돼서 많이 낫기는 했으나 노상 눌리는 부위, 엉덩이에 난 거라 완쾌되지 않았소. 내의정한테 엉덩이를 드러내 보였더니 안 되겠다면서 도리어 고약을 처방해 주겠다고 합디다. 해서 나는 실격이오. 윤 필선은 어떻습니까?"

"저는 홍역 치렀다는 말은 들었는데, 천행두는 겪지 않은 것으로 압니다. 제가 알기로 제 집안에 마마귀신이 들어온 적이 없습니다."

"이 문학은 어떤가?"

극영은 기억이 없을지라도 돌 무렵에 홍역을 겪었다고 했고 여섯 살 겨울에 천행두를 앓았다. 두 가지를 다 작은언니 명일과 누이 심경과 같이 치렀다. 미타원이라는 집에서 홍역을 앓을 때 반야와 심경을 낳으시고 남이 낳은 아이 여섯을 당신 자식으로 키우셨던 어머니가 돌아가셨다. 생부 동마로가 죽고 별님 반야가 눈을 잃었던 그 무렵이었다.

"저는 두 가지를 다 겪었고 현재 아무 병중이 없습니다. 집안에 해수기침을 앓는 노인이 있습니다만 해수기침은 전염이 아닌 걸로 압니다. 게다가 그는 쪽문 밖의 외원에 거주하는 가솔이라 제게 기침기를 묻힐 염려가 없습니다. 다만 제게, 난 지 백일이 못된 아기가 있는지라 제가 융복전에 들어가게 된다면, 융복전을 출입하는 동안은 집 밖에서 지내야 할 성싶습니다. 지낼 곳은 찾아보면 될 것이고요."

"그렇다면 남 사서 얘기 먼저 들어봅시다. 남 사서, 어떻습니까?"

"저는 두 가지를 다 이겼습니다만 가친께서 노환을 앓는 중에 등창이 겹쳐 있습니다. 더하여 여섯 살짜리 막둥이가 지난겨울에 열병을 앓고 나서 다리를 제대로 못 씁니다. 의원에 따르면 아이가 심하면 앉은뱅이, 덜해도 절름발이로 자랄 가능성이 높다 하여 심히 걱정하는 중입니다."

"그리 큰 근심을 안고 계셨구려, 남 사서. 무슨 수가 있을 겁니다. 그런 증세를 잘 보는 의원을 나도 찾아보겠습니다."

"고맙습니다, 영감."

"김 설서는 어떠신가?"

보덕이 국빈에게 묻는 말에 극영은 자신 앞에 놓인 『시경보감詩經

寶鑑』에 눈을 맞춘다. 국빈과 눈을 마주치지 않기 위함이다.

"저는 현재 아무 증세가 없습니다. 그런데 모친으로부터 제가 천행두나 홍역 앓았다는 말씀을 들어보지 못했습니다. 또, 부끄럽습니다만 내자한테 지병이 있습니다."

극영은 국빈의 거짓말에도 쳐다보지 않는다. 스스로 잊었을지 모르지만 국빈은 온양 시습재 시절에 자랑스레 말한 적이 있었다. 이거 왜 이래. 이래뵈도 내가 마마귀신을 물리친 대장군이라고! 어째 그리 자주 앓느냐는 극영의 걱정에 답한 말이었다. 홍역은 몰라도 천행두는 이겨낸 국빈이 천연스레 거짓말을 하고 있었다. 제 내자에게 지병이 있다는 말도 맞지 않는다. 국빈의 내자는 몸피가 큰 백치인 것 같긴 해도 지병은 아니었다. 그 또한 국빈이 한 말이었다. '백치야. 그런데 바위처럼 튼튼해. 아마 백 년은 살 거야.'

"근심 없는 사람이 없다더니, 참말 그렇구려. 환자 없는 집도 없고. 아무튼 우리 다섯 중에 그나마 자격이 되는 사람은 이 문학뿐이구먼. 이 문학 자네가 건강하게 준비하며 지내다가 저하께서 찾으시면 들어가셔야겠네."

"예, 영감. 대비하며 지내겠습니다."

"자네가 융복전에 출입하게 될 제, 아기가 있으니 집엔 못 들어가는 게고, 그사이 자네가 지낼 집은 내가 물색해 보겠네."

"별 말씀을 다 하십니다, 영감. 그쯤은 제가 할 수 있습니다."

"혹 별저가 있나?"

"없습니다만 한 보름 지낼 곳쯤 못 찾겠습니까. 마땅치 않으면 아예 경희궁에서 지내도 되겠지요. 심려 놓으십시오, 영감."

"자네 조카님은 아예 융복전에서 지낸다던데?"

성로는 별정직이긴 해도 액정서 정육품의 사알이다. 내명부가 아니라 대전의 교지를 받고 녹봉도 받는 정식 관헌이다. 그럼에도 박보덕이 자네 조카님이라 하는 까닭은 성로를 동궁의 후궁으로 간주하기 때문이다. 동궁과 성로는 사내계집인 것과 상관없이 군신지간이고 벗이지만 세상의 눈은 두 사람의 위치를 이미 그렇게 규정했다.

"저하께 홍점이 생겼다던 날 입궐한 아이가 나오지 않고 기별지만 보내왔더이다. 내의들이 저하의 홍점을 천행두 아니면 홍역으로 진단하는 것 같다고, 전날까지 저하와 함께 지낸 자신이 집으로 오면 집안에 옮길 수도 있을 것 같아 아예 융복전에서 지내겠다고, 옷가지며 소용품을 보내라고요."

"조카님은 홍역을 치르셨나?"

"예. 여섯 살에 홍역을, 아홉 살에 천행두를 치렀습니다."

"천행두를 치렀는데도 아무 자국이 남지 않았어?"

"그 자친께서 아이 간수를 잘 하신 거지요."

성로는 그 병을 반야와 심경의 품에서 각각 치렀다. 사신계의 품 안이라 해야 맞을 것이다.

"다행이네. 어쨌든 동궁전 환후에 관련된 사항은 일단 그리 정하고, 조심스럽고 미안하네만 이 문학은 대비해 주시게."

"예, 영감."

"우리가 뭘 더 할 수도 없으니 지금부터 우리 할 일이나 착실하게 해 나가기로 하지요. 이제 각기 할 일들 합시다."

보덕의 선언에 극영은 장격각으로 나가기 위해 탁상에 있던 『시경보감』을 들고 일어난다. 보덕과 필선은 동궁의 교과과정을 한 달가량씩 밀어 다시 조정해야 할 것이다. 문학과 사서와 설서는 다시 정

해진 동궁의 교과에 따라 세부항목들을 연구하는 게 일이다. 동궁의
열꽃이 스러지기까지 열흘 이상 걸릴 거라니 그동안을 극영은 주로
장경각에서 지낼 참이다. 하루에 두어 권은 읽을 수 있을 터. 동궁의
홍역 덕에 공부는 많이 하게 생겼다.

"형, 잠깐 좀 봐요."

국빈이 장경각 앞에서 기다리고 있다. 그가 원청을 앞서 나가기에
예상했다.

"말씀하십시오, 김 설서."

"진짜 왜 그래요? 언제까지 그럴 건데요? 계속 이렇게 불편하게
지내자는 거예요?"

시강원 설서 김국빈이 지난 이월 말부터 곤전의 글 선생 노릇을
하고 있다는 사실을 극영은 이레 전에야 성로한테서 들었다. 성로가
경춘전 내인 윤고은내한테서 들었다며 종알거렸다.

"김국빈 설서가 곤전의 강학 선생님이 됐는데, 곤전께서는 요새
김 설서하고 같이 『소학』을 읽으신대요."

곤전을 향하던 마음을 얼추 다스렸다고 여기던 즈음인데 그 소리
를 듣고 나니 극영의 억장이 막혔다. 국빈이 우륵재를 다녀갔던 지
난겨울 그 밤. 온양댁이 바들바들 떨며 어미 노릇 못한 지난날에 용
서를 구했다. 김국빈이 이극영의 동복아우라 토설하며 부디 형제
가 우애롭게 지내 달라고 애원했다. 어쨌든 생모의 간청이므로 어지
간하면 국빈과 예전처럼 지내려 했다. 그가 청명당원일지라도, 그
의 파격적인 승차가 한성판윤 이록의 공작일지라도, 이록이 만단사
령이라 해도, 국빈과 동복형제라는 사실이 변할 수 없으므로 오래지
않아 화해하려 했다. 곤전의 글 선생 운운하는 소리를 듣고 나자 화

해는커녕 말 섞기조차 싫었다. 아니 무서웠다. 김국빈을 끌어들인 곤전과 그 오라비. 오란다고 가서 곤전의 글 선생이 된 김국빈.

각기의 목적을 위해 얽혔을망정 곤전과 이극영은 분명히 서로 은애했다. 편지마다 그대가 있어 내가 사노라고 써 보내지 않았는가. 그래 놓고 편지를 뚝 끊더니 자신의 오라비와 친한, 하여 곤전에 들이기 임의로울 국빈을 새로운 사내로 삼았다. 극영에게는 치욕이 남았다. 곤전과 더불어 벌였던 일들이, 뜨겁고 아파서 꼭꼭 감추고 있던 그것이 산산이 깨져서 정체가 드러나니 보물이 아니라 오물이었다. 악취뿐인 오물이라 거름으로도 쓸 수도 없는 그것.

"무슨 일인데?"

"예전처럼 편하게 지내자고. 날마다 보는데 말 한마디 하지 않고, 언제까지 이렇게 지내야 해? 내가 뭘 그리 잘못했는데?"

"김 설서가 그리 말하면 나는 할 말이 없지."

"사람은 누구나 약간씩은 다르게 살잖아. 내가 형이 싫어하는 패거리와 좀 어울린다고 해도 각기의 삶이 다른 거라는 차원에서 생각해 주면 안 돼?"

"그렇게 따지면 내가 너와 어울리기 싫은 것도 삶의 차원이 다른 거라 생각하면 되지 않겠어? 어울리고 싶은 사람들과 어울리며 살면 되지, 싫다는 놈 붙들고 이러니저러니 할 필요 없는 거고."

"그들은 형이 생각하는 것만치 그릇된 이들이 아니야."

"나와의 관계를 굳이 회복하고 싶다면서 너는 나만 설득하려 들지. 내가 그리 싫다는데 네 자신을 설득할 생각은 없는 거고."

"그들이 어찌 그리 싫어?"

"같은 소리 하지 말자."

"계속 이렇게 지내자는 거야?"

"나는 동문수학했던 이들과 만나는 일이 거의 없어. 일 년에 몇 차례씩 온양에 가도 그들을 일부러 보러 가지는 않아. 삶터가 달라지고 사고방식도 달라져서 굳이 만나야 할 필요를 느끼지 못하기 때문이지. 너도 다르지 않을걸? 한 시절 어울렸으나 어느 순간 만나지 않게 되는, 만나지 않아도 괜찮은 관계를 시절인연이라 부르잖아. 너와 내 관계도 그런 것이겠지. 시절인연! 한 길로 나아가기 어렵게 됐는데 굳이 이러니저러니 따지면서 화해하려 애쓸 필요 있어? 각자 살고 싶은 대로 살자. 가고 싶은 대로 가면서. 어려울 거 없잖아?"

"진정이오? 진정 나하고 옛날처럼 지낼 생각 없소?"

"그리 묻는 너도 우리가 서로를 등지면서 돌아가기 어려운 강을 건넜다는 걸 모르진 않을 거야!"

"나는 형이 있는 쪽에 대해 좋다 궂다 말하지 않잖아. 형은 내가 있는 쪽에 대해 아예 생각지도 않으려 하고. 생각 자체를 거부했어. 우리가 이렇게 된 게 내 책임뿐이야?"

"누구 책임인지 따져본 적 없어, 나는."

"누가 옳고 누가 그른지, 모르잖아? 아니, 옳고 그름을 논할 문제도 아니지?"

"그 또한 따져보지 않았고."

"그렇다면 형의 편협함에 대해 생각해 봐야 하는 거 아니야?"

"관계 파탄의 책임 소재, 나가야 할 길의 옳고 그름, 마음 씀새의 편협이나 관대! 나는 그렇게 복잡하지 않아."

"그건 나를 완전히 무시한다는 뜻이야?"

"너는 내 말을 그렇게만 생각하고 싶은 것 같다만, 다시 설명할게.

동궁께선 경연이든 서연이든 교관들을 관직으로 부르시는데 나를 부르실 때는 선생이라 하셔. 그에 대해 네가 어떻게 생각해도 할 수 없어. 저하께서 나를 선생으로 대하시므로 나한테는 그분이 제자야. 사제간인데 군신간이기도 해. 내겐 주군이신 그분이 먼 훗날에 대위를 받으실 분인데 너는 그분과 명백히 척진 세력과 어울리고 있어. 네가 아무리 아니라고 해도 내 눈엔 그리 보이고. 너와 내 생각이 그만치 다른 거고 선택도 다른 거지. 그럴 제 우리가 굳이 화해를 운운할 필요가 있어? 각자 믿는 대로 갈 수밖에. 그렇더라도 우리가 원수진 일은 없으니 같은 관서에서 일하는 동료로 지내지 못할 까닭은 없겠지."

"결국 나하고 잘 지내 볼 생각이 손톱만치도 없는 거네?"

"지금 상황에서 너와 내가 잘 지낸다는 게 뭔지 난 모르겠다. 궁금하지도 않고. 어쨌든 오늘은 그만하자. 봐야 할 책이 많거든."

일방적으로 대화를 끝내 버린 극영은 휙 돌아서 장경각 안으로 들어선다. 국빈이 따라 들어올 것이 틀림없지만 장경각 안에서는 사사로운 대화를 나누기 어렵기 때문에 결론 없는 이야기를 반복하지 않아도 된다. 『시경보감』을 제자리에 놓고 고본 『시경』을 들고 자리로 향한다. 『시경』을 주해해 볼 계획이었다. 전 대사성 이무영은 이태전 소전 사태가 진행되던 열흘 동안에 『금강경언해金剛經諺解』를 썼다. 그의 열세 번째 저작이었다. 그의 딸 이영로는 두 번째 이야기책인 『접인蝶人』을 썼고, 또 다른 이야기를 시작하기 위해 평양의 유릉원으로 들어갔다. 유릉원의 장손 김신우와 정혼하면서 혼인도 하기전에 시집 먼저 갔다. 혼례는 성로의 복상이 끝난 뒤에 치를 거라 했다. 어쨌든 이극영도 저작을 해야 할 때가 됐다.

천렵川獵

 지난 석 달여 사이 국빈은 매 수유일 전날 저녁마다 곤전에 들어갔다. 처음 세 번은 김구주와 함께 갔고 이후는 혼자 들어갔다. 주렴을 드리운 채 멀리 마주앉아 하는 일이란 『소학』을 읽고 문장에 관한 이야기를 나누는 것뿐일지나 김구주와 함께 할 때와 그가 빠진 자리의 분위기는 사뭇 달랐다. 은근하고 간질간질하고 짜릿한 무엇이 생겼다. 색정욕구였다. 아니 연심이었다.

 어떤 사람을 품고 싶음과 안아 주고 싶음과 눈만 뜨면 그이가 내 눈앞에서 아른거리는 증상을 어떻게 구분해야 할지 모르므로 연심이라 할 수밖에 없었다. 네 번째 뵀을 때 곤전도 그리 말씀하셨다.

 "김 설서가 자꾸 생각납니다."

 장지문 한 장 저편에 궁인들이 줄줄이 시립했어도 주변은 물린 자리였다. 곤전은 아주 솔직했다. 문장을 논하는 틈틈이 사사로운 질문을 했다. 그 질문들에 칠순 노인을 지아비로 둔 젊은 여인의 고독이 배어 있었다. 일인지하 만인지상의 자리에 앉아 있으나 자식을 낳을 길이 없으며 지아비 하세 뒤에 유폐된 듯이 살아야 할 불안한 여인. 국빈은 곤전을 안아 드리고 싶었다. 자식을 낳게 해드리고 싶다. 그리 생각한 게 다섯 번째 뵀을 때였다. 그때 국빈의 심장이, 또 머릿속이 폭발한 듯이 얼크러졌다. 만약 곤전이 남모르게 김국빈의 자식을 회임하여 낳게 된다면, 그 자식이 대군이라면, 국빈은 곤전의 숨은 사내이자 대군의 아비가 되는 것이다. 더하여 그 대군이 즉위한다면 김국빈은 왕의 아비가 되는 것.

앞서가지 말자고, 이러다 큰일난다고 스스로를 다스리며 지내길 석 달여. 문 다 열어 놓고 문 저편에 상궁 나인들 세우고 방 가운데 너울 드리운 채 공부만 한 덕분에 곤전은 석 달여 만에 『소학』을 다 읽었다. 『대학』 읽기를 시작할 참이었다. 지난번 강학을 마칠 때 국빈은 곤전에게 서고에서 『대학』을 가져다주고 책권의 첫 부분인 「대학장구서大學章句序」를 읽어 놓으시라 했다. 읽어 놓으시라 하는 구절을 줄줄 외워 놓으실 만치 곤전은 매번 열성적인 학생이었다. 오늘은 어떠실지. 설레며 대조문 앞에 닿으니 기다리고 있던 지밀상궁 도씨가 막아선다. 여느 날과 다르므로 국빈은 급작스레 초조하고 두렵다. 도상궁은 태연히 말한다.

"오늘은 공부를 쉬시겠다고 하십니다."

"혹시 옥체 미령하시옵니까?"

"그저 쉬시겠다고 합니다. 다음번 학강날이 이십이일인데 그 전날이 소전마마 기일이므로 그때도 쉬시겠다고 하고요. 내달 초이틀에 와 주십시오, 김 설서 나리."

오라면 오고 가라면 가야 하는 처지이므로 국빈은 도리 없이 돌아선다. 그렇지만 궐을 나서는 국빈의 눈앞이 어지럽다. 편찮은 것도 아닌데 공부를 쉬겠다니. 혹시 그만하겠다는 신호가 아닐까.

지난 달포가량 동궁이 홍역을 치르느라 시강원 교관들이 할 일이 별로 없었다. 각자 학문에 정진하자 했지만 박 보덕이나 윤 필선은 자리를 거의 비웠고 문학 이극영은 융복전을 드나들게 된 이후 아예 그 행각에서 살아 버렸다. 남 사서와 국빈만 창덕궁 원청에서 책 읽다가 퇴청하는 게 다였다. 와중에 국빈은 곤전을 드나들면서 몹시 뿌듯했다. 동궁 병석에 들어가지 않은 까닭도 곤전을 드나들기 때문이었다. 동궁과 가까워질 기회를 놓쳤으나 아쉽지 않았다. 창덕궁에서 지내는 게 좋았다. 곤전과 가까이 있으므로 더 설레었다. 정해진 날이 아니라도 들어오라는 기별이 올까 하여 춘방 뜰을 오가는 걸음에 귀를 기울이곤 했다. 서고와 열고관과 개유와 등에 책을 보러 간다는 핑계로 대조전 어름을 지나쳐 보고 부용지 근방을 서성거려 보기도 했다. 예외가 없었으므로 서운했다. 그랬는데 곤전이 정해진 날의 공부를 쉬겠다 하므로 아득하다.

도저히 집으로 갈 수 없어 국빈은 허원정으로 향한다. 판윤대감에게 곤전이 이러하더라, 알려야 하거니와 이곤이 돌아왔는지도 궁금하다. 지난 삼월 십칠일 아침, 이곤은 여느 날과 다름없이 등청했던 모양이었다. 관복을 교서관 청사에 두고 다니므로 그날 아침도 평복 입고 갓을 썼다. 걸어서 등, 퇴청하는 여느 날과 달리 그날은 말을 타고 나갔다. 새 책 판각 문제로 돌아다녀야 할 일이 있다고 했다. 평소 곤의 등, 퇴청을 수행하는 늠이도 말을 타고 따라 나갔다. 둘 다 밤이 돼도, 밤이 지나도 돌아오지 않았다. 십팔일 아침, 그 부친이 등청하는 길에 교서관으로 갔다. 한성판윤이 아침부터 출현하므로 교서관이 들썩거렸다. 교서관 판교가 바싹 긴장하여 한성판윤을

맞이했다. 그가 판윤 앞에서 근래의 이곤이 교서관에서 어찌 지내는
지 말했다. 이곤은 교서관 일을 재미나 했다. 수시로 질문하고 납득
치 못하는 일에는 제가 만족할 때까지 설명을 요구하는데 그의 질문
이 아이 같이 천진하면서도 요점을 놓치지 않았으므로 위아래 사람
들이 고루 귀애했다.

사라지기 전날인 십육일에 이곤은 교서관에서 종일 멍했고 아픈
기색을 보였다. 말을 하지 않았고 누가 뭘 물으면 예, 라고만 답했
다. 퇴청하는 그에게 교서관 박사가 내일도 몸이 좋지 않으면 하루
쉬라고 배려했다. 이곤이 한성판윤의 아들이라서가 아니라 평소 그
의 행동거지가 사랑스러웠기 때문이었다. 십칠일에 교서관에서는
이곤이 아파서 등청하지 않는 거라 여기고 집으로 기별하지 않았다.

출장 같은 건 예정돼 있지 않았던 그날 곤과 늠이는 집에서 나간
길로 사라진 것이었다. 아들의 행방을 찾아 교서관에 들렀던 판윤대
감은 즉시 집안사람을 풀어 도성 나가는 길목들을 수소문했다. 곤과
늠이 등청 시각에 창의문을 나간 것 같다는 단서를 잡았다. 창의문
밖에서는 종적이 잡히지 않았다. 이후 두 달이 다 되도록 곤과 늠이
는 소식이 없었다.

"아무도 들이지 말라 하십니다, 나리."

허원정 대문 앞에서 영글이 그렇게 막아선다.

"나도 들지 말라 하시더냐?"

"소인은 며칠째 아무도 들이지 말라는 명만 받고 있습니다, 나
리."

"곤이는 무슨 소식이 있느냐?"

"없으십니다, 나리."

"전혀?"

"예, 나리."

국빈은 연이어 당한 거절에 맘이 상해 저녁하늘을 올려다본다. 가출을 감행한 이곤은 떠나기 전에 일언반구가 없었다. 그 며칠 전에 태감을 뵙고 제 처소로 찾아가 삼월 보름날 청명당 선유船遊를 알리며 함께 가자고 청했다.

"난, 떼 몰려 노는 거 재미없다니까."

그렇게 거절했을지라도 며칠 뒤 가출할 기색은 아니었다. 어떤 언질도 없었다. 곤이 사라진 뒤 태감이 곤에게서 들은 말이 없느냐고 물었을 때 면구스러웠다. 아들에 관한 사항만 묻고 그만 나가 보라는 태감의 말에 일어서 나올 때는 곤이 원망스러웠다. 태감이 이리 나올 것 같았기 때문이다.

국빈은 허원정에서 돌아서며 우륵재를 떠올린다. 장경각 앞에서 짧은 논쟁을 한 이후 둘 사이가 더 멀어졌다. 그게 몹시 불편했다. 그와 예전처럼은 아니어도 동료로서라도 편해지고 싶었다. 그에게 곤전의 글 선생 노릇을 하고 있다는 사실을 말하고 싶기도 했다. 그는 물론 네가 제정신이냐고 야단을 치겠지만 그런 소리라도 듣고 싶었다. 어쩌면 그도 이미 곤전의 글 선생 노릇에 대해 알고 있을 터. 그가 알고 있는지 확인하면서 곤전의 글 선생 노릇을 계속해도 되겠는지, 그만둬야 한다면 그만둘 수 있는 방법이 뭔지 묻고 싶었다.

"서방님께서 나가시었습니다, 나리."

우륵재 청지기의 말에 국빈은 기가 막힌다. 오늘은 모두가 김국빈을 만나지 않기로 작정이라도 한 것 같지 않은가.

"퇴청해 와서 나가셨다고? 어느새?"

"이천에 군수로 계시는 숙부님께서 편찮으시다는 기별이 와 있었던지라 그 말 들으시고 서둘러 나가셨습니다. 내일 저녁에나 돌아오실 것 같습니다."

"혼자?"

"소인의 아들놈을 대동하고 가셨지요."

"주인이 아니 계셔도 주인의 벗한테 잠시 들어왔다가 가라고 할 수는 있지 않은가?"

"아씨와 아기씨만 계시는지라 나리께 들어오시라 하기가 어렵습니다. 죄송합니다."

"세상 법도가 그러하니 내 굳이 들어가겠다고 억지 부릴 수는 없지. 헌데, 아씨와 아기씨만 계시다니? 아가씨는?"

"아가씨는 시집가셨지요."

국빈은 말문이 턱 막힌다. 이영로가 시집을 갔건 아니 갔건 국빈 자신과는 하등 관계없이 된 지 오래였다. 더구나 곤전에게 맘을 뺏기고 있지 않은가. 그럼에도 발밑이 꺼지는 것 같은 이 기분은 어찌 된 것인가.

"복상 중에 아가씨가 가례를 치르셨어?"

"복상 중이라 가례는 탈상 후에 치르기로 양가에서 합의하고 아가씨가 시집으로 들어가신 걸로 압니다. 시집만 가셨을 뿐 정혼 상태로 시댁에서 지내시는 거라 들었습니다."

"경대부 집안의 따님이 어찌 그런 시집을 가신 거지?"

"우리 아가씨를 탐내는 집안이 워낙 많아서, 그런 집안의 아들들이 우리 집을 엿보고 다니기도 하고요. 우리 영감께서 아니 되겠다 싶으시어 그리하기로 하신 것 같습니다."

"대단한 가문인가 보지?"

"우리 영감님의 벗님 댁이라 하더이다. 그나저나 서방님, 우리 서방님한테 들으셔야 할 이야기들을 소인이 나불대고 있습니다."

"그렇구먼. 자네 서방님한테 내 다녀갔다는 말은 따로 할 필요 없네. 내가 날마다 보고 사니까."

"예, 서방님. 살펴 가십시오."

집으로 향하는 발밑이 허방 같다. 대체 내가 뭘 잘못했기에 그들을 잃었는가. 청명당에 든 게 무슨 잘못이라고? 청명당이 누굴 해치는 것도 아니고 해치자고 모의한 적도 없다. 청명회원들이 매월 초사흘 수유일에 만나서 하는 일이라고는 각자 하는 일에 대해 이야기하며 노는 것뿐이다. 그나마 지난 삼월 보름날 선유 나간 걸 제외하고는 객관의 방 한 칸 빌려 기생들의 노래를 듣고 춤을 보며 시나 짓는다. 아무리 생각해도 뭐가 잘못됐는지 알 수 없으므로 결국 전부 나를 떠나간 그들 때문인 것 같다. 그래, 그들 때문이야. 맞아, 그들 때문인 거야. 걸음마다 그들을 원망하고 질책하고 자책은 더 많이 하며 갈 데가 없으므로 집으로 왔다.

"어이, 김 서방!"

손윗동서인 박천이다.

"어디 갔다가 이리 늦었어?"

"형님이 웬일이십니까?"

국빈은 마지못해 응수하고 마중나온 어머니에게는 시늉으로 귀가인사를 바친다. 근자에야 아들 눈치를 보기 시작한 어머니가 저녁상을 사랑으로 내보냈다. 혼인 이후 국빈이 안에서 밥을 먹지 않기 때문이었다. 국빈이 늦은 저녁을 마지못해 먹는데 상머리에 앉은 박천이 용건을 말한다.

"내일 새벽에 도봉산 너머로 천렵을 나가려 하는데, 혹시 자네도 같이 가겠나?"

국빈이 내막을 자세히 몰라도 박천은 만단사의 공금을 횡령함으로서 처가 재산과 자신의 본가 재산을 거덜낸 것 같았다. 오위의 관직은 그대로일지나 패거리 지어 놓고 다닐 입장은 아닌 성싶은데 천렵이라니, 어이없다.

"이 여름에 누구와 무슨 천렵을 가신다는 겁니까?"

"여름이니까 천렵을 가는 게지. 내 주변의 몇 사람과 청무회 사람들, 청명당의 몇 사람이 가려는 참인데 자네도 끼면 좋을 듯해서 말이지."

"지난번 청명당 모임에서 그런 얘기 없었는데요?"

"아까 해 질 녘에 내가 김문주를 만나 나온 말이네. 도봉산 너머 녹양에 부원군 댁의 영지가 있는 모양이데. 그쪽 산이 깊어 멧돼지가 많은 모양이야. 근자에는 민촌까지 내려와 전답을 마구 파헤치는 모양이고. 그 멧돼지를 잡자는 건데, 기실은 영지에 있는 별저에서 놀자는 게지. 김문주가 여럿을 거론하면서 자네도 함께 하면 좋겠다고 하더구먼. 물론 김구주도 올 게야. 정후겸도 올 것이고. 자네가 요즘 곤전마마의 글 스승을 지내고 있다면서? 곤전께서 상당히 까다로우신 분이라 자네가 애를 많이 쓸 거라고, 곤전의 공부를 더 잘 봐드리라는 부탁도 할 겸 함께 하고 싶다는 거야. 같이 가려나?"

곤전이 글공부하는 사실은 비밀이라고 못박은 김구주가 실상은 떠들고 다녔다는 사실에 기분이 확 상한다. 이런 자들이므로 극영이나 곤이 그리 싫다는 것인지도 모른다.

"지금으로서는 대답하기 어렵네요."

"이 더위에, 허구한 날 책만 파고 사는 게 질리지도 않나? 바깥바람도 좀 쐬고 그래야 젊은이다운 기개도 생길 게 아닌가?"

"떼 몰려 나가 산돼지 쫓는 게 기개를 살리는 일인지는 모르겠습니다만 생각은 해보겠습니다."

"허면 생각해 보고, 함께 갈 양이면 내일 파루 직후까지 흥인문 밖, 동묘 앞거리로 오게. 활이랑 화살 통 메고. 자네 태학에서 지낼 때 활을 좀 쐈다면서?"

활쏘기는 성균관의 교과과정이었다. 한 달에 한 번씩은 시합을 벌이고 봄철이면 성상까지 납시는 대사례를 벌인다. 국빈은 뛰어난 사수는 아니었다. 시위를 당기면 더러 관중하는 정도였다. 고과 점수를 잘 받기 위함이었을 뿐 즐기지는 않았다. 그런 이야기까지 하며 김국빈을 끌어들이려는 김구주의 의도가 뭔가.

박천이 나간 뒤 국빈은 갈등한다. 갈 것인지 말 것인지. 가도 되는지 가지 않아야 하는지. 김문주와 김구주 형제가 함께한다는 건 곤전에게 한 걸음 더 다가드는 것이란 결론에 이르기까지 오래 걸리지 않는다. 이곤이 언제 돌아올지, 돌아오기는 할지 모른 판국이라 허원정이 저만치 멀어졌고 이극영과의 관계를 회복할 가망은 희박하다. 곤전이 내달 초이틀에도 강학을 마다하면 곤전으로 난 길이 완전히 막히는 것. 김국빈은 끈 떨어진 연 신세가 되어 낡아갈 터이다. 그리 살고 싶지는 않다. 국빈은 나갈 준비를 해놓고 일찌감치 잠자리에 든다.

파루 치는 소리에 활과 화살 통을 메고 집안에 한 필 있는 말을 타고 집을 나선다. 흥인문 밖으로 나오자 문안으로 들어서는 백성들로 성시를 이뤘다. 온갖 물품을 수레에 싣거나 지게에 지고 줄지어 들어서는 백성들. 성 밖에는 통행금지가 없는 덕에 백성들은 시전에 댈 물건이나 스스로 팔 물건들을 가지고 와 성문이 열리기를 기다리고 있었던 것이다. 미명 속에서도 백성들의 활기가 느껴진다. 나오기를 잘 한 것 같다. 나오지 않았더라면 종일 녹양으로 갈걸 그랬나, 후회하며 식구들한테 짜증이나 내고 있었을 것이다.

동묘 앞에 도착하자 횃불을 든 한 무리의 사람들이 있다. 그 틈에 섞여 있던 김구주가 먼저 아는 체를 해온다. 스무 명 남짓한 사람 중에 아는 얼굴은 몇 되지 않는다. 김문주 형제와 정후겸, 손윗동서들인 연우용과 박천이나 알까. 김문주가 은사종, 민수만, 윤행, 최석규 등을 줄줄이 소개하는데 생판이다. 그리고 대개가 금위와 오위 등에 속한 무관들이다. 국빈보다 늦게 도착한 자들도 마찬가지다.

오늘 사냥에 함께할 서른 명이 모두 모이자 여기저기서 말에 오른다. 동이 트기 시작한 때다. "출발!" 선두에 선 김문주가 외치고는 말을 움직이기 시작한다, 말을 탄 서른 명의 사나이들이 동시에 움직인다. 국빈은 자신의 몸속에 바람이 일고 피가 도는 걸 느낀다. 사무치고 응어리졌던 것들이, 지병처럼 응결돼 있던 불안이 어지러이 흩어진다. 모처럼 살아 있음이, 젊음이 느껴진다.

진혼鎭魂 준비

매월 보름날 대전은 부왕인 숙종의 혼궁에 다례를 치르러 창덕궁으로 거둥했다. 다례를 치르고 나면 출타했다가 귀가한 가장이 내당에 들 듯이 대조전으로 들어왔다. 효장세자를 낳은 정빈이 타개한 지는 오래되었고 소전 모궁인 영빈은 경희궁에서 안주인 노릇을 하고 있었다. 창덕궁에 있는 대전의 첩지 후궁은 귀인 조씨, 숙의 문씨 둘뿐이다. 대전이 곤전에 있으면 조 귀인과 문 소의가 와서 알현했다. 효장세자빈, 사도세자빈 등의 두 며느리도 문안드리러 왔다. 오후에는 대전이 경훈각으로 건너가 책을 읽거나 글을 쓰다가 밤이면 대조전에서 침수에 들었다. 작년 한가위 때까지 그랬다. 그 뒤로는 점심수라만 젓수고 숨겨둔 꿀단지 걱정하는 노인처럼 경희궁으로 돌아갔다. 그 즈음부터 곤전과는 한 달에 밥 한 끼 같이 먹는 게 다였다.

지금도 오찬상이 물러나자마자 대전은 와룡관의 끈을 매만진다. 곤전과 함께 있는 게 불편하여 일어나겠다는 뜻이다. 장락전이 심히 편찮은 데다 동궁이 홍역을 앓고 난 즈음이라 더 서두르는 것일 테다. 동궁의 홍역은 지난 삼월 하순에 시작되었다. 달포가 넘도록 처소 밖으로 나오지 못했다. 동궁이 홍역을 시작할 제 홍역의 열을 감당치 못하고 저세상으로 넘어가 주기를 곤전은 간절히 바랐다. 헛된 바람이었다. 동궁은 열꽃이 심하게 핀 몇 날을 제외하고는 누운 채 배동에게 책을 읽게 하고 스스로 일어나 책을 읽기도 한 모양이었다. 조당 회의에 참석치 못하고 경연이나 시강은 못 할지라도 홍역을 거의 떨쳐낸 것이었다.

'노인네가 기운도 좋으시지. 가시거나 말거나.'

곤전은 속으로 부아를 낸다. 부아난 대로 하자면 전하께옵서 거둥하시니 자비를 놓으라고 명하는 게 마땅하다. 하고 싶은 대로 하기에는 아쉬운 게 많았다. 자존심이나 돌보고 있을 때가 아니었다.

"전하, 밖에 비가 내리고 있나이다. 한창 모가 자라는 논들에 빗물이 들이차서 만백성이 좋아할 것이옵니다만, 전하께옵서 거둥하시기는 불편하지 않나이까. 비 좀 그치면 거둥하시옵소서."

"아, 아직 비가 내리고 있나?"

귀가 어둡거나 눈이 흐려진 건 아닌 것 같은데 별 수 없이 일흔 노인인지라 잠깐씩 깜박깜박하는 것 같았다.

"아직 내리고 있나이다. 비가 내리면서도 몹시 무덥고요."

곤전은 대전의 양쪽에서 부채질을 하는 내관들에게 부채질을 좀 더 하라 눈짓한다. 그들의 손짓이 부지런해지자 곤전의 뒤편에서 부채질하는 내인들의 손짓도 바빠진다.

"허면 잠시 더 있을까?"

"그리하오소서. 하옵고, 소첩이 전하께 아뢰올 말씀이 있나이다."

"말씀하시게나."

와룡관 만지던 오른손을 장침에다 놓고 왼손으로 수염을 어르고 용체를 약간 기대며 경청 자세를 갖춘다. 볼 때마다 눈꺼풀은 처지고 수염은 희어지고 검버섯은 늘어간다. 깊은 접촉을 해본 적이 없는지라 용체는 곤전에게 자신의 어린 날 돌아가신 조부처럼 멀고 설다. 이극영에게 안겨 본 이후로는 용체가 벼락 맞은 고목처럼 이물스러웠다. 용체에 안기는 상상을 하면 온몸에 재가 묻거나 검버섯이 필 것 같았다. 자식 낳기가 불가능하리라 여긴 뒤로는 대전이 한 달에 한 번이라도 대조전에서 자고 가지 않는 게 다행이었다.

"소첩이 어미 병문안하느라 몇 차례 궐밖에 나갔지 않나이까. 전하?"

"그랬다면서?"

"와중에 사가 내인들로부터 여러 가지 이야기를 들었사온데, 목멱산 뒤쪽, 진강포구 쪽으로 덕적골이 있삽고 덕적골에 반야원이라는 무녀들의 집이 있다 하옵니다."

"나도 듣고 있느니."

"들으셨사옵니까?"

"재작년 흉작이 워낙 컸는지라 작년 봄 백성들의 궁핍이 자심하지 않았나. 그럴 제 반야원 무녀들이 날마다 수백 백성들의 굶주림을 달래주었고 굿을 할 때도 떡과 주먹밥 등을 풀어 한두 끼씩을 먹게 했다더군. 당시 김 판윤이 편전에 들어와 해준 소리네. 내 등극 이래 무격들을 도성 밖으로 밀어내느라 애를 썼던 터, 새삼 그들을 따로 치하하지는 못했으나 김 판윤한테는 넌지시 그들을 돌봐주라 했지. 이후로도 그들이 백성들로부터 인심을 많이 얻고 있다고 하고."

"백성을 사랑하시는 전하의 은혜가 높으시옵니다."

"뭘! 그나저나 곤전이 하시려는 말씀은 무엇인가?"

"소첩의 어미가 두통을 심히 앓고 기신을 못하는지라 그 자부가, 아낙의 좁은 소견으로, 반야원의 무녀를 찾아가 까닭을 물었다 하옵니다. 뜬것들이 해찰을 부려 그렇다고 무녀가 말한 모양이고요."

"뜬것이라면 잡귀라는 뜻인데 군부인한테 무슨 잡귀가 붙어?"

대전은 자신이 얼마나 많은 귀신을 만들어 내는지 그 스스로는 의식하지 못한다. 대전에게 죽은 자들은 다 죽을 만해서 죽은 것이었다. 당신 잘못이 아니라 여겼다. 아들한테 네 발로 무덤으로 들어가라고, 네가 죽어야 끝나리라고 소리쳤던 건 당신 기억에 이미 없는 것 같았다. 아들이 당신 눈앞에서 죽은 건 당신 때문이 아니라 아들의 병 탓이고 아들의 병을 빙자해 부자지간을 이간질한 신료들 탓이었다. 당시 소전을 폄훼한 다수의 신료들을 축출함으로서 아들 죽인 죄를 당신 스스로 사면했다. 소전에 관해서는 아무도 한 마디도 할 수 없게 된 이유였다.

"여러 뜬것들이 소첩의 사가에서 나부댄다 하옵니다. 소첩의 어미가 심성이 여린지라 붙었다는 것이고요. 무녀들이란 통상 그리 말하기 일반이오나 반야원 무녀들은 허튼소리 아니하는 걸로 소문이 났지요. 그 때문에 점사 보는 사람이나 굿하려는 사람들이 몰리는 것이고, 그 덕에 반야원 무녀들은 또 백성들에게 먹을거리를 베풀 수 있는 것이겠지요."

"그렇겠지."

"더구나 그곳 무녀들은 손님의 신분을 모르는 채 점을 치는지라 지체 높은 손님이 불러도 내방치 않는다 하옵고, 그 때문에 경대부와 사족 집안 여인들이 주로 찾는다 하옵니다."

"비밀이 보장되는 까닭에?"

"그렇지요. 복채가 몹시 비싸고요."

"게서 복채를 그리 높이 받는 덕에 백성들을 먹일 수 있는 것이겠지. 천민들의 병을 무료로 고쳐주는 약방도 운영하고."

"그렇지요. 더하여 높은 복채를 내는 손님들한테 큰 공덕을 쌓으시는 거라고 매번 축수도 한다 하나이다."

"내 부왕전하 계실 적에, 무격들이 궐을 드나들며 자행한 짓거리를 많이 본 탓에 넌더리가 나서 무격들을 성 밖으로 내치기는 했으나, 백성들한테는 그들이 필요키는 하지. 더구나 그런 무격들이라면."

곤전은 모르는 옛날일이지만 고희를 넘은 대전에게 부왕 시절은 당신이 직접 겪은 생이다. 부왕인 숙종대왕 시절에 내명부 간의 다툼이 어지간했던 것 같았다. 내명부의 다툼에는 무녀들이 끼기 십상이라 여러 무녀가 궁 출입을 했던 모양이었다. 와중에 왕비가 폐위됐다 복위되고, 왕자 둘을 낳은 후궁이 왕비가 됐다가 폐위되어 사약을 받고, 무수리 출신의 후궁이 왕자 셋을 낳았다. 무수리 출신의 숙빈이 낳은 둘째 왕자가 금상이었다.

"하여 소첩의 사가에서도 치병굿을 하려는데, 소첩의 사가에서 그리하는 게 전하의 성덕에 누를 끼치게 되지 않을까 저어하는 것이지요."

"여인들이란 자고로 그런 일들을 좋아하거니와 여인들의 그런 일이 제 식구를 위한 일인데 짐이 그런 사사로운 것까지 막을 까닭이 있겠나."

"은혜가 높으시옵니다. 전하."

"뭘."

"하오는데 전하! 소첩이 사가에서 그런 얘기를 들으면서 따로 생각한 게 있나이다."

"말씀하시라니까."

"장락전께서 요새 심히 편찮으시다 들었나이다. 불면도 심하시다 하고요. 자궁을 걱정한 원동궁주가 얼마 전에 반야원을 찾아가 봤다 합니다."

"그래? 굿을 하라 했다던가?"

"무녀들은 편찮으신 분을 뵈어야 귀신이 끼었는지 안 끼었는지를 아는 모양입니다. 장락전께서 친히 가신 게 아니라서 무녀가 귀신 유무는 모르겠다고 했다 하고요. 원동궁주가 소첩을 찾아와, 자궁전을 위한 굿을 해도 되겠는지 묻더이다. 소첩은 왕실에서 대놓고 할 일인지, 해도 되는지 모르겠다고만 했습니다."

"그러매 곤전이 따로 했다는 생각은 무엇인고?"

"말씀을 올려도 괜찮을는지요."

"뭘 말인가? 장락전이 편찮은 까닭이 아들 때문이다?"

어투에 노기가 잔뜩 서렸다. 곤전으로서는 내친걸음이다. 경위가 어떻든 세자 이선은 부왕에게 죄를 짓고 자결한 것으로 됐다. 세자 죽음에 관해 청국에 고한 전말이 그러했다. 죄인의 아들은 왕이 되지 못하는 법. 세손이 효장세자의 후사로 옮겨진 까닭이고 일국의 세자가 산중턱의 자그만 묘에 오두마니 묻혀 있는 이유다. 널따랗게 닦은 터에 봉분 하나 달랑 놓았다던가. 수은묘垂恩墓라는 묘호만 해도 죄인이지만 은혜를 베풀어 무덤을 만들어 주었다는 뜻이다. 그나마 제 아비 무덤에 발걸음도 해보지 못한 동궁의 속내에 무엇이 쌓여가고 있을지 어찌 모르랴.

부친인 오흥부원군은 이제 별 여력도 없었다. 딸이 곤전으로 들어온 덕에 졸지에 권력을 거머쥐었던 부원군은 자신에게 없던 기반을 만드느라 사람을 많이 심었다. 청탁의 대가로 뇌물을 받아 몇 해 사이에 거대한 부를 축적했다. 그렇지만 뇌물 바치고 자리를 얻은 자들에게 무슨 충심이 있으랴. 부원군이 금위대장에서 실권이 별로 없는 오위도총관으로 옮긴 건 명백한 좌천이었다.

오래전 오위는 조선의 중앙군이었다. 임진란 이후 오위는 도성과 궁성을 수비하는 임금의 친위군으로 줄어들었고 오위군의 역할은 삼영군으로 대체됐다. 오위군이 중앙군이었을 때 오위의 살림을 관장하던 오위도총부는 유명무실해져서 종친과 척신들이 무사안일로 보내는 관청이 됐다. 부원군이 그런 관청의 수장이 되자 옥구헌 문간이 닳도록 끓던 사람들이 잠잠해졌다. 소전을 역적으로 몰아내면서 세손까지 치우려던 계획이 실패하면서 부원군의 앞날에 암운이 드리웠다는 걸 거개의 사람들이 짐작했다. 곤전은 스스로 자구책을 강구해야 했다.

"누구나 병이 들 수 있는 것이니 장락전께서 편찮으신 까닭을 아드님에게서 찾으면 아니 되겠지요, 전하."

장락전은 대전의 잠저 시절에 비녀로 지내다 대전이 세제가 되면서 입궁하여 상궁으로 지냈고 대전이 등극한 뒤 왕자를 낳으면서 빈이 됐다. 곤전이 보기에 장락전은 대전처럼 충분히 살았다. 저간의 사정이 어떠했든 그이는 아들의 죽음에 앞장섰다. 곤전은 자식을 낳아본 적 없으나 자신이라면 소전 대신 화완을 족쳤을 것 같았다. 어디서 그런 망측한 소리를 하느냐고 그 입을 바쉬 놓거나 목을 매달아 버렸을 것이다. 장락전은 그리하지 않았다. 힘이 없어서가 아니라 힘없음을 가장하여 아들을 구명할 어떤 일도 하지 않았다.

살 만치 살아 늙을 대로 늙은 장락전이 뭘 위해 아들을 죽여 달라고 대전한테 읍소했는지 곤전은 처음엔 이해할 수 없었다. 종묘사직을 위해서라는 말은 고양이가 알 낳았다 할 만치 괴이한 것이고, 지아비 대전을 위해서라는 건 강아지가 똥 누다가 하품할 소리였다. 세손이라도 살리기 위해서? 다 늙은 후궁 주제에 아들보다 손자를 살린다? 병아리가 코웃음 칠 노릇이었다. 지금은 이해했다. 자신의 권력보다 자식의 목숨이 귀한 아비가 없듯이, 자식 목숨이 제 목숨보다 앞서는 어미는 없는 것이었다. 최소한 대전과 장락전은, 또 오흥부원군과 현임당은 그런 부모가 아니었다. 장락전은 제 안일을 위해 아들을 죽여 달라 했을 뿐인 것이다.

"헌데?"

"아드님이 아바님께 큰 죄를 지었으나 그 죄를 뉘우치고, 속죄하며 돌아갔으니 그 혼령이 어마님을 괴롭힐 까닭도 없고요. 소첩이 생각한 건, 그저 아드님을 잃은 장락전의 마음이옵니다. 저간의 사정이 어떠했건 어마님으로서는 자식을 앞세우고 실심하여 지내시다 환후에 드시고 환후가 더 깊어지신 게 아닌가 싶은 거지요. 그 마음이 오죽하실까, 만분의 일이나마 짐작해 보다가 소첩이 명색이 곤전이고 더불어 성상을 모시는 아낙으로서 장락전의 마음을 한번 어루만져 드리는 게 어떨까, 생각한 것이옵니다. 전하."

"굿판을 벌여서?"

"자고이래 무격들이 면면을 이어온 까닭은 그들이 사람의 마음을 보살피고 다독이기 때문이 아니겠는지요. 다독이는 방법으로 많은 이들 앞에서 굿이 행해지는 것이니 망극하게 맺힌 맘도 많은 이들의 위로 속에서 크게 풀리는 것일 테고요. 장락전께서도 그리하고 나면 거뜬해 지시어 다시 전하를 보필하실 수 있을 게 아니옵니까. 헌데 장락전께서는 원체 요조하시어 전하께 누가 될 만한 일은 아예 생각지 못하시는 분인 데다 근자에 환후가 깊으시니 당신 스스로를 위해서는 아무것도 못하시지 않습니까. 해서 소첩이 은밀히 경운궁의 진혼굿을 해볼까 하옵니다. 경운궁의 진혼굿을 하면 장락전의 환후도 나으시지 않을까, 생각하게 됐고요. 물론 전하께 말씀 올리고 가납해 주시면 행할 일이다, 하고 있나이다."

"짐이 허락하면 곤전이 주동하여 굿판을 벌이시겠다?"

어조가 부드럽다. 당신이라고 아들 죽여 놓고 마냥 편했을 리는 없다. 게다가 엿새 뒤가 소전의 이주기다. 임금 체면에 나서서 아들 명복을 비는 굿판을 벌이라 명할 수는 없으나 곤전이 나서 주는 게 싫지는 않은 것이다.

"왕실을 위한 일이고 왕실을 위한 일이 곧 백성을 위하는 일일진대 전하를 보필해야 할 소첩이 주동하는 게 마땅하지 않을는지요."

"어떻게 주동하는데?"

"무격을 불러서 의논하고 이러저러한 굿을 성심을 다해 치러라, 명해야지요. 다른 누구도 아닌 곤전에서 명하면 무격들이 온 정성을 다하여 굿을 하지 않겠나이까. 날짜는 관상감과도 의논하여 따로 잡아야 할 것이옵니다만, 먼저 윤허를 해주셔야겠지요. 하여 소첩 간곡히 청하옵니다, 전하. 부디 가납해 주옵소서."

"그쯤은 곤전께서 알아서 하실 만하지 않은가?"

허락이다. 곤전 나름의 권력이 있다. 권력을 유지하려는 건 인지

상정이고 권력자에게 권력행사는 의당하다. 지금 대전은 곤전의 청을 왕후로서의 마땅한 권력행사라 여긴다. 곤전은 앉은 채 깊이 절하며 읊조린다.

"성은이 망극하여이다, 전하."

"무녀들을 궐로 불러들여 벌일 것인가?"

"그리하면 공공연한 일이 되어 전하의 성덕에 누를 끼칠 것이옵니다. 소첩이 생각하기로 경운궁의 진혼굿은 유택인 수은묘가 어떨까 싶나이다. 수은묘가 성저에 있는 데다 산속이니 백성들의 이목도 덜 할 것이고요. 또 이목이 생기더라도 그곳이 경운궁의 유택인 걸 백성들이 알 것이니 왕실에서 경운궁을 위로한다는 사실이 흠이 되지는 않겠다 싶고요."

"생각이 깊구려."

종묘사직과 백성 중한 것은 알아도 젊은 여인의 온갖 욕망에 대해서는 모르는 임금. 왕비가 외간 사내를 탐할 수 있고 임금의 권력을 꿈꿀 수도 있다는 사실에 대해서는 꿈에서도 가정할 수 없는 용안에 모처럼 미소가 서린다.

"황공하여이다, 전하. 하오면 차후의 진행되는 일들을 웃궐로 알려 드리오리까?"

"됐네. 굿 날짜나 알려 주고 나머지는 곤전께서 다 알아 하시게. 헌데 대충 언제쯤 판을 벌이실 겐가?"

"여염 집안 굿이 아닌 왕실 굿이니 여러 가지를 준비해야 할 것이옵니다. 말미를 넉넉히 잡아서 차분하게 치러야 하지 않을까 싶나이다."

"그게 언제냐는 게지."

"경운궁의 오는 기일을 지낸 뒤 어느 날이 어떻겠나이까? 그 전에 소첩 어미의 병이 나아서 소첩이 하고픈 이러저러한 일들을 참섭해 줄 수 있다면 소첩의 사가가 왕실에 누를 끼치는 일도 덜하지 않을 까 싶나이다.”

곤전 사가 모친의 병세는 작년 여름부터 시작되었다. 처음에는 두통을 앓았다. 두통이 그치면 멀쩡했다. 그 다음에는 두통에 더해 허리 통증이 생겼다. 허리를 펴지 못해 운신도 하지 못했다. 두통과 허리 통증을 번갈아 앓다가 그 증세가 그치자 망령난 소리를 시작했다. 귀신이 들린 것 같기도 했다. 부원군인 지아비를 향해 욕설과 반말을 예사로 내뱉었다.

“내가 미혼과부로 네놈한테 시집왔을망정 멀쩡한 처녀였고 네 놈의 자식을 넷이나 낳았다. 왕비도 낳았어. 헌데 첩질을 해?”

그리 기승부리던 때가 오히려 나았다. 기승이 가라앉으니 기진한 듯 병석에 눕더니 오줌똥을 내질렀다. 그 증세가 가시자 피부병이 나타났다. 옴을 탄 듯이 전신이 벌게지면서 근지럼에 몸부림을 쳤다. 마구 긁어대는 바람에 온몸에 피가 맺히고 피딱지가 생겼다. 피부병이 그친 근래에는 다시 헛소리가 시작됐다. 기승스레 떠드는 헛소리가 아니라 넋이 나가서 알아듣지 못할 말을 중얼거렸다. 앞의 증세들은 의원들이 해결했다. 두 달 전에 시작된 증세는 의원들도 손쓸 바를 몰라 했다. 무녀들은 어머니에게 귀신이 들었다고 했다. 들으나 마나 한 뻔한 소리가 아니라 귀신들의 정체를 낱낱이 내놓았다. 그중 한 귀신이 큰사위인 김제교였다. 북악에 난 불에 휩쓸렸을 것이되 뼛골 한 조각도 추리지 못하여 오리무중이 된 그가 귀신이 되어 다른 누구도 아닌 장모한테 붙었다 하므로 푸닥거리를 벌이지 않을 수 없는 상황이었다.

"경운궁의 기일이 며칠 아니 남았는데?"

"기일을 지내고 나서 의논을 시작하여 날을 잡아야 하지 않겠나이까?"

"허면 아예 오뉴월을 지내고 나서 벌이는 게 낫지 않겠나?"

"예, 전하."

"군부인의 치병굿을 먼저 하는 게고?"

"예, 전하."

"비가 그쳤나."

혼잣말을 하고는 "봐라, 상선!" 하고 외친다. 상선이 들어와 비가 그쳤다 아뢰니 일어난다. 곤전도 더는 미련 없다. 대조전 뜰에 교자가 준비돼 있거니와 돈화문 안쪽 마당에서는 연이 기다리고 있을 터이다. 곤전은 대조문 앞까지 대전을 배웅하고는 돌아선다. 후원 방향을 쳐다보다가 안으로 들어서고 만다. 후원을 걷기 좋아하던 시절이 있었던가 싶다. 비가 오면 오는 대로, 날빛이 좋으면 좋은 대로. 바람 불고 꽃피고 새 울면 그때마다 후원을 걷고 싶던 시절이 지나고 나니 궐이 볼 것이라곤 하나도 없는 벌판 같아졌다.

글 선생으로 들인 시강원 설서 김국빈을 이극영처럼 대할 수 있을 줄 알았다. 똑같이 장원 급제하였고 그처럼 젊으니 비슷하게 느껴지리라 생각했다. 생김새는 오히려 김국빈이 곱상하니 그에게 호감이 생기면, 이극영쯤 얼마든지 잊을 수 있으리라고. 잊었다고 스스로에게 강변하면 그가 그립지 않았다.

김국빈이 매 수유일 전날의 저녁나절에 들어오므로 어제가 열두 번째 강학이었다. 어제 그를 물리치고 들이지 않았다. 공부는 재미있으나 김국빈이 재미없었다. 그가 지성스레 준비해 와서 가르쳐 주므로

선생으로서는 쓸 만했다. 사내로서는 설레지 않았다. 그에게 궁금한
게 없고 일렁이지 않고 그리움도 없다. 그는 그저 글 선생일 뿐이다.
그에게 지밀의 아래 칸으로 내려오라 한 적이 없고 그럴 마음도 없다.

　오히려 김국빈과 같은 날 낮에 만났던 내의원 참봉 장무슬이 궁금
했다. 그와 무슨 짓을 하고픈 욕망이 아니라 그저 앞에 놓고 이야기
를 듣고픈 호기심이었다. 존덕정에서 부딪친 뒤 펌우사에서 두 차례
더 그를 봤다. 금원 숲에서 자라는 약초들의 생김새와 쓰임새, 나물
로 먹을 때와 약재로 쓸 때 어떠한지 가만가만 풀어 놓던 그가 재미
있었다. 욕망이나 호기심이 결국 같은 것이었을 터이다. 그에 대해
알아봤다. 평양의원 집의 셋째 아들로서 부친과 형들이 죄 의원이며
혼인한 적이 없는 것 같고 도성에서는 형네 집에 얹혀산다고 했다.
저를 그리 파는 걸 알아챘던가. 장무슬이 달아났다. 두 번 불러서 약
초에 관한 설명을 해보라 했을 뿐인데 세 번째 부른 날 내의원에 없
다고 했다. 옴이 올라서 조퇴를 했다던가.

　이후 다시 알아보니 그는 내의원에 사직서를 내고 없어졌노라 했
다. 설마 나를 피해 달아난 것이야? 들어서기가 그리 어렵다는 내의
원 벼슬까지 내던지고? 정말 나를 피해서? 내가 뭘 어쨌다고? 그리
생각하니 무정하고 괘씸함에도 웃음이 났다. 호기심이 노골적이긴
했지 않은가. 어리석은 놈! 혼잣소리로 흥 한번 보는 것으로 그를 용
서했다. 젊은 사내들의 쓸모를 따져보고 값어치를 저울질하다 보니
이극영도 그들과 같은 저울에 올린 셈이 됐다. 특별할 것 없는 사내
로 지나 보내게 됐다고나 할까. 애써 그리 생각하는 것이었다. 세상
사람 다 죽여도 이극영을 죽일 수는 없으므로. 언젠가는 그를 다시
부를 터이므로.

수수께끼 풀다

곤이 떠나기 전날 밤 자정 즈음에 홍집이 중사랑의 침소로 들어오다 작은사랑에 불이 켜진 걸 봤다고 했다.

"둘이 같이 있는 것치곤 너무 조용하던데, 들어가 볼걸 그랬을까요."

작은사랑에서 기거하는 곤과 늠은 어린 날부터 상하관계를 초월하여 벗이며 형제였다. 늠이한테 작은사랑의 건넌방을 쓰게 한 것도 놈들을 주종관계가 아니라 형제처럼 봐 준 것이었다. 늠이 면천되었어도 그들 관계는 변함이 없었고 둘이 있을 때 티격태격 장난하는 것도 여전했다. 온은 잠결에, 아이들이 불 켜놓고 자는 모양이라고 대꾸하고는 내처 잤다.

이튿날 그들이 사라졌다. 곤의 방에 걸려 있던 용담꽃 그림 두 점도 사라졌다. 곤은 그 그림들을 사뭇 아끼는지라 노상 제 방에 걸어두고 살았다. 성균관 관재에서 지낼 때는 한 점을 가져다 그쪽에 걸었다. 그처럼 애지중지하던 그림들까지 가지고 떠날 때 쉽사리 돌아올 심산은 아니었을 성싶었다.

그들이 돌아오지 않는 며칠 동안 정신없이 찾아대기만 하느라 그 앞 며칠간의 행적을 수소문해 볼 생각을 못했다. 삼월 열나흘 날 곤은 꽃님네한테, 내일 특별한 사람을 만나야 하니 환하고 멋진 옷을 손질해 달라고 했다. 부자의 생일인 보름날에 곤은 아지어멈에게 교서관 동료들한테 갖다 줄 맛난 도시락을 싸 달라 했다. 아지어멈이 오단찬합 그득히 음식을 담고 이화주를 술병에 담아 늠이한테 내주었다. 환하고 멋진 옷을 입고 도시락을 든 채 나간 두 사람은 초저녁에 돌아왔고 많이 먹고 돌아왔다며 저녁 끼니를 걸렀다. 알아보니 그날 곤이 들고나간 도시락을 먹은 사람이 교서관에는 없었다. 그러므로 곤이 도시락을 싸들고 만난 사람이 누구인가가 문제였다. 문제의 그 사람이 누구였을까.

한 달 전쯤 홍집이 번서느라 들어오지 않는 밤. 온은 잠자리에서 홀로 전전반측하다가 곤에게 용담화를 그려 줬다는 처자를 떠올렸다. 곤이 칠엽화라거나 별꽃이라 부르던 처자. 그가 그린 용담화 밑에 칠엽꽃이 낙관으로 찍혀 있지 않았는가. 이튿날부터 보위들을 풀어 칠엽꽃 낙관이 찍힌 그림에 대해 수소문했다. 그림 장수들이 칠엽꽃 낙관이 찍힌 그림에 대해 알고 있었다. 낙관에 글자 아닌 문양을 사용하는 유일한 화공인 그는 그림 거리에서 칠엽화사라 불렸다. 칠엽화사의 그림은 이따금 나타나는데 대개 그림 장수 신가가 취급했다. 칠엽화사의 작품은 소품이라도 석 냥 이상으로 거래되며 열두 폭 병풍 그림은 백이십 냥에 팔린 적도 있었다.

하지만 지난해쯤부터 신가 노인이 거리에 나오지 않고 칠엽화사의 그림을 팔러 오는 노인도 나타나지 않는다고 했다. 그림 장수들은 칠엽화사가 어디에 사는 누군지, 그림 팔러 다니는 노인이 누군지 알지 못했다. 신가 노인이 다락원 근방에 산다는 것과 그림을 가지고 나타나는 노인이 칠엽화사가 아니라는 것만 알았다. 온은 호위들에게 다락원 인근 마을을 다 뒤져서 신가 노인부터 찾으라 명했다.

허원정에 귀신이 사는 게 맞는 것 같았다. 귀신의 조화가 아니라면 사람이 사라지는 일이 이토록 잦을 수는 없지 않을까. 통천비휴들이나 무극들이 돌아오지 않는 까닭은 누군가 빼돌린 게 틀림없고, 그건 아마도 사신계일 것이라고 여기며 잊기로 했다. 사신계를 찾겠다며 저질러댄 죄과가 크므로 그 갚음인 거라고 애써 수긍했다. 하지만 곤과 늠이가 사라졌다. 그 전에 난수도 종적이 없어졌다.

지난 정초에 난수가 얼마간 쉬고 싶다기에 그러라 했다. 온은 난수가 말한 얼마간이 길어야 한 달 정도일 거라고, 한 달쯤 쉬다 보면 좀이 쑤셔서라도 돌아오리라고 여겼다. 정월이 다 가고 이월이 되어도 돌아오지 않아 나름에게 백자동의 난수 집에 가 보라 했다. 나름이 돌아와 난수가 없는 건 물론이고 집주인도 바뀌었더라고 아뢨다. 믿고 싶지 않고 믿기도 어려워 온이 불편한 몸으로 찾아가 봤다.

"섣달에 집을 샀고 정초에 이사를 왔습니다. 집값으로 삼백 냥을 치렀습니다. 그이가 쓰던 가장 집물들은 열 냥 주고 물려받았고요. 살림을 별로 하지 않았는지 닳은 물건이 없더이다. 덕분에 저희가 잘 쓰옵니다."

보제원거리 화엄약방에서 일한다는 의원의 아낙이 그리 말했다. 난수는 집을 팔고 살림을 정리한 후에 온에게 쉬겠다는 말을 했던 것이다. 홍집에게 처음으로 난수에 대해 물었다.

"어딘가에 살림을 차린 것입니까?"

홍집이 낯을 찌푸리며 답했다.

"그 사람한테 내가 사내로서 떳떳치는 못하나, 살림을 차린다면 굳이 숨길 필요가 있습니까? 부인의 눈을 피해 숨을 수나 있고요?"

"허면 난수가 어디로 갔다는 겁니까?"

"나는 그 사람 행방에 관여하지 않았습니다. 당신도 관여치 않으셨으면 합니다. 그 사람이 이곳에 무얼 두고 간 것도 아니고, 가져간 것도 없지 않습니까. 언젠가 돌아오고 싶으면 돌아오겠지요. 아니면 그만인 거고요."

홍집의 말대로 난수는 두고 간 것, 가져간 것이 없었다. 물건으로 치면 그랬다. 하지만 난수는 십 년 가까이 이온의 눈이었고 귀였고 수족이었다. 난수는 자신을 가져감으로써 이온의 눈과 귀와 수족을 떼어간 것과 같았다. 수백의 가솔과 수천의 일꾼이 있을지라도 난수는 아니었다. 사사로운 일이며, 약방과 칠성부까지. 난수를 거치지 않은 게 없었다. 아쉬운 게 많고 괘씸하기 그지없었으나 저 싫어 떠났으니 잊기로 했다. 난수의 자리는 천천히 흐려졌다.

이곤은 그리될 수 없었다. 허원정 육대손인 이곤은 하늘 아래 단 하나뿐인 존재였다. 이온이 자식을 더 낳을 수 없을 게 분명하려니와 더 낳는다고 해도 이씨가 아니라 윤씨였다.

"아씨, 노서미입니다."

다락원 근방 마을들을 이잡듯이 뒤져 신가 노인을 찾아낸 게 닷새 전이었다. 신가 노인은 작년 봄에 타계한 상태였다. 마을사람들에 따르면 신가 노인은 경오년 돌림병 때 손녀 하나를 제외한 식구를 모두 잃었다. 홀로 키운 손녀를 재작년 가을에 시집보냈는데, 노인이 손녀 집에 얹혀 지내며 앓기 시작해 작년 이른 봄에 타계했다. 그 손녀가 조부로부터 받은 유산이라며 칠엽화사의 그림 넉 점을 지니고 있었다. 조부의 삼년상을 치른 뒤에 그림을 팔아 생계에 보탤 것이라 하면서 제 조부한테 그 그림들을 판 사람은 박가 노인으로 성 안의 삼내미에 사는 것 같았다고 했다. 두 할아버지는 젊을 때부터 알고 지낸 것 같았으며 제 조부가 식구를 거의 잃고 실심해 지낼 때부터 그림 장사를 하라고 권한 사람도 박가 할아버지였던 것 같다고도 했다.

"들어와."

노서미와 높메에게 삼내미의 그림장수 박가 노인을 찾으라 했고, 어제 찾아냈다. 박가 노인은 혜정원에서 일하다가 환갑 무렵에 공식적으로 퇴역했으나 현재도 혜정원을 드나들며 풀 메고 마당 쓰는 일로 소일하는 중이라 했다. 일흔이 다 되어가는 상노인이었다. 아침에 노서미한테 박가 노인을 찾아가 칠엽화사에 대해 물어보고 가능하면 데려오라 했다. 열려 있는 문으로 혼자 들어선 노서미가 탁상 건너편에 읍하고 선다.

"박가 노인은?"

"소인이 박가 노인의 집으로 갔더니 노인들 여럿이 더불어 앉아 미투리를 짓고 있었습니다. 제가 보원약방 대방아씨의 보위라고 밝히고, 도련님께서 지니시던 그림 이야기를 하면서 신가 노인의 손녀한테서 어르신에 대해 들었다고, 칠엽화사에 대해 알고자 왔다고 했습니다."

"하였더니?"

"박가 노인이 혜정원에서 퇴역한 뒤에 혜정원 뒤쪽에 있는 한 댁의 일을 봐드렸는데, 칠엽화사는 그댁의 주인아씨였다고 했습니다."

온의 가슴이 철렁 내려앉는다. 사실 며칠 전에 삼내미라는 동네 이름을 들었을 때 뭔지 불길했다. 그 동네와 관련한 끔찍한 과거가 있기 때문이라 여기며 애써 도리질했다. 그런데 혜정원 뒤쪽 집이 나온다. 비연재가 틀림없을 것 같아 온의 가슴이 두방망이질을 한다.

"어떤 댁 아씨인데?"

"박가 노인이, 어떤 댁이라고는 않고 그 아씨의 그림 솜씨가 뛰어나서 신가한테 갖다 주기만 하면 금세 팔리곤 했노라 하였습니다. 그렇지만 아씨께서 운수 사나운 일을 거듭 당하시면서 평양 본가로 가신 지가 여러 해라, 요새 그 아씨 그림을 보려면 평양으로나 가야 할 거라 했습니다. 소인이 노인한테, 우리 댁 아씨를 뵈러 가시겠냐고 물었더니 어디서 왔다고? 하면서 되묻더이다. 소인이 보원약방 주인댁인 허원정에서 왔다고 하니, 노인이 난 너무 늙어서 그댁 아씨처럼 높으신 분을 뵈러가기 어렵네, 하였습니다. 칠엽화사가 궁금하시면 평양성내에 있는 유릉원이라는 집을 찾아가 물어보시면, 어느 절에 있는지 가르쳐 줄지도 모른다고 덧붙였습니다."

북소리를 낼 것처럼 뛰던 온의 심장이 노서미의 말이 끝나자 잦아든다. 살아 있었다, 김강하의 내당이. 가마뫼재에서 죽은 게 아니었다, 은재신이. 그때 살아나서 죽은 듯이, 세상에 없는 사람인 듯이 지내고 있었다. 당시 이온으로 하여금 은재신이 죽은 것으로 생각하게 만들었던 것이다. 겸곡재라 자칭하던 여인과 회임한 덕에 멀쩡했다던 호원당과 홍집이 그랬다. 이온은 믿었다. 의심하지 않았기에 찾아본 적도 없다.

이제 은재신이 세상에 없는 사람인 양 살고 있다는 말을 믿을 수 없다. 은재신이 지아비 없는 시집이나 절간에서 지낼 것 같지도 않다. 도성 안 어딘가에서 살아왔다고 봐야 한다. 그리하다 곤을 만났고 그에게 무슨 짓인가 했다. 이곤이 스스로 제 집을 떠날 이유가 도무지 없으므로 칠엽화사 은재신이 작용한 것이다. 그렇게 보면 아귀가 착착 맞아떨어진다. 소소 무녀 중석을 닮은 은재신이 한낱 과부에 지나지 않는 계집일 리 없으므로.

오랜 세월 주변에서 벌어졌던 그 많은 불가사의한 일들이 소소 무녀 중석과 관련이 있으리라고 여러 번 단정하고도 끝내 밝히지 못했다. 밝히지 못했다고 의혹이 사라진 게 아니고 잊은 것도 아니다. 게다가 지금 아찔하게 떠오르는 게 있다. 칠엽화사의 낙관! 꽃 이파리가 일곱 개인 꽃은 온이 아는 한은 없다. 그저 사용한 문양이 아니라고 봐야 한다. 그건 꽃을 그리기 좋아하는 여인화공의 단순한 문양이 아니라 칠성을 의미하는 것이다. 칠성은 무녀들이 섬기는 별이자 상징이다. 하늘의 모든 별들이 북두칠성을 중심으로 펼쳐 있다고 보기 때문에 하늘 아래에 있는 무녀들은 전부 칠성방울을 흔든다. 칠성에서 유래한 칠지화와 칠지도도 흔히 쓴다. 반야원의 칠지선녀, 심경!

무녀들은 신기로만 점사를 보는 게 아니다. 무녀들은 제 생김새가 어떻건 하나같이 기녀만큼이나 공들여 화장하고 제 모든 것을 보여주면서 손님을 맞는다. 제 치장이 곧 신령들을 섬기는 행위이기 때문이다. 칠지선녀 심경은 새벽에만 점사를 본다. 말할 때마다 뒤집어쓴 너울이 입김에 날려 살짝살짝 드러난 입술과 콧대로 본다면 한사코 가려야 할 만치 못난 얼굴이 아닌데 그이는 얼굴을 거의 가린 채로 점사를 행한다. 그것도 새벽 등불 속에서 수갑까지 낀 채. 까닭이 무엇이랴. 소소 무녀와 닮았기 때문이라고 볼 수밖에 없다. 그때 호원당이 손가락을 잘랐다고 했던 게 사실이라면 수갑은 손의 불구를 가리기 위함인 것이다.

또 있다. 작년 이맘 때 아픈 미연제를 데리고 칠지선녀를 찾아갔을 때, 제 주변에서 무슨 말이 오가는지 모르고 자던 아이가 일어나더니 칠지선녀한테 다가들어 물었다. "옛날에 우리 집에 오신 아주머니지요?" 그때 온은 아이가 헛소리하는 거라 여겼다. 이제 보니 헛소리가 아니라 아이는 무구한 제 눈에 보인 대로 읊은 것이다. 아이가 살던 그 시골집에 칠지선녀와 닮은, 혹은 칠지선녀 자신이 들른 적이 있었다. 그렇다면 칠지선녀나 그 닮은 무녀 중석과 미연제의 유모가 원래 알던 사이라는 뜻이며 유모를 소개했던 온양댁과 의녀 백화도 한 통속이었다는 것이다. 맙소사! 윤홍집도 무관치 않다. 마침내 모든 인과를 꿰어 맞춘 희열에 온은 부르르 몸서리를 친다.

"노서미!"

"예, 아씨."

"지금 삼내미 가서 박가 노인한테, 칠엽화사의 그림이 거래되면서 문제가 생겼다고, 한성부에서 조사 중이라고 하면서 데려와."

"아까의 투로 보자면 끝내 싫다 할 것 같사옵니다만?"

"한성부에서 나왔다 하면 따라나설 거야. 그래도 말 듣지 않으면, 끌고 와. 누가 보든지 말든지 상관할 거 없어. 혹시라도 곁에서 가로막고 나서면 다치지 않을 만치 패 놓고 노인을 데려 와. 나는, 누가 나서서 박가 노인을 비호하는지 보려는 거니까 다들 같이 가. 노인이 다치지는 않게 하고."

"화, 황공하오나 아씨! 고, 곤란하옵니다!"

온은 잘못 들었나 싶다.

"뭐라 했어, 방금?"

노서미가 좌대에서 일어나더니 무릎을 턱 꿇으며 엎드린다.

"황공하여이다, 아씨. 곤란하다 여쭸나이다."

워낙 난데없으니 헛웃음이 난다.

"상전이 명하는데 곤란하다는 말은 어디서 난 것이야? 고개 들고 말해."

"야, 양연께오서 소인들에게 아씨께서 도련님을 찾으시는 일에 최선을 다하여 따르라 하셨나이다. 단, 도련님을 찾는 과정에 혹시라도 아씨께오서 누구를 잡아오라거나, 누구를 상하게 하라는 명을 내리실 제 따라서는 아니 되리라, 엄중히 말씀하셨습니다. 아씨의 그러한 명을 소인들이 고스란히 수행하면 소인들의 두 손목을 잘라 내칠 것이라 하셨고요."

"언제?"

"도련님께서 아니 들어오신 지 닷새째 되던 밤에 그리 말씀하시었고, 아씨께오서 칠엽화사를 찾는다는 것을 아시게 된 나흘 전에도 수직청을 찾아오시어 다시금 말씀하셨습니다. 최선을 다해 도련님을 찾되 그 과정에 자그마한 억지라도 끼어들어서는 아니 되리라고요. 그리고 아씨께서 그와 같은 명을 내리실 제, 부당하다 간하지 않고 곧대로 수행하려 나서는 자는 손목을 잘라 내치겠다는 말씀도 반복하셨습니다."

"내 모르는 새에 네 상전이 양연으로 바뀐 게냐?"

"소인들은 모두 봉황부에 속해 있고, 양연께선 소인들의 부령이십니다."

온은 터지려는 분통을 가라앉히기 위해 한숨을 몇 번 쉰다.

"여긴 그 세상이 아니라 내 집이고, 너희들은 내 집에서 태어났거나 내 영토에서 나왔다. 너희들이 내게 온 이후로는 내가 주는 새경을 받으며 지내왔다. 노서미, 네 부모는 내가 열어준 객점을 운영하며 식구들을 봉양하고 돈도 제법 벌었다. 너는 내 비녀인 개울을 건드려 수태시켰으므로 큰 벌을 받거나 내 종이 되는 게 마땅하지만 나는 오히려 수태한 개울을 면천시켜 네게 주었다. 그 덕에 너는 떳떳하게 혼인하여 아들까지 낳았다. 헌데 이제 와서 네가 나 아닌 양연의 명을 따라? 왜? 내가 계집이라서? 병신이라고?"

"천부당만부당하시옵니다."

"그게 아닌데도 양연이 네 상전이야?"

"황공하옵니다, 아씨. 두 분은 내외이시고 양연께오선 소인들의 부령이시며 두 분이 다 상전이시옵니다. 두 분의 명이 상충하실 때, 해야 하는 일보다 하지 않아야 할 일을 먼저 생각하라, 양연께서 말씀하셨기에 소인, 그 말씀을 따랐나이다. 소인의 처지가 이와 같사오니 아씨, 부디 박가 노인을 잡아오라는 명을 거두시고 다른 방법을 찾아 주사이다. 먼저 소인이 박가 노인과 대화를 더 해보겠나이다. 연후에 평양으로 가서 가능하다면 칠엽화사를 찾아 만나 보고 도련님께 그림을 그려 줄 때의 정황을 들어보겠습니다. 그리하여 도련님을 찾을 단초를 찾겠습니다. 부디 혜량하사이다, 아씨."

혜량하기 어렵고 그럴 일이 아니다. 수년 동안 병신으로 지내면서 억눌러왔던 온갖 울분이 끓어오른다. 은재신을 참혹하게 죽인 벌이라 여기며 인내해 왔지 않은가. 양연이, 어디서 굴러 들어온지도 모를 천한 족속이 신분이 바뀌고 무과에 급제하고 이온과 혼인을 하더니 다 차지했다. 그 모든 과정이 자초한 결과였으므로 온은 승복했다. 홍집이 호원당이나 난수를 이용하고 보위들을 통해 이온의 동향을 살피는 것도 참았다. 하지만 이온의 보위들을 대놓고 상전의 명을 가려 수행하라 명하다니. 도를 넘었다. 이건 보위나 잡고 말 사안이 아니다.

"꽃님아, 대청으로 나가자."

좌대 뒤에 시립하고 있던 꽃님이 몸을 떨며 좌대수레를 민다. 난수가 돌아오지 않으리라는 걸 알게 된 뒤 집안의 젊은 비녀들을 모아놓고 물었다. 한글을 읽을 줄 아는 사람은 손을 들어 보아라. 다섯이 손을 들었다. 다섯을 놓고 한자를 아는 대로 써 보라 시켰다. 꽃님이 쓸 수 있는 글자가 오백 개가 넘었다. 천자를 다 쓰지는 못해도 천자문을 거의 읽는다고 했다. 네가 어찌 글자를 익혔냐고 물었더니 늠이한테 배웠다고 했다. 늠이와 좋아 지내는 사이였던 것이다. 그날로 꽃님을 난수 자리에 놓고 일 년쯤 후에도 늠이와 서로 좋아지내면 혼인을 시켜 주리라 약조했다. 그 달포 뒤에 늠이 제 상전을 따라 없어졌으므로 요즘 꽃님도 심사가 어지러울 터였다. 혼인하고 싶을 만치 좋아 지낸 사내가 한 마디 언질도 없이 종적을 감췄으므로.

대청 아래에 높메와 욱진과 한라와 공우와 개암 등이 안의 동정을 듣고 있다가 놀라 정렬한다.

"높메!"

"예, 아씨!"

"창고에 가서 오랏줄과 채찍들을 있는 대로 가져오너라."

높메가 사색이 되어 읍하고는 달려간다. 중사랑 아래채의 곁채가 창고다. 잠시 후면 중사랑 마당에서 벌어지는 일이 내원과 큰사랑에 알려질 것이다. 수유일이라 태감께서는 내원에서 금오당과 더불어 미연제의 책 읽는 소리를 듣고 있을 것이다. 태감께서 요즘 유일하게 즐기시는 일이 손녀한테 글을 가르치거나 손녀가 켜는 해금 소리를 듣는 거였다. 태감은 딸이 하속들 앞에서 벌이는 처사를 막을 분이 아니다. 태감은 하속들 앞에서는 온을 향해 헛기침도 하지 않는다. 집안을 경영하는 딸의 권위와 영역을 침범치 않기 위함이다. 더구나 곤이 단순히 가출한 게 아니라 쉽사리 돌아오지 않으리라 느끼고부터는 의욕을 잃으셨다. 찾는다고 찾아질 아이가 아님을 아시기 때문이다. 간밤에 번을 서고 아침에 들어와 큰사랑에서 잠들어 있는 윤홍집은 어떨까. 두고 볼 일이다. 높메가 한 아름의 오랏줄과 세 개의 채찍을 찾아다 놓고 제 자리에 선다.

"한라와 개암!"

"예, 아씨."

"들어가서 노서미를 끌어내라."

"예?"

"노서미를 끌어내서 석등에다 세워 묶어라."

한라와 개암이 마지못해 온의 집무실로 들어가더니 노서미를 앞세워 나온다. 노서미가 한 번은 치러야 할 일이다 싶은 얼굴로 순순히 석등에 붙어 선다. 한라와 개암이 진짜 묶으라는 것인지 묻는 뜻으로 온을 올려다본다. 온이 가만히 내려다보고 있으려니 하는 수 없이 묶는다. 노서미의 가슴과 허벅지와 발목을 석등에 동여매 놓고는 읍하고 선다.

"높메와 욱진과 공우는 채찍을 잡고 내가 그만 하랄 때까지 노서미를 쳐라."

난수가 떠난 뒤 노서미를 보위대장으로 올렸다. 아무리 작은 조직이라 해도 동료들끼리 치라거나 부하들에게 대장을 치라는 건 일반적인 도리에 심각히 어긋난다. 온도 모르지 않는다. 평생 거느려 온 하속들과 수하들에게 그런 짓을 시켜본 적이 없다. 간혹 징벌해야 할 때는 매를 치는 대신 하루나 이틀, 길게는 사흘까지 처소에 연금시키고 굶겼다. 그럴 때도 제 피붙이들이 먹을 것을 몰래 들여 주는 것은 눈감았다. 상림에서도 그리했고 영미동이나 산정평 등의 영지에서도 그리 처리하게 했다. 그러므로 지금 하는 짓은 사람의 도리에 어긋날뿐더러 허원정의 오랜 가풍과 가규를 벗어났다. 그럴 만치 온은 홍집에 대한 분노가 크다.

"당장!"

온의 외침에 높메와 욱진과 공우가 무릎을 턱턱 꺾으며 엎드린다. 한라와 개암도 털석털석 무릎을 꿇더니 엎드린다. 엎드린 높메가 소리친다.

"아씨, 죽여 주십시오."

나머지 놈들이 덩달아 외친다.

"아씨, 죽여 주십시오!"

죽어도 저희 대장을 칠 수 없다는 보위들 앞에서 온은 기가 막힌다. 지금 보위들의 행태는 예전 홍집이 한 짓과 똑같다. 그 따위 명을 내리려면 차라리 나를 죽여라.

"꽃님아, 설렁줄을 당겨라."

꽃님이 울상이 되어 설렁줄을 당기기 시작한다. 중사랑은 외원이라 설렁줄은 남정 하속들의 처소마다 연결돼 있다. 현재 남정하속들의 절반 이상은 각 영지의 농사 상황을 살피러 나가 있다. 남은 반의 절반도 온갖 이유로 외출했고 집안에 있는 자들은 사분지일쯤이나 될 것이다. 양연의 수발을 드는 영글이 맨 먼저 놀란 얼굴로 나타난다. 그 뒤로 노소 남정들이 줄줄이 들어와 보위들 주변에서 읍하고 선다.

"영글."

"예, 아씨! 이게 무슨 일이시온지요?"

"노서미 등이 삼내미의 박가 노인을 찾아낸 걸 알고 있지?"

"예, 아씨."

"지금 네 뒤의 다섯을 데리고 삼내미에 가서, 박가 노인을 데려오너라. 내가 물어볼 것이 있는데, 도성민이 다 알다시피 내 몸이 불편하여 모셔오라 했다고 하면서, 내가 정중히 청하더라고 해."

"그러실 것이면 멀지도 않은데, 소인 혼자 후딱 다녀와도 되지 않을는지요, 아씨?"

"같이 가라 하지 않느냐!"

"예, 아씨."

"너희들이 노인을 데려올 때까지 저들은 마당에 엎드려 있을 것이다. 너희들이 노인을 데려오지 못하면 저들은 저 마당에서 끝끝내 일어나지 못할 터. 명심하고 요령껏 데려 와."

"명 받드나이다, 아씨."

영글이 돌아서더니 얼렁뚱땅 다섯을 골라 나가는데 집사 평호가 들어선다. 온이 평호한테 소리친다.

"집사는 영글이 돌아올 때까지 식구들이 이쪽을 넘어다보지 않게 해놓고 진장방 우륵재로 가서 온양댁을 데려오라."

"온양댁을 어찌 찾으시는지요, 아씨?"

"내가 물어볼 것이 있다고 해. 아니 오려 하면 끌고라도 오고. 온양댁이 출타하여 없다 하면 그 식구를 족쳐서라도 온양댁을 찾아 데려와. 당장!"

"예, 아씨."

평호가 서둘러 하속들을 몰고 중문 밖으로 나간다. 온은 석등에 묶여 있는 노서미와 마당의 땡볕 아래 엎드린 보위들의 등짝을 노려본 뒤 꽃님에게 안으로 들어가자 한다. 꽃님이 좌대를 돌리는데 중문 안으로 홍집이 들어선다. 푸른빛이 돌 만치 새하얀 무명 바지저고리에 긴 머리카락을 등이며 어깨에 늘어뜨리고 맨발에 미투리를 신었다. 밤새고 들어와 씻고 자던 중에 바깥의 소란을 전해 듣고 잠자리 차림으로 건너오는 것이다. 쨍쨍한 햇발 아래서도 서늘해 보일 만치 훤한 신수가 편안해 보이기도 한다. 어딘가에 산다는 신선이 저럴까. 진흙탕에서 나온 용, 출세한 자의 면모다. 같이 사는 세월이 길어질수록 점점 이해하기 어려운 지아비다.

"들어가자."

꽃님이 좌대를 밀어 집무실 안 탁상 앞에 닿는다. 온은 꽃님에게 얼굴과 목덜미에 난 땀을 훔치게 하며 기다린다. 바깥에서 홍집이 보위들에게 벌서는 까닭을 묻고 내막을 듣고 있기 때문이다. 원래도 큰소리로 말하는 법이 없던 그의 어투는 나이 들면서 더 나지막해지고 온후해졌다. 하속들은 그에게 그저 복종하는 게 아니라 좋아했다.

한참만에야 홍집이 들어와 건너편 좌대에 앉는다. 꽃님을 내보내지 않는다. 비밀일 것 없고 체면도 차리지 않겠다는 것이다. 갈 데까지 가 보자는 것이므로 온도 꽃님을 그냥 둔다.

"무슨 일인지 대강 들었습니다. 들으면서, 무엇 때문에 부인이 이

사달을 일으키시는지 짐작하겠기에 영글과 집사를 붙들어 대기케 했습니다."

"내 명을 또 가로채셨단 말입니까?"

"칠엽화사가 예전 비연재의 안주인이라면서요? 박가 노인은 비연재에서 일을 봐 주던 이고요. 헌데 그 노인을 붙들어 오라고 시키신 거잖습니까."

"그랬습니다."

"사안이 사안이니 만큼 그 노인을 직접 만나시겠다는 당신 뜻은 이해합니다. 그렇지만 삼내미가 먼 것도 아니고, 나들이 삼아 직접 찾아가시거나 나를 깨워서 가 보라 하시지, 애먼 보위들을 잡고, 뜬금없이 온양댁을 붙들어 오라 시키십니까?"

"은재신이 살아 있다면서요? 당신은 알고 계셨습니까?"

홍집이 왈칵 낯을 찌푸린다. 그가 낯을 찌푸리면 사나운 표정이 아니라 매서운 얼굴이 된다는 걸 온은 혼인 뒤에 깨달았다. 눈동자에 서릿발이 서리기 때문이었다. 좀처럼 화를 터트리는 사람이 아니라서 매서운 얼굴 이후에 대해서는 온이 모른다. 이제 알게 될 것이다.

"몰랐습니다. 당신과 호원당으로 인해 잘못된 것으로 알고 있었지요. 헌데, 그 부인이 살아 있다면 다행 아닙니까?"

"다행이요? 뭐가요? 내가 그로 인해 겪은 것들은 다 뭔데요?"

"당신이 뭘 겪었든 그게 다른 사람 탓입니까? 비연재의 그 부인 탓이에요?"

무수히 겪어 본 일들의 재현이다. 본말이 전도되고 주객이 뒤바뀌고 주제가 흐려지면서 무슨 이야기를 하고 있던 중인지도 헷갈려 버리는 상황. 홍집과 대화를 나눌 때 노상 그랬다. 그러다 홍집이 덮쳐들면 못 이기는 척 그 품에 안겨 허우적거렸다. 뭘 알아보려했는지, 무슨 일을 하려 했던지 잊어버리곤 했다. 젊을 때 이야기다. 이제, 최소한 지금은 그리 넘어갈 수 없다.

"내가 겪은 모든 게 다른 사람들과 유관하지요. 특히 사신계! 그들을 찾으려 할 때마다 막아섰던 당신이야말로 유관할 거고요. 은재신이 칠엽화사이매, 칠지선녀도 같은 계집이지요? 그 계집이 중석의 딸년인 거고요? 온양댁과 그들은 원래 아는 사이였고, 당신도 그들과 통하고 있었던 거지요? 당신도 사신계인 겁니까?"

"결국 또 그 타령입니까? 이제 나까지 몰아서요?"

"한 번이라도 의혹을 풀어 주신 적 있습니까? 내가 그 말만 꺼내면 이렇게 막고 나서지 않았어요?"

"예전부터 당신은 말을 먼저 한 다음 그 말에다 당신이 바라는 상황을 꿰맞췄습니다. 오늘은 곤의 가출까지 덧붙였습니다. 곤이와 늠이 떠난 게 그들 탓이라고요? 난수가 떠난 것도 그들 탓이라 몰아붙일 겁니까? 은재신 탓이라고요? 해서 삼내미의 노인과 온양댁을 붙들어다 고신하면서 칠엽화사 은재신이 사신계라고 말하게 만들게요?"

"비약하지 마세요!"

"당신과 내가 벌인 짓은 다 놔두고, 그 부인이 사신계라고 칩시다. 칠엽화사가 은재신이라고도 치죠. 그래서 어쩌자고요. 사신계가 당신의 팔다리를 못 쓰게 만들었다고요? 그들이 그랬으면 또 어쩌게요?"

"다른 건 몰라도 은재신이 사신계라면 잡아다 사신계에 대해 불게 해야지요.”

“당신 머리가 어찌 된 겁니까?”

“뭐요?”

“당신, 이미 의녀 백화와 은재신을 잡아다가 그 짓을 했던 사람입니다. 의녀 백화가 불었습니까? 은재신이 사신계에 대해 불었답디까? 호원당이 그리 말합디까? 그들이 당신 팔다리를 그리 만든 거라고 합디까? 대체 당신은 뭘 기억하고 사는 겁니까?”

“똑똑히, 눈 뜨고 있는 동안은 매 순간 그때를 기억합니다. 겸곡재라던 그 아낙! 그때의 치욕과 분노와 고통!”

“당신이 한 짓은 죄 몰각해 버리고 당신이 겪은 것만 기억한단 겁니까?”

“나는 그때 내가 해야 할 바를 했어요. 그게 어때서요. 내가 할 바를 하면서 그런 일을 당해야 합니까? 감히 장사치 족속들이 나한테? 헌데 당신은 내 손발을 묶어 그들을 찾지도 못하게 했습니다. 그들이 사신계이기 때문 아닙니까?”

“뭐가 어째요?”

“그래요, 이게 납니다. 어쩌실 건데요. 그들 편을 들어서 날 죽이기라도 하시렵니까? 팔다리를 마저 부러뜨리시렵니까? 손목을 자르시게요?”

“그리 말하는 당신은 장사 아니합니까? 또 곤이 장가들어서, 그 내당이, 당신 같은 위인한테 납치되어 그 부인과 같은 일을 당한다면, 당신은 당신 같은 족속을 그냥 둘 겁니까?”

“갈가리 찢어죽이지요.”

“헌데도 역지사지易地思之가 안 됩니까?”

"그들과 나는 다릅니다. 내가 그런 일 당할 까닭이 없습니다. 무극들이 사라지지 않았다면, 당신이 끊임없이 막아서지 않았다면, 나는 사신계를 찾았을 겁니다. 그들을 찾아냈으면, 그리하여 정체를 밝혔으면 의혹에 시달리지 않을 테고 지금 이런 일 벌일 까닭도 없지요."

"당신은, 또 나는 은재신 전에 흔훤사에 가서도 비슷한 짓을 했습니다. 사신계에 대해 알아보겠다고 죄 없는 무녀를 셋이나 죽였지요. 흔훤사가 사신계인지 뭔지였다면 당신과 내가 지금까지 살아 있겠습니까? 또한 칠지선녀가 은재신이라면 그이가 우리 아이를 살렸겠습니까? 만약 그렇다면 당신과 나는 엎드려 절을 해도 모자라지요. 그런데 도리어 그 사람을 어찌합니까?"

"그런 이야기 골백번도 더 한 것 같으니 그만두세요. 나는 어쨌든 이번에, 지금까지 쌓인 의혹들을 풀어야겠습니다. 그렇다고 사람을 죽이지는 않을 겁니다. 그러니까 당신은, 내 수하들한테 내 명을 가려서 따르라 한 그 주제넘은 명이나 거두어들이세요."

"주제넘는다, 했습니까?"

"괜히 말꼬리 잡지 말고 당장 나가 거두어들이라고요."

"그리 못 하겠다면요?"

"저들을 저 마당에서 햇볕에 말리며 굶겨 죽일 겁니다. 석 달 열흘이 걸린다 해도 기필코 죽일 거예요."

눈을 감았다 뜬 홍집이 벼루를 잡더니 남쪽의 열린 창을 향해 내던진다. 냅다 날아간 벼루가 창 가리개를 뜯어 안고 마당으로 날아가 내동댕이쳐진다. 홍집이 온의 눈을 쳐다보며 붓통을 들더니 온의 뒤편 벽을 향해 내던진다. 꽃님이 악, 비명을 지른다. 동시에 종이칼을 잡은 홍집이 탁상 위에 놓은 자신의 왼손바닥에다 내리꽂는다.

얼마나 세게 꽂았는지 탁상보 덮인 탁상에 꽂히는 소리가 난다. 악! 온이 비명을 지른다. 극악한 통증을 느낀 홍집이 아랫입술을 깨물며 몸서리를 친다. 시선은 온에게 꽂힌 채이다. 사나운 짐승의 눈이다. 증오와 분노로 이글거리는 눈이다. 온이 두려움과 분노로 부들부들 떠는데 홍집이 외친다.

"꽃님아, 약통에서 붕대 꺼내 오너라."

꽃님이 안절부절, 종종걸음으로 약통을 들고 와 뚜껑을 열어 붕대를 꺼낸다. 순간 홍집이 손바닥에 꽂힌 종이칼을 확 잡아 뺀다. 꽃님이 또 악, 비명을 지른다. 홍집은 꽃님의 손에서 붕대를 뺏더니 피가 줄줄 떨어지는 손에다 친친 감는다. 붕대를 친친 감은 손을 꽃님에게 내밀어 매듭을 짓게 하고는 꽃님을 내보낸다.

"온양댁을 그냥 두세요. 그이는 당신과 나를 돌봤고, 미연제가 태어나게 했습니다. 그전에 어린 곤과 늠이를 키운 사람입니다. 삼내미에는 내가 지금 찾아가서 그 노인을 만나 보고, 필요하다면 오늘 중으로 평양에도 가 보겠습니다. 사신계든 칠엽화사든 또 누구든, 당신은 두 번 다시 거론치 마세요. 내가 누차 경고해 왔지요. 귀신 만들 짓은 마시란 말입니다. 내가, 당신이 낳은 유일한 아이의 아비라서 이리 말하는 겁니다."

말을 멈춘 그가 후, 한숨을 쉬곤 붕대 감긴 손을 들어 보인다.

"한때 나는 당신과 아이를 지키기 위해서 이보다 더한 짓을 숱하게 했습니다. 앞으로는 더할 겁니다. 이제 나는 당신 보위들한테, 또 가솔들한테, 당신의 명을 가려들으라는 말에 덧붙여서 아주 사소한 것까지 모조리 내게 보고하라 할 겁니다. 지금 이 순간부터 당신은 칠성부도 당신 뜻대로 움직이지 못합니다. 일반적인 약방

일과 일상적인 집안일 외에 당신이 하고자 하는 일이 있으면 먼저 내게 허락을 받으세요. 내가 허락지 않는 일은 일체 하지 마시고요. 어떤 일이든 나 몰래 벌이려고 집안사람이나 칠성부원에게 시키면 그 사람이 누구든 손목을 끊어 놓을 겁니다. 열 명이든 백 명이든 모조리요."

"아버님께서 당신의 이런 만행을 용납하실 것 같소?"

"건너가 고하세요. 용납하시는지 아니하시는지 봅시다. 아버님이 내게 이리하지 말라, 따님의 처사에 관여치 말라 하신다면, 내가 자식인 걸 부인하시는 거고, 사위로서의 자격도 박탈하신다는 뜻일 테니 나는 이 집에서 나갈 겁니다."

"이 집에서 나가는 게 무슨 협박이 될 거라고 전가보도傳家寶刀라도 되는 양, 번번이 휘두르세요? 나가고 싶으면 나가세요. 나가시되, 미연제는 못 데려갑니다. 미연제는 내 자식이에요."

하! 홍집이 웃지도 않고 코웃음을 친다.

"당신은 아이를 나를 위협하는 볼모쯤으로 여기는 것 같은데, 천만에요. 내가 이 집에 필요치 않다면, 하여 내가 당신의 그릇된 처사를 막거나 내 아이를 보호할 명분이 없다면 미연제는, 당신의 고귀하신 피가 반나마 섞인 아이이니, 가엽지만 두고 나가지요. 개똥이 딸로 자라는 것보다는 나을 테니까."

"내가 뭘 답답해하는지 알면서, 내가 다시 사람을 해치지 않으리라는 걸 알면서 이렇게까지 합니까? 명색이 안해인데 한 번이라도 이야기를 제대로 들어주고, 제대로 찾아봐 주면 안 됩니까? 당신과 의논하지 않았다고요? 의논을 하게 해줬습니까?"

"당신은 곤의 가출을 계기로 찾아낸 칠엽화사가 선인부인 은씨라는 사실과, 은씨 부인이 살아 있다는 사실에 분노한 사람입니다. 이런 경우 보통 사람은 자신이 한 일에 대해 부끄러움을 느끼고 그이한테 미안해서 어쩔 줄 몰라 하지요. 당신은 노인과 온양댁부터 잡아들이라 명했습니다. 당신의 명이 부당하므로 달리 생각해 달라는 수하들을 햇볕에 말려 굶겨죽이겠다고 했고요. 그게 지아비인 나를 겁박하기 위한 것일지라도 그런 발상을 실행에 옮기면서 온 집안을 뒤집어 놓고, 아이가 무서워하며 자는 아비한테 달려와 울게 만든 사람입니다. 당신이 나를 믿지 못하고, 심지어 지아비로서도 존중치 않고 나 또한 당신을 전혀 믿을 수 없게 되었으니 이 지경이 된 겁니다. 어쨌든 그만하겠습니다. 당신은, 최소한의 체면이라도 지키고자 한다면 당신 수하들한테 내린 징벌을 스스로 거두세요. 나는 지금 채비하여 혜정원으로 갈 겁니다."

"이대로 나가면 다신 이 중사랑에 들어오지 못합니다."

허! 실소한다. 대놓고 비웃었다.

"그러지요. 허나 내가 이 집에 들어오든 아니 들어오든 당신은 똑같아야 합니다. 내가 원치 않는 어떤 일도 벌이지 마세요. 마지막 경고입니다."

"어쩔 건데요?"

"어쩔지 알고 싶다면 저질러 보세요."

선혈 자국이 선명한 옷자락을 떨치며 냉연히 일어나 나간다. 긴 시간이었던 것도 같고 아주 잠깐이었던 것도 같다. 멍하다. 무슨 일이 일어났다 끝난 게 분명한데 무슨 일이었는지 얼른 떠오르지 않는다. 황색 탁자보에 찍힌 여러 모양의 핏자국들과 종이칼에 찍힌 자국과 피 묻은 종이칼이 놓여 있다. 온은 오른팔을 길게 뻗어 종이칼을 집는다. 왼손을 탁상에 펼쳐 놓고 오른손에 쥔 칼로 겨눠본다. 간신히 종이나 베는 쇠붙이가 손바닥을 관통해 들어가 탁상에 꽂힐 만큼 되려면 기운이 필요할 것이다. 의지도 있어야 할 테고. 아니 분노가 아니면 못할 짓이다.

홍집을 그토록 분노케 한 게 뭔가. 오늘 온은 살기를 품지 않았다. 노인을 데려오라 한 것은 그저 이것저것 물어보기 위함이었을 뿐이다. 온양댁을 데려오라 한 것도 마찬가지. 그 과정이 비틀린 건 보위들에게 상전의 명을 가려 수행하라 한 홍집 때문이었다. 그렇더라도 일이 이처럼 커질 까닭은 없었다. 보위들을 햇볕에 말려 굶겨죽일 거라는 말이 진정이리라고 홍집이 믿지도 않았다. 몇 마디 주고받으면 해결될 일이었다. 그런데 홍집이 상황을 키우고 분노를 키우면서 판을 키웠다. 왜인가. 결국 이온에게 다시는 사신계를 거론하지 못하게 하자는 것이라고 볼 수밖에 없다. 홍집은 사신계를 가리고 있는 것이다. 오래전부터. 만단사에서 사신계를 거론하기 시작한 그 즈음부터. 아니다. 흔훤사 때는 분명히 아니었다.

"그럼 언제부터지?"

뇌까린 온은 자신의 손바닥을 향해 종이칼을 내리 꽂는다. 꽂히지 않는다. 접을 수도, 반듯이 펼 수도 없는 팔인지라 손에 잡힌 칼의 방향이 어긋나 손바닥에 닿지 못했다. 흐흥, 헛웃음을 웃노라니 기억난다. 양연무 비휴들이 거북부령 황환을 죽이러 갔다가 실패하고 돌아왔을 때, 홍집이 큰사랑 마당에서 홀로 이레나 석고대죄를 했다. 홍집이 수행치 못한 유일한 명이었다. 못한 게 아니라 아니했던 것이라 봐야 한다. 아마도, 아니 틀림없이 그때 강경에서 사신계를 만난 것이다. 이후 무극들도 강경에 가다가 사라졌지 않은가.

하지만 그리되려면 거북부령 황환이 사신계여야 한다. 황환이 사신계일 수는 없다. 그 무렵에 무녀 중석은 화개로 돌아와 화개객점 할멈의 장례를 치르느라 한동안 머물렀다. 그때 통천비휴들에게 무녀 중석을 잡으라고 보냈다. 그들도 사라졌다. 화개에서 주막을 열고 있던 인남이 바보가 되어 버린 터라 즈믄을 비롯한 통천비휴들이 화개에 나타났는지도 확인할 수 없었다. 중석은 다시 사라졌다. 온은 밖을 향해 소리친다.

"꽃님아, 마당의 사람들한테 상황 해제라고 전하고 처소로 들어가 쉬라 해라. 오후에 해 좀 누그러지면 약방에 나갈 것이다."

"예, 아씨!"

애초에 무녀 중석은 화개를 떠나서 어디에 머물렀던 것일까. 양모 장례를 치르러 화개로 돌아왔던 그가 다시 떠나가 향한 곳은 어디일까. 통천 비휴들이 그때 인남으로부터 중석의 향방을 듣고 따라간거라면, 거기가 어디일까. 결국 강경인가? 중석이 강경에서 황환과 함께 살고 있었다? 그 무렵 새장가를 들었다고 했던 황환의 내당으로서?

혼자 문제를 내고 혼자 풀어 보던 온은 자신이 수수께끼를 다 풀었다는 사실을 깨치고는 으하하 웃는다. 꽃님이 들어와 걱정스레 쳐다보는 것도 아랑곳하지 않고 한참을 웃는다. 웃다가, 운다. 수수께끼를 다 풀면 뭐하는가. 이제 아무것도 못하게 되었지 않은가. 이온이 사신계를 찾기 위해 손가락만 까딱해도 수하들의 손목을 잘라 내겠다고 선언한 사내가 지아비다. 만단사령의 뜻을 꺾어 주저앉히고 그 딸로 하여금 나와 혼인해 달라고 청했던 그가, 만단사령의 사위가 되고 이온의 지아비가 되었으며 급기야 봉황부령에 올라앉아 봉황사자들의 수장이 된 그가, 사신계라 한들 이제 이온이 어쩔 것인가.

집에서 자해 소동을 일으킨 홍집은 혜정원을 찾아왔다. 몇 해 만에 마주앉은 방산의 머리가 반백으로 변해 있다.

"양연 나리, 어쩐 일로 저를 찾아오셨습니까? 손은 어찌 그러시고요?"

온이 수앙의 정체를 거의 파악한 것 같아 벌인 소동이었다. 온이 무엇을 알고 깨달았든지 그건 당신이 다 잘못 생각한 것이며 그리 생각한 자체가 당신의 그릇됨을 방증하는 것이다, 내가 당신을 묶는 건 당신을 지키기 위한 것이라고 윽박지르기 위한 만행이었다. 붕대에 감싸인 왼손이 썩썩 쑤신다.

"처남인 이곤이 가출한 지 두 달이 됐습니다. 그에 관해 아시는 게 있는지 여쭙고자 왔습니다."

홍집은 곤을 찾는 과정에 집안에서 벌어진 소란에 대해 설명한다. 홍집의 말을 듣고 난 방산이 사람을 부르더니 손을 살피라 한다. 의원은 아닌 듯한데 의원처럼 능숙한 손길로 홍집의 손을 살핀 여인이 약을 바르고 붕대를 세심히 묶은 뒤 진통제를 준다. 여인이 나가자 방산이 입을 연다.

"수앙이 칠엽화사 맞습니다. 수앙은 어릴 때부터 그림을 잘 그렸어요. 수앙이 혼인하며 도성으로 옮겨올 때 수앙의 그림 수백 장이 따라왔죠. 수앙은 돈이 필요할 때마다 맘에 드는 그림들을 골라 낙관을 찍고 할아범한테 내다 팔게 했어요. 임림재에서 연화당과 두어

달 지내다 상경한 해였지요. 그 무렵의 수앙은 허구한 날 도성 안팎을 쏘다니며 맘에 드는 꽃을 발견하면 그림을 그리곤 했어요. 수앙과 그댁 공자가 만났다면 아마 그해 가을이었을 겁니다. 납치니 뭐니 하는 소란이 일기 전이었을 거고요."

"제가 수앙아씨를 뵐 수 있을까요?"

"그댁 공자의 행방을 수앙한테 물을 수는 없어요. 삼월 보름에 둘이 만났는지, 만나서 무슨 일이 있었는지는 알 수 없으나 수앙이, 또 우리가, 공자를 어찌하지는 않았으니까요. 공자는 분명 그날 댁으로 돌아갔고, 이튿날 등청했고 그 다음날 가출했다면서요."

"수앙아씨가 삼월 보름날 곤을 만났는지의 여부만이라도 알 수 없겠습니까? 그래야 제가 식구들한테 곤의 가출이 칠엽화사와 무관하다는 사실을 어떻게든 납득시킬 수 있겠기에 드리는 부탁입니다."

"딴은 그렇구려. 그건 알아봅시다. 마침 수앙의 호위가 심부름 차와 있으니까요."

방산이 사람을 부르더니 우동아를 들어오라 한다. 우동아가 들어온다. 작년 여름 반야원 신당에서 미연제를 안고 나가던 사람이다. 방산이 묻는다.

"동아야, 지난 삼월 보름날 수앙이 허원정의 공자를 만났니?"

"예, 마님."

"그래? 어디서?"

"예전 가마골 웃실로 오르는 산자락이었습니다. 오래전에 그쪽에서 아씨와 공자님이 처음 만나셨던 것 같았습니다."

그날 둘이 가마골 산기슭에서 마주앉아 시간을 보낼 때 우동아와 늠이는 지근에서 상전들을 호위했다. 곤이 수앙에게 시를 지어 주었

고 수앙이 이별을 의미하는 화답시를 읊었다. 곤이 수앙에게 혼인하
자 했고 수앙이 거절했다. 수앙이 두 사람이 맺어질 수 없는 까닭을
수차례 얘기하는데도 곤이 듣지 않았다. 그러자 수앙이 잘린 손가락
을 내보이며 이곤과 깊은 사이가 될 수 없는 속 깊은 까닭에 대해 다
말했다. 말을 마친 수앙은 곤에게 강령히 지내시라 작별인사하고 그
자리를 먼저 떠나왔다. 우동아의 설명을 듣고 난 홍집이 묻는다.

"애초에 그들이 어떻게 가마골에서 만났을까요?"

"작년 삼짇날에 공자께서 태학에서 공부하시던 중에 우리 아씨한
테 점을 치러 오셨습니다."

"칠지선녀가 수앙 아씨인 걸 알고요?"

"그 간밤 꿈에 공자께서 우리 아씨가 반야원에 계신 모습을 보셨
다더군요. 마침 수유일이었던지라 잠이 깨자마자 무작정 태학을 나
와 반야원으로 오신 거라 했습니다. 너울을 쓰고 계신 우리 아씨한
테 공자께서 당신이 칠엽화가 아니라면 너울을 벗어 증명해 보이라
고 하셨지요. 증명해 주지 않으면 등마루 삼거리에서 벅수처럼 서서
시위할 거라고 하셨고요. 우리 아씨가 하는 수 없이 일 년 뒤쯤에 칠
엽화라는 그 처자를 처음 만나셨던 장소에서 보실 수 있을 거 같다
고 했고요."

"그리고 두 사람이 일 년 만에 만난 거라고요?"

"예, 나리. 그런데 제가 우리 아씨를 변명하자면, 아씨께서는 공자
께 칠엽화는 잊고 경대부집안의 아드님답게, 급제하시어 관헌이 되
신 나리답게 잘 지내시라고, 당부하기 위해 나가신 것 같다는 겁니
다. 공자께서 아씨한테 가진 애착이 워낙 깊으셔서 그걸 끊기 위해
사실을 털어놓으셨던 거고요. 하오니 나리, 그댁 공자님의 가출이

우리 아씨로 기인한 것이라 여기지는 말아 주십시오. 그 부탁을 드리기 위해 제가 아는 대로, 보고 들은 대로 말씀드린 겁니다."

수앙이 곤을 만난 의도가 무엇이었건 사실을 털어놓은 것만으로도 폭로다. 수앙에게 일말의 복수심이 작용했을지도 모른다. 수앙의 폭로는 이록과 이온 부녀에게는 더할 수 없는 폭력이 될 수 있지만 곤의 가출을 수앙 때문이라 할 수는 없다. 곤은 아이가 아니지 않은가. 홍집이 혜정원을 나서며 내린 결론이 그러했다.

"그래, 삼내미에 가 보니 어떻던가?"

집으로 돌아와 안채로 들어서자마자 금오당이 채근한다. 홍집은 장인과 장모 앞에서 사실 그대로 말하지 못한다. 박가 노인을 만나 상세히 들은 바 칠엽화사는 선인부인 은씨가 맞더라. 오래전 납치 사건으로 폐인이 되었고 절간에서 몇 해를 지내고 간신히 나왔다. 그런데 지아비가 흉적들 손에 죽는 사건이 나면서 도로 절간으로 들어가 버렸다 하더라. 평양 부근 어느 절에 있다는데 어느 절인지는 본가의 시어머니만 안다 하더라.

태감은 침통한 얼굴로 말이 없고 금오당은 눈물을 흘린다. 홍집은 더 찾아보겠노라, 헛된 다짐을 하고는 안채를 나온다. 온은 미연제까지 데리고 약방으로 나갔다고 했다. 이온의 입장에서는 기가 막힐 법했다. 지아비라는 자가 번연한 사실들을 한사코 가로막고 나서니 분통이 터지는 게 당연하지 않은가.

후, 한숨 쉰 홍집은 자신의 처소로 들어서려다 내처 대문을 나선다. 집에 있고 싶지 않으므로 양연무에나 가 보자 싶어져서다. 양연무에는 이제 미선의 식구와 미장가인 사선과 선유만 남았다. 한 달에 한 번의 모임에는 반수나 모이기 일쑤였다. 무슬은 모임 날짜에 어쩌다 한 번씩 손님처럼 찾아왔다. 놈이 내의원을 사직하고 어디로 가서 무얼하고 있는지는 아직 알지 못한다. 때가 되면 알게 될 터. 오늘은 그저 술이나 한잔 마시고 푹 자고 싶을 뿐이다. 그나마 가장 편한 곳이 난생 처음 집이라고 느꼈던 양연무였다.

영영 미완일

지난 오월 이십일일이 사도세자 이주기二週忌였다. 이제, 온 도성을 휘감은 이태 전의 망령에서 벗어날 때가 됐다. 소전의 기일을 지낸 닷새 뒤, 관상감에서 소전의 진혼굿을 치르기 마땅한 몇 날을 뽑아 곤전에 올렸다. 곤전은 반야원주 구일당을 불러들여 한 날을 선택하라 했다. 여러 날짜 중에 구일당이 뽑은 날이 칠석날이었다. 삼천오백 냥으로 정해진 칠석날 굿판 비용은 내탕고에서 지급하기로 됐고 그 준비를 위해 이미 돈이 건너갔다.

소전 진혼굿판은 곤전이 의도한 대로 계획이 짜여가고 있었다. 동궁이 굿판에 참석할 것인지가 관건이었다. 대전이 허락지 않고 있기 때문인데 곤전은 동궁이 대전을 설득하여 참석할 것으로 예상했다. 동궁의 효심과 자존심으로 미루어 참석치 않고 배기지 못할 것이다. 곤전의 예상대로 동궁이 굿판에 잠시라도 들르게 될 때 그는 거기서 일을 당할 것이다. 죽든가, 죽을 일!

동궁에게 일이 생길 때 그 책임은 반야원이 지게 한다는 게 곤전의 계획이었다. 곤전의 그 계획을 실현키 위한 물밑작업을 문주가 하는데 그리 어렵지 않았다. 금위대와 오위영 무관들 중에는 동궁의 등극을 막아야 하는 자들이 다수였다. 군졸들 중에도 돈과 자리가 필요한 자들은 수두룩했다. 문주는 도화선에 불을 붙이듯 두 관서의 무관 몇 명을 접촉한 것으로 충분했다.

삼사월에 걸쳐 동궁이 홍역을 앓으면서 온 궐이 가시방석에 앉은 듯 안절부절 못하며 지냈다. 동궁이 이대로 하세하면 어찌되는가. 만인이 동궁의 병석에 촉각을 세웠다. 하지만 동궁은 병을 떨치고 일어났다. 두 달 가까이 넋 나간 벙어리처럼 입을 닫고 지낸다 하더니 언제 앓았냐는 듯이 훌훌 털고 일어나 창덕궁으로 가서 제 부친의 제사를 올렸다.

곤전은 이번이 아니면 동궁을 제거할 기회가 없으리라 여겼다. 곤전은 스스로 자식을 낳을 수 없다는 사실을 깨달은 때부터 이번 일을 궁리했을지도 몰랐다. 어린 시절에도 여주는 남달랐다. 부모나 오라비들한테 그저 복종하지 않았다. 제 나름의 사리분별을 따졌고 제 생각이 관행과 인습과 가풍 같은 것에 막히면 울부짖었다. 끝내는 여주의 뜻대로 됐다. 이번 일도 곤전의 뜻대로 될 것이었다.

내달 칠석날. 동궁한테 무슨 일이 벌어지면 반야원은 초목만 무성한 폐허가 되고 말 것이다. 문주는 곤전의 계획을 모르쇠하며, 청무회원들에게 자신의 모친 치병굿을 전후하여 반야원을 치자고 제안했다. 반야원을 털기로 한 게 자그마치 다섯 달여 전인데 그동안 날을 잡기가 여의치 않았다. 아까운 총탄 써대며 기분풀이를 겸한 사격 훈련만 수차례 했다. 유월 보름날로 정해진 어머니의 치병굿이 계기가 되어 주었다. 청무회원들은 군부인 치병굿 전날 밤 반야원을 치자고 결정했다. 왕실에서 반야원에 삼천오백 냥의 비용을 선지불하고 옥구헌에서도 치병굿 비용 이천 냥을 반야원으로 들여놓은 상태였다.

반야원은 염천 더위에도 아랑곳없이 수시로 굿판을 벌였다. 유월 들어서만도 다섯 번이나 치렀다. 못해도 일만 냥은 가졌을 것이다. 더구나 반야원은 군부인 치병굿 이후 소전 진혼굿 사이에 다른 굿을 못하게 됐다. 세자의 진혼굿이므로 정제기간이 필요하다는 관상감의 결정에 따른 것이었다. 이 밤에 강도를 당한다 해도 반야원은 찍 소리도 못 내고 쉬쉬하느라 급급할 터이다. 관상감과 곤전이 무서우려니와 제들 집에 강도 들 것도 모르는 무녀들이라는 소문이 나면 반야원이 누리는 명성이 끝나기 때문이다.

부원군 부인의 치병굿을 준비하는 바로 오늘 밤. 반야원 족속들이 내일 굿판 준비로 한껏 바삐 보내다 곤한 잠에 빠진 인경 무렵. 청무회원들은 등마루평 삼거리에서 모이기로 했다. 청무회원들에게 소전 굿판에서 벌어질 일에 대해 알리긴 해야 하나 문주는 오늘 밤 반야원을 치고 나온 뒤에 말할 참이다. 동궁을 저격할 사수로는 윤행이 적격이다. 윤행은 화살이건 총이건 백발백중이었다. 굿판의 소란 틈에 한 방 날리면 세상이 달라진다는데 마다하겠는가. 동궁을 해친 죄는 반야원이 덮어쓴다는데!

등마루평에서 도성은 보이지 않지만 멀리 진강포 어름의 불빛 몇 점은 보인다. 한밤중에도 불을 켜고 있는 그들이 무슨 일을 하고 있는지 문주는 알 수 없다. 알 필요도 없다. 무슨 상관인가. 퇴청 후 본가에 들러 모친 병문안을 하고 나오려는데 부친이 사랑으로 불러 앉혔다.

"명색이 장자란 놈이 모친의 중환에 어찌 그리 건성이냐. 며칠에 한 번 얼굴 빼쭉 들이밀고 달아나기 바쁘니, 대체 어찌 그러는 게야?"

문주는 이틀 걸러 한 번씩은 모친 병문안을 다녔다. 그 정도면 자식의 도리를 하고 있지 않는가 싶었다. 더구나 내자가 날마다 본가를 오가며 어머니를 돌보지 않는가. 본가에 사는 구주의 처는 둘째를 수태하여 입덧이 심하다는 핑계로 안방에는 얼씬도 하지 않는다고 했다. 아침에 본가로 들어간 문주의 내자가 시비들과 함께 어머니를 보살폈다. 내외가 할 만큼 하는 것 같은데 큰아들 흠잡기 좋아하는 부친이 큰아들 내외가 나가 사는 것에 화를 내는 것이었다. 부친은 젊은 첩실 둘을 두고 있었다. 밤이면 이쪽저쪽 다니느라 집을 비우기 일쑤였다. 어린 서출이 다섯이나 됐다. 당신이 그리 다니시고 싶어 큰아들인 문주가 집을 지키기 바라는 것이었다. 문주는 화를 참으며 아뢨다.

"휘하 위군의 부친상이 나서 소자가 오늘 밤에는 문상을 가야겠기에 잠시 서둘렀습니다, 아버님."

기껏 댄 핑계가 어설펐던가. 호통이 떨어졌다.

"어미 치병굿이 벌어질 판에 아랫사람 집안의 문상을 간단 말이냐? 네가 그리 온정 어린 사람이 아닐 제 문상은 핑계일 것이고, 대체 너, 무슨 쓸 데 없는 짓을 하고 다니는 게냐?"

아우 구주처럼 글공부에 힘쓰지 않고 왈짜들과 어울려 헛짓이나 하고 다닌다는 게 부친의 생각이었다. 틀린 말씀은 아닐지나 어릴 때부터 글 잘하는 구주만 귀애했던 아버지였다. 작년 가을 구주가 문과에 급제하면서부터는 노골적으로 편애하며 큰아들을 애물단지

로 취급했다. 장자인 문주한테 청명당으로 나가 살아도 된다고 허락
했던 까닭도 본집에서는 구주가 살면 된다고 여겼기 때문이 아닌가.
큰아들이 칠품 벼슬을 하고 있는데 작은아들을 오품 관헌으로 만드
신 것만 해도 부친의 편벽됨을 알 수 있었다.

구주도 활쏘기를 즐기거니와 총 쏘기는 더 좋아한다. 지난달 보름
에 구주를 비롯한 청명당원 몇을 데리고 녹양 영지에 가서 알았다.
멧돼지를 잡자며 총을 쥐어 주자 구주를 비롯한 김국빈, 정후겸 등
은 완전히 미쳐 나댔다. 총 쏘기는 활쏘기에 댈 것이 아니었다. 총을
한번 잡아 보고 나면 활은 시시했다. 과거에 급제한 문관들이라 해
도 다를 건 없었다. 그러므로 옥구헌의 장자 김문주가 잘못 살아왔
고 현재도 잘못 살고 있다면 순전히 부친 탓이었다. 부친한테 소전
굿판에서 벌어질 큰일에 대해 알리지 않는 것도 같았다. 문주는 부
친에게 상가에 얼굴만 보이고 점잖게 돌아오겠노라고 짐짓 공순하
게 말해 놓고 본가를 나왔다.

"다들 왔나?"

정치석이 마지막으로 마지못한 듯 나타나 점고하듯 내뱉는다. 큰
비가 다가오는지 바람이 심상찮고 날은 잔뜩 흐려 내일이 보름임에
도 서로를 알아볼 수도 없을 만치 어둡다. 각기 이름을 밝히면서 면
식을 한 뒤 문주가 낮게 읊조린다.

"논의한 대로, 신당에 진입하여 원주 무녀 구일당을 찾은 뒤 공포
를 쏘아 구일당한테 돈을 모으게 한다. 돈을 모은 후 다시 한 번 공
포를 쏘아 움직이지 못하게 해놓고 최대한 신속히 빠져나와 진강포
선창 안쪽 숲으로 모인다. 신호는 주지했다시피 뻐꾸기 소리 두 번
씩 세 차례. 선두는 나와 홍남선 군이 맡고 후미는 정치석 군과 연진

용 군이 맡는다. 그럼 출발."

등마루평 위쪽의 샘바위골은 원래 집 세 채가 있던 마을이랄 것도 없는 등성이였다. 덕적골에 반야원이 생긴 뒤 달라졌다. 팔도의 기민들이 도성으로 몰려들면서 덕적골 아래 마을들에도 수십 식구들이 깃들었다고 했다. 집 세 채 달랑 있던 샘바위골에도 초가 다섯 채가 더 들어서 정말 마을인 양 되었다. 삼경이 넘은 지금 샘바위골은 불빛 한 점 없이 잠잠하다.

샘바위골에서 구불한 길을 두 마장쯤 오르면 홍익원이 자리한 원실이다. 천민들을 위한 약방이라는 홍익원은 어지간한 약방보다 규모가 크고 번듯하다. 그렇지만 천민들과 돈 없는 양민들만 진료하는 탓에 홍익원에 돈이 없다는 건 온 도성민이 다 안다. 문간 앞에 등불 한 점을 내건 홍익원의 맞은편이 홍익루다. 지금 홍익루 아래 문은 환히 열렸고 수직자도 없다. 사람들이 노상 드나드는 데다 손님이 들지 않는 한밤중이므로 지킬 필요가 없는 것이다.

누각 안쪽으로 들어선 뒤 양컨에 서른 간씩 뻗쳐선 주랑 사이를 걷는다. 주랑은 반야원이 원실로 몰려든 기민들에게 밥을 베풀던 장소이고 기민들이 움막이라도 마련할 때까지 임시 거처로 쓰이기도 했다. 기민들이 모두 사라진 뒤로는 홍익원에 몰려드는 환자들의 임시 병사로 쓰인다고 했다. 기민도 환자도 없는 지금은 귀신들이 잔뜩 웅크려 있는 듯 음험한 어둠만 번득인다. 어둠에 익숙해진 데다 밤하늘이 아주 캄캄한 건 아니어서 말갛게 닦인 길을 알아보기 어렵지는 않다.

정치석은 연진용과 함께 후미에서 나란히 걷는다. 작년 봄 문성국 집안에서 굿판을 벌일 때 구경꾼으로 가장하여 와 봤다. 엊그제

낮에는 묘향 무녀의 점사시간에 와서 한 냥 쓰며 점을 봤다. 묘향 무녀는 스물대여섯 살쯤으로 복사꽃처럼 어여뻤으나 정치석의 점괘는 좋지 못했다.

"주변에 먹구름 같은 사람들이 그득하니 그들을 피하셔야 합니다. 특히 이달이 지나기까지 밤에는 나리의 지붕 밑에서만 머무르십시오. 현재 나리 머리위에 드리운 먹구름이 폭우로 쏟아질 것이며 그 폭우는 나리께 치명적인 것이기 때문입니다."

묘향 무녀의 점괘는 구구절절 맞았다. 정치석의 생각도 같았다. 낮 동안 일하고 날이 저물면 식구들이 있는 지붕 밑에서 밥 먹고 얘기 나누다 자면 되는 것이었다. 소소疏疏하고 사소私消하게. 얼마나 쉬운가. 그리 쉬운 게 싫어 이들과 어울렸다. 총과 강도질과 살인. 권전장에서 쌈질은 위태롭고 짜릿했다. 이리하면 아니 된다 백 번 천 번 반성해 봐야 반성은 짜릿함을 당하지 못했다. 김강하와 그의 부인 은씨를 넘어서지도 못했다. 나중 언젠가 이 무리에서 떨어져 자유로워졌을 때 도성에서 먼, 한적한 곳에다 몇 마지기 논과 몇 뙈기의 밭을 구해 자그만 집을 짓고 푸른 바람과 달빛과 별빛을 느끼며 지내는 상상을 자주 해도 상상일 뿐, 당면한 삶이 늘 먼저였다.

홍익루에서 주랑을 지나면 길이 양 갈래로 갈라진다. 오른편은 올라가는 길이고 왼편은 내려오는 길이다. 오른쪽 길의 거리가 좀 짧으나 경사가 더 심한 편이고 왼편 길은 경사가 덜한 대신 훨씬 구불거리지만 내리막이라 빠르다. 수레가 다닐 수 있을 만치 너른 길 양쪽의 숲이 깊었다. 숲에 덫이 놓였으므로 들어가지 말라는 팻말이 곳곳에 서 있었다. 우물마당을 가득 채우는 구경꾼들을 통제하기 위한 덫들은 곧 불의의 침입자를 막기 위함이었다.

어제 청명당에 모였을 때 다들 그간 자신들이 살핀 반야원 형세와 침입을 방지하기 위한 장치들을 논의했다. 결론은 홍익루를 통하지 않고는 반야원으로 들어가지 못한다는 사실이었다. 그런데 지금 불의한 침입자들이 너무 쉽게 홍익루를 통과했다. 둘레에다 그 많은 덫과 함정들을 만들어 놓은 반야원이 출입문을 이처럼 환히 열어 놓는 게 예사로운 것일까. '이봐들! 우리 그만 철수하자!' 그렇게 터지려는 말을 삼킨 정치석은 도리질을 한다. 아무래도 이건 아닌 것 같은 불길함과 홀로라도 달아나고픈 초조함과 여기까지 와서 어쩌자는 거냐는 자포자기다.

오른쪽 길을 한 마장쯤 올라 오른 굽이를 도는데 천둥이 친다. 천둥소리를 평생 듣고 살았건만 들을 때마다 몸이 저절로 움찔한다. 대개의 사람들은 총소리에 더 놀란다. 총을 보거나 총소리를 들어보지 못한 사람들도 총을 맞으면 죽기 십상임을 아는 까닭이다. 그 때문에 총 들고 하는 일은 쉽다. 오늘 밤도 쉬울 것이다. 왼 굽이로 접어들자 길 오른편에 연못이 나타난다. 멧비둘기 소리가 들린다.

"왜요?"

정치석이 걸음을 멈추자 곁에서 연진용이 물었다. 정치석은 대답 대신 앞서가는 일행들을 건너본다. 서로간의 간격을 두고 몸을 약간 구부린 채 늑대들처럼 재빠르게 걷던 그들이 멈칫해 있다.

"멧비둘기 소리가 난 것 같아서. 멧비둘기는 밤에 울지 않잖아?"

착각이었나. 조용하다. 나름 긴장하고 있는 모양이다. 무녀들의 굿당인 탓에 이리 느끼는 것일 테다. 불안한 마음이 들기 전에 일을 끝내는 게 상수라 느끼는가 맨 앞에 선 김문주가 딱, 손바닥을 부딪치며 위쪽을 향해 손짓한다. 금세 우물마당 앞에 닿는다. 천여 명을 들일 만치 너른 마당이 괴괴하니 음산하다. 마당 건너 외삼문 아래쪽에 석등 두 기가 밝혀져 반야원으로 오르는 계단을 알려 주고 있을 뿐이다.

문주 옆에서 고인호가 속삭인다.

"아무래도 괴이해. 너무 고요하잖아."

그의 말대로 괴이하고 불온하다. 어둠에 가시가 돋은 듯하다. 어둠에 눈이 익어서 보이는 마당은 늪 같다.

"잠깐 지켜보지."

낮게 읊조린 문주가 손을 들어 뒤로 물러나라고 손짓하는데 그걸 진입신호를 느낀 회원들이 스륵스륵 마당으로 들어선다. 문주는 하는 수 없이 뒤를 따른다. 이렇게 된 이상 속전속결이 최선이다. 순간 부우우, 멧비둘기 우는 소리가 다시 울린다. 멧비둘기 소리 같지만 아니다. 분명히 뿔 나팔 소리다. 아닌 밤중에 뿔 나팔 소리라니! 문주는 자신도 모르게 소리친다.

"흩어져 총을 잡아."

소리치는 동시에 허리춤에 꽂아 둔 총을 빼며 마당 가장이로 뛰는데 총소리가 났다. 연이어지는 총성은 동료들이 내는 소리다. 마당 가녘의 언덕바지에 엎드려 그 바깥의 어둠을 향해 총을 쏘아댄다. 누굴 향해 쏘는지 알 수 없는 일방적인 총질이다. 응대해 오는 총소리도 없는데 공포에 휩싸인 쫓긴 이쪽에서 먼저 갈긴 것이다. 삽시간에 총신에 장전된 세 발씩의 총알을 다 쓰고 나자 귀가 먹먹한 고요가 찾아든다. 엎드린 채 새로 장전하고 난 홍남선이 낮게 짓씹는다.

"대체 무슨 소리였어? 우린 왜 총을 쏜 거야? 왜 엎드려 있는 거고?"

"뿔 나팔 소리였잖아?"

"그랬나?"

"대문 안 사람들이 깼을 거야. 당장 담을 넘어 진입하자."

낮게 소리친 문주는 장전한 총을 든 채 일어나 잰걸음으로 나선다. 모두 우르르 외삼문을 향해 내닫는다. 계단 밑에 이르렀을 때 따당, 총소리가 울린다. 아니 꽹과리 소리다. 신호인가. 수십 개의 꽹과리가 동시에 따당따당 땅땅땅 우박처럼 쏟아진다. 그 사이로 화살이 쉭쉭거리며 날아든다. 문주의 오른쪽 어깨에 화살이 떡 박힌다. 살과 뼈가 뚫리는 충격에 총을 떨어뜨리며 비틀거리는 사이, 명치께에 화살이 박힌다. 헉. 문주는 숨이 막혀 넘어지며 바닥에 박힌 판석에 머리를 부딪는다.

총소리 같은 꽹과리 굉음 속에서 누군가 총을 놓치고 넘어지고 누군가 총을 쏘며 넘어진다. 비명을 지르고 총을 놓친다. 총들이 쓸모없이 떨어져 내리고 총 들었던 자들은 바람에 쓸린 보릿단처럼 넘어지고 있다. 어느 순간 꽹과리 소리가 뚝 그친다. 급작스레 고요하다. 귓속에서 이명이 땅땅거리는데 주변에는 아무 움직임이 없다. 이명이 가라앉는다. 문주는 기를 쓰며 눈을 뜬다. 헛것들인지 실체들인지 알 수 없는 검은 형체들이 그림자처럼 무수히 나타난다. 귀신들인 모양이라 생각하는데 한 목소리가 난다.

"횃불을 밝히세요. 꽹과리 소리에 아이들이 놀라 깨지 않았을지 모르겠습니다. 조용히 무기를 수거하세요."

흡사 아기를 안고 있는 듯 부드러운 계집의 명령에 문주는 통증의 와중에도 실소한다. 장정 열다섯을 넘어뜨리고 나서 고작 아이들 잠을 걱정하는 계집이라니. 총소리를 꽹과리 소리로 가린 건 더 우습다. 총 든 도적들한테 당했다는 소문이 나가지 않게 하려는 것 아닌 가. 꽹과리 소리가 총소리만 한 위력을 가졌다는 사실을 난생 처음 알게 된 셈이네. 그리 생각하다 또 웃는다. 한낱 계집이 이판을 지휘하는 게 우스워서다.

대장 계집의 명령에 따라 문주 곁으로 다가든 복면한테서도 계집의 향기가 난다. 시커먼 무복에서 피어나는 꽃향기라니. 통증에 헐떡이는 와중에도 실소를 흘리는데 계집이 바싹 다가들더니 속삭인다.

"내가 너 쐈는데, 너, 김문주지?"

문주는 신음을 흘리며 간신히 반문한다.

"네년은 누, 누구냐?"

계집이 대답하기 전에 계단 위 외삼문이 열리더니 횃불 쳐든 사람들이 줄줄이 내려와 주변에 선다. 아침이 온 것처럼 눈앞이 밝다. 계집이 정인이라도 되는 양 문주의 귓가에 숨결을 불어넣으며 속삭인다.

"내 이름은 지치야. 우가 지치. 내가 좀 확실한 사람이라 어둠 속에서도 네 왼쪽어깨와 명치에다 화살을 정확하게 쐈어. 아프긴 하겠지만 당장 죽을 데를 쏘진 않았다고. 고맙지?"

"뭐?"

"근데 있지, 김문주. 너 이따 죽은 다음에 귀신이 될 거면 말야, 뜬 것이 되어 아무 데나 떠돌지 말고 나, 우가의 딸 지치를 찾아오도록 해. 난 정말 궁금하거든. 산 사람과 귀신이 붙었을 때 누가 센지."

"왜, 어찌 나, 날 죽이는 것이냐?"

하! 우가 지치가 코웃음을 날린다.

"이봐, 나리! 그게 총 들고 남의 집 쳐들어온 사람이 할 질문이야?

너는 네가 죽인 사람들한테 왜 죽이는지 말해 줬어?"

"우리가 올지 어찌 알고?"

"그리 티내며 다니고도 그런 소리를 하다니! 넌 역시 멍청하구나? 문과도 못 치르고 무과도 못 치르고! 누이 덕에 벼슬하면서 총질이나 하고 다니고. 그러면서 번성인지 파멸인지도 모르고. 암튼 있지, 너희들이 티내고 다닌 것보다 더 중요한 사실이 있어. 아니, 그건 네가 모르는 게 너한테 좋을 거 같다. 좀 슬픈 거거든."

"나한테, 우리한테 왜 이러는 게냐?"

우가 지치의 팔이 움직이는가 싶더니 얼굴에 충격이 인다. 계집의 주먹이 문주의 얼굴을 내리친 것이다. 쌍코피가 터졌다.

"네가, 네놈들이, 총 들고 우리 집에 쳐들어와서 우리가 이러는 거지, 그걸 몰라 묻니? 네 멍청함에 화가 나서 내가 한 방 쳤다. 우리 대장이 나한테 이런 짓 하지 말라고 경고하셨는데. 네놈 때문에 내가 혼나게 생겼잖아!"

계집이 문주의 두건을 벗기더니 적선하듯 코피를 쓱쓱 문질러댄다. 아무래도 미친 계집 같다. 저승사자로 다가온 게 틀림없는 계집이 저 혼자 앙탈하며 놀고 있지 않은가.

"왜 이러냐고 물었잖아! 죽이려면 그냥 죽일 것이지 어찌 이런 짓을 하느냔 말이다."

"정말 꼭 궁금하면 네가 귀신이 된 담에 네 아버지를 찾아가 물어 봐."

"뭐라고?"

"우리는 네 아버지한테 널 죽여 달라는 말과 함께 돈 비슷한 걸 받았거든. 작년에, 당피골 너희 소굴에 있던 무기들 있잖아. 또 오늘 밤 네놈들이 들고 온 총들도! 네가 이런 놈이니 네 아비가 널 죽여 없애려는 거잖아. 집안 망치기 전에. 어머나! 표정 좀 봐! 충격 받아 깨진 얼굴이네. 역시 안 듣는 게 좋을 뻔했지?"

말도 안 되는 소리를 밀어인 양 다정하게 속삭인 우지치가 일어나더니 코피 묻은 두건을 내던지고 휙 돌아서 가 버린다. 부자지간을 이간질해도 분수가 있지. 더구나 미구에 죽을 놈한테.

"야, 우지치. 돌아와!"

문주는 분기탱천해 일어나려다 날카로운 고통에 비명을 지른다. 모로 누운 문주 바로 앞에 등을 보이고 있는 사람은 고인호 같다. 그도 아직 살아 있는지 제 옆에 있는 복면과 웅얼웅얼 대거리를 하고 있다. 살려 달라 애원하는 것 같기도 하다. 문주는 소리 내어 짓씹는다.

"멍청한 놈. 암만 정신없어도 주변을 좀 봐라. 우리를 살려 주려고 둘러선 놈들처럼 보이는지."

정치석은 왼쪽 늑골과 오른쪽 무릎 관절에 화살을 맞았다. 늑골에 화살이 박힌 순간 불 꺼진 풍등처럼 자신이 스르르 꺼지는 것 같았다. 넘어져 맨땅에 얼굴이 부딪는 찰라 재작년 여름 김강하가 넘어지던 모습이 떠올랐다. 그때 그는 넘어진다기보다 마비되는 것 같았다. 고통을 느끼기에는 그에게 동시에 박힌 총탄이 너무 많았다. 무려 스물네 발을 쏘았지 않은가. 그가 넘어질 때 꼭 웃고 있는 것 같았다. 환시였을지도 모른다.

"정치석 나리시구먼."

복면들을 지휘하는 대장 여인의 목소리다. 침입자들을 제압했는데도 대장은 복면을 벗지 않는다. 주변에 있는 족히 백 명은 됨직한 사람들이 모두 그러하다.

"그대는 누군가?"

"말소리가 또록또록한 걸 보니 정치석, 한 식경은 버티겠구나. 고통스럽겠으나 한 식경은 버텨라. 우리 아씨께서 너희들을 보실 수 있도록 말이다."

급소가 아니라면 화살 두 방 맞아도 죽지 않는다. 급소를 피해 맞았다. 아니 이들이 급소를 피해 쐈다. 아씨라 부른 사람한테 보여주기 위해 살려둔 것이다. 몇 달인지 모를 시간을 준비해 가며 청무회원들을 이곳으로 끌어들인 까닭도 그 때문인 것 같다.

"그대들은 누군가. 아씨는 누구고?"

"이제 곧 알게 될 것이다. 그걸 알고 싶으면 정신 차리고 있으라는 게다."

정치석 앞에서 일어난 복면 대장이 소리친다.

"놈들을 계단 아래로 데려라. 놈들의 발이 맨 아래 계단에서 석 자 거리가 되도록 가지런히 눕히세요. 화살을 뽑은 뒤에 놈들의 몸에서 바지저고리를 제외한 모든 것을 거두시고 지혈을 하세요. 바닥에 핏자국 남지 않게 조심하시면서요."

복면 대장의 명이 떨어지자 주변에 둘러섰던 횃불들이 양쪽으로 쭉 갈라선다. 횃불을 들지 않는 복면들이 청무회원들을 짐짝인 양 옮겨 계단을 보도록 뉘어 놓는다. 맨 아래 계단에서 석 자 거리에 발을 맞춘 것 같다. 어물전 좌판에 나란히 놓인 생선 꼴이 된 셈이다. 청무회원들을 반듯하게 눕힌 뒤 한 복면 계집이 세 계단 위로 올라서 소리친다.

"청명당 무반, 약칭하여 청무회원인 너희들, 잘 들어. 난 우지치다. 이제부터 내가 너희 몸에 박힌 화살을 뽑아낼 거야. 화살 뽑힐 때 별로 아프지 않을 거니까 걱정할 거 없어. 너희들이 맞은 화살에 마취약이 묻어 있거든. 그 약은 너희들의 상처 부위를 나무토막처럼 마취시키고 있을 건데, 차츰 퍼져서 너희들의 몸 전체를 마비시킬 거야. 어쨌든 감각이 무뎌지다 마비될 뿐, 죽지는 않아. 그러니까 화살 뽑을 때 시끄럽게 굴지 마. 소리 내는 놈은 그 몸에 박힌 화살로 막 쑤셔 줄 거야. 그건 진짜 죽을 맛일걸? 그러니까 덜 아프고 싶으면 얌전히 굴란 말이지. 이제 시작할게."

복면 대장의 말투는 부드러웠다. 제 이름을 우지치라 밝힌 복면 계집은 맹랑한 목소리로 어마어마한 공포를 내뿜는다. 우지치가 맨 왼쪽에 있는 정치석한테 다가든다.

"정말 죽이려는 게냐?"

"화살 맞은 걸로는 절대 안 죽어. 두세 시진 지나면 약효가 완전히 사라지거든. 약효가 사라지면 오히려 아프긴 할 거야. 어쨌든 화살이 박혔는데 아픈 게 당연하지 않아?"

주절거리던 우지치가 정치석의 무릎에 박힌 화살을 훅 잡아 뺀다. 무릎이 부서지는 통증을 예상했는데 둔중한 울림이 느껴질 뿐이다. 우지치가 명치께의 화살도 여지없이 확 잡아당겨 빼간다. 준비하고 있던 복면들이 다가들어 쾌자 위에 두른 가슴띠를 푼다.

"그리 아프지 않지?"

약올리듯 말한 우지치가 옆자리의 윤행한테로 옮긴다. 윤행이 살려 달라고 중얼거리자 우지치가 소리친다.

"나는 안 죽인다니까! 나는 너희 못 죽인다고."

윤행이 몸을 비틀자 뺨을 갈기고는 화살을 잡아 뺀다. 곁에 와 있던 두 복면이 화살을 받아 곁에 놓더니 윤행의 몸을 더듬어댄다. 가슴띠를 풀고 쾌자를 벗기고 호패를 풀고. 정치석이 당하는 걸 윤행도 겪고 있다. 그 곁이 김양중이다. 무과시험에 매번 응시하면서도 문장이 못되어 무과를 통과하지 못하는 전 우의정 김상로의 조카. 그가 소리친다.

"화살 놔둬! 내 몸에 박힌 건 내 거야."

김양중의 반항에 하! 코웃음 친 우지치가 주먹으로 갈기곤 화살을 턱턱 빼 낸다. 그걸로 모자라는지 한 번 더 치곤 옆자리로의 고인호한테로 옮아간다. 잔망스런 놈답게 고인호가 살려 달라고 애걸한다. 살려 달라는 소리가 듣기 싫은지 우지치가 고인호의 뺨을 치고 몸을 세운다.

"대체 네놈들은 얼마나 멍청하기에 여기까지 와서 살기를 바라니? 이따위로 죽고 싶지 않았으면 그리 흉악한 짓들을 말았어야지. 한두 번 하고 말던가! 게다가 여기, 우리 집의 천지사방에 덫이 있다고, 함부로 들어오지 말라고 나무판을 일일이 파서 세워 놨잖아? 그동안 여러 차례 살피고 다녔으면서도 여기가 네놈들이 사지死地라는 걸 못 느꼈니? 천한 것들이 모여 산다고 우리를 무시한 거지. 총만 들고 있으면 못할 짓이 없다고 여긴 거고? 내 더 험한 말을 하고 싶지만 우리 대장께서 쳐다보고 계시므로 참는다. 분명히 말하는데 너희들이 맞은 화살로 죽지는 않아. 그러니까 입들 닫아. 아무 소리도 듣기 싫으니까. 내가 혼자 너희들의 화살을 빼는 이유는 내가 화살에 약을 묻혔기 때문이야. 그 약 만든 사람도 나고. 그래 봬도 아주 비싼 약이야. 너희 같은 멍청이들한테 쓰기는 아까운 약이라고. 알겠어?"

말을 마친 우지치가 고인호한테서 화살을 쑥쑥 뽑고는 홍남선한
테로 옮겨간다. 임상복과 방성제와 박두석, 장성립과 민성우, 한부
루와 연진용과 최석규, 엄석호를 거친 우지치가 맨 끝에 있는 김문
주 앞에 이른다. 그가 소리친다.

"어차피 죽일 테면서 어찌 이런 수선을 피우는 거냐. 화살이 박혔
건 창이 박혔건 무슨 상관이라고?"

"화살이 아까워서 그런다, 왜! 너희 놈들 몸에 꽂아 두기에는 아까
운 특제 화살이라서. 됐니, 멍청아?"

"너희, 뭐야. 이런 짓을 하는 너희는 누구냐고!"

우지치가 주먹으로 김문주의 얼굴을 퍽 소리나게 치곤 양손으로
두 개의 화살을 잡더니 동시에 확 잡아 뺀다. 김문주가 악 비명을 지
르며 뒹군다. 우지치가 김문주를 힘껏 걷어차고 화살을 팽개치고는
휙 돌아서서 계단을 다다다 올라가 삼외문 안으로 들어가 버린다.

정치석의 몸에서는 속곳과 바지저고리를 제외한 모든 것이 떨어
져 나갔다. 동곳이며 망건이 없어지면서 상투가 풀렸고 긴 머리가
아무렇게나 늘어졌다. 가죽신과 버선도 벗겨 나갔다. 옷이라고 걸
치고는 있으나 맨몸인 것과 다름없이 되었다. 복면들이 열다섯 명을
그렇게 만들고는 짐짝처럼 가지런히 놓는다. 마취됐는지 아프지는
않다. 대신 머리가 멍해진다. 머리를 흔들어 보자 흔들린다. 흔들린
머리가 약간 맑아지는 것 같다. 무장승이란 자가 떠오른다.

수년간 권전장을 드나들며 벌인 시합에서 패한 적이 거의 없는데
지난 이월 하순에 무장승이란 놈한테 통절하게 깨졌다. 그에게 한
번 이겼고 한 번 진 것이었다. 패했으나 호적수를 만난 쾌감이 있었
다. 시합 후에 인사를 겸해 무장승한테 말했다.

"다시 봅시다. 그땐 제대로 붙읍시다."

무장승이 대꾸했다.

"저는 오늘로 권전장, 끝입니다."

정치석은 속으로 코웃음을 쳤다. 끝이라 다짐한다고 끝이 되는 줄 아는가, 하며 비웃었다. 주먹질의 맛, 승리의 맛을 알고 나면 그만둘 수 없기 때문이었다. 이후 권전장에 갈 때마다 무장승을 찾았다. 한 달이면 두세 번씩, 넉 달여에 걸쳐 여러 권전장을 드나들며 찾았는데 무장승은 나타나지 않았다. 주인들에게 물어도 흑호한테 이긴 뒤로는 일체 보이지 않는다고 했다. 무장승이 끝이라 한 게 정말이었던 것이다. 그를 찾아 두리번거리고 그가 다시 나타나지 않을 것임을 느낄 때마다 열패감과 자괴감이 들었다. 끝이라 다짐하면 끝일 수 있는 자에 대한 선망도 있었다.

시작하지 않아야 할 일을 시작하고 그만둬야 할 때 그만두지 못한 자들. 그들이 내는 온갖 소리가 들린다. 잘못했다거나 살려 달라거나 저는 꾐에 빠져 여기 있을 뿐이라거나. 비루하고 추접하게 살았던 일생들의 마지막 신음이라 할 만하다.

"아씨 납시오!"

그 외침과 동시에 삼외문 일대가 밝아진다. 문이 열려 있었던가. 삼외문 안에서 횃불 넷이 나와 계단 양쪽에 서고 그 가운데로 한 여인이 내려온다. 그가 계단 중간 참에 내리 닿자 복면 대장의 소리가 난다.

"일동, 아씨께 예를 올립니다."

복면 대장의 외침이 끝남과 동시에 합창이 울린다.

"아씨를 뵈옵니다!"

이 마당의 사내건 계집이건 모두 같은 복색을 하고 같은 복면을 썼다. 계단을 내려온 한 여인만 맨 얼굴이다. 검은 말군바지에 새빨간 긴 저고리를 입었다. 새빨간 저고리의 가장이마다 흰 수꽃들이 피었다. 아무 장식이 없는 단발머리는 뒤로 깡똥하게 묶였다. 횃불 속에서도 달빛처럼 창백하고 정교한 얼굴. 커다란 눈이 횃불처럼 일렁인다. 절세가인, 선인부인 은씨, 김강하의 내당이다.

"아씨! 이자들의 면면을 참말로 보시렵니까?"

복면 대장의 질문에 선인부인이 고개를 끄덕인다. 우지치임직한 복면이 주변에 있던 복면에게서 횃불을 받아들고 앞서자 복면 대장이 선인부인을 왼쪽으로 이끈다. 정치석의 발치에 선인부인이 섰다. 정말 그이다. 한 번 보고 난 뒤 영 잊지 못하고 살았던 사람. 생각할 때마다 설레고 아프던 이. 온갖 상상을 했을지라도 이렇게 마주치게 될 줄은 꿈에도 몰랐던 여인. 정치석은 자신의 맨발이 부끄러워 발을 오무린다.

"정치석입니다."

복면 대장이 정치석 앞에서 단지 그리 말했다. 선인부인이 합장하듯 모은 수갑 낀 두 손으로 제 입술을 가린다. 두 눈은 정치석을 응시한다. 그 눈에서 횃불이 일렁인다. 당신이 어찌 그 자리에 서 있나. 정치석은 묻고 싶다. 여기서 원수들이 스스로 찾아오길 기다렸던 거냐고. 그렇다면 무슨 말씀이라도 하시라. 김강하를 죽인 것에 대해서. 말 섞기 싫다면 뺨이라도 치시라. 이태도 넘게 우리를, 나를 기다렸지 않은가. 그리하여 끝끝내 이곳으로 찾아오게 만들지 않았는가. 정치석이 간절히 바라는데 선인부인이 가만히, 어떤 내색도 하지 않고 옆으로 옮겨간다. 이런 복수도 있구나. 정치석은 통렬히 깨닫는다. 한 번 바라보고 몸을 돌리는 것만으로 완성해 버리는 복수.

"윤행입니다."

선인부인이 윤행 앞에 잠깐 섰다가 옆으로 한 걸음 옮긴다.

"김양중입니다."

고인호, 홍남선, 임상복, 방성제, 박두석, 장성립, 민성우, 한부루, 연진용, 최석규, 엄석호, 김문주까지. 선인부인은 더하지도 덜하지도 않게 한 사람 앞에서 다섯 숨참 정도 머물렀다. 딱 그만큼씩 열다섯 사람을 일일이 내려다보고 나서 한발 물러선 선인부인이 마침내 입을 연다.

"됐습니다."

그뿐이다. 선인부인이 됐다는 한 마디를 남기고 우지치와 함께 계단을 가만가만 올라가 삼외문의 가운데 문 안으로 들어간다. 그가 사라지자 횃불과 복면들이 어지러이 움직인다. 와중에 수레 석 대가 다가왔다. 소나 말에 채워진 수레가 아니라 사람이 끄는 수레다.

곳곳에서 살려 달라는 아우성이 난다. 잘못했다고 비는 소리, 다신 나쁜 짓 안 하겠다는, 시키는 건 무엇이건 다 하겠다는 다짐과 맹세. 정치석은 무슨 짓을 해도 살아날 수 없음을 깨달았으므로 아무 짓도 하지 않는다. 선인부인이 여기서 얼굴을 드러낸 까닭이 무엇이랴. 눈을 질끈 감은 정치석의 몸이 두 사내한테 들려 수레에 얹힌다. 고인호와 임상복과 장성립과 최석규가 누운 비좁은 틈에 정치석의 몸이 놓인다. 어디로 가는 게냐? 정치석이 물어보려는데 입이 벌어지지 않는다. 정신은 멀쩡한 것 같은데 꼼짝 할 수 없다. 석 대의 수레가 아래쪽으로 움직인다. 내리막길이라 뒤에서 붙들어야 할 만치 빠르다. 이 길 끝에서 멀쩡한 정신으로 죽게 되는 것이다.

잘 살고 싶었다. 잘 살고 싶어 부단히 움직이다 보니 어느 결에 김문주 같은 자와 한 동아리가 돼 있었다. 이건 아닌데! 그리 느꼈을 때는 이미 늦은 것 같았다. 지난 몇 년을 돌이키기 위해 통신사단의 비장이 되어 왜국에 다녀오자는 시도도 했다. 집안 어른들의 반대에 막혀 왜국에 못 가게 되었을 때, 회당 창고에서 무기가 사라진 걸 알았을 때도, 돌이킬 수 없는 상황이 된 걸 느꼈다. 배신자의 낙인이 찍히는 걸 감당치 못하고 청무회원이 됐다. 오늘 밤 이곳으로 오고 말았다. 기를 쓰며 죽으러 온 셈이 됐다. 그리하여 마침내 수레에 실려 어딘지 모르는 저세상으로 가게 됐다. 홍익루 아래 문을 나선 수레가 홍익원 안으로 쑥 들어선다. 뒤따라 두 대의 수레가 더 들어오자 홍익원의 문이 닫힌다.

홍익원에서는 복면의 등짝에 업힌다. 한 복면이 업고 두 복면이 엉덩이를 받친다. 몇 번의 번개가 지나가는 사이 구불구불한 내리막 길들을 돌고 돌다 멈춘다. 등성이처럼 펼쳐진 지붕 밑, 동굴처럼 아가리를 벌인 옹기가마 앞이다.

문주를 들쳐업은 자들이 망설임 없이 가마 안으로 들어선다. 통로에 횃불 든 복면들이 벅수처럼 일정하게 섰다. 안쪽으로 들어설수록 넓어진 곳에 옹기들이 쌓여 있다. 그 앞에 칠성판처럼 좁고 긴 평상이 세 개씩 다섯 줄로 놓였다. 앞서 들어온 사람들이 줄줄이 누워 있다. 문주는 비어 있는 한 판에 누인다. 박두석이 들려와 곁에 누이고 방성제와 연진용이 들어와 누인다. 다 들어왔는가. 뒤따라 들어온 복면이 발치 쪽에서 입을 연다. 복면 대장의 목소리다.

"너희가 이런 꼴로 죽게 된 연유를 궁금해하는 것 같아서 말해 주겠다. 오늘 밤 너희를 맞이해 여기까지 데려온 우리는 성상전하의 명을 수행하는 은밀한 무사들이며 또한 만단사다. 정치석과 김문주, 두 사람은 모를 것이나 얼세 사람은 만난사가 뭔시 아주 살 알 터이다. 너희들은 성상전하의 나라를 어지럽혔을 뿐만 아니라 만단사와 사령을 배신했다. 만단사령이 명하지 않은 강도짓을 거듭하며 살인을 저질렀다. 나경언이 그 꼴로 죽고 홍남수와 김제교, 김형태 등이 흔적 없이 사라졌으면 한번쯤 사령을 생각하고 돌이켜 봄직도 하건만 너희는 끝끝내 그리하지 않았다. 그리고 김문주, 너는 네 집안 가병 서른 명이 네 사촌 김형태 등과 함께 종적이 없어진 것에 대해 생각을 했어야 한다. 어쨌든 오늘 너희들은 성상전하와 작금 한성판윤이자 만단사령인 이록의 명으로 죽는 것이다. 잘들 가거라."

작별인사까지 한 복면 대장이 사뿐히 돌아서 나간다. 횃불들이 따라 나간다. 차츰 암굴로 변해가는 어둠 속에서 문주는 어이가 없어 웃는다. 만단사라니! 김제교한테 얼핏 듣기는 했어도 실존하는 무엇이라 여겨본 적도 없는데 그 사령은 한성판윤 이록이라 했다. 그가 만단사령이건 뭐건 이런 일을 이처럼 은밀하게 할 까닭이 없다. 판윤인 그는 포도청이나 의금부를 움직이면 된다. 권총강도를 잡은 공로면 영의정이 되고도 남을 터. 조정을 좌지우지할 수 있게 되는데 이리할 이유가 없다. 하물며 성상이 이런 수선을 피울 까닭이 무엇이랴. 그러므로 이건 음모다. 죽는 놈들에게조차 혼란을 조장하는 사특한 계략이다. 성상이나 이록이 아닌 그 어떤 세력의 음모이다.

문주는 반야원 우물마당에서 봤던 계집을 떠올린다. 절세가인이었다. 절세가인이 우물마당에 괜히 나타났을 리 없으므로 그는 김강하의 내당일 것이다. 그에 관한 말을 수없이 들었으나 정작 한 번도 못 봤던 선인부인 은씨. 그 계집이 오늘 밤의 이 사태를 만들어 낸 것이다. 그 자그만 계집이 한낱 과부가 아닌 걸 꿈엔들 알았으랴. 너무 늦게 알았으므로 도리 없게 되었다. 옹기가마 안에서 옹기들과 더불어 구워지다가 옹기처럼 남지 못하고 재로 흩어질 수밖에.

재작년 여름 김제교며 김형태 등, 수십 명이 뼛조각 하나 남기지 않고 사라진 이유가 이 때문이었다. 김제교 등의 흔적을 찾아 검게 탄 숲속을 헤매 다니다 내려왔을 때 가마골에서 보이던 황토 빛 신식 옹기가마! 이번에 반야원을 탐찰하고 나서 퇴로가 어디인가 살피다 외실에서도 옹기가마를 봤다. 신식이 아니라 예사 옹기가마였다. 그러니까 여긴 외실 옹기가마인 것이다. 사체들을 옹기가마에 넣어 태우다니. 대체 어느 머리에서 이런 발상이 나올 수 있는가. 기발함에 감탄이 난다.

내 의식이 이토록 뚜렷하므로 동료들도 그러하리라. 문주는 고개를 끄덕인다. 어떻든, 죽을 놈들을 앞에 두고 부친과의 사이를 이간하고 성상과 이록을 내놓은 까닭이 뭘까. 죽은 뒤 뜬것이 되어 떠돌지 말고 저를 찾아오라던 계집. 그 계집의 이름이 뭐였더라? 문주는 어지러운 중에 들으며 잊어버렸던 계집의 이름을 떠올려 보려 애를 쓰다 흐흐 웃는다. 우지치라는 이름이 떠오르지 않는가.

목멱산 괴설

칠월 오일 신시 말까지 반야원 학당으로 들어오라.

사신계 육품무절 윤홍집이 받은 첫 사신총령이 그러했다. 칠월 육일과 칠일에 등청하지 않아도 되게끔 말미를 내오라는 단서가 붙어 있었다. 칠석날 반야원에서 소전의 진혼굿이 열린다는 사실을 궐 안에 사는 사람, 궐을 드나드는 사람은 다 알았다. 그건 도성 사람이 죄 안다는 것과 다름없었다. 사신총령은 소전 굿판을 대비한 소집인 것 같았다. 홍집은 익위사청에 필요한 날의 수유를 미리 청했다. 오늘 아침에는 식구들한테 익위사에 비상이 걸려 며칠 귀가치 못한다고 일렀다. 태감이나 온은 왜 비상이 걸렸는지 짐작하므로 그러려니 했다.

달포 전 홍집은 온 앞에서 종이칼로 손바닥을 찍었다. 한 달가량 불편했으나 거의 나았다. 그때 자행한 만행이 먹혔는지 온은 매해 칠석날이면 열던 만단사 칠성부 일성 회합을 이번에 포기했다. 내년엔 어떨지 알 수 없어도 올해는 그 밤에 소전의 진혼굿이 열린다는 구실로 금년 회합은 없다는 통문을 돌렸다.

아직 어둡지는 않는데 반야원 학당 기둥마다 걸린 양각등들은 이미 불을 밝혔다. 마루 끝에 달린 분합문들은 죄 들려 서까래에 달렸다. 마루 안쪽의 방문들도 모조리 열린 상태다. 기단에서 바닥까지 다섯 단의 원형 계단으로 둘렸고 중정 바닥에는 판석들이 깔렸다. 판석 새새에 잔디가 돋아 있다. 학당은 수십 명의 크고 작은 학동들이 재재거리고 있을 때는 거대한 새장 같았다. 새들이 다 어디로 날아갔는가. 지금은 말끔히 빈 방들에 궤짝 두 개씩이 놓여 있을 뿐이다.

중정에는 일백오십 명은 될 법한 사람들이 모였다. 칠성부 무절들이 드물지 않게 섞였다. 양연무 비휴들도 모두 와 있다. 반가워 다가들려는 아우들에게 홍집은 고개를 젓는다. 다른 이들처럼 서로 모른 체하자고 눈짓한다. 제 처가 반야원 호위인 백동수조차도 생판 낯선 곳에 떨어진 얼굴로 의뭉을 떨고 있지 않은가. 중정을 두른 툇마루에 음식 담긴 함지박들이 줄줄이 놓였다. 시래기 국 담긴 동이와 물김치 담긴 동이까지. 한쪽에는 작은 접시들과 보시기와 수저가 쟁반에 쌓여 있다. 사람들은 작은 접시와 보시기와 수저를 가지고 양푼에 담긴 음식들을 덜어다 중정 가장이 계단이나 툇마루 등에 앉아 먹는다. 신을 벗고 마루 위로 올라간 사람은 없다.

홍집은 음식을 덜어다가 모르는 사람들 곁에 앉아 눈인사를 나누고 이른 저녁을 먹는다. 뒤늦은 사람들이 이따금 들어와 밥을 먹는다. 면면을 보자니 홍집 자신의 나이가 많은 축이다. 만단사에서는 젊은 나이에 부령에 오른 셈이지만 사신계에서는 나이 많은 일개 육품 무절일 뿐이다. 뭔가를 책임지지 않아도 된다. 가볍다. 흐, 속으로 웃는 홍집의 어깨가 근질거린다. 화도사에서 나온 이래, 아니 화도사에서 첫 아우 자선을 맞이한 아홉 살 때부터 언제나 형이거나 대장이어야 했다. 그렇게 이십여 년을 살다 보니 잔뜩 헝클어진 만단사 **봉황부**의 부텅이라는 책임이 어깨에 얹혔다. 아우들은 이세 만단사와 관련된 일을 제외하고는 홍집과 무관하게 자신의 삶을 구축했다. 여기서는 일개 무절로서 자유로워도 되는 것이다.

먹을 만치 먹고 배부른 사람들이 장내를 정리하고 있는데 징소리가 난다. 덩! 징소리와 함께 반야원 호위 복색 둘이 학당 남문에서 들어온다. 최선오와 나무통을 안은 젊은이다. 나무통 안은 무절을 그동안 몇 차례 봤다. 처음 볼 때 낯익다 여겼고 두 번째 보면서 그가 익위사 수장인 설희평을 닮았음을 깨달았다. 정오품 관헌의 아들이 무녀들의 굿당 호위대에 들어 있지만 사신계에서는 있을 법한 일이었다. 계단 중간 참에서 멈춘 선오가 소리친다.

"주목해 주시기 바랍니다. 저는 백호 무절 최선오입니다. 제 옆은 청룡부 설인준 무절이고요. 여기는 반야원의 학당이고 여러분은 팔도에서 모이신 일백육십 분의 무절들이십니다. 여러분은 사흘 동안 이곳을 숙소로 쓰시게 됩니다. 이미 살피신 분들도 계실 텝니다만, 우리 학당은 목멱 성곽 방향으로 난 반야원 북문 아래에 있습니다. 남문은 여러분이 홍익루를 거쳐 들어오신 외삼문이고 서문은 등마루평 방향으로 나 있습니다. 동문은 버티고개 방향으로 나 있고요. 여러분이 원 밖을 출입하실 때는 남문인 삼외문을 제외한 세 문을 통하셔야 합니다. 그리하시기 위해서는 함정과 덫을 피하는 방법을 숙지하셔야 하고요. 여러분 보시다시피 이 학당은 열여섯 칸의 방으로 구성되어 있습니다. 여기 머무시는 동안 칠성무절 서른두 분은 제 뒤쪽에 위치한 세 방을 쓰시고 네 부의 무절들께서는 다른 방들을 나누어 쓰시기 바랍니다. 측간은 학당 동서 방향의 쪽문을 열고 나가시면 담장과 면해 있습니다. 이미 측간에 다녀오신 분들도 계실 겁니다만 우리 원의 측간들은 아주 정갈합니다. 대소변을 누는 좌대 곁에 재와 마른 나뭇잎이 마련되어 있습니다. 그 앞에 밑 닦을 헝겊 통과 닦은 헝겊을 놓는 통이 따로 준비돼 있고요. 대소변을 누고 재 와 나뭇잎으로 덮어 놓는 밑 통을 원실 아래서 농사짓는 우리 계원 들이 날마다 가져가며 세척한 통을 놓고 갑니다. 밑 닦은 헝겊은 우 리 원의 세답방에서 세척하여 측간에다 비치하는데, 세답방의 그 일 을 학동들이 순번을 정해 돕습니다. 자신의 밑 닦개를 각자 세척하 게 하면서 모든 일마다 누군가의 노고가 들어가야 한다는 사실과 청 결함의 필요에 대해 공부하는 것이지요. 그러므로 오늘 여기 모인 우리는 측간을 학동들보다도 더 청결히 사용해야겠지요. 그처럼 측 간을 사용하실 때 네 부의 무절들께서는 칠성무절들을 배려하시기 바랍니다. 와중에 측간 용무가 다급하셔도 아무 데서나 방뇨, 방분 하시면 안 됩니다. 원내의 모든 곳은 신령들의 영소이자 계원들의 일터이며 수련장이자 아이들이 맨발로 뛰어다니는 놀이터이고 공부 방이기 때문입니다."

"허면, 정 급할 때는 어쩌라는 겁니까? 옷에다 싸 말립니까?"

앞쪽에서 난 누군가의 말에 한껏 긴장해 있던 사람들이 우박 쏟아 지듯 웃어댄다. 최선오가 같이 웃어대다 말을 잇는다.

"각 측간 뒤쪽으로 열 개의 소변 통들을 준비해 놓았습니다. 그 또 한 계원들의 채마밭 거름으로 쓰일 것이니 흘리지 말고 잘 모아 주 시기 바랍니다."

"그 말씀부터 하실 것이지, 담장을 넘어가야 하는 줄 알았잖습니까. 함정이 잔뜩 있다면서! 사람 겁나게!"

또 웃음판이 벌어진다. 두 차례의 웃음으로 장내의 분위기가 모꼬시하러 보인 것처럼 낙낙해 신나.

"내일 아침부터 식사는 안당으로 내려가셔서, 아까와 같은 방식으로 드시면 되고요. 주무실 때는 각 방 벽장에 비치된 담요와 목침을 쓰시면 됩니다. 불편하시겠으나 여기 쉬러 오신 게 아님을 감안하시어, 요령껏 사용해 주십시오. 조금 후 칠성부 무진께서 들어오시어 여러 말씀을 하시게 됩니다. 그 전에 여러분을 십육 개 조로 편성하려 합니다. 설인준 무절 앞에 제비뽑기 통이 있지요. 통 안에는 일부터 십육까지의 숫자가 적힌 종이 백육십 장이 들어 있습니다. 큰 글씨로 쓰인 숫자 곁에는 작은 글씨의 숫자가 적혔는데, 큰 글자가 여러분이 속할 조이고, 작은 글자가 여러분의 짝패를 표시합니다. 같은 조에서 같은 숫자를 지니신 두 분이 짝패이자 한 소조라는 뜻입니다. 한 조당 열 분씩이며 연장자가 조장을 맡으십시오. 그 아래분이 부조장을 맡으시고요. 조장과 부조장, 소조는 이번 상황이 해제될 때까지 유효합니다."

설인준이 제비뽑기 통을 들어다 중정 가운데에 놓는다. 사람들이 종이를 뽑아 나온 숫자를 보며 무리를 짓는다. 홍집이 뽑은 종이에는 큰 글씨로 열십자, 작은 글씨로 한 일자가 쓰였다. 십조에 속하게 된 사람들이 서쪽문 왼쪽으로 모였다. 십조에 총융청에서 일하는 하선묘와 사해약방에서 일하는 염사선이 끼었다. 삼조에는 자선이 들어갔고 오조에 술선이 끼었다. 육조에는 최인선이, 구조에는 선축이 속했다. 십이조에 백동수가 있고 선진은 십삼조, 미선은 십사조, 선유는 십육조에 있다.

칠성부 무절 두 명이 낀 십조의 연장자가 홍집이라 조장이 됐다. 홍집의 소조 짝패는 스무 살 남짓해 보이는 칠성부원 서연수로 화개에서 왔다 한다. 부조장은 오소조인 하선묘이고 선묘의 짝은 현무무절 진보흠으로 장단에서 왔다. 이소조인 염사선의 짝은 열여덟 살의 도재우로 삼내미 출신의 청년이다. 삼소조는 연백에서 온 청룡무절 성상범과 한양 청년 최도현이 짝이다. 사소조는 무산에서 왔다는 백호무절 두경완과 가평에서 왔다는 칠성무절 모풍남이 짝인데, 모풍남은 어디서 봤음직한 여인이다. 어디서 봤더라? 잠깐 궁리하던 홍집은 모풍남이 오래전 보현정사에서 지냈던 무극의 막내 앵미인 걸 기억해 낸다. 이온의 명을 받아 나갔다가 사라졌던 무극들이 사신계 칠성부로 들어와 있었던 것이다. 이쪽저쪽에서 서로 아는 척 말아야 할 이유가 충분하다.

"조가 구성되시었으면 자리를 정돈해 주십시오. 무진께서 들어오실 테니 말씀을 경청하시기 쉽도록 북쪽을 비우시고 정렬해 주십시오."

최선오의 지휘에 무절들이 왼쪽부터 조별로 몸피 작은 사람을 앞쪽으로 세워 열중쉬어 자세를 갖춘다. 십조에서 몸피가 제일 작은 사람은 서연수고 두 번째가 모풍남, 키가 제일 큰 사람은 두경완이고 그 앞이 홍집이다. 정렬하고 나자 한 여인이 들어온다. 연화당 지킴이 혜원이다. 무심코 혜원의 뒤쪽을 살피던 홍집은 자신의 이마를 짚는다. 연화당이 이 세상에 없다는 걸 느낄 때마다 이마를 짚는 버릇이 생겼다. 저세상으로 갈 때는 간다고 말해 주고 가면 좋을 것 같다는 말이 안 되는 생각을 여러 번 했다.

최선오와 설인준은 대문 앞에서 수직 자세를 갖추고, 혜원은 또박 또박 걸어와 북쪽마루 앞에 선다. 무절들을 둘러보며 미소 지은 혜원이 오른손을 치켰다 내리는 시늉을 하며 말한다.

"장달 같으신 분들이 서 계시니 든직하면서도 좀 무섭네요. 긴장들 푸시고 편히 앉아 주십시오."

혜원의 목소리는 나직해도 지붕 높은 원형 집의 중정이라 울림이 커서 작은 소리도 잘 들린다. 사람들이 섰던 자리에서 뒤로 움직여 계단과 바닥에 앉는다. 자리가 정돈되자 고개를 끄덕인 혜원이 입을 연다.

"이제 여러분이 고루 보여서 좋군요. 저는 이번 작전의 총책인 칠성부 무진 혜원입니다. 무절 여러분을 뵙습니다."

혜원이 허리 숙여 인사하자 앉은 사람들이 무진을 뵙습니다, 소리치며 앉은절을 한다.

"이번 작전의 이름을 '목멱산 괴설怪說'로 칭하고, 목괴로 약칭합니다. 칠성부 무진인 제가 목괴 작전의 총책으로 오부의 무절들 앞에 나선 까닭을 여러분들께서도 짐작하실 줄 압니다. 이 반야원은 우리 칠성부의 한 선원이자 규모가 가장 큰 선원입니다. 이 학당에서는 현재 아홉 살에서 열두 살에 이르는 마흔한 명의 학동과, 열세 살에서 열다섯 살에 이르는 수련생 서른두 명이 삽니다. 학당 아래 여러 집들에는 각 분야의 계원 백여 명이 있고, 젖먹이도 여덟이나 됩니다. 이 반야원과 저 아래 원실이며 외실, 진강포까지 아울러 삼백여 명이 반야원 식구입니다. 삼백여 식구와 연결된 바깥식구들을 더하면 최소한 칠백여 명의 삶이 이 반야원과 연결돼 있습니다. 그 칠백여 명은 또 우리 세상 사람들과 어떻게든 연결돼 있지요. 그 숫자가 얼마나 될까요? 일례로 이번 일로 전라도에서 한 달 전에 불려온 저는, 세 아이의 어미입니다. 지아비와 부모도 계시지요. 제가 꾸리는 선원의 계원은 마흔두 명입니다. 그 마흔두 명에게는 식구가 최소한 네 명씩은 달려 있지요. 여기 오신 무절 여러분께도 식구들이 계시지요. 하여 이 반야원은 우리 세상 사람들 전부와 연결돼 있습니다. 저와 여러분은 우리 세상을 지키기 위해 여기 모인 겁니다."

예전 임림재에서도 느꼈지만 혜원은 말을 참 잘한다. 사신계의 총령이 수행하는 자의 목숨을 담보한 것일지라도 혜원의 말을 듣고 있자니 명분이 충분하다. 이런 점이 사신계와 만단사의 제일 큰 차이였다. 사신계는 어떤 일의 명분과 의미를 설명한다. 설명 들으며 납득치 못해 생긴 의문을 질문하라 한다. 만단사는 어떤 명에 대해 조곤조곤 설명해 줄 혜원과 같은 사람이 존재하지 않았다. 뒤를 받쳐 주는 방산 같은 사람도 없다. 그런 사람들을 키울 여력이나 그런 사람들이 자라날 여지가 없었던 것이다. 그 결과 만단사는 와해지경에 이르렀다. 죽은 듯 지내야 할 처지였다.

만단사가 그리되도록 직접간접 움직여 왔을망정 홍집에게 안타까움이 없지는 않았다. 사신계 강령 못지않게 만단사의 강령, 지향하는 바가 아름답지 않은가. 봉황부령으로서 홍집은 만단사를 강령이 지향하는 아름다운 모습으로 천천히 만들어나갈 것이다. 이곤이 돌아와 살 만하고 미연제가 살아도 괜찮은 세상으로.

"이번 목괴 작전에 임하여 학동들과 수련생들은 어제 아침에 강 건너 사찰로 수련을 갔습니다. 그들뿐만 아니라 아기들과 아기어미들, 노인들, 몸 불편한 사람들은 모두 나간 상황입니다. 식구의 절반이 피난을 갔습니다만, 어제부터 외부에서 들어오는 인원이 적지 않습니다. 모레 굿판에 들어올 구경꾼도 모두 우리 세상 사람들입니다. 이제부터 제가 이런저런 얘기를 하게 될 것인데 저간의 일들을 다 말씀드리기 어려워 그냥 지나가는 말도 있을 것입니다. 제 말이 끝난 다음에 질문하실 시간을 드릴 테지만 중간에 질문하셔도 됩니다. 얼마 전 모처에서, 우리 세상의 상부인 경령들께서 회동하셨습니다. 그때 사안은, 이 반야원 지키기였습니다. 여길 지키기 위해 총령을 내리시기로 결정하셨고요."

혜원이 목이 막히는지 고개를 돌리고 잔기침을 한다.

"우리 세상 사람들은 우리를 지키는 게 일상인데 새삼 이곳을 지킬 까닭이 뭔가. 지킨다 해도 무절을 백육십 명이나 소집하나? 그리 생각하실 수도 있을 겁니다. 헌데 여러분 백육십 분만 소집된 게 아닙니다. 성저의 모처에서 여러분과 같은 무절 백육십 분이 모여 현재 우리와 같은 대화를 나누고 있습니다. 여러분 아시다시피 모레 오후 신시 초경부터 글피 오전 사시 말경까지, 우리 반야원에서, 재작년 여름에 하세하신 소전마마 진혼굿이 열립니다. 우리 세상에 든 무녀들한테 왕실 굿판이라고 유별날 건 없습니다만 행여 굿판이 잘못되면 반야원이 덤터기를 쓸 수 있으므로 우리는 그 사태를 방지하려는 것입니다. 여러분, 권총 강도들에 대해 들어보셨지요?"

느닷없이 질문이 나오자 좌중의 대답이 일정치 않다.

"그들은 소전 사태 몇 달 뒤에 출현해 강도짓을 최소한 여섯 번 했습니다. 알려진 대로 마지막은 작년 구월 보제원거리 약방 네 곳을 턴 것이었지요. 그때 네 약방을 지키고 있던 열한 명이 죽고 다섯 명이 총상을 당했는데, 와중에 한 약방의 일꾼으로 지내던 우리 계원 세 사람도 놈들의 총탄에 맞아 유명을 달리했습니다. 또한 놈들이 권총강도를 시작하기 전, 송교에서 세손위종사의 좌장사였던 김강하가 난사 당한 일이 있었지요. 그를 난사한 자들이 바로 그들이었습니다. 김강하는 우리 세상의 무진이었습니다. 당시 김강하 무진은 대전을 알현하고 나오던 길이었지요. 그때 대전에서 김강하를 부른 이유는 세손위종사를 세손익위사로 개편하기 위해서였습니다. 대전께서는 세손익위사의 수장 자리에 소전의 측근이었던 김강하를 세우기 위해 그의 면면을 친히 살피신 것이었지요. 소전을 패륜과 난행으로 몰아세운 세력들 입장에서는 소전 측근이었던 김강하가 눈엣가시였고 자신들을 그르치게 만들 위험인물이었을 겁니다. 그들은 세손의 세력이 커지는 것을 저지할 수밖에 없었을 것이고, 그 때문에 김강하를 죽인 것이라 할 수 있겠지요."

"무진! 질문 있습니다."

일조 쪽에서 난 소리다. 혜원이 고개를 끄덕이자 질문 있다는 사람이 일어난다. 작달막하고 다부진 체격이다.

"저는 강원도에서 온 현무부 무절 반칠운입니다."

"예, 반 무절. 질문하십시오."

"무진께서 말씀하신 김강하 무진이 송교에서 흉적들에게 난사당한 사건은 도성 사람이라면 어지간히 압니다. 그럴 만큼 우리 계원이 참혹하게 당했는데, 말씀하시는 걸로 미루어 보자면 상부에서는 놈들의 정체를 벌써 아셨던 것 같습니다. 그런데 이태가 넘도록 그놈들을 그대로 두고, 그놈들이 살인강도 행각을 벌이는 걸 지켜만 보신 까닭이 뭡니까?"

"지당한 의문이십니다, 반 무절. 일단 앉으십시오. 그리고 이후 질문하실 분들은 앉은 채로 하십시오. 반 무절의 질문에 제 나름 답을 드리지요. 우리 상부가, 무진 김강하를 난사한 그놈들을, 처음부터 찾아낸 건 아니었습니다. 놈들이 반소전파에 속했을 거라는 사실은 누구나 짐작했어도 반소전파 연합 세력이 워낙 넓은 탓에 누구를 지목해야 할지 몰랐던 겁니다. 따지고 보면 대전이 반소전파의 중심이 었지 않습니까? 대전이 아들을 죽이지 못해 안달하던 판이라 소전파는 거의 없었죠. 내심으로 어떠했든 그 당시에 내놓고 소전을 편들고 나선 사람은 세손과 김강하뿐이었습니다. 김강하가 놈들의 표적이 된 이유이고요. 김강하를 죽이고 권총강도질을 해댄 놈들이 반소전파의 너른 품안에, 대전의 날개 밑에 숨어 있는 까닭에 지목해 내기가 어려웠던 겁니다. 놈들의 정체를 일일이 파악하게 된 건 한참 뒤였다는 뜻이지요. 놈들의 상부는 일단 두고, 놈들에 대해 말씀드리자면, 놈들은 처음엔 여덟 명 정도였습니다. 나중에는 열다섯 명이 됐고요. 그 열다섯 명이 보제원거리에서 강도 살인을 하고 잠적했다가 지난 유월 십사일 밤에, 이 반야원을 침범하였습니다.”

곳곳에서 놀람으로 웅성거린다. 홍집도 놀랐다. 전혀 알려지지 않은 내용이기 때문이다. 지난 유월 보름날 오후부터 이튿날 아침까지 진행된 부원군 부인의 치병굿은 도성 사람이 다 알았다. 군부인의 치병굿이라 미복한 곤전이 들렀다 갔고 둘째 아들인 김구주 내외와 막내딸 내외는 굿판에서 밤을 샜던 모양이었다. 큰아들인 김문주는 보이지 않고 그 내자만 보이더라는 말도 있었다.

군부인 치병굿 이튿날부터 금위대 쪽이 어수선했다. 김문주와 정치석, 금위군 여럿이 한꺼번에 등청하지 않으면서 말이 나기 시작한 것 같았다. 오위도총관인 김문주의 부친이 금위대장한테, 문주를 향리의 선산을 돌아보고 오라고 보냈는데 그쪽에서 설사병을 붙든 것 같다고 변명해 말미를 얻었다고 했다. 정치석이며 위군들에 대해서는 잘 모른다고 한 것 같았다. 금위대장은 종적이 없는 정치석과 위군들을 무단이탈자로 간주하고 직위를 해제함과 동시에 결원을 보충했다. 그뿐만이 아니었다. 훈련원에서는 습독관 장성립이 사라졌고 오위군에서는 군정 두엇이 보이지 않고 군기시에서는 참봉 고인호의 종적이 묘연했다. 일련의 소란을 대전에서는 아직 모르는 것 같았다. 오늘 대전에 유난한 일이 있다면 작년 칠월에 왜국에 보낸 사신단 일행이 대마도로 돌아와서 올려온 소식뿐이었다. 사신단이 유월말에 대마도에 도착하였으므로 며칠 안에 출항하여 부산포에 닿은 뒤 다시 장계를 올리겠으나 칠월 중으로는 도성에 도착할 것이라는 내용이었다.

"그자들은 어찌되었습니까?"

누군가가 자신을 밝히지도 않은 채 소리쳐 물었다. 혜원이 모두의 질문이라 여기는 듯 고개를 끄덕였다.

"반야원의 식구들이 놈들을 맞이했고 다시는 설칠 수 없도록, 치웠습니다."

치웠다는 게 무슨 뜻이냐고 묻는 사람은 없다. 무슨 뜻인지 다들 알기 때문이다.

"그들을 치웠는데 무슨 까닭에 무절을 삼백이십 명이나 소집했나, 싶으실 겁니다. 소전마마 진혼굿은 모레 오후 신시 초경부터 글피 유시 말경까지, 스물네 명의 무녀에 의해 이루어집니다. 글피 새벽 날이 밝을 무렵에 소전마마를 천도하고, 해 질 녘까지는 일반 구경꾼들을 받아들여 소전 사태와 관련하여 하세한 혼령들을 위로하고 천도합니다. 그런 연후 만산의 신령들과 굿판에 참석한 모든 이들이 어우러져 신명을 내는 것으로 판이 마무리됩니다. 여기까지가 굿판의 대략입니다. 그런데 사흘 전에 우리가 입수한 첩보에 따르면 소전 진혼굿판을 오위군 육백과 금위군 삼백이 호위할 모양입니다. 진혼굿판이 군사 구백 명에 에워싸인 채 진행된다는 것이지요."

홍집은 청룡부 무절이고 익위사 수장인 설희평이 무진인 선원에 속해 있다. 그 덕에 익위사에 비상령이 내려진 상황임에도 수유를 얻을 수 있었다. 몇 시간 전 번 교대하고 이르게 퇴청할 때만 해도 설희평 무진은 오위군과 금위군이 굿판을 호위한다는 말을 하지 않았다.

"무엇 때문에 금위군과 오위군이 출동하는가! 소전 진혼굿에 동궁께서 거둥하실 예정이기 때문입니다."

동궁이 굿판에 참석한다는 말도 없었다. 동궁의 거둥이 예정돼 있었다면 익위사에 있는 홍집과 선유와 동수의 수유가 허락되지 않았을 것이다. 세 사람은 이쪽으로 불려오는 대신 동궁을 호위하여 들어왔을 테니까.

"동궁은 효심이 깊은 것으로 알려져 있지요. 그런 동궁이 부친의 진혼굿에 참석하는 건 자연스런 일이랄 수 있습니다. 진혼굿을 윤허하신 대전께서 동궁 참석을 가납하신 것도 그럴 만하다고 여기신 때문일 거고요. 그럴 때 우리 상부가 여러분을 소집한 까닭은, 애초에 소전 진혼굿을 계획한 사람이 곤전이기 때문입니다. 금위군과 오위군이 움직이기 때문이고요. 그런 전제로 굿판이 진행되는 반야원 우물마당을 상상해 보지요. 굿이 벌어지고 있는 곳으로 동궁이 들어옵니다. 아바님의 혼령에 절을 합니다. 그 와중에 누군가에 의해 동궁에게 무슨 일인가가 생깁니다."

질문 있습니다, 하며 손들고 나서는 사람이 있다.

"저는 전라도에서 온 주작부의 심효진입니다. 자그마치 구백의 위군이 둘러싸고 있는데 누가 동궁한테 무슨 일을 일을 할 수 있을까요?"

혜원이 잘 아는 사람인지 심효진을 향해 상긋 웃어보이곤 답한다.

"예, 심 무절. 가정하여 보지요. 달빛이 밝고 우리가 켠 등불도 밝을 것입니다만, 불빛 밖은 어둡습니다. 어느 방향에서 독침이나 화살, 총탄이 날아들 수 있습니다. 자객들이 나타날 수 있고, 위군으로 가장한 살수들이 본색을 드러내어 동궁을 죽이거나 부상을 입힐 수 있는 겁니다."

"그렇다면 위군들이 출동하는 이유가 동궁을 죽이기 위한 반소전파, 혹은 곤전파의 음모라는 겁니까?"

"어떤 것도 확신, 확언할 수는 없습니다. 확실한 건 우리 반야원에서 동궁에게 일이 생긴 순간, 그 일이 작은 소란이라도 해도, 이곳은 역당들의 소굴로 간주되어 즉각 토벌되리라는 사실뿐입니다. 그렇게 만들기 위해서 곤전이 소전의 진혼굿을 우리로 하여금 벌이게 한 것이라 짐작하고요. 이해하셨습니까?"

여기저기서 "예." 하거나 고개를 끄덕이는데 홍집 조의 부조장인 하선묘가 나선다.

"도성에 사는 백호부의 하선묘입니다. 반야원이 사면초가에 빠진 셈인데, 애초에 그런 예상을 하셨다면, 굿을 거절할 수도 있지 않았습니까?"

"대전에서 허락 받은 곤전이 정식으로 명한 굿입니다. 관상감에서 날을 받았고요. 죽으라면 죽는 시늉이 아니라 진짜 죽어야 하는 무녀들이, 위험하니 못 한다 할 수 있습니까? 곤전마마한테, 무녀들이?"

장내가 고요하다. 혜원이 말을 잇는다.

"우리 원에서는 거절할 수 없지요. 소전 진혼굿이 벌어지는 한 동궁이 아니 올 수도 없습니다. 동궁이 어느 시각에 납시든 위험할 수 있으며 우리는 사면초가에 빠진 거고요. 여기까지가 예상할 수 있는 최악의 상황입니다."

"최선의 상황은 아무 일도 일어나지 않고 동궁이 환궁하는 것이고요?"

"물론 그렇습니다. 하여 우리는 곤전과 그 주변들이 짜놓은 판을 뒤집기로 했습니다."

"어떻게 말씀입니까?"

"애초에 진혼굿은 수은묘에서 벌이기로 했습니다. 부원군부인 치병굿을 끝낸 직후에 반야원주께서 입궐해, 곤전께 진혼굿판을 반야원에서 벌여야겠다고 하며, 바꿨습니다. 아니할 수 없는 굿이고, 동궁의 참석도 불가피하게 되었으므로 아예 판을 바꾸는 게 동궁 보호에 더 유리하리라고 판단했기 때문입니다. 판을 뒤집겠다는 말은, 우리가 저들을 먼저 치겠다는 뜻입니다."

사방에서 웅성거리자 혜원이 손바닥을 딱 쳐서 장내를 가라앉힌다.

"궐을 뒤집자는 건 아니니 진정들 하세요."

"무진! 황해도에서 온 칠성부 조거실입니다. 질문 있습니다."

조거실은 일조에서 손을 들고 일어났다.

"예, 조 무절 말씀하세요."

"우리가 저들을 먼저 치자는 게 궐을 뒤집자는 것이 아니라 하시어서 생긴 질문입니다. 무진께서 말씀하시는 내용으로 미루어 보자면 금번 사태로 인해 우리 세상은 일대 위기에 처했습니다. 헌데, 좀 전에 권총강도 말씀을 하시면서 놈들의 상부는 일단 제쳐 둔다고 하셨고, 시방도 궐을 뒤집자는 건 아니라고 하십니다. 김강하 무진을 죽인 권총 강도들은 치웠다고 하셨지만 놈들의 상부는 그대로입니다. 그 상부가 곤전이라는 건 누구는 아는 바이고요. 악행의 근원인 저들의 상부를 그대로 둔다면 앞으로도 같은 일이 일어날 터인데, 우리는 매양 방어만 하면서 살아야 합니까? 아예 근원을 도려내면, 궐을 뒤집으면 안 되는 겁니까? 여기 모인 우리가 열 명씩 십육 개 조이고, 다른 곳에도 같은 수의 무절이 있다고 하셨으므로 서른 두 개조인데, 이 정도면 우리가 오늘 밤 안에 저들의 상부 인사들을 제거할 수 있지 않습니까?"

장내에 정적이 괴면서 서늘한 바람이 맴을 돈다. 조거실의 말은 웅성거릴 수도 없을 만치 어마어마했다. 임금을 상대로 전면전을 치르자는 것일 뿐만 아니라 이왕이면 임금을 갈아치우자는 것 아닌가. 놀라운 발언 앞에서 홍집은 조거실을 위시한 이 자리의 무절들이 지닌 자부심과 자신감에 숙연해진다. 잠시 가만하던 혜원이 좌중을 둘러보며 입을 연다.

"조 무절, 말씀 잘 들었어요. 편히 앉으십시오. 조 무절의 질문에 제 나름의 답을 해볼 것인데, 제 말이 우리 상부의 뜻과 어느 정도 합치할지는 자신하기 어렵습니다. 아무튼, 한 가지 이야기를 예로 들면서 답을 해보겠습니다. 이태 전 소전이 뒤주 안으로 들기 직전에, 김강하가 소전을 뵈러 갔던 일은 널리 알려져 있지요. 그때 군신이 마주앉아 나눈 이야기는 신하였던 김강하가 그 내당한테 전했기에 제가 이 자리에서도 할 수 있게 됐습니다. 그날 김강하가 소전에게, 위험이 닥쳤으므로 우선 몸을 피했다가 되돌아와서 궐을 뒤집자고 했던 모양입니다. 헌데, 그 일이 일어나기 여러 해 전에도 김강하는 소전한테, 언젠가 궐을 뒤집기 위한 준비로서 무사들을 따로 키우자고 청했다고 합니다. 그때 소전이 말했답니다. 자신이 세자이며 장차 왕이 될 사람인데 숨어서 살수를 길러야 하냐고, 신하들은 자신의 신하이고, 백성들은 자신의 백성이고 조선은 자신의 나라 아니냐고. 세자인 자신이 조선을 부강하게 하고 강성하게 만들려는 건데 숨어서 사람을 따로 기른다? 그건 결국 내 나라를 내가 치겠다는 뜻이 되는 건데 내가 왜 그래야 하느냐? 그랬답니다. 그리고 몇 해 뒤, 그러니까 이태 전 그날, 소전이 경춘전 뒤뜰에서 자신을 죽이러 오는 부왕의 행차를 기다릴 때, 김강하가 뵈러 가서 우선 몸을 피한 뒤에 궐을 뒤집을 방법을 찾자고 한 겁니다. 그때도 소전은 마다했다고 합니다. 일단 모면하고 이후를 궁구하자는 김강하의 말을 소전이 따르지 않은 가장 큰 이유는, 소전 자신으로 인해 죽어야 할 사람이 너무 많기 때문이라고 했다 합니다. 당장, 김강하 너와 네 집안이 박살나지 않느냐. 익위사의 위사들과 별감들이 모두 죽어야 하고 그 식구들도 살 수 없게 되지 않느냐. 그리되지 않기 위해 움직이려면 금위군을 모두 죽여야 하고 당시 궁성을 에워싼 오위군들도 모두 죽여야 하는데 그들은 무슨 죄가 있어 죽는단 말인가. 그러므로 내가 죽는 게 낫다! 그러셨답니다. 김강하는 그 자리에서 소전의 말씀에 복명했고 하직인사도 드렸던 모양입니다. 그 열흘 뒤에 김강하도 저들의 흉탄에 맞아 하세했지요."

혜원이 말을 멈추곤 숨을 쉰다. 새삼 꺼낸 김강하의 이야기가 힘이 부치는 것 같다.

"제가 지금 이 이야기를 하는 까닭은, 소전의 그 생각과 고뇌가 우리 상부가 지난 이태 동안 숱하게 했던 고민과 같다고 여기기 때문입니다. 지난 이태뿐만이 아니라 우리 계가 시작된 이래 계속돼 온 고민일 수 있기 때문이고요. 우리 세상 사람들은 우리끼리 살 수도 있을 만치 긴밀하게 연결되어 서로를 돌보면서 삽니다. 헌데 우리 세상은 조선 안에서 조선 백성들과 더불어 이루어져 있습니다. 조선이 우리나라인 이유이죠. 우리는, 작정만 한다면 여기 있는 우리만으로도 오늘 밤 안에 경희궁과 창덕궁을 넘어가서 대전과 곤전을 없앨 수도 있을 겁니다. 곤전의 아비쯤, 여러분 두 소조만 가서도 없앨 수 있을 거고요. 헌데 대전과 곤전 등을 죽이려면 최소한 백 명쯤은 앞서 죽여야 할 겁니다. 와중에 우리들도 상할 수 있습니다. 그 때문에 우리의 상부에서는 우리로 하여금 범궐을 명하지 않는 겁니다. 우리 손에 죽어야 할 그들이 조선 백성이고 우리와 더불어 사는 사람들이라서요. 소전이, 내 나라 내 백성인데 그들을 죽이기 위해 자신이 움직여야 하느냐고 했던 것처럼, 우리도 무고한 우리의 이웃을 죽이기 위해 움직여야 하는가! 우리 상부는 그걸 끊임없이 고민하는 겁니다. 그런 고민을 하기에 우리 세상의 존재 이유가 있는 것이고 계원들이 총령에 절대복종하는 것이지요. 방어만 하다가 매양 당하기만 하는 게 아니냐! 이럴 바엔 임금을 갈아치우자! 조금 전 조거실 무절의 말씀에 공감하신 분들이 많을 줄로 압니다만, 궐을 뒤집지 않기로 한 배경에는 수백 년 전래된 우리 계의 사고와 고민이 있었다는 걸 양지하시기 바랍니다.”

“질문 있습니다!”

유자선이 조장인 삼조 쪽에서 나온 소리다. 모두의 시선이 그쪽으로 쏠린다.

“경상도에서 온 청룡부의 소한사입니다.”

"말씀하세요, 소 무절."

"현 상황에 대한 무진의 말씀을 충분히 납득하였습니다. 하오나, 좀 더 장기적인, 혹은 거시적인 측면에서, 지금의 왕실을 휘젓고 결국 조선을 휘젓는 몇몇은 제거함직하지 않습니까? 우리 상부에서는 그러한 시도는 아니하십니까?"

"소 무절이 말씀하시는 몇 몇은 가령 누구일까요?"

"가령 곤전과 그 아비만 제거해도 세손 동궁이 그 부친처럼 위태 지경으로 몰릴 위험은 적어지지 않습니까?"

"물론 그렇습니다. 헌데 곤전이 하세하면 또 다른 곤전이 들어서고 그 집안이 또 같은 일을 벌이지 않겠습니까? 작금 곤전에 누가 들어서도 세손을 견제할 수밖에 없는 상황이니까요. 또한 대전이 하세하면 곤전이 대리청정을 하게 되므로 더한 상황이 될 수 있습니다."

"그렇다면 곤전의 아비만이라도 제거하면 곤전의 난동이 덜할 수 있지 않을까요?"

"그 또한 우리 상부에서 생각했던 바입니다. 그럼에도 곤전의 아비가 아직 살아 있는 까닭은, 그에게 숱한 혐의가 있되 그 자신이 직접 한 짓은 드러나지 않았기 때문입니다. 그가 자신의 아들과 사위, 권력을 좇아 파리 떼처럼 모여든 자들을 움직여 이태 전 사태를 주도했다는 건, 누구나 짐작하지만 그 자신이 직접 한 건 아니기 때문이지요. 우리 세상은 혐의만으로 누군가를 죽이지 않습니다. 그리해서도 안 되는 것이고요. 하지만 이번을 계기로 곤전의 아비는 더 이상 난동하지 못하게 될 겁니다. 물론 곤전도 그렇고요. 여러분이 여기 모이신 이유가 그것입니다."

"아까 무진께서 말씀하신, 판을 뒤집어 먼저 치기로 하셨다는 의미는 어떻게 되는 것입니까?"

"그래요. 그 이야기를 하던 중이었지요? 어떻게 치느냐! 앞서 전에 말씀드린 권총강도들! 그자들은 처음에는 명화단이었다가 나중에는 청무회라 자칭하였습니다. 도성을 휘저으며 강도질을 거듭하다 급기야 살인을 저지르고 종내엔 우리 반야원으로 쳐들어왔다가 사라진 자들. 우리는 그들을 이용하려 합니다. 그들은 없지만 그들이 어찌 보이지 않는지, 세상은 모릅니다. 우리는 그들이 될 것입니다. 우리는 그자들의 행색으로 꾸밀 것이고 그자들의 호패를 지닐 것입니다. 그자들로 가장한 우리가 내일 밤에 도성 곳곳에서 강도행각을 벌일 것입니다. 동시에 오위와 금위대와 경기감영 등, 도성 안에 있는 군영들을 칠 것입니다. 물론 죽이자는 게 아닙니다. 그리해서도 아니 되지요. 온 도성을 소란케 하여 오위군이나 금위군이 이곳으로 덜 오게 하려는 겁니다. 우리가 벌인 소란으로 인하여 동궁이 진혼굿판에 참석치 못하게 된다면 아주 다행이지요. 그래도 동궁이 굿판에 나타날 수 있어 우리는, 오위군과 금위군을 최대한 궁성 부근에다 묶어서 동궁이 납셨을 때 생길 수 있는 불상사를 방지하려는 것입니다. 또 도성의 소란에도 불구하고 굿판에 나타나는 금위와 오위군이 있겠지만, 우리는 그들도 굿판 밖으로 유인해 낼 겁니다. 우리가 위군들을 굿판으로부터 유인해 냈음에도 굿판 주변에서 움직이지 않는 자들이 있을 시, 우리는 그들을 동궁 저격수로 간주하고 그들을 제압할 것입니다. 그렇게 준비했음에도 발생할 수 있는 위험은 현장에서 대처해야지요. 그리하기 위해 우리는 오늘 밤에 그 모든 준비를 해야 합니다. 다른 곳에서도 똑같은 준비가 이루어지고 있고요. 지금까지 제가 드린 말씀들을 이해 하셨습니까?"

무절들이 일제히 소리친다.

"예, 무진!"

"제가 지금 드릴 수 있는 말씀은 얼추 드렸고, 만약의 사태가 벌어졌을 때, 그 사태가 총알이 날아다니는 판국이 되기 십상이라 우리 몸을 보호할 최소한의 물건을 준비했습니다. 무기는 각기 지니신 것이나 우리 병기고에서 선택하시어 쓰시면 될 테고요. 갑옷을 준비했습니다. 각 방마다 궤짝 두개가 있지요. 궤짝 안에 지의갑紙衣鉀이 열 장씩 들어 있습니다. 지의갑은 종이갑옷이지요. 지의갑은 가죽과 쇠붙이로 만드는 갑옷보다 비용은 덜하되 세월과 공력은 훨씬 더 들여야 만들 수 있는 것이라 부중에서 구하기도 어렵습니다. 우리 칠성부에서는 좀 전에 말씀드린 김강하 무진의 참사 이후 권총도적들이 설치는 사태를 보면서 우리 무절들에게도 보호장구가 필요함을 깨달았습니다. 지난 이태 간 우리부의 열 개 선원에서 만든 지의갑이 총 오백 장입니다. 이번에 오백 장을 무절 여러분이 모두 사용하십니다. 오백 장의 지의갑은 열 가지 크기로 만들어져 있습니다. 이따 방에 들어가서서 각자 맞춤한 지의갑을 착용하시기 바랍니다. 그리고 이제, 여러분에게 이번 작전의 세부사항을 설명하실 능연 무진이 들어오실 겁니다. 능연 무진은 이 반야원 호위무진이자 이번 목괴 작전의 부총책입니다."

갑옷을 입어야 할 정도의 상황이 전개된다면 홍집은 모레 아침에라도 나가서 동궁을 호위해야 한다. 그 점을 모를 리 없는 혜원이 세손익위사에 들어 있는 무절들에 대해 아무 내색이 없는 게 홍집은 걱정스럽다. 혜원의 설명이 계속되려는 참에 대문 밖에서 소리가 난다.

"아씨 납십니다!"

장내의 시선이 일제히 대문 쪽으로 쏠린다. 세 사람이 들어선다. 수앙과 우동아와 장무슬이다. 무슬이 재직 중인 내의원은 창덕궁에 있고 세손익위사청은 경희궁에 있는지라 그동안 어쩌다 양연무에서만 놈을 봤다. 놈이 내의원을 사직한 이후로는 못 봤는데 여기서 호위복색으로 나타났다. 수앙의 등장은 혜원에게도 뜻밖인 모양이다. 혜원이 황급히 수앙을 맞는다. 둘 사이에 소리 없는 실랑이가 오가는가 싶더니 체머리를 흔든 혜원이 수앙을 무절들 앞에 세운다.

"여러분, 주목하십시오."

혜원이 그리 말하기 전에 모두의 시선은 온통 수앙에게 쏠렸다. 검정 말군바지에 새빨간 긴 저고리를 입었는데 저고리의 가장이마다 흰 꽃들이 수놓였다. 짧은 댕기머리에 얹힌 검정 육합모 테두리에도 흰 수꽃들이 둘렸다. 손에는 흰 가죽수갑을 끼었다. 복면을 쓰지도, 너울을 드리우지도 않아 맨얼굴이 고스란히 드러나므로 온전히 그 자신인 수앙이다. 어여쁘다는 말로는 형용하기 어려운, 보는 사람의 심장을 쥐어짜는 듯한, 그리하여 신음이 나게 하는 수앙. 수앙은 임림재나 가마뙤재에서 볼 때보다 연화당과 더 닮아 보인다. 그렇지만 연화당의 아름다움은 온화했다. 그의 온화함이 갖은 신산을 겪으면서 발화한 것이라 해도 홍집이 본 연화당은 부드러운 아름다움으로 강력한 힘을 구사했다. 지금 수앙의 아름다움은 강파르며 살벌하다.

"여러분도 들어보셨을 겁니다. 반야원의 새벽 무녀, 칠지선녀 심경입니다."

소개를 마친 혜원이 돌아보자 수앙이 고개를 가로젓는다. 한 번의 고갯짓이 단호하다. 혜원이 자그맣게 말한다.

"아씨, 이리하시면 아니 되세요."

"아니오, 스승님."

수앙의 말에 한숨을 쉰 혜원이 좌중을 보며 말을 잇는다.

"다시 소개드립니다. 우리 상부의 한 분이신 칠성부령, 심경이십니다. 무절들은 모두 일어나 칠성부령께 예를 갖추십시오."

일백육십 명 무절 중 자신이 속한 부의 부령을 본 사람이 몇이나 될까. 청룡부원인 홍집은 누가 청룡부령인지도 모른다. 하물며 다른 부의 부령을 어찌 알랴. 사신계는 만단사보다 훨씬 치밀하고 은밀했다. 만단사령 부녀가 사신계의 실체를 확인하기 위해 그토록 기를 썼음에도 꼬리조차 잡지 못한 까닭이었다. 그러므로 지금 칠성부령이 본색을 드러낸 건 사신계의 관행이 아니다. 수앙이 유구한 관행을 가차 없이 무지르며 나타났다.

"칠성부령을 뵙나이다!"

무절들이 합창하며 일제히 공수로 예를 갖춘다. 수앙이든 칠지든 혹은 또 다른 이름이든 칠성부령 심경은 정체를 드러냈다. 홍집이 미연제 때문에 반야원을 드나들 때 수앙을 볼 수 없었다. 첫날 미연제를 데리고 왔을 때 얼굴에 너울 같은 조바위 쓴 모습만 봤다. 그무렵 선오한테 칠지선녀를 뵐 수 있는지 물었는데 선오가 고개를 저으며 말했다. "우리도 뵙기 힘듭니다. 새벽 점사 때 외에는 처소에서 꼼짝도 안 하시거든요." 이곤 때문에 또 한 번 뵙고 싶다 청했지만 만나서 할 수 있는 말이 없다는 전갈만 왔다.

그래놓고 지금 얼굴을 다 드러냈다. 왜? 어쩌려고? 홍집은 동료 무절들처럼 상체를 수그리며 탄식한다. 막 가자는 것이야? 어디까지? 우리들과 운명을 함께하겠다고? 우리들의 운명이 어떻기에?

"저 칠성령 심경, 무절 여러분을 뵙습니다."

여러해 전 임림재 곳집에서 연화당 빼닮은 수앙을 처음 만났다. "홍집 대장님!" 수앙이 밥을 먹여 주며 그리 불렀다. 그 일 년 뒤 이온과 박사비한테 납치된 수앙이 청호역 가까운 가마뫼재 연초건조장으로 찾아간 홍집을 불렀다. "홍집 대장님!" 임림재의 수앙과 연초장의 수앙은 같은 사람이었다. 작년 오월 반야원 신당에서 만난 심경과 지금 심경은 예전의 그 수앙이 아니다.

"각설하고, 제가 여기 나타날 줄 혜원께서는 모르셨습니다. 한 시간 전쯤까지는 저도 여러분 앞에 서리라 생각지 않았고요. 무절들께서 원내로 들어오시어 여기저기 살피며 학당으로 향하시는 걸 지켜보다가 달리 생각하게 됐습니다만, 학당 대문 앞에 이르러서 잠시 망설였습니다. 청룡부 소한사 무절의 말씀부터 들었고, 들으면서 혜원과 여러분이 앞서 나눈 이야기들의 내용을 유추했고요. 말씀들 나누신 대로 경령부의 깊은 고민과 숱한 의논 끝에 현재 상황에 이르렀습니다. 그렇지만, 이번에 어떤 일이 어떻게 벌어질지, 무녀인 저도 잘 모릅니다. 여러분은 더 모르시지요. 제가 여기, 여러분 앞에 잠시 서기로 한 까닭도 그것입니다. 내일, 모레, 글피 사이에 우리가 무슨 일을 하고, 겪든지, 저를 비롯한 경령부는 여러분 옆에 있을 겁니다. 경령부가 여러분 근방에 있는 동안 여러분은 무사하실 거고, 경령부가 잘못된다면 여러분 중의 어떤 분도 잘못되실 수 있습니다. 다 같이, 기어이 살자는 것입니다. 그리하여 글피 저녁 참에는 한 사람도 빠짐없이 우물마당에서 난리법석의 뒤풀이를 하자는 것이고요. 하여 부탁드립니다. 살아 주십시오."

살든 죽든 나는 당신들 눈앞에 있을 것이다. 그렇게 제 할 말 마친 칠성부령 심경이 두 손 모아 읍하고는 대문으로 향한다. 장무슬이 앞서고 우동아는 뒤따라 나간다. 중정에는 벼락이 지나간 것 같았다. 벼락 치는 소리를 들은 것처럼 모두 멍해 있는데 수앙이 나간 대문으로 무절 넷을 거느린 능연이 들어선다.

밤더위가 가시고 풀벌레 소리가 극성스러워진 칠월 육일 밤. 인경이 울리면서 도성 안에 인적이 끊겼다. 넷씩 짝지은 포도청 나군들의 순라 소리도 희미해진 사경四更 초시 무렵, 경희궁 태령문 앞에 한 무리의 사람들이 나타났다. 새까만 복색에 검은 복면을 한 자들이었다. 그들은 서로의 어깨를 사다리 삼아 넝쿨처럼 담장을 넘었다. 앞서 담을 넘은 열두 명이 태령문 안쪽에서 수직하던 열두 명의 금위군들에게 달려들어 맨손으로 제압했다. 제압한 위군들을 담장 아래 그늘로 끌어들인 자들이 금위군들의 쾌자와 벙거지 등을 벗겨 착용하고 태령문을 살짝 열었다.

밖에 있던 금위군 복색의 열여덟 명이 들어와 합세했다. 삼십 명의 위군 복색들이 열 명씩 열을 지어 태령전의 무기고로 다가들었다. 무기고 앞에서 수직하던 열두 명의 금위군들이 동료 복색으로 나타난 자들에게 삽시간에 제압됐다. 무기고의 자물쇠가 삼중으로 걸려 있어 그들은 금위군들의 창기를 장도리 삼아 자물쇠의 경첩을 부수곤 문을 열었다. 밖에 있던 횃불을 들고 들어간 그들은 다른 무기들은 본 척도 아니하고 권총 궤짝이 쌓인 안쪽으로 들어갔다. 태령전 무기고 안쪽 서랍에는 일백이십 정의 권총이 칸칸이 들어 있었다. 그들은 각 두 정씩의 권총과 탄환 삼십 알씩을 몸에 장착한 뒤

소매 속에서 명화明火라고 쓴 띠를 꺼내 머리에 두르고 무기고를 나섰다. 그들이 태령문 안으로 들어갔다가 나오기까지 반 일각쯤이 걸렸다. 태령문을 나선 그들은 허공을 향해 서른 발의 총성을 날린 뒤 둘씩 흩어져 사라졌다. 죽은 자는 없었다.

같은 시각, 오위의 병기고에서 비슷한 일이 벌어졌다. 삼십 명의 오위 복색들이 서른여섯 명의 오위군을 제압하고 권총 서른 정과 폭탄 서른 점과 화약 삼백 근을 가지고 나왔다. 그들은 군영 앞의 맨땅에 폭탄 석 점을 띄엄띄엄 심었다. 땅에 심은 폭탄 심지에 불을 당겨놓은 그들은 캄캄한 숲 속으로 사라졌다. 서른 번쯤의 숨참이 지난 뒤 요란한 폭음과 큰 불꽃이 세 차례 튀어 올랐다. 세 번 다 맨땅에서 터진 것이라 불이 나지 않았다. 땅에 커다란 구덩이가 세 개가 파였을 뿐이다.

거의 동시에 돈의문 밖 경기 감영의 병기고에서 흡사한 일이 일어났다. 서른 명의 군사 복색이 나타나 감영 수직군 삼십육 명을 기절시키고 폭탄 서른 점에 화약 삼백 근을 가지고 나왔다. 맨땅에다 폭탄 석 점을 심은 그들은 어둠 속으로 들어가 버렸다. 일백 보쯤 걸을 만한 시간이 지난 뒤 세 점의 폭탄이 연달아 터졌다. 오위 옆에서의 폭음과 태령문 근방에서의 총성 소리와 몇 숨 차이였다. 오위영이나 경기감영에서도 죽은 자는 없었다.

세 군데서 앞서거니 뒤서거니 터진 폭음과 불꽃과 총성에 놀란 사람들이 대문 밖으로 나와 두리번거릴 즈음 영의정 신만의 집에 들어 있던 강도들이 나갔다. 저승사자처럼 시꺼면 복색에 명화明火라 적힌 머리띠를 두르고 총을 든 그들은 신만의 집에서 오천여 냥의 은전과 은금붙이를 탈취해 갔다. 우의정 홍봉한의 집, 예조판서 홍인한의 집, 형조판서 윤급의 집, 포도대장 구선복의 집, 호조판관 홍낙순의 집, 내자시 검정 오상영의 집, 경기관찰사 김시묵의 집, 전 경기관찰사 홍계희의 집, 전 영의정 김상로의 집, 화완 옹주의 원동궁 등에서도 천여 냥이나 삼천여 냥이나 오천여 냥 등을 앗겼다. 죽은 자는 없었으나 강도들에 대항하다 총탄에 손등이나 발등이 부서진 부상자들은 집집마다 있었다. 주로 집주인들을 지키던 자들로서 멋모르고 대항하다 총상을 입은 것이었다. 총을 앞세워 도적질을 마친 놈들은 각 집 근방에서 허공을 향해 수십 발의 공포를 갈겨대곤 사라졌다.

도성 안 곳곳에서 비슷한 시각에 폭죽놀이 하듯 폭탄이 터지고 총성들이 울린 뒤 한동안 귀기 서린 듯한 정적이 흘렀다. 태령전의 금위대에서 먼저 경계를 알리는 큰북소리가 났다. 호응하듯 오위와 경기감영에서 큰북소리가 울렸고 도성 주변 군영들에서도 큰북소리가 연달아 났다. 성문들이 열렸으며 각 군영의 군사들이 진을 갖추기 시작했다. 집에서 잠들어 있던 병조아문의 모든 사람이 자신의 소속 관서로 속속 모여들었다. 정승 판서들과 각 관서의 수장들이 앞서거니 뒤서거니 경희궁 숭정전으로 들어선 시각은 평소라면 파루가 울릴 인시 중경 참이었다.

이록은 사경 초시 즈음에 멀리서 들리는 폭음소리에 깼다. 연이어 폭음과 총성을 들었다. 이웃한 익익재에서도 다섯 발의 총성이 울렸다. 몇 골목 달리한 충정재 쪽에서도 몇 발의 총소리가 났다. 이록은 은적사 비휴들과 집안의 젊은 하속들에게 급히 한성부 부감 복색으로 갈아입고 나가 폭음과 총성들이 어디서 났는지, 어떤 상황인지 알아보라 지시했다. 소란이 일어난 집들의 근방에서 사람들이 웅성 거리고 있으므로 무슨 일이 일어났는지 쉽게 알아냈다.

명화당인지, 명화당을 가장했는지 알 수 없는 자들이 최소한 열다 섯 군데에서 동시에 움직인 것이었다. 금위대와 오위와 경기감영에 는 서른 명 정도씩 떼지어 침입했고 고관대작들의 집에는 대여섯 명 씩이 침입해 도적들의 숫자가 이백에 가까웠다. 그들은 자신들이 다 녀간 사실을 숨길 수 없도록 처처에서 부러 폭음과 총성을 울렸고 누군가의 눈에 띄도록 흔적들을 남겼다. 금위군이 쓰는 벙거지나 오 위군 벙거지의 상모, 옷고름이나 팔 감개나 호패 등.

허원정의 하속들이 한성부 부감들로서 맨 먼저 여러 현장에 도착 하여 수소문했다. 근방에서 도적들이 남긴 물건을 주운 백성들이 불 길한 물건 내치듯이 건네주며 본 대로 들은 대로 떠들고는 재앙을 피하듯이 제 집으로 들어가 버렸다. 이록 앞에 닿은 물건 중에 세 개 의 호패가 있었다. 고인호와 방성제와 이태 전에 사라진 김제교. 김 제교의 호패는 병지가 태령문 건너 숲길 입구에서 제 손으로 주웠다 고 했다. 호패에 적힌 이름들이 놀랍긴 할지라도 그것들이 땅에 아 무나 보란 듯이 떨어져 있다는 건 이록에게 놈들이 이 세상 사람이 아니라는 방증일 뿐이었다. 제 호패를 범죄현장에 떨어뜨려 놓고 갈 놈이 세상에 있으랴. 호패 임자를 죽이고 그걸 가진 자들이 김제교 등으로 위장한 것으로 봐야 하는 것이다.

이록은 잠깐 새에 도성 안을 뒤집어 놓고 사라진 놈들의 정체보다 도적들이 침입한 장소의 기준이 뭔지를 먼저 생각했다. 대전의 측근 들이라 하자니 홍계희나 김상로 등은 소전 사태의 책임을 지고 유배지에 가 있었다. 유배지에서도 유유자적 지내고 있다고는 하지만 그들이 다시 등용될 가능성은 없으므로 측근이라 하기는 어려웠다. 대전의 척신들인가 하자니 김한구, 신만, 홍봉한, 홍인한, 김시묵 등 다섯뿐이었다. 주요 관서의 수장들이라는 것도 맞지 않았다. 그렇다면 뭔가. 집에서 나오기 직전에 호위대장인 상일에게 놈들의 기준이 뭔 것 같으냐 물으니 놈이 자신 없는 듯이 답했다.

"관직에 오른 뒤에 큰 부를 축적한 집들 아닐는지요?"

상일의 말에 일리가 있으나 신만이나 오상영이나 김시묵 등의 집안은 재물이 원래 많으므로 딱 맞지는 않았다. 놈들의 침입 장소의 기준을 찾기 어렵다면 목적이 뭔지를 생각해야 했다. 오늘 오후부터 내일 오전까지 소전의 진혼굿이 벌어지므로 그일과 관련이 있지 않을까? 그리 여기니 지병이 도지듯 사신계가 떠올랐다. 서둘러 머리를 털었다. 그들이 소전 굿판을 즈음하여 움직일 까닭이 뭔가. 그들이 소전과 관련이 있다면 그가 죽게 됐을 리 없지 않은가.

이록은 파루 지나 묘시 초경에 숭정전에 입시했다. 대전은 아직 나오지 않았고 각기 자신의 자리에 앉은 신료들은 두리번거리거나 침통하게 고개 숙이고 있다. 흠! 이록은 자신의 자리에 앉으며 속으로 헛기침을 한다. 스스로는 아무 일도 벌이지 않고 사는데도 일이 심심찮게 터지는 게 기이하다. 사람 족속이 원하는 곳을 향해 가는 게 내남없이 비슷하다는 의미일 터이나 내가 벌이지 않는 일을 남이 벌이는 게 실감나지 않는다고나 할까. 그나저나 어떤 무리가 이 같은 일을 벌이고 있는가.

간밤에 소란을 일으킨 자들의 행태를 보자면 태령전 무기고가 아니라 대전의 침전을 습격하고도 남는다. 강도질한 자들까지 아우른 그들이 경희궁 담을 동시에 넘었다면 지금쯤 국상이 났을 만했다. 그들은 그리하지 않았다. 그들은 어떤 목숨도 해치지 않았다. 세 관서에서 탈취해간 무기는 각기 지니고 움직일 만큼씩이었다. 죽은 자들의 호패며 물건들을 일부러 흘려 놓았다. 그러므로 그들의 목적은 단 하나, 보여주기 위함인 것이다.

우리가 지켜보고 있노라.

우리가 작정만 하면 아무 때 아무라도 죽일 수 있노라.

아직 조당에 나타나지 않는 대전이 그 점을 생각해 냈다면 아마도 공포를 느낄 것이다. 간밤에 강도를 당하고도 이 자리에 와 있는 자들도 그럴 터이고.

"여태 침수에 들어 계시는가?"

대사헌 박필달이 혼잣말인 듯 그렇지만 주변에 들리도록 읊조린다. 홍문관 부제학 서상익이 응대한다.

"사실 우리한테 당장 입시하라는 명을 내리신 것은 아니지 않습니까? 우리는 지은 죄도 없이 어찌 와 있는 게지요?"

"도성 안에서 도적 떼가 날뛰는데 신료인 우리한테 어찌 죄가 없습니까?"

당장 입시하라는 기별은 없었다. 어떤 기별을 듣지 못했음에도 깜깜 새벽에 입시한 까닭은 대전이 막나가고 있기 때문이다. 아들을 죽일 수 있으므로 못할 일이 없어진 대전이 조회 때 마땅찮은 얘기를 들을 때면 허! 하고 일성을 터트리는데, 그 소리가 소전한테 뒤주 속으로 들어가라며 판석을 내리치던 검 소리와 같다고 했다. 당시 휘령전 마당에 있지 않았던 이록은 그 검으로 판석을 내려치는 소리를 듣지는 못했다. 그래도 대전의 허, 소리에 담긴 노기는 충분히 느끼므로 등청 시각까지 마냥 기다리지 못하고 집을 나왔다. 초저녁에 잠들어 한 밤이면 깰 대전이 편전에 나와 앉아 이를 득득 갈고 있으리라 상상하며, 김한구한테 김제교의 호패 얘기를 미리 해줄지 말지도 궁리하며 등청했다. 김제교의 호패가 떨어져 있었다면 지난달 부원군 부인 치병굿 이후 보이지 않는 김문주와 그 패거리들의 호패도 어딘가에서 굴러다니다가 지금쯤 누군가가 주웠으리라 여겼다.

이록보다 앞서 들어온 자들이 줄잡아 육십여 명이고 연이어 들어온다. 도성 안에 있는 관서의 수장들과 오품 이상 신료들이 조당에 다 모이면 이백여 명이다. 평소 조회에 필참하는 자는 백여 명. 잠깐 사이에 백여 명을 넘었다. 그럼에도 오위도총관이자 부원군인 김한구가 나타나지 않는다. 짐짓 침통한 얼굴로 들어와 조당 안의 눈치를 볼 것이라 예상했는데, 늦는다. 옥구헌이 침탈당했다는 보고는 없었는데 그 집에도 무슨 일이 있었는가.

"동궁저하 듭시오."

날이 다 밝고 평소 조회 시작 시각인 진시 중경이 되어서야 내관의 선소리가 울린다. 동궁은 경희궁으로 옮겨온 뒤부터 대전과 함께 조당회의에 들어오는데 늘 대전보다 앞서 들어와 용상 아래에 옆으로 앉는다. 도승지 황경원을 앞세우고 상선 김성첨을 뒤세워 들어온 동궁이 오늘은 곡좌하지 않고 정면으로 선다. 예전에 소전이 앉던 자리다. 도승지와 승지들이 동궁 아래서 양쪽으로 벌려서고 새벽부터 입시해 있던 일백오십여 명의 신료들이 일어나 대전 맞을 채비를 하는데 도승지 황경원이 입을 연다.

"전하께옵서 어젯밤부터 신열이 돋으시어 오늘 조회에 못 나오십니다. 오늘 조회는 동궁이 주관하라는 윤음이 계시었습니다. 신료들께서는 저하께 예를 갖추고 앉아 주시기 바랍니다."

"저하를 뵙습니다!"

합창한 이록은 동궁한테 절하고 앉으며 속으로 쓰게 웃는다. 대전의 신열이 거짓은 아닐 터이나 당장 넘어갈 지경이 아니라면 어린 동궁을 백관들 앞에 홀로 내세우면 안 되는 것 아닌가. 소전이 십사 년간 부왕을 대리하여 정무를 봤는데 그 시작은 열다섯 살 때부터였다. 대리기무가 정식으로 시작된 게 소전의 열다섯 살 때이지 그 이전에도 몇 번이나 선위하겠다며 소동을 벌여 어린 아들을 주눅 들게 했다. 그리하다 결국은 아들을 잡더니 이제 열세 살의 손자를 백관들 앞에 내놓았다. 대전을 어찌 봬야 할지 몰라 죽상이던 자들이 만만한 동궁의 출현에 얼굴들이 핀다. 무기고를 털린 세 관청의 수장들과 강도를 당한 사람들, 간밤에 당하지는 않았으나 언제든 자신도 당할 수 있으리라 여기던 자들까지. 김한구는 아직까지도 오지 않고 있다.

"포도대장!"

거두절미한 동궁의 급작스런 부름에 포도대장 구선복이 흠칫하더니 떨리는 목소리로 복명하다.

"예, 저하!"

"간밤에 도성 안 각처에 총 든 강도 떼가 출몰하여 소란을 피웠다면서요?"

"예, 저하."

"피해 상황을 말씀해 주세요."

"현재 집계 중입니다, 저하. 오전 중으로 장계를 올리겠습니다."

"포도대장께서 그걸 살피시지 않고 조회에 들어오셨어요?"

"신속히 알아보라 했나이다."

"도적들이 붙인 벽보에 대해서도 모르시겠네요?"

벽보도 붙었는가? 이록도 벽보에 대해서는 파악하지 못했다. 날이 밝으면서 눈에 띄었을 것이라 조당에 모인 신료들 중 누구도 알지 못하고 있을 것이다.

"깜깜 새벽에 입궐하느라 바빠서 미처 보고를 받지 못했습니다."

"대감 댁도 강도를 당하는 바람에 어지러우셨던가 봐요?"

"예?"

느긋이 응대하던 포도대장이 멱살 잡힌 듯이 당황하는데 편전 안을 훑던 동궁의 시선은 의금부 경력 민정기한테 닿는다.

"의금부 경력 민정기 영감! 간밤의 상황을 파악하신 대로 말씀해 보세요."

"곧 도사 최갑이 들어와 파악한 상황을 알려 줄 것이라 기다리고 있나이다. 저하."

"아아, 현재로서는 아시는 게 없다는 말씀이시네요?"

"황공하오이다, 저하."

"알겠어요, 영감. 그러면 한성판윤 이록 대감! 한성부에서도 포도청과 의금부처럼 간밤의 상황을 파악치 못하고 있나요?"

이록은 이번에 자신이 불릴 걸 예상했다. 더불어 동궁이 이미 간밤의 상황을 자신보다 소상히 파악하고 있음을 느꼈다. 익위사의 수장 설희평을 비롯한 윤홍집 같은 위사들과 별감들의 기동력이 막강하거니와 소전 굿판으로 인해 그제부터 익위사들이 경계태세에 들어 있었지 않은가. 벽보도 그들이 수집했을 터이다.

"소신도 상세히는 모르오나, 도적들이 출몰한 대략의 장소는 알아 냈나이다."

"도적들이 태령전과 경기감영과 오위영의 병기고를 침범하여 태 령전에서 권총 육십 정과 탄환들을 들고 나갔다는 것, 오위영과 경기 감영에서 권총 삼십 정, 폭탄 삼십 점, 화약 삼백여 근씩을 가져나갔 다는 사실은 나도 압니다. 그 외의 사항들에 대해 말씀해 보세요."

어떤 파에도 속하지 않아 누구의 눈치도 볼 필요 없는 게 다행인 이록은 파악한 사실을 줄줄이 읊는다. 호패들에 관한 얘긴 뺀 채 다 아뢰고 나서 덧붙인다.

"이와 같이 대략은 아오나 각 처에서 탈취당한 은전들이 얼마나 되는지는 아직 파악치 못했습니다."

"그야 재물을 빼앗긴 집안에서 말을 해줘야 알겠죠. 앗긴 재물에 대해 말씀을 하시든 아니하시든, 이미 뺏겼으니 굳이 밝힐 까닭도 없으실 거고요. 그렇다면 판윤대감, 어떤 자들의 소행이라 보세요? 결국 그들일까요? 작년 가을에 보제원거리에서 강도 살인을 벌이고 잠적했던 명화단?"

아이들은, 특히 남의 아이들은 잘 큰다. 당장 대리기무를 해도 될 만치 동궁이 의젓해지지 않았는가.

"현재로서는 그리 추정해야 할 성싶습니다. 더구나 간밤에 놈들이 굳이 명화라 적힌 띠를 두르고 다니다가 부러 풀어 놓고 달아나서 소신이 수거한 것들만 해도 여러 장입니다."

"도적들이 흘린 것으로 보이는 그것들을 익위사에서도 십수 점이 나 수거했는데요, 한성부에서도 그러셨다니, 그냥 흘린 것으로는 너무 많지 않나요?"

"부러 흘려 놓은 것으로 봐야겠지요."

"벽보의 내용은 아세요?"

"아직 모릅니다. 저하께옵선 보셨는지요?"

동궁이 상선을 돌아보자 상선이 품고 있던 두루마리를 펼쳐 건넨다. 동궁이 두루마리 안에서 두 장의 종잇장을 들어 펼쳐 보인다. 귀퉁이가 조금씩 찢겨 나간 종잇장은 가로로 예닐곱 치쯤 되겠고 세로로 열두어 치 돼 보인다. 동궁이 종잇장을 겹치더니 입을 연다.

"각 관서로 돌아가시면 듣게 되실 테지만, 내가 지금 경들께 벽보를 읽어 드리지요. 잘 들으세요! '우리는 세상의 어둠을 밝히기 위해 모인 명화단이다. 우리가 움직이매 살상이 일어난 곳은 보제원거리뿐이었다. 보제원거리의 네 약방은 돌림병이 돌 때마다 큰돈을 벌었는바 우리는 그걸 약취로 간주하여 징벌했다. 그때 살상은 불가피했으며 우리는 탐학과 수탈, 매관매직을 자행한 자들을 징치했을 뿐이다. 우리는 오늘 밤을 아울러 닷새 동안 연속 움직일 것이다. 우리를 찾으라. 그러면서 해이해질 대로 해이해진 각 관서와 군영들의 기강을 바로 세우라.' 이렇습니다."

벽서를 쓴 자들은 누구의 이름도 거론치 않았으나 숱한 신료들을 지명한 셈이고 저희들의 강도짓을 대놓고 변명했다. 탐학과 부패에 찌든 작금의 신료들을 징치하는 것이며 세상을 밝히기 위한 행위라고 의적 흉내를 냈다. 오흥부원군 김한구가 이 자리에 있었더라면 얼굴을 들지 못했을 것이다. 그의 아들들이 청명당을 만들었으며 큰아들 문주가 만든 청무회의 전신이 명화단이라는 사실을 이 조당에 들어온 사람들은 거의 알고 있었다. 김한구의 아들들이 일으킨 소란은 아닐지나 그는 오지 않고 동궁은 그를 찾지 않는다.

"판윤대감."

"예, 저하."

"이십여 년 전, 도고관아에 명화당이라 자칭한 도적들이 나타난 적이 있고, 십여 년 전에 명화당이라는 도적들이 도성을 침범한 적이 있다면서요?"

"예, 저하."

"대여섯 해 전 전라도 강경에도 그들이 나타나 관아를 침범했고요?"

"같은 이름을 사용한 패거리이긴 했습니다."

강경에 나타났던 명화당은 이록이 홍집의 비휴들에게 시켰던 일이다. 거북부령 황환을 제거하고 그 죄를 명화당에게 전가하라 했는데 황환은 못 죽이고 명화당 이름만 높여 주고 돌아왔다. 사실상 그즈음부터 이록의 계획들에 차질이 생기기 시작했던 것 같았다. 그걸 그때 깨닫지 못하면서 모든 일이 어그러졌고 무력한 현재에 이르러 버린 것이다.

"그들이 다 같은 패거리일까요? 지난 이태간 신식총을 들고 설친 명화단과 간밤의 명화당도 같은 패일까요?"

"이십여 년 전 도고관아에 나타난 자들과 칠 년 전에 강경관아며 서리 등을 침범한 명화당은 행태가 비슷합니다. 부패한 관헌과 서리들을 공략하고 곳간을 털어 백성들이 지나다니는 거리에 내다놓고 사라졌습니다. 그런데 십여 년 전에 도성을 침범한 자들은 숫자는 많았으나 오합지졸들이었습니다. 당시에 그들은 산적들이 세를 규합하여 한 것으로 밝혀졌지요. 간밤을 비롯하여 지난 이태간 신식총으로 무장하고 도성을 소란케 한 놈들은 앞선 명화당들의 이름을 빌려 썼을 뿐이고, 그들 흉내를 내고 있기는 하나 전혀 다른 놈들인 듯합니다."

"어떻게 다른데요?"

"권총강도 놈들은 도성 안에서만 움직였고 표적을 정확히 정해 침범했습니다. 총기 유통이 불법인 데다 신식 권총은 특히 엄히 관리되고 있는데 놈들은 그것들을 유유자적 사용하거니와 소지했습니다. 간밤에도 세 관서에서 신식 권총들과 폭탄 등만 가져갔지요. 그리고 도성 안에서 사라졌습니다. 그러므로 이번 놈들은 지난 이태간 강도질을 해댄 놈들과 동일한 것으로 봅니다. 또한 그들은 현재 여러 관서에 속해 있거나 과거에 관서에 속했던 자들일 것입니다. 이백 명에 달하는 자들이 모두 관헌 출신이라 볼 수는 없겠으나 일부는 병조 아문의 무관들이 아닐까 합니다, 저하!"

"어허! 그리 함부로 단정하시면 아니 되지요, 판윤대감!"

소리치며 나선 자는 병조판서 이경권이다. 도적들이 제 휘하에 속했을 것이란 말에 발끈한 것이다. 동궁이 손을 들며 병판을 제지한다.

"병판, 이경권 대감! 제가 지금 판윤대감의 말씀을 통해 공부를 하고 있어요. 병판대감께서는 잠시 기다리시지요?"

"예, 저하."

"고맙습니다, 병판대감. 그러면 판윤대감, 그들이 역란을 시작한 것일까요?"

"역란이라면, 놈들의 간밤 행태로 봤을 때, 그 정도에 그치지 않았을 것이옵니다. 놈들이 동시다발하고 사라지기까지 길어야 반 일각쯤이었을 텐데, 그 정도의 기동력과 기세로 역란을 시작했다면 일은 훨씬 커졌을 것이기 때문입니다."

"역란이 아니라면, 간밤에 그자들이 벌인 짓은 무슨 의미일까요? 벽보는 무엇 때문에 붙인 것이고요?"

익위사들이며 승지들과 다 논의하고 따질 만큼 따져보고 나왔을 테고 제가 다 알고 있음을 과시하고 싶을 법한데 동궁은 한사코 한성판윤으로 하여금 소리 내어 분석하게 한다.

"소신 생각에 놈들은 자신들의 강도짓을 미화하고 싶은 치기가 작용하지 않았을까, 싶나이다."

"그들을 의적으로 여길 백성들이 있을까요?"

"없을 것이옵니다. 그러나 놈들이 그리하는 까닭은 그 조직에 명분을 부여하기 위함일 터입니다."

"자신들이 산적들과 달리 명분을 가진 집단이라는 허위의식이 작용한 것이라고요?"

"소신은 그리 봅니다, 저하."

"알겠어요, 판윤대감. 말씀 고맙습니다. 헌데 그들의 진짜 목적은 무엇이며 그들을 어찌 잡아야 할까요? 잡기는 해야 할까요? 병조판서, 이경권 대감?"

그들의 목적은 무엇이며 그들은 누구이며 그들을 어찌 잡을 것인가. 신료들의 직함과 이름을 꼬박꼬박 부르는 동궁의 질문은 그렇게 진행되어 나갈 모양이다. 결론은 오리무중에 이르게 될 것이나 동궁은 그쪽으로 파고들면서 신료들을 압박하고 있다. 조금도 주눅 들지 않고 짐짓 어린 척하며 유연하게 자신이 원하는 방향으로 조회를 이끌어 간다. 달포 넘게 홍역을 앓는 동안 말 한마디 하지 않고 지낸다기에 바보가 됐는가 여겼더니 딴 세상에 다녀온 것처럼 단단해졌다. 대전이 얼마나 대견하고 자랑스러울지 안 봐도 본 듯하다.

이록에게 그처럼 대견하고 자랑스러웠던 아들 곤이 사라진 지 넉 달이 가까워온다. 한 달이면 돌아오려니, 석 달이면 돌아오려니. 날마다 퇴청하자마자 집으로 돌아가고 한밤중에도 일어나 대문 밖을 내다보곤 한다. 금오당이 칠지선녀라도 찾아가 물어볼까 했을 때 쓸데없는 소리한다며 심히 나무랐다. 다 큰 놈들이 때 되면 어련히 돌아올 터인데 무슨 생각하냐고, 금오당한테 화를 낼 때 내심으로는 아이들이 죽었다는 소리를 듣게 될까 봐 두려웠다.

이록의 말과 속내가 다름을 금오당이 눈치챘던가. 아이들 떠난 지 백일 되던 날 새벽에 금오당이 이록이 자는 틈에 집을 나가서 칠지 선녀를 찾아갔다. 금오당이 다녀와서, 칠지선녀가 아드님의 혼령이 느껴지지 않으므로 살아 있는 게 확실하다더라고 말했을 때 안도했다. 금오당이 아들이 언제쯤 돌아올 것 같냐고 칠지선녀한테 물으니, 알 수 없노라 했다는 말에는 걱정을 넘어 상심했다.

"부자지간에 파살破煞이 끼어들었다고 하더군요."

칠지선녀가 금오당에게 말한 파살 소리에 아연했다. 부자지연이 깨질 만한 살이 끼었다는 말이기 때문이었다.

"굿을 하랍디까?"

굿을 하라고 했기를 바라며 물었는데 금오당이 도리질을 했다.

"파살을 부수어 관계를 회복하는 굿은 당사자 둘이 가까이 있어야 한답니다. 한 사람이 곁에 없으면 아무 소용이 없다고요. 그러면서 아침저녁으로 정안수 떠받쳐 놓고 무사안녕을 빌어주라 하더이다."

그날부터 금오당은 새벽과 해 질 녘에 정안수 떠 놓고 촛불 켜고 세 그릇씩의 밥과 국을 차려 비손을 시작했다. 수십 명의 비속들을 제쳐두고 몸소 첫 우물물을 길어 차려 놓은 뒤 밥을 지어 올렸다. 천신과 지신과 칠성에게 올리는 기도였다. 새벽마다 일어나 나가는 금오당을 보면서 이록은 자신의 지난날을 돌이켜 볼 수밖에 없었다. 아무리 생각해도 곤이 그처럼 떠날 이유가 떠오르지 않았다. 양자로 들인 이후 신기하리만치 아비를 따르던 아이였다. 곤이 아비라 부르며 웃으므로 이록도 정이 생기고 깊어졌다. 넋을 놓고 지냈던 몇 해를 보내면서 곤이 양자라는 사실을 잊을 만치 부자간에 다정했다. 온에게 당연히 시켰던 그 많은 일들을 아들인 곤에게는 시키지 않았다. 곤의 성정이 원체 맑고 다사롭기에 그리 살게 해주고 싶었다. 언젠가 광해군의 육대손으로서의 제 본분을 스스로 깨달을 것이라 믿었기에 그때까지는 무엇이건 저 하고 싶은 대로 하게 둘 작정이었다. 스무 살 넘어 혼인하고 싶다기에 그조차도 내버려두었다. 그런데 온다 간다 말도 없이 사라져 돌아오지 않는다.

곤에게 무슨 일인가가 있었는데 이록은 그걸 알 도리가 없었다. 아는 것이 없으므로 곤이 쉬이, 예전 모습으로 돌아오리라 믿기 어려웠다. 이록이 요즘 의욕이 없는 까닭이었다. 부자 사이에 끼었다는 파살의 원인이 아무래도 자신의 지난 행적들과 관련된 것이라 여겨지기 때문이다. 무슨 일을 하려 할 때마다 길에 놓인 돌멩이를 치우듯이 사람을 죽였지 않는가. 누군가 이록의 지난 행적을 모조리 지켜보고 있다가 곤 하나를 쏙 빼간 것으로 징치하는 것 같았다. 이래도 계속할 테냐고 지켜보고 있는 것 같다고 할까.

무언가 해야겠다 싶으면 사람부터 죽이거나 잡아들이는 그 습성을 온이 고스란히 이어받은 것도 큰 문제였다. 그 습성으로부터 온과 홍집의 불화가 비롯되었지 않은가. 온이 곤의 행방을 수소문하던 과정에서 그 내외 사이에 내재되었던 문제가 터졌다.

'내가 허락치 않는 일은 일체 말라.'

홍집이 온에게 그리 선언했던가 보았다. 제 손바닥에 스스로 칼을 박을 수 있는 놈, 제 가진 것과 가질 수 있는 걸 다 버리고 떠날 수 있는 놈이 홍집이었다. 도무지 속을 알 수 없는데 하는 짓은 반듯하기만 한 그놈. 그 내외 사이의 골이 돌이킬 수 없을 만치 깊은 걸 느끼며 이록은 몸과 마음이 함께 늙는 것임을 깨달았다. 홍집의 무지막지한 전횡에도 불구하고 온의 역성을 들어주지 못했다. 역성을 들어주기는커녕 이의하겠다는 온을 심히 나무랐다. 딸에게 제 평생 처음으로 계집임을 말했고, 불구임을 지적했다. 분수를 알라고도 했다. 온이 아비 앞에서 펑펑 울었다. 그 눈물을 닦아 줄 수 없었다. 이제 허원정에는 윤홍집, 그놈이 있어야 했다. 그렇게 되고 말았다. 이록은 동궁의 또랑또랑한 모습을 지켜보며 한숨을 삼킨다.

봉인해제 비책秘策

　신시 초경에 경희궁에서 퇴궐했던 성로는 초저녁에 창경궁으로 들어왔다. 익위사청인 계방戒房에 먼저 들렀다. 비상령이 내린 상태라 위사와 별감들이 모두 경희궁에서 창경궁으로 따라와 있었다. 동궁의 지근 호위 조는 환경전 담장 안에 있고, 인근 호위 조는 환경전 담장 밖에 있고 수직조는 수직방에서 쉬는 참이었다. 경춘전에서 수라를 마친 손빈이 자신의 처소인 연영합으로 건너가고, 동궁이 자신의 처소로 옮겼다는 걸 확인한 성로는 환경전 마당으로 들어선다. 호위 별감들이 놀라면서도 예사로이 손을 흔드는데 백동수가 다가든다.

　"이 사알께서 이 시각에 웬일이십니까?"

　"갑자기 저하를 봬야 할 일이 생각나서요."

　"이왕 오신 김에 저하께서 내일 거둥하시도록 설득해 주세요."

　"오늘 밤으로 반야원에 가신다고 하셔요?"

　"가리라, 하시기만 하였지 언제 거둥하신다는 말씀은 아직 없으십니다."

"나리님들이 짐작하시는 거둥 시각이 있사와요?"

"짐작할 만한 여지를 전혀 아니 주십니다."

"제가 들어가 뵐게요."

오늘 동궁이 경희궁에서 워낙 바빴다. 간밤의 소란 때문에 새벽부터 위사들과 긴 논의를 했다. 대전 대신 주관한 아침 조회는 길었다. 대전과의 독대 시간도 긴 편이었다. 오후 시강은 여느 날과 비슷했다. 시강할 때 성로가 옆방에 배석키는 했으나 둘이 몇 마디라도 주고받을 짬은 나지 않았다. 별감들과 내인 내관들을 거쳐 안으로 들어서자 동궁이 환히 웃는다.

"몇 시간 만에 돌아오게, 내가 그리 보고 싶었어?"

동궁의 장난스런 물음에 입을 삐죽인 성로가 탁상 앞으로 바싹 다가앉아 속삭인다.

"별이 아는, 별만 아는, 새벽 별의 비밀이 있는데요, 가르쳐 드리러 왔어요."

"너만 아는 내 비밀이 있어? 내 비밀인데 나는 모르는?"

"예, 저하."

어제 성로가 융복전에서 나오는데 오 상촉이 다가와 경춘전께서 부르신다고 했다. 가마꾼들이 선인문 앞에 내려줘 경춘전으로 들어갔더니 주변을 다 물리시고 말씀하셨다.

"동궁 대신 네가 소전마마 진혼굿에 가거라."

혹시 모를 위험으로부터 동궁을 보호하려는 경춘전의 고육지책이었다. 성로는 이미 동궁의 반야원 거둥을 포기시켜 보라는 반야원의 당부를 들은 터였다. 그 당부에 담긴 저의를 이해했듯 동궁 대신 가라는 경춘전의 맘도 이해했다. 하지만 그이가 동궁의 어마님이 아니라면 미울 것 같았다. 이태 전 그때 김강하한테 무녀 소소를 잡아다 소전의 방패로 세우라 했다던 분이기 때문이었다.

어쨌든 동궁은 자신 대신 다른 사람을 내보낼 사람이 아니었다. 아무리 어마님의 명이라 해도 그건 따르지 않을 터. 그 때문에 경춘전은 성로를 따로 불러 동궁을 설득하여 대신 나가라 한 것이고, 반야원에서도 성로한테 맡긴 것이었다.

"너만 아는 내 비밀이 뭔데?"

성로도 동궁을 설득할 자신은 없었다. 그래서 비책을 쓰기로 했다. 이산이 모르는 이산의 비밀. 김강하가 이산만 알아야 한다고 해서 아무한테도 말하지 않고 어른이 될 때까지 기다리려 했던 그것.

"은밀히 말씀드려야 해요."

"여기 지금 우리 둘뿐이잖아."

"비밀이 꽁꽁 봉인돼 있는 곳에 가서 말씀드릴게요."

"게가 어딘데?"

성로는 양손을 집게처럼 만들어 동궁의 귀를 당기는 시늉을 한다. 동궁이 자신이 앉은 안석을 두드리며 다가오라 한다. 동궁이 홍역을 치른 걸로 알려졌던 지난봄의 오십여 일. 모두가 잠든 밤이면 성로는 수직 궁인들 사이를 살금살금 걸어 동궁의 침소로 들어왔다. 내관내인은 물론 의관의녀들도 성로의 걸음을 모른 체했다. 동궁은 그때 사신계 입계에 따른 금언 기간을 치르고 있었다. 나중에 가능한 시기를 잡아 금언 기간을 치러도 된다 하였으나 동궁은 자신에겐 나중이 없다며 당장 수행하겠노라 했다. 말을 하지 않아도 되게끔 방법을 찾아 달라 수앙에게 청했다. 그때 동궁의 홍역은 홍점과 발열을 유도하는 약제를 먹은 결과였다.

말을 못하는 것으로 알려놓고 시작한 두 달 가까운 금언 기간에, 동궁은 십여 년 평생 처음으로 자유로움을 느꼈다. 새벽부터 잠들기 전까지 온몸에 매달려 있던 공식일정을 벗었고 체면에서 놓여났다. 옷전들을 뵙지 않아도 되었고 신료들을 만나지 않아도 되었다. 간단히 먹고, 약을 마시고, 잤다. 그 모든 시간에 동궁 곁을 지킨 성로가 느끼기에 그러했다. 성로는 동궁한테 말을 시키지 않았다. 둘 사이에 소리나는 말이 없어도 성로가 동궁의 뜻을 알아들었다. 어느 때는 책을 가져다주고, 어느 때는 책을 읽어 주고, 어느 때는 발 씻을 물을 들여 주고 어느 때는 과일을 대령케 해주었다. 밤이면 옆에서 자거나 한 이부자리 속에서 잠이 들었다.

"가까이 와서 말하라니까."

성로가 다가들자 동궁이 귀를 내밀다가 장난스러워져 고개를 슥 돌린다. 그 바람에 두 입이 맞닿는다. 놀란 성로가 물러나려 하자 동궁이 입술을 댄 채 안으며 밀어붙인다. 동궁의 몸 아래에 성로가 있었다. 성로 위에서 동궁이 개구지게 웃더니 속삭인다.

"사내들끼리 이 자세는 어쩐지 불온한 것 같지?"

불온한 게 아니라 어쩐지 와락 수줍어진 성로가 동궁을 밀쳐내며 소리친다.

"우리가 이리 놀고 있을 때가 아니라니까요!"

"장난 좀 친 걸 가지고 화낼 것까지야 있어? 알았어, 말해. 내 비밀이 뭔지."

"우리 산보 좀 해요, 저하."

"둘이서만?"

"우리 둘이만요."

"그리하는데, 시시한 거면 후환을 두려워해야 할 거다."

"시시한 거면 저를 어쩌실 건데요?"

"그건 그때 가서 생각해 봐야지."

동궁이 백동수를 불러 한 시간 정도 후원 산책을 할 것이니 자신이 움직인 사실을 별감들도 모르게 하라 당부했다. 둘이 그러는 게 여러 번이라 백동수가 수긍하고 뒷문을 열어 줬다. 두 사람은 꽹이처럼 잽싸게 환경전을 나섰다. 후원으로 들어선 뒤 금원숲을 꿰고 요금문 근방에 이른다. 아직 열린 요금문 밖에 수직군들이 어른거리고 그 밖으로 오위군이 둘러섰다. 어젯밤에 도성이 뒤집힌 덕에 궁성 경계가 삼엄해졌다. 담장 바깥은 그러해도 요금문 안 너른 마당이나 빙고 근방엔 인적이 없다.

빙고지기가 전각 바깥문의 자물쇠를 채우고 퇴청했다. 그걸 예상하고 자신만만하게 동궁을 이끌고 빙고로 온 성로는 전각 열쇠가 어디 있는지 알았다. 동궐에 올 때는 부러 요금문으로 드나들며 빙고지기들과 얼굴을 익혔다. 와중에 그들이 빙고 열쇠를 전각의 문틀 위에 두고 다닌다는 것을 알아냈다. 얼음 몇 덩이 훔쳐 봐야 궐을 나서기 전에 녹아 버릴 것이므로 얼음도둑은 없는 탓에 문단속이 심하지 않는 것 같았다.

"열쇠가 있는지, 까치발 딛으시고 문틀 위를 더듬어 보세요, 저하."

처음 만날 때는 두 사람의 키가 비슷했으나 지금은 동궁이 반 뼘쯤 컸다.

"동궁한테 이런 일 시키는 네 죄가 태장 백대로도 모자랄 거다."

동궁이 구시렁거리면서 까치발을 딛더니 전각 열쇠를 집어낸다.

안으로 들어서 빗장을 지르고 부시를 켜 촛불을 밝힌다. 빙고 열쇠도 전각 열쇠처럼 문틀 위에 숨듯이 놓여 있었다. 이번에도 동궁이더듬어 열쇠를 더듬어 내 문을 열었다. 촛불을 들고 빙고로 내려온다. 지상의 전각이 자그만 편인데 구불구불한 계단 아래에 있는 문을 열고 들어서자 궁형의 넓은 공간이 나타난다. 좌우 공간의 얼음들은 다 써 양쪽이 횡한데 가운데 얼음은 아직 높다. 문 양쪽 벽에달린 등에다 불을 붙이자 성벽처럼 쌓인 얼음들 각각이 수백 개의촛불을 반사해 영롱하게 반짝인다.

"여기 내 비밀이 있어? 뭔데?"

촛불을 바닥에 놓은 성로가 서늘한 공기에 부르르 진저리를 치고는 정면에 잔뜩 쌓인 얼음벽을 가리키며 입을 연다.

"저 얼음들 안쪽에 벽이 있는데요. 지금은 얼음이 너무 많아 안 보이지만 초겨울에 여기가 다 비면 벽돌 벽이 보이겠죠?"

"그렇겠지. 지금 좌우에 벽이 드러난 것처럼. 그런데?"

"그 벽돌 중에 가로 세로, 아바님의 탄월과 탄일에 해당하는 벽돌을 밀면 손잡이가 나타나고요. 그 손잡이를 힘껏 밀치면 벽에 문이생기면서 방이 드러난대요. 그 방 안에 저하의 비밀이 들어 있대요."

"그게 뭔데?"

"저하의 보물이라고 하시던데요?"

"누가?"

"김강하 스승님이요."

"저 안에 내 보물이 있다 치고, 내 보물을 네가 알고 있는 경위는?"

"김강하께서 소전마마의 마지막 시간에 함께 계셨잖아요?"

"그러셨지."

"그때 소전께서 여길 말씀하시면서 나중에 세손이 크면 여길 알려 주고 이 안에 있는 걸 꺼내서 쓰게 하라, 하신 거죠. 소전마마의 그 말씀을 김강께서는 저한테 비밀로 심으시고 어른이 되면 저하께 알려 드리라 하셨어요. 그 나흘 뒤에 돌아가셨고요. 저는 어른이 되면 저하께 말씀드리려고 했는데, 지금 말씀드리는 거예요."

"왜, 어른이 된 뒤에 아니하고 지금 하는데?"

"어른이 되시려면 무사히 크셔야 하니까요. 반야원에 가실 거죠?"

"거기 가지 말라 하려고 여기까지 온 거야?"

"제가, 저하 대신 갈게요."

"말도 안 돼."

"대번에 아니 된다 하실 일이 아니에요."

"이 빙고를 나한테 물려준 아바님과 스승님의 뜻을 충분히 알아들었어. 아바님께선 김 좌장사한테 빙고 안에 있는 무엇인가를 가지고 세손을 보필하라, 하셨겠지. 스승님은 그 어떤 예감 때문에, 네게 알려 놓으신 걸 테고. 잘 이해했어. 그렇지만 네가 나를 대신해 반야원에 가겠다고 나서지는 마. 그건 옳지 않아."

"저하는 제 임금님이세요. 저는 제 임금님을 지켜야 해요."

"너는 현재 나의 유일한 백성이야. 나는 내 백성을 지켜야 해."

"제가 죽을 일은 아니잖아요. 잠시 시늉을 하고 나면 만사형통하게 될 일이라고요. 가납하세요. 저하 대신 잠깐 갔다 올게요."

"네 말대로 내가 네 임금이야. 네 임금인데 네가 이리 나설 정도로 내게 힘이 없지. 그렇지만 힘이 없는 채로도 최선은 있는 거야. 그게 너를 내 방패로 세우는 건 아닌 거고. 훗날을 위해 현재 비겁하면 안 되는 거라고. 내가 오늘 밤 네 뒤에 숨으면 천하의 비겁자가 되는 거야. 그런 자가 무슨 임금이고, 어찌 임금이야?"

"저는 그리 생각지 않아요."

"너는 내가 비겁자든 도둑이든, 소인배든 다 괜찮다 하겠지. 그렇지만 명색이 대장부인 나는 그리할 수 없어. 너도 그런 소리하지 마."

"비밀도 비밀이지만 편히 말하기 위해 여기까지 왔으니까 편히 말씀드릴게요. 웃전마마들에 대한 불경한 언사를 미리 용서하세요."

"용서할게."

"소전마마 진혼굿이 확정된 뒤에 제가 칠지선녀한테 정식으로 여쭸어요. 소전께서 혼령으로 도성과 궁성을 떠돌고 계시는지. 하여 지난 이태간 도성 안에서 생긴 무수한 소문처럼, 소전마마 혼령으로 인하여 여러 사람이 저주를 받은 건지. 칠지선녀가, 그렇지 않다고, 소전마마께서는 승하하신 그때 혼령으로 반야를 만나시고, 승천하시었다 하셨어요."

"아, 아바님께서 승천하셨대?"

"분명히 그리 말씀하셨어요."

"허면 할마마마의 병환은 아바님 혼령 탓이 아닌 거네?"

도성에 퍼진 소문이 그러했고 화완 옹주가 그런 투로 말하는 바람에 장락전의 병도 깊어졌다. 누구도 직접적으로 거론치 못할지라도 동궁도 그리 여겨 맘 쓰고 있음을 성로도 느끼며 지내왔다. 그렇지 않다는 말을 꺼낼 입장이 아니었기에 그 맘을 다독여 주지 못했다.

"칠지선녀는 장락전 마마의 병환이 소전마마로 인한 것이라는 말을 한 적이 없대요. 원동궁주께서 그리 말씀하신 것뿐이죠. 그래서 소전마마 진혼굿은 소전마마를 위한 일이 아니라 살아 있는 사람들

을 위한 일인 거예요. 칠지선녀의 말씀은 그만큼이고 제 생각은, 소
전마마 진혼굿은 살아 있는 사람들이 고인을 빙자하거나 이용한다
는 것이에요."

"곤전께서?"

"그렇죠. 반야원으로 하여금 소전마마 굿을 열게 하신 분은 곤전
이시잖아요. 저하의 굿판 잠행을 불허하시던 대전께서 허하신 근저
에 곤전이 계신 거고요. 대전께서는 곤전마마가 만백성의 어머니가
되고도 남을 만치 도량 넓은 분이라고 여기시는지라 곤전의 모든 행
사가 왕실과 백성을 공히 위하는 일이라 생각하시죠."

"그렇다 해도 결국 내 문제야."

"저하의 문제만이 아니죠. 저하가 저하이신데 어떻게 저하만의 문
제일 수 있어요? 아직 알려지지 않은 사실이 있는데, 지난 새벽에
부원군 대감이 풍 맞은 모양으로 발견됐대요. 부실 집에서요."

"아아, 그래서 오늘 종일토록 부원군이 나타나지 않았구나."

"그에 앞서, 금위대 중위관으로 있던 부원군의 장자도 반야원으로
들어갔다가 세상에서 사라진 것 같고요."

"그랬대? 어떻게?"

"저는 아직 그런 내막을 들을 만한 위치가 아니라 그동안 여기저
기서 주워들은 말들을 조합하여 짐작한 건데요, 지난달 보름날 밤에
반야원에서 군부인의 치병굿 열렸잖아요?"

"그렇다고 했지. 헌데?"

"그 전날 밤에 반야원을 침략한 자들이 있었던 모양이에요."

"그자들 중에 부원군의 장자가 있었다고?"

"제가 짐작하기로, 그들이 권총강도 같아요."

"뭐?"

"그들이 군부인의 치병굿과 소전마마 진혼굿이 예정된 반야원에 돈이 많을 것이라 여기고 침략했다가 도리어 당한 것 같다는 거죠. 어쩌면 반야원이 파놓은 함정으로 들어갔을 것이고요."

"반야원이 그리 움직일 수도 있어?"

동궁이 입계는 했을지라도 사신계에 대해 아는 사실이라곤 비연재에서 수앙에게 들은 말들과 입계 의식에서 만난 열 몇 사람뿐이었다. 그 열 몇 사람 중에서도 세손이 다시 만날 사람은 성로와 수앙뿐이었다. 성로가 자신이 아는 대로의 사신계에 대해서라도 다 말해 줄 수 없는 까닭이었다.

"제가 그리 짐작하는 거지요. 근자에 부원군의 장자며 그 휘하의 위군 여럿이 태령전에 나타나지 않아 금위대가 좀 소란했다는 말을 제가 궁인들한테서 들었거든요."

"그런 말을 어찌 나한테는 아니했어?"

동궁이 태어난 곳은 빈궁전의 품이었다. 빈궁전의 품이 고작해야 궁궐을 감싸고 있을 때 성로가 다시 태어난 반야의 품은 궁궐을 아우른 팔도를 안고 있었다. 그 품안은 무한 세계였다. 그 품에서의 성로는 무한을 배웠다. 동궁은 아직 그걸 배우지 못했다. 성로는 말을 가려서 할 수밖에 없었다.

"제가 확실하지 않는 말들까지 일일이 저하께 다 말씀드리면 저하께서 어찌 견디시겠어요? 그리고 작년에 전하를 처음 뵀을 때 전하께옵서, 말씀하셨어요. 동궁과 지내게 될 제 가장 조심할 것은 말이라고요. 아무튼요, 저하. 어젯밤 도성이 떠들썩했던 까닭이야 저하도 이미 짐작하실 테죠. 그런데 부원군이 느닷없이, 하필이면 어젯밤에 그리된 연유가 뭐겠어요?"

"같은 맥락이라고?"

"저는 부원군 부자한테 생긴 일과 간밤의 소란이 다 같은 맥락이라 여겨요. 우리 세상이 저하를 보호하기 위해 움직이고 있는 거죠. 그리고 반야원을 보호하기 위한 거고요. 그러니까 저하께서도 조심해 주셔야지요."

"조심하고 있잖아. 앞으로도 계속 조심할 거고. 그래도 굿판엔 가야 해."

"부원군이 갑자기 풍을 맞아 숨만 쉬고 있다는 기별이 아침에 곤전에 전해졌다고 해요. 저하께서 아까 이쪽으로 오셔서 곤전마마 문안 들어가셨을 때 곤전께서 뭐라 하시던가요?"

"내가 소전 굿판에 가겠노라 한 걸 들으셨다고. 혼령을 잘 위로하고 오라고 하셨어. 웃전으로서 당연히 하실 말씀이지."

"물론 그렇지만 한편으로는 저하가 굿판에 아니 갈 수 없게끔 못을 박으신 거죠. 쾅쾅! 한번 가정해 봐요. 저하가 굿판에 나가셨어요. 거기서 저하한테 손톱 거스러미만 한 일이 발생해도 그건 모조리 반야원 책임이에요. 이번 굿판에 참여하는 스물네 무녀의 목이 댕강댕강 떨어질 테고 반야원은 기왓장 하나 남지 않게 박살나서 초목과 귀신만 살게 될 거예요. 곤전께서 소전마마 굿판을 굳이 반야원이 치르도록 하신 것도 그 때문 아니에요? 덮어씌우려고."

"설마 그렇게까지 하시겠어?"

"그리 생각하게끔 모든 일이 진행돼 왔어요. 그건 저하께서도 잘 아시잖아요? 보통 사람은 위태로운 일이 생길 것 같으면 피할 수 있죠. 저하는 못 할 입장인 데다 피하시지도 않을 분이고요."

"맞아. 이건 사리판단의 문제가 아니야. 소전의 아들이자, 국본으로서의 자존과 명예가 달린 거야. 내가 굿판에 가지 않으면 역시 어린애에 불과하다며 신료들이 얕보겠지. 효심 깊다더니 별거 아니네, 비아냥거릴 테고. 부중에서는 바보 같은 사람을 두고 동궁 같다고 해. 아바님 어릴 때부터 생긴 말이라면서? 그건 아바님 어릴 때부터 신료들이 소전마마를 통해 대전을 괴롭혔다는 것이지. 그 때문에 대전께서는 허구한 날 아드님한테 뭘 못 한다고 꾸중하시고, 아드님은 미쳐 날뛰고, 급기야 풀 무덤에 생매장 당하셨지. 저들은 이제 나를 그리 만들려는 거야. 대전께서 내 굿판 잠행을 허락하신 것은 아드님처럼 만들지 않으려는 뜻이시지. 해서 나는 갈 거야. 자존이니 명예니 하는 것들을 떠나서도, 온 도성에 알려진 내 아바님의 진혼굿이야. 어떻게 안 가? 어떻게 널 대신 보내고?"

"저하가 피할 수 없는 완전한 상황을 곤전께서 만드신 거잖아요. 그런데 저하가 그 장단에 맞춰 드려야 해요?"

"네 말이 다 맞아. 그렇지만 내가 알아서 할게. 익위사와 금위대가 괜히 있어? 게다가 부원군도 움직일 수 없게 됐다며?"

"저하, 갑자기 머리가 멍해 지셨어요? 곤전 앞에 부원군이 있는 게 맞고 그가 더는 움직일 수 없게 되긴 했지만 그들은 이미 화살을 날렸어요. 그 화살이 날고 있는 건데, 익위사와 금위대가 모조리 둘러싼다고 해도 무슨 소용이에요? 그 안에서 화살이 나올 텐데요? 화살 한두 개로 저하가 잘못되실 일은 절대 없지만 난리는 나겠죠. 그 난리 틈에 또 무슨 일인가 벌어질 수 있고요. 저하께서 그 자리에 계실 때 무슨 일이 벌어진다면 우리 반야원이 끝나는 거라니까요."

"반야원이 그리 만만하겠어? 간밤의 일들만 해도 그 맥락에 있는 건데, 다 대비하고 있는 거잖아."

"대비는 아무리 완벽해도 모자라기 마련이에요."

"그쪽에서 너한테 이리하라, 나한테 어찌하라는 말씀이 계셨어?"

이건 계의 일이자 동궁이 헤쳐 나가야 할 그의 일이기도 하다. 그러므로 그쪽에서 당부했다는 말은 할 수 없다. 그 당부를 성로가 이미 넘고 있기 때문이다. 경춘전이 그리 시키더라는 말은 더욱 못한다. 동궁은 어마님이 세상에서 가장 선하고 가여운 분이라 여기지 않는가. 성로는 뼛속을 파고드는 한기에 부르르 몸서리를 치곤 고개를 젓는다.

"아니오."

"그렇다면 더욱 네가 나설 일이 아니지!"

"어쨌든 저하가 가시기는 해야죠. 이번에 저하께 역심을 품은 자들을 골라내야 한다는 의미에서도 가시기는 해야 하고요. 그래서 가시지 말라고 말씀드리는 게 아니에요. 굿은 내일 저녁에 끝나니까요, 저하께서는 내일 아침에 가셔요. 오늘 밤에는 제가 다녀올게요."

"오늘이든 내일이든, 앞으로 평생 동안도 너를 내 방패로 삼지 않는다 했잖아!"

빙고 벽 안에 들었다는 보물은 동궁을 설득하는 비책이 못됐다. 보물이 무엇일지 궁금해하지도 않잖은가. 이 고집쟁이를 넘어뜨릴 방법이 뭘까. 마지막 수단이 떠오르긴 하는데 그마저 통하지 않으면 어찌하나. 성로는 몸을 떨며 짐짓 한숨을 내쉰다. 입김이 허옇게 나간다.

"제가 이리 청하는데도요?"

"내가 들어줄 수 있는 청은 뭐든 다 들어줄게. 평생 동안, 약속해.

그러니까 내가 들어줄 수 없는 청은 하지 마."

"지금 못 들어주시는 청을 나중에 어떻게요? 지금 아니 들어주시겠다면, 저는 여기서 나가는 대로 저하를 떠날 거예요. 백 년 뒤에나 찾아뵐 거고요."

"뭐가 어째?"

"제게 봉인됐던 저하의 보물을 넘겨 드렸으니 백 년쯤은 뵙지 않아도 되겠죠."

"시방 나를 겁박하는 거야?"

"저하께서 먼저 저를 겁박하셨어요."

"내가 언제?"

"제가 유일한 백성이라면서요? 하나 있는 백성 앞에서 하나인 임금이 스스로 죽든 살든 관계없다 하시는 게 겁박이죠. 하나 있는 백성이 이처럼 간곡히, 추워 덜덜 떨면서 말씀드리는데, 아예 가시지 말라고 청하는 것도 아니고, 그저 잠시 옷 한번 바꿔 입자고 하는데도 저하는 할바님의 신료들과 할바님의 백성들한테 얕보일까 봐, 고집부리시잖아요."

"너 춥니? 너 춥구나?"

"여름 옷 입고 한겨울 속으로 들어선 지 벌써 한 식경은 됐을 텐데, 안 춥겠어요? 그렇지만 지금 주제가 추위는 아니죠."

"알았어, 알았어. 얼른 나가자."

"뭘 아셨다고요?"

"네가 나를 백 년 동안 아니 보겠다고 겁박하니 하는 수 없잖아. 너는 그리하고도 남을 아이고 나는 백 년 동안 너를 안 보며 살 수는 없으니까. 네 말대로 할게. 오늘 밤엔 네가 내 옷 입고, 내 위사들 거느리고 다녀와. 나는 내일 가는 걸로 하고."

"그럼 얼른 나가요. 저하와 제가 얼음 형상으로 발견되기 전에
요."

히죽 웃는 성로는 서둘러 벽감 속의 등불을 끈다. 동궁도 반대편
불을 끄고는 바닥의 뒀던 촛불을 든다. 들어왔던 순서대로 밖으로
나온다. 문을 잠그고 열쇠를 제자리에 올려놓고 촛불을 끈 동궁이
성로의 손을 잡고는 이끈다. 별은 반짝이고 숲내는 향기롭고 바람은
안온하다. 산보하기 좋은 밤이다. 굿하기에도 좋을 밤. 성로가 학당
에서 지낼 때 굿이 벌어지는 밤이면 아이들은 괭이들처럼 살금살금
전각 사이를 꿰고 외삼문 담장까지 내려가 구경하곤 했다. 외삼문에
서 멀찍한 담장에 붙어 담장 구멍으로 내다봤다. 은성한 불빛들이
바람에 아롱거리고 종이꽃들과 긴 종이꽃술들이 나부끼고 재밌는
이야기가 풀려나오고 춤추는 무녀들의 치맛자락이 나풀거리고 노랫
소리가 높은 굿판. 아이들은 향로에 불을 피우는 광경을 가장 좋아
했다. 칠지도를 휙 저으면 화라락 솟구치는 불꽃과 불꽃이 스러지며
피어나는 자단향이나 백단향이나 침향이나 초류향. 오늘 밤 굿도 그
렇게 진행되어 간다면 좋을 것이다.

당신들이 오래오래 아프시기를

이미 깊은 밤, 반야원 굿판은 대낮처럼 밝다. 오위군이 굿판 외곽을, 금위군이 내곽 호위를 하고 있는 것 같다. 원래 오위군 육백이 오기로 했다가 일이정군 이백 명만 오고, 금위군도 삼백이 오기로 했다가 백 명만 왔다고 들었다. 어젯밤 소란으로 인해 도성과 궁성 경계가 강화됐기 때문이다. 동궁이 굿판에 나서지 않을 것이라는 뜻이거나 그리 보이기 위한 의도일 수도 있다.

양쪽 위군들을 지휘해 온 무관 여섯이 마당 서편 가장자리에 좌대를 나란히 놓고 앉아 있다. 극영이 모르는 사람들이다. 그들 맞은편 동쪽에 놓인 여섯 개의 좌대는 비었다. 동궁의 측근이나 문관들을 위한 자리인데 거기 앉을 사람이 더 나타날지는 의문이다. 소전은 세자로 복위되긴 했을지라도 죄인이다. 그 아드님이 효장세자한테 입양된 것도 소전이 죄인인 까닭이다. 도성이 시끄러운 이 밤에 죄인의 진혼굿에 나타날 관헌은 없었다. 극영은 비어 있는 좌대들 앞에서 건너편 군관들을 향해 읍례한다. 군관들이 마지못한 듯 일어나

극영에게 인사한다.

"세천세국 사바세계 해동 조선 땅!"

조상거리 판인 모양이다. 아는 만큼 본다고 무녀의 아들이자 아우로 자란 덕에 굿판 진행상황이 보인다. 조상거리가 머리굿과 본굿과 꼬리판으로 이루어지므로 지금은 머리굿이다. 조상거리의 머리굿판을 맡은 무녀가 사설을 시작하자 북재비가 궁, 딱, 북을 치곤 답한다.

"예에."

"조선하고도 한양 땅!"

"예, 그렇지요."

"을묘년 정월에, 한양 가운데 큰댁에서 태어나신!"

"예, 그렇답니다."

"이름하시야 선이라, 크고 큰댁의 외동 아드님이셨던 모양이네?"

"그렇지요."

"정월처럼 맑으시고 햇머리처럼 밝으신 아기님이시라!"

"그렇고말고요."

"아기님 자라시매 일월처럼 총명하시고!"

사설을 저리 느리게 읊으면 머리굿만으로도 새벽에 닿겠다. 극영은 좌대 등받이에 등을 바싹 기대며 긴 밤을 대비한다. 동궁이 언제 올지, 정말 올지 알 수 없다. 성로가 저녁을 먹고 창경궁에 간다며 나갔다. 특별한 밤이니 저하께서 어수선하실 거라고 말벗해 드리러 간다 했지만 동궁이 굿판에 나가지 않도록 말리려는 것 같아 보였다.

"형!"

바싹 다가와 형이라 부르는 사람은 국빈이다.

"어, 어떻게 왔어?"

"저하가 납실 거라기에, 형도 와 있을 것 같아서 와 봤어. 밤이 깊었는데 여긴 대낮 저자거리 같네. 진짜 천도는 언제 한대?"

뜻하지 않게 국빈이 찾아와 여상하게 구니 반년 이상 소원했던 마음이 가뭇없다. 사실 국빈에게 화가 난 게 아니었다. 극영 자신과 곤전에게 났던 화가 국빈을 향해 터졌던 것이다. 국빈이 곤전에 글 선생으로 드나든다는 사실을 알았을 때 맘이 상했던 것도 질투 때문이었다. 온 궐이 알 만치 공공연히, 문 다 열어놓고 내인들 둘러세우고 가운데 너울 드리운 채 강학이 이루어진다는데도 그랬다. 곤전이 누굴 청해 공부를 해도 마찬가지였을 것이다.

"이런 것들이 다 천도 과정이지. 밤을 꼬박 새고 내일 한낮이 돼야 끝난다니까 너도 편히 앉아."

"저하는 언제 납시는데?"

"어젯밤 도적 떼가 그 난리를 쳤고 오늘 밤도 어디서 무슨 일이 터질지 모르는데 어찌 납시겠어? 아니 오시기 십상이야. 오신다 해도 내일 날 밝은 뒤에 오실 거고. 그런데 김국빈, 술 마셨어? 제정신이야?"

"오랜만에 형 잔소리 들으니 좋네!"

아무렇지도 않게 대꾸한 국빈은 극영과 가장 먼 좌대에 앉는다. 이만큼 떨어지면 속삭일 수 없으므로 대화도 나눌 수 없다. 극영이 술 냄새도 못 맡을 것이다. 초저녁 곤전에서 『대학』의 문장을 논하는 대신 송엽다라 칭하는 술을 마셨다. 곤전은 저만치 너울 안쪽에서 마시고 국빈은 이만치 바깥방에서 마셨다. 곤전의 글 선생으로서 드나든 지 다섯 달이 가까웠다. 곤전은 강 건너에서 타오르는 횃불 같았다. 멀리서 아련히 반짝이며 애를 태우는 한 점 불빛. 강을 건널 길은 없는 듯했다. 몇 시간 전에 소전 진혼굿을 언급하는 곤전의 목소리에 눈물기가 배어 있었다.

"오늘 밤 경운궁이 천도되면 만인이 평안해질지나 단 한 사람, 내 신세는 폭풍에 시달리는 쪽배처럼 되겠으니 이후 김 설서를 다시 볼 수 있을지 모르겠구려."

"경운궁마마의 혼령께서 평안해지시면 만 사람이 더불어 평안해질 터인데 어찌 홀로 불안해하시옵니까, 마마."

"간밤에 내 사가의 아바님이 풍을 심히 맞아 혼수에 들어 계시다 합니다. 그런 판에 오늘 밤 경운궁은 극락에 가고 그 아드님의 보위로 향한 길은 탄탄해지니 생과부로 사는 내 신세야 불 보듯 뻔하지 않아요? 살아도 사는 것이 아닌 신세. 김 설서를 글 선생 삼아 평생 지내려 했는데 다 부질없게 됐습니다. 절간 뒤뜰에 선 부도처럼이나 지내다 아침햇발에 사라지는 이슬처럼 가만히 스러지럽니다. 오늘은 이만하지요."

여느 때의 삼분지일만큼의 시간이나 됐을 때였다. 늘 나중 어느 날에 보자며 시간을 정했는데 오늘은 그 약속도 없었다. 다시 뵙기 어려울 것 같았다. 막막해져 궐을 나서다가 풍등을 파는 장사치들을 봤다. 소전마마 명복기원! 풍등에 한글로 그렇게 씌어 있었다. 발 빠른 장사치들이 오늘 밤 천도굿을 한다는 걸 알고 만들어 파는 것이었다.

국빈은 주막으로 들어가 술을 마셨다. 주막에 있던 자들의 화제는 온통 소전 진혼굿이었다. 그 어떤 굿판보다 화려하고 장관일 터인데 일반 구경꾼들은 들어갈 수도 없다느니. 내일 오후에는 일반 구경꾼도 들어갈 수 있다느니. 동궁이 굿판에 나설 거라느니. 못 갈 거라느니. 설왕설래하며 내기까지 거는 자들을 보다가 국빈은 굿판 구경을 하자고 작정했다. 일반 구경꾼은 못 들어가도 세손의 교관들은 들어갈 수 있다는 걸 알기에 느리적 느리적 걸어왔다. 홍익루 앞에서 다수의 사람들이 들어가네, 못 들어가네, 실랑이를 벌이고 있을 제 국빈은 세손 교관이라고 들여 주었다.

마당 가운데는 제단이 서, 북, 동 세 방향으로 쌓였고 제단 가장이로는 갖은 깃발을 나부끼는 장대들이 줄줄이 섰다. 남, 동, 서쪽으로 둘러앉은 구경꾼이 삼백은 돼 보인다. 구경꾼과 제단 사이를 구분하듯이 커다란 향로 열 개가 반원형으로 놓였다. 장내에 퍼진 향내가 은은하다. 향로 안쪽 제물상 왼편으로 오색 종이로 만들어진 영선靈船이 나지막이 걸렸다. 재비들은 삼외문 계단 옆 언덕에서 연주를 한다. 무녀들은 똑같이 흰 철릭을 걸치고 흰 고깔을 쓴 채 멍석에서 가만가만 춤을 추고 그중 하나는 제물상과 영선 앞에서 사설을 한다. 국빈은 무녀가 바리데기 이야기를 푸는 소리에 귀를 기울이다 존다. 얼마나 졸았는지 칭, 하는 징소리에 퍼뜩 깬다.

짧은 징소리가 난 뒤 한 무녀가 제단 가운데로 나선다. 도무녀 같다. 그의 뒤로 외삼문 계단에서 검정 옷에 흰 쾌자를 걸친 일군의 사람이 바구니 등을 들고 그림자들처럼 내려온다. 제단에 차려진 음식들을 종류별로 담으며 상을 치우기 시작한다. 그 모습을 잠시 지켜보던 도무녀가 돌아서 합장 일배하고 입을 연다.

"만장하신 나리님들, 그리고 벗님네들! 지금까지 보신 판이 조상굿의 앞거리로 바리공주와 십대왕을 모시고 즐겁게 해드리며 위로하는 판이었습니다. 지금 여러분께서는 판을 갈기 위해 제물상을 치우고 있는 걸 보고 계십니다. 이제 조상굿의 본굿이 벌어질 터인데 아까 설명드렸다시피 조상굿은 판주 댁의 조상님들을 위로하는 굿입니다. 판주님 댁의 조상님 수만큼의 메와 갱을 올리는 제물상이 차려질 것입니다. 판주님의 조상님들과 조상님의 손님들까지 모두 모셔서 함께 자시게 하면서 사설풀이로 진행하는 게 조상굿입니다. 조상 본굿 사설은 소인, 구일이 노래할 것입니다."

구일당이 말을 멈추더니 상을 치우는 쾌자 복색들한테 손을 뻗는다. 쾌자 복색 하나가 상에 올라 있던 잔을 가져다주자 단숨에 들이킨다. 술인 모양이다. 빈잔을 쾌자한테 건넨 구일당이 말을 잇는다.

"소인이 방금 마신 건 음복주에 해당하는 것이니, 금주령을 어긴 게 아님을 혜량하시옵소서. 그건 그렇고, 나리님들, 벗님네들께 말씀 올렸다시피 오늘 굿의 판주님은 곤전마마이시고, 후손은 동궁마마이시지요. 동궁마마의 선조님들은 많고도 많으시나 곤전에서 명하신 스무 분의 조상님과 동궁마마의 아바님까지 스물한 분을 모시기로 했습니다. 나중에 아무 때라도 동궁께옵서 납시어 조상님들께 술잔을 올리실 수도 있으나, 동궁께옵서 아직 어리시고, 또 큰 환후를 겪으신 지 오래지 않아서 못 나오실 수도 있겠지요. 동궁께서 납시든 못 납시든 굿판은 수순대로 진행할 겁니다. 그러므로 조상님들 잔에 술을 올릴 때 나리님들, 또 벗님네들께서도 함께 술잔을 올리신다 생각하고, 엄숙하고 정연한 자세로 임해 주시길 청하옵니다. 조상님 굿을 지낸 다음, 축시 경부터 진오귀굿이 진행될 것입니다. 그럼, 조상님 상이 차려지는 동안 잠시 쉬시지요. 소피를 보실 분들은 마당 입구 양 켠 길 바깥으로 마련된 소피 통들이 사용해 주십시오. 남정들은 왼쪽 길, 여인들은 오른쪽 길 바깥입니다. 그럼 일각쯤

쉬었다가 시작하겠습니다."

　도무녀의 말이 끝나자 재비들이 느릿한 음률과 장단을 낸다. 무녀들이 계단을 올라 외삼문 안으로 사라지자 사람들이 기다렸던 것처럼 움직인다. 소피를 보기 위해 나가는 사람들, 앉은자리에서 기지개를 켜는 사람들. 주위의 오위군과 금위군을 힐긋거리며 속삭이는 사람들. 곳곳에 놓인 물동이며 술동이에서 물과 술을 떠 마시고 품에 넣어뒀던 떡 조각을 꺼내 오물거리며 옆 사람과 속닥인다.

　국빈은 두리번거리면서도 건너편 무관석의 낯익은 얼굴들을 한사코 외면한다. 여섯 중 둘은 낯설지만 오위의 연우용과 박천은 손윗동서들이고, 금위대의 은사종과 민수만은 몇 달 전에 김문주 일가의 영지와 별저에서 종일 어울려 놀았다. 사냥을 하고 잡은 짐승을 별저로 가져와 하속들에게 손질해 상을 차리게 하고 술을 마셨다.

　충청도가 향리라는 김문주 일가의 녹양 별저는 거대했다. 그 저택은 옥구헌이 권세 잡은 지 오년여 만에 쌓은 재물의 크기를 방증했다. 그곳이 곤전의 사가 별저이므로, 왕후의 친정이 이마나한 부를 갖는 게 당연하지 않은가. 국빈은 그리 여기려 애썼고, 넓고 커서 놀기 좋다고 웃기도 했으나 거리낌이 없지는 않았다. 내가 이들과 이러고 있는 게 맞는가. 이극영이 태도의 문제라고 했는데 내 태도가 바른 건가. 여러번 생각했다. 오늘 밤 이곳에 온 까닭도 그 때문일 것이다. 내가 하는 행동들이 그르지 않음을 이극영으로부터 인정받고 싶고 인정까지는 아니어도 그럴 수도 있을 거라고 수긍해 주길 바라서이다.

　제단 위에 차려졌던 음식들이 말끔히 걷히고 제단을 덮었던 흰 천도 걷혀 외삼문 안으로 들어갔다. 이어 외삼문에서 예의 흰 철릭들이 줄지어 내려온다. 제단에 흰 천들을 새로 깔고 상을 차리기 시작한다. 흩어졌던 사람들이 돌아와 앉고 상차림이 마무리될 무렵 무녀들이 우르르 내려온다.

"형, 저기 끝에 있는 무녀 보여?"

국빈의 소리에 졸고 있던 극영이 눈을 뜬다. 국빈이 옆 좌대로 옮겨 앉아 극영에게 몸을 기울이고 있다. 맨 앞의 구일당을 제외하고는 모두 양손에 칠지도와 칠지화를 들었는데 맨 끝은 심경이다. 수갑 낀 왼손 손등에다 종이꽃 일곱 송이를 감았다. 오른손에 잡은 칠지도는 다른 무녀들 것보다 작다. 고깔을 썼으나 드러낸 맨 얼굴이 어디 가랴. 대번에 눈에 띈다. 대중 앞에 나설 때는 너울로 얼굴을 가리기로 맹세했던 거 아닌가? 어쩌자고 그 얼굴을 내놓는 거야? 무녀가 모자라 보이지도 않는데! 극영이 속으로 불만을 터트리는데 옆에 있던 국빈이 소매를 잡아당긴다.

"저기 끝에 있는 무녀 보이냐고."

"다 똑같은 옷 입고 고깔 썼는데 누구!"

"영선 곁에 있다가 도무녀한테 다가드는 무녀 말야. 칠지선녀인가 봐. 진짜 선녀 같잖아. 어찌 저런 용모를 가리고 점사를 보는 거지?"

저런 용모라서 가리는 거다, 극영이 속으로 구시렁거리는 참에 도무녀가 나서며 소리친다.

"조상굿 본거리를 시작합니다."

구일당의 선언에 마치 약속이나 한 것처럼 땅땅땅, 총소리가 울린다. 극영이 평생 처음 들어본 소린데 총소리인 것만 같다. 동시에 우물마당 동남쪽이 환해진다. 그쪽에서 떠오른 풍등이 족히 삼십 개는 됨직하다. 풍등들은 어두운 숲에서 느닷없이 피어난 정령들처럼 시선을 홀리며 동동 떠오른다. 풍등 빛에 비친 숲에 금위대 복색들이 드러났다. 그들이 총을 겨누었다는 걸 알아챈 순간 땅 하며 날아든 총탄이 굿판 왼쪽에 나지막이 걸린 영선의 꽃대를 흔들고 지나갔다. 두 번째, 세 번째, 네 번째 총성이 연이어 나면서 우물마당 일대가 풍랑을 만난 듯이 출렁인다. 사람을 겨냥한 게 아니라 영선만 쏘고 있다. 혼령이 탄 배가 영선이므로 금위대 복색들은 소전의 천도를 막겠다고 나선 셈이다.

무녀들이 놀라 땅에 엎드리는데 총탄을 쏜 금위군 복색들은 아직 숲에서 풍등 빛에 의지해 알짱거린다. 총소리가 난 순간 좌대 밑으로 들어갔던 군관들이 일어서 총을 쏘며 소리치기 시작한다.

"오위군 일조부터 오조! 저놈들을 쫓아라. 조장들은 조원들을 이끌고 저 권총강도들을 잡아라."

"금위대 중위군, 일조부터 오조까지 저놈들을 쫓는다. 당장 실시하라."

군관들이 중구난방 외치며 총을 쏘고 군졸들이 화살을 쏘자 금위대 복색들이 시야에서 사라진다. 풍등이 높이 올라가면서 숲에 어둠이 드리워지는데 오위군 절반이 놈들의 뒤를 쫓아 어둠 속으로 내닫는다. 금위군 절반도 활과 검을 꼬나들고 조심스레 어둠 속으로 들어간다. 남은 자들은 쫓아가고 싶어 안절부절못하는 기색이다. 권총강도를 잡는 자들에 대한 상급 포고는 아직 유효하다. 권총강도들을 잡는 순간 군관들의 품계가 높아지고 군졸들에게는 일천 냥의 거금이 생긴다. 앞날이 달라질 수 있는 상황에 엉덩이가 들썩이는 것 같지만 군관들은 자신들의 소임을 망각하지는 않았다. 오늘 밤 그들의 자리는 굿판이어야 하기 때문이다.

천지가 진동한 소란이 지나가자 우물마당이 정적에 잠긴다. 새 한 마리 우짖지 않고 바람 한줄기 불지 않는다. 무녀들은 굿판 바닥에 엎드렸고 국빈과 극영은 좌대를 엄폐물 삼아 웅크린 참이다. 웅크리긴 했으나 이상하다. 국빈이 속삭여 묻는다.

"금위대 복색을 한 저들이 누구기에 굿판을 훼방하는 거지?"

"글쎄."

"어젯밤에 도성을 시끄럽게 한 그 명화적 놈들이 금위대 복색을 하고 나타난 걸까?"

"글쎄."

"대체 총이 언제부터 이렇게 흔해졌지?"

"그러게."

동궁이 납시어 계신 상황이라면 동궁을 해하기 위함이라 여기겠으나 동궁이 나타나지 않았는데 금위대 복색들이 왜, 나타난 걸까. 동궁을 죽이려 든다 해도 이 판 자체를 훼방 놓을 까닭은 없지 않은가?

극영이 상황을 이해해 보려 애쓰는데 아래쪽에서 부웅, 뿔 나팔 소리가 울린다. 풍등이 다시 뜨기 시작한다. 점차 떠오른 풍등 불빛으로 온 숲이 다 환하다. 환한 불빛 아래서 땅 하는 총소리가 다시 나더니 극영 옆에 빈 채 놓여 있던 좌대를 맞춘다. 좌대 등받이에 총탄이 맞은 것이다. 분명히 이쪽을 향해 총구를 겨눴다. 굿판 주변에 남아 있던 군졸들이 쫓아나가는 대신 언덕 안쪽으로 몸을 내리고 산발적으로 응사한다. 군관들은 좌대를 엄폐물 삼아 응사하긴 해도 쫓아가라고 명하지 않는다. 와중에 또 한 발 날아든 총탄이 영선 앞의 땅을 판다.

대체 몇 번을 죽어야 다 죽는 건가! 기가 막힌 극영은 발딱 일어난다.

"형, 왜? 어디 가려고? 미쳤어?"

국빈을 뿌리친 극영은 영선을 향해 다가든다. 영선은 종이로 만들어진 혼령의 형체다. 형체가 들어 있다고 상정하는 배다. 소전을 지키지 못했는데 그의 혼령조차도 총탄에 부스러지게 생겼지 않은가. 극영은 자그만 배 형상으로 늘어뜨려진 영선에 팔을 뻗어 우러르듯 감싸안는다. 나의 종잇조각 주군! 감싸안으며 중얼거리노라니 울컥 눈물이 난다. 주군이 종잇조각이 되기 전에 무슨 짓이라도 했더라면 이런 회한을 느끼지 않았을 것이다.

"본아!"

소전의 영선을 우그러뜨릴 듯이 안고 있던 극영은 본이라 부르는 소리에 고개를 돌린다. 하늘 아래서 이극영을 본이라 부를 수 있는 유일한 사람, 심경이 앉은걸음으로 다가든다. 뒤에 쾌자 차림의 우동아와 장무슬이 따랐다. 영선 밑에서 극영이 묻는다.

"대체 지금 어찌되고 있는 판인지 누이, 아오?"

"군졸들을 쫓아내려고 우리가 벌이는 판이야. 남은 자들이 얼마나 되는지 파악하려는 것이고. 동궁께서 오고 계셔. 홍익루에 이르신 거 같아. 이번 풍등이 그 신호야. 그러니 넌 영선님으로부터 물러나면서 우리들한테 굿을 속행하라고 명해!"

"총탄이 막 날아다니는데 그리해도 돼?"

"그쳤잖아. 헌데 네 곁에 있는 사람이 누구야? 혹시 김국빈이니?"

"어, 왜?"

"속내가 아주 어지러운 것 같아. 조심시켜."

"뭘?"

"뭐든! 죽은 듯이, 아무것도 하지 말고 가만있으라고 해. 넌 먼저 굿을 속행하라고 명하고."

"어찌 나한테 그걸 하라 해?"

"현재 이 자리에 있는 관헌 중에서 네가 제일 높잖아!"

김강하를 잃으면서 사신계를 불신했다. 사신계가 한 일이 무엇이냐고. 뭘 할 수 있냐고.

"이럴 거였으면 미리 말 좀 해주지!"

"이런 걸 미리 알아 좋을 게 있니?"

"알았어. 알았으니까 제발 누이, 누이 아니라도 굿판 잘만 굴러갈 테니, 나서지 말고 죽은 듯이 가만히 좀 있어. 제발 좀!"

심경을 나무란 극영은 일어나 향로 앞으로 나서서 목청껏 외친다.

"나는 세손시강원의 문학 이극영이오. 무녀가 다가와 굿을 속개해도 되겠냐기에 내가 말하오! 난동을 일으킨 흉한들은 쫓아나간 군사들이 진압하고 있는 것 같소. 그러니 무녀들은 일어나 소전마마의 진혼굿을 속행하시오. 지금 이 시각, 왕실은 물론 온 도성민이 이곳을 주시하고 있을 것이오. 한때 소전마마를 모셨고 현재 동궁저하를 모시는 관헌으로서의 당부요. 굿을 속행하시오."

극영의 외침이 끝남과 동시에 따당따당 꽹과리 소리를 신호로 삼현육각이 소리를 내기 시작한다. 판을 환기시켜 조상거리를 속개하려는지 무녀들이 죄 나와 향로를 돌며 춤을 추기 시작한다. 너훌너훌, 너훌너훌. 바깥의 어둠속에서 무슨 일이 일어나는지 모르지만 굿판은 금세 안정되고 금위대와 오위의 무관들은 제자리에 앉아 있다. 무녀들이 굿을 해야 하듯 그들은 굿판을 지키고 있어야 하는 것이다.

반 일각이나 지났을까. 재비들의 잔잔한 악기 소리와 무녀들의 느린 춤이 멈춘다. 도무녀 구일당이 수앙과 함께 향로 쪽으로 다가든다. 그 뒤에서 우동아가 향촉 다발을 안고 있다. 구일당이 소리친다.

"향을 피우는 까닭은 사위를 맑히기 위함이지요? 좀 전의 소란으로 덕적골 일대가 어지러워졌는지라, 다시 사위를 맑혀 조상님들을 모시려 합니다. 그를 위해 향촉을 다시 피우려는 것이고요. 더하여 뜬것들이 범접치 못하도록 향로마다 불꽃을 높이 한 번씩 올릴 것입니다. 놀래지들 마시고 재미나게 봐 주십시오."

설명을 마친 구일당이 향로의 뚜껑을 들어올린다. 우동아가 향촉 다발 하나를 향로 안에다 꽂는다. 수앙이 오른손에 잡은 칠지도를 향로를 향해 휙 뿌리곤 한발 물러난다. 칠지도 끝에 화약가루가 들어 있는가. 화라락 불꽃이 핀다. 열 개의 향로를 살리는 동안 군졸들은 연이어 환호성을 지르고 구경꾼들은 박수치며 탄성을 낸다. 비로소 굿판답다. 향로의 불꽃놀이가 끝나고 굿판이 재개되려 할 때 마당 입구에서 선소리가 난다.

"동궁저하 행차시오, 장내의 모든 이들은 저하께 예를 갖추시오."

익위사 수장인 설희평이다. 앞서 들어선 그가 마당을 훑어보고는 다시 외친다.

"마당 가운데를 비우며 예를 갖추시오."

구경꾼들이 양쪽으로 갈라져 엎드리고 군졸들이 선 자리에서 한 무릎을 꺾어 앉으며 군례를 갖춘다. 극영은 앉은 자리에서 일어나 허리를 수그린다. 국빈도 똑같이 한다. 무관들이 입구로 다가들어 대기하는 사이 위사와 별감들에 둘러싸인 가마가 들어선다. 그런데 위사와 별감의 숫자가 턱없이 모자라다. 열네 명이어야 할 위사가 셋뿐이고, 마흔아홉 명이어야 할 별감이 열다섯 명이다. 가마꾼은 넷이고 내관은 한 명도 따르지 않았다. 잠행이라도 해도 숫자가 너무 적다.

왜지? 자문하던 극영은 가마를 수행한 위사와 별감들과 가마꾼이 계원들인 걸 깨친다. 잠행인 걸 핑계로 계에 속한 위사 별감들만 가마를 따르게 한 것이다. 이곳에서 정작 무슨 일이 벌어졌을 때 살아남은 자들은 이 밤을 함구해야 하는데 계원 아닌 자들의 입은 그걸 못하기 때문이다. 가마는 구경꾼들 사이를 지나 향로들 가운데서 멈춘다. 설희평이 외친다.

"시강원 문학 이극영은 나와 저하를 모시도록 하시오."

극영은 장인을 향해 읍하고 가마 문 앞으로 다가들어 부러 큰소리로 외친다.

"저하, 소신 이극영이옵니다."

가마문을 들어 올리자 자줏빛 철릭에 넓은 갓을 쓴 성로가 앉아 있다가 활짝 웃는다. 맙소사. 극영의 가슴이 철렁 내려앉는다. 이러려고 해 질 녘에 입궁했던 것이다. 동궁이 자신 대신 성로를 내보낼 사람이 아니므로 아이가 무슨 수를 쓴 게 분명하다.

"넌, 어떻게 이런 짓을 하니?"

극영이 책망하자 성로가 또 환히 웃는다. 어쨌든 이미 와 버렸으니 가짜인 게 들키지 않게 하는 수밖에 없다. 극영은 포선이 어디 있냐고 손짓으로 묻는다. 성로가 깜박했다는 듯이 소매 속에서 포선을 꺼내 보인다. 극영은 가마 안으로 몸을 기울여 포선을 양쪽 갓끈에다 걸어준다. 포선은 원래 스스로 들어 자신의 얼굴을 가리는 것이지만 세손의 포선은 반복면처럼 쓸 수 있게 개조되었다.

"나오시겠나이까, 마마."

성로를 차마 저하라 부를 수 없어 마마라 한다. 어쩌면 성로를 마마라 불러야 할 날이 올지도 모른다. 동궁과 성로가 성년이 되고서도 지금과 같이 더불어 지낸다면 성로는 동궁의 후궁이 될 수밖에 없다. 그리되면 성로를 마마라 불러야 하는 것이다. 극영은 성로를 세운 뒤 갓이며 포선을 어루만져 주고 제단 앞으로 이끈다. 구일당을 제외한 무녀들 모두가 제단 양쪽에 엎드려 있다. 성로의 동궁 행세도 반야원의 계획 속에 들어 있었던가. 구일당은 성로를 알아보고도 예사롭다. 동궁한테 큰절하고 일어난 구일당이 아뢴다.

"저하, 스무 분의 조상님과 아바님의 백지 신위를 모셔 놓았나이다. 맨 왼쪽의 어른님이 시조님이시고 맨 오른쪽의 어른님이 아바님이십니다. 저하께옵서는 시조님으로부터 술을 올리시고, 절을 하십시오. 이조님께도 술 올리시고 절하시는 식으로, 이십 조님까지 마치신 뒤 맨 나중 아바님에 이르러서 영선 앞으로 가시어 술을 올리시고, 절을 하사이다. 이제금 저하께옵서 올리신 술잔들은 내일 굿판이 끝날 때까지 그 자리에 계속 계시며 조상님과 아바님께서 흠향하실 것입니다."

성로가 극영의 옷자락을 당긴다. 극영이 귀를 대니 속삭인다.

"저하께서는 지금 진수당에 계셔요. 내가 돌아가면 환경전으로 옮기실 거고. 내일 새벽에 이리 오실 거야. 나는 오늘 밤에 환경전에서 자고, 저하와 함께 다시 올 거고. 구일당한테 말씀드려요."

극영은 구일당의 귀에 대고 성로의 말을 전한다. 구일당이 고개를 끄덕이고는 여상하게 말한다.

"저하, 이제 시조님 전에 앉으시옵소서. 소인이 저하께 잔을 들려 드리고 이 문학께서 술을 따르시면 소인이 술잔을 모시어 시조님 전에 올릴 것입니다. 저하께서는 일어나시어 절을 하시는 거고요."

재비들이 느린 조의 영성악靈星樂을 울린다. 은은한 음악이 울리는 가운데 술을 따라 올리고 동궁으로 가장한 성로가 재배하며 잔 올리기가 시작된다. 성로는 동궁보다 몸피가 약간 작긴 해도 가짜로 보이지는 않는다. 스무 잔의 술을 따라 올리고 매번 재배하는 모습이 영락없는 동궁이다. 함께 지내는 시간이 많은지라 일거수일투족이 닮은 것이다.

"이극영의 세상이네."

제단 앞 광경을 바라보는 국빈은 비애스러워 중얼거린다. 동궁은 끝끝내, 등극해서도 이극영만 편애할 것이 분명하지 않은가. 더구나 그 조카딸에게 남장을 시켜 배동으로 들여놓기까지 했다. 동궁이 등극하게 되면 극영의 조카딸은 제일 후궁이 될 것이다.

후. 한숨 쉬며 눈길을 돌리던 국빈은 마당 건너편의 연우용과 눈이 마주친다. 그가 자신 쪽으로 오라 손짓한다. 국빈이 고개를 젓자 연우용 곁의 박천이 손짓한다. 모른 척하면 일어나 부를 태세다. 극영은 하는 수 없이 소피보러 가듯이 슬며시 일어난다. 동궁에게 집중해 있는 구경꾼들의 뒤를 지나 마당 입구 쪽으로 나선다. 연우용이 반대편에서 마당 입구 쪽으로 나온다. 그가 국빈을 이끌어 군졸들이 에운담처럼 둘러선 마당을 벗어난다. 마당 가녁 동쪽 언덕바지 밖으로 난 오르막길을 이십여 보 걷고 멈춘다. 나무 사이로 마당의 광경이 훤히 내려다보인다. 바로 앞에 금위와 오위 병사들이 마당을 향해 섰고 그 아래쪽으로는 구경꾼들이 옆모습으로 앉아 있다. 연우용이 속삭이듯 말한다.

"자네, 여기서 제단 쪽을 지켜보고 있다가 동궁이 가마에 오르려

하면 길 아래쪽으로 얼마큼 내려가서 신호탄을 쏘게."

"그게 무슨 말씀이세요?"

연우용이 국빈의 귀를 당겨 한층 낮게 말한다.

"내일 아침으로 곤전의 세상을 만들려는 거야. 현재 여기 남은, 나를 비롯한 군관 여섯과 금위와 오위 일백오십 명이 모두 곤전의 사람들이야."

국빈이 어이없어 하는 사이 연우용이 품에서 팔뚝만 한 물건을 꺼낸다. 총이다.

"미, 미쳤습니까?"

"동궁이 즉위하는 순간 우린 모두 죽어야 할 사람들이야. 곤전의 글 선생으로 드나드는 자네는 다를 것 같아? 그러니까 자네는 이걸 허공에 쏘고 그대로 내려가 집으로 가도록 해. 가서 아무 일 없었던 것처럼 잠이나 자라고. 내일 아침엔 세상이 달라져 있을 거니까. 동궁을 쏘라는 것도 아니고 허공에다 쏘는 건데, 간단하잖아?"

남이 보지 않는 곳에서 허공에다 방아쇠 한번 당기고 집으로 가면 된다 하니 아무 일도 아닌 것 같다. 아무 일도 아닌 일을 하면 내일 아침에는 세상의 판도가 바뀐다지 않는가. 그리되면 곤전의 웃음을 보게 되는 것이다. 못 할 게 무언가.

"이게 참말 곤전의 뜻입니까?"

"그렇지 않으면 우리가 미쳤다고 이런 짓을 하겠나?"

"여기 있는 군졸들이 진짜 전부 곤전 쪽이고요?"

"당연하지. 자!"

그가 잠금쇠 푼 총을 국빈에게 쥐어주고 세 방 다 쏘라고 속삭이곤 자신의 자리로 향해 간다. 국빈은 뒤늦게 고개를 끄덕이곤 은신하듯 나무둥치에 기대 제단을 건너본다. 동궁의 잔 올리기는 막바지에 이른 것 같다. 영선 앞으로 가더니 잔을 올리고 일어나 두 번 절하고 엎드린다.

방아쇠만 당기면 되는 총. 머리나 심장에 맞으면 즉사하는 총을 김문주 등을 따라간 녹양 숲에서 처음 쏴 봤다. 총을 쥐니 굉장한 힘이 생긴 듯했다. 멧돼지는 못 잡았으나 겨울 숲에서 뛰어다니는 꿩한 마리와 토끼 한 마리를 잡았다. 이십여 번의 헛총질 뒤였다. 이 자리에서 공포 두 방만 날린 뒤에 한 알을 남겨 집으로 가면 어떨까. 씩씩 불며 자고 있을 천치의 머리통에다 쏴 버린다면. 판윤대감은 국빈의 벼슬자리를 높여 주었지만 인혜를 죽여 달라 했던 청은 잊어버린 듯했다. 국빈이 다시 청할 수는 없었다. 더구나 이곤이 사라진 요즘 허원정에서는 손님을 들이지도 않는다.

내일부터 모든 게 달라질지도 모른다. 국빈은 우둔거리는 심장을 애써 다독이며 어둠 속에서 동궁 쪽을 주시한다. 동궁이 할 일을 마쳤는지 고개를 들자 재비들이 이잉이잉, 해금소리부터 내더니 대금과 소금을 분다. 잔잔한 음률과 함께 도무녀 구일당이 영선 앞에서 무릎을 꿇고 있는 동궁에게 다가든다. 끝났으니 일어나시라는 모양이다. 국빈은 뒷걸음질치듯이 내리막길 쪽으로 몸을 옮긴다. 비로소 떨린다.

"저하, 이제 잔을 다 올렸으니 환궁하사이다. 이제부터는 소인들이, 감천하실 만치 지성으로 저하의 조상님들과 아바님을 모시겠나이다."

구일당의 말에 의젓이 고개를 끄덕인 성로가 극영에게 손을 내민다. 그 손을 잡아 일으키는데 땅, 땅, 땅, 세발의 총성이 울린다. 극영은 성로를 쓸어안고 동·서 제단 가운데 바닥에 엎드린다. 동아가 수앙을 감싸 제단 아래로 엎드린다. 장무슬이 제단의 촛불들을 꺼버리곤 제단 아래로 늘어진 흰 천을 들추며 극영을 부른다.

"문학나리, 저하를 이쪽으로 모시지요."

극영은 놀라 떠는 성로를 데려다 제단 아래 빈 칸에다 들여놓고 그 앞에 주저앉는다. 설마 무슨 일이 벌어지랴 했는데, 정말 터졌다. 동궁이 납시어 계시는 자리에서 총성이 났지 않은가. 등 뒤에서 성로가 떨리는 소리로 종알거린다.

"진짜 난리가 났네요. 누가 왔으면 어쩔 뻔했어요?"

극영이 작은 소리로 읊조린다.

"마마, 가만히 계십시오."

제단 안쪽 상황을 살핀 홍집은 검을 빼들고 향로 쪽으로 나선다. 위사들과 별감들이 제단을 두른 채 향로들을 방패로 삼고 검을 빼들거나 활시위를 메운다. 동궁 대신 성로아기를 모시고 이 마당에 들어섰을 때, 무관석에 연우용과 박천이 끼어 있는 걸 보고 사태를 직감했다. 그들이 이곳에 온 것은 동궁만이 아니라 위사로 나타날 윤홍집도 제거하기 위함이었다. 산정평에서 다른 사람들은 몰라도 연우용과 박천은 죽였어야 했다. 죽이는 게 넌더리 나 죽이지 않았다. 그 많은 대비 끝에 제압하여 살려 뒀더니 여기서 또 부딪쳤다. 찰나간에 홍집이 갖은 생각을 하는데 총을 꼬나든 연우용이 외친다.

"반야원 역당들은 엎드려라. 대항하는 자들은 모조리 죽일 것이다."

마당 밖에서 세 발의 총성이 울린 게 신호였다. 그 전에 마당에서 나간 자가 있었다. 시강원 설서 김국빈. 그가 곤전의 글 선생으로 드나든다고 했어도 유념치 않았다. 곤전의 사내로만 생각했다. 이 자리에 나타난 것은 동궁 교관으로서의 체면치레라 여겼다. 실책이었다. 그가 마당을 나갈 때 건너편에서는 연우용이 나갔다가 소피 보고 온 듯 돌아왔다. 그러므로 마당 주위에 남은 자들은 김국빈이 쏜 총성을 듣고 행동을 개시한 것이다. 아까 유인해 낸 백오십여 명의 군졸들은 좌상로와 우하로 중간 숲에 잠복했던 무절들이 다 잡았다. 혜원 무진이 그들을 재우기 위해 무절들을 지휘하고 있었다. 그들은 죽이지 않아도 될 자들이므로 모두 정신을 잃었다가 내일 아침이면 깰 터였다. 여기 남은 자들은 이곳에서 일을 치기 위해 온 자들이므로 모두 죽어야 한다. 설희평이 외친다.

"오위 사정 연우용! 무슨 짓인가. 당장 그 총 거두고 총성의 내막을 살피시게."

박천이 설희평을 향해 총을 겨눈 채 소리친다.

"우리가 동궁마마를 모시고 나가야겠소. 동궁을 내주시오."

"저하를 지키는 건 익위사의 일이네. 저 밖에서 무슨 일이 벌어졌는지 모르나 일단 저하를 향해 겨눈 무기들을 내리시게. 지금 그대들의 행태가 역적질인 걸 모르는가?"

금위대 우위군관 은사종이 소리친다.

"우리는 저하를 보위하라는 어명을 받고 출동한 거요. 저하를 내놓으시오."

"그 총부터 치우라 하지 않는가!"

"먼저 동궁께서 가마에 오르시게 하시오."

"총구 앞에 저하를 어찌 내놓나? 당장 총들을 치우지 못할까?"

금위군 쪽에서 총성이 울리더니 설희평이 휘청 주저앉는다. 동시에 외삼문 안쪽에서 발사된 총탄들이 연우용과 은사종과 박천 등의 군관들을 퍽퍽 넘어뜨린다. 정말로 총격전이 발발하고 말았다. 총성이 마구 울린다. 우물마당이 삽시에 아수라장으로 변한다. 총 가진 자 총을 쏘고 활 가진 자 화살을 쏘아댄다. 검 지닌 자들은 움직이기 어렵다. 구경꾼으로 있던 계원들은 죽은 듯이 엎드려 있다. 오위와 금위들은 마당 가녘 언덕에서 쏘아대고 삼외문 안쪽 담장과 숲에 있는 능연 지휘하의 무절들은 금위와 오위들을 향해 총과 화살을 쏘아댄다. 동궁 위사들은 제단과 향로들을 엄폐물 삼아 화살을 날리거나 날아오는 화살을 검으로 쳐낸다.

전략이고 전술이고 없다. 모조리 죽이고 동궁까지 죽이겠다는 게 저들의 목표인 이상 저들을 모조리 죽여야 하는 게 이쪽의 입장이다. 아군과 적군 가릴 것 없이 사상자가 속출한다. 이 판의 누구인들 이런 아수라장을 겪어 봤으랴. 아군이나 적군이나 훈련은 했을지라도 목숨이 날아다니는 이런 전투는 처음이다. 모두 혼이 나갔다. 왜 싸우고 있는지도 모른다. 잠깐 동안에 적군의 태반이 널브러지거나 비틀거리고 상당수의 아군도 넘어졌다. 어느 순간 우박이 그친 듯 장내가 고요해진다. 피아간에 아무 움직임이 없어지자 쏠 것도 없어진 때문이다. 우물마당과 주변 언덕에 시신과 부상자들이 즐비하다. 사실상 상황이 끝났는데 끝난 줄 모르고 대치하고 있다.

홍집은 주변을 살핀다. 곳곳에 밝혀진 등불들은 거의 그대로다. 적나라한 참상이 드러난다. 설희평은 가슴팍에 총탄을 맞고 쓰러졌다. 문현조는 복부에 맞은 것 같았다. 향로 밑에 넘어져 있다. 지휘관들이라 어쩔 수 없이 자신들을 노출했기에 저격된 것이다. 두 사

람 다 겉옷과 솜옷 속에 지의갑을 입었으므로 치명상을 입지는 않았
을 터이다. 지의갑을 받은 그젯밤 무절들이 짚더미에다 자루를 씌우
고 지의갑을 입혀 성능 실험을 했다. 화살은 열 걸음 앞에서도 지의
갑을 뚫지 못했다. 총탄은 지의갑을 뚫고 짚더미의 옷을 건드렸다.
총탄이 짚더미에 입힌 옷에 물려 있었다. 짚더미에 지의갑을 입히
고 그 위에 솜옷을 덧입히자 지의갑이 뚫리지 않았다. 오늘 밤 무절
들은 도포 속에 솜옷과 지의갑을 입었다. 지의갑이 가슴팍과 복부를
가리므로 머리통을 맞지 않는 한 죽을 수는 없다. 어쨌든 두 사람을
살필 수 있는 상황이 아니다. 누구라도 움직이기만 하면 총탄이 날
아들 판이다. 놈들은 우물마당 언덕을 엄폐물 삼아 언덕 밖에 엎드
려 있으므로 삼외문 담장 안에 있는 능연의 무절들은 놈들을 더 저
격하지도 못하고 있다.

  이 대치상황을 깨뜨려 남은 놈들의 주의를 흐트러뜨려야 한다. 최
소한 혜원의 무절들이 들키지 않고 들어올 정도의 소란은 벌여야 한
다. 두리번거리던 홍집은 향로 안쪽에 굴러다니는 탕기를 발견한다.
곁에 있던 선유한테 탕기를 가지고 향로를 치라고 손짓한다. 선유가
포복으로 탕기를 집어들더니 향로를 힘껏 친다.

  떙. 떙. 떙.

  무슬은 예상했던 총격전이었음에도 놀랐다. 삽시간에 벌어져서
사세를 살피고 말고 할 여력조차 없었다. 수앙과 우동아를 등 뒤에
둔 채 무릎을 구부리고 검을 빼든 채 추이를 살핀다. 쇳소리가 나면
서 장내에 적막이 생겼는데 윤홍집의 목소리가 들린다.

  "아직 총을 들고 있는 금위군과 오위군들은 들으라. 나는 익위사
의 좌부솔 윤홍집이다. 그대들의 지휘관 여섯은 다 사망한 것 같다.

그대들이 무슨 생각을 품고 이곳에 왔는지 모르나, 상황은 끝났다. 이제 총기를 버리고 앞으로 나서라. 그대들이 한 짓은 어젯밤의 도적 떼가 오늘 밤 이곳에 준동하여 대응한 것으로 될 것이다. 총기를 버리고 두 손 들고 마당으로 나와서 엎드리라."

무슬은 고개를 돌려 자신의 등 뒤를 살핀다. 우동아는 수앙을 뒤에 두고 살쾡이처럼 도사렸다. 수앙은 우동아와 등을 맞대고 앉아서 가만하다. 아니 운다. 흐느끼지도, 훌쩍이지도 않으면서 눈물을 닦고 콧물을 훔치고 있다.

"아씨 우시는데요?"

중얼거린 무슬이 우동아한테 일깨워 주려 그 어깨를 건드리자 우동아가 홱 뿌리친다.

"아씨 우시는 걸 내가 몰라 이러고 있는 줄 아오?"

하긴 그렇지. 무슬이 고개를 끄덕이는데 탕 소리가 울린다. 세 발의 총성이 더 울린다. 첫 총성에 윤홍집이 비틀하다 넘겨졌다. 뒤의 세 총성은 외삼문 담장에서 난 것 같은데 누굴 겨냥했는지는 모르겠다. 홍집이 넘어지는 것에 놀란 무슬이 그를 향해 뛰쳐나가려는데 우동아의 왁살스런 손길이 붙든다.

"하늘이 무너지든, 땅이 솟치든, 우리는 아씨 곁입니다."

또 총이 울린다. 외삼문 안에서 쏜 세 발의 공포다. 하늘이 내려앉은 듯 사위가 음산하다. 음산한 마당에 습한 바람이 분다. 아무도 움직이지 못하고 불빛만 흔들린다. 흔들리는 불빛 사이에서 다시 세 발의 공포가 울린다. 저들로 하여금 움직이지 못하도록, 이쪽에 집중케 하며 혜원의 무절들을 엄호하는 총성이다. 총성이 지나간 자리에 타다다, 작달비 쏟아지는 것 같은 소리가 난다. 작달비 소리와 함께 언덕 주변으로 뛰어드는 사람들이 있다. 혜원이 지휘하는 무절들이다. 그들이 양쪽 언덕으로 새들처럼 휙휙 날아 들어간다.

적막 속에서 잔뜩 긴장해 웅크리고 있던 금위와 오위 잔당들이 급작스레 닥친 무절들에게 대응치 못하고 나뭇가지 꺾이듯 툭툭 꺾인다. 산발적인 총성이 몇 번 나다 수그러든다. 마당에 죽은 듯이 엎어져 있던 계원들이 일어나 주변 언덕으로 들어간다. 꺾이고 넘겨졌으나 아직 살아 있는 자들이 마당으로 끌려나온다. 삼십 수는 넘겠다. 주검들도 속속 들려 나온다. 무기들이 수거되어 마당 한켠에 쌓이기 시작한다.

잠깐 사이에 난리를 치렀고 그보다 짧은 사이에 금위와 오위 잔당들이 정리되었다. 삼외문 안에서 능연과 무절들이 쏟아지듯 내려온다. 총탄에 맞아 기절했던 설희평과 문현조와 윤홍집이 휘청거리며 일어난다. 자신들의 옷 속에 박힌 탄환들을 찾아내곤 체머리를 흔들며 매무새를 정돈한다. 뒤미처 혜원이 몇 명의 무절을 거느리고 마당으로 들어서더니 외친다.

"일단의 상황이 종료됐습니다. 무절들께서는 주변을 살피십시오. 아직 숨이 붙어 있는 놈들은, 안됐지만 하는 수 없습니다. 숨을 끊으세요."

곳곳에서 무절들이 아직 살아 있는 자들의 혈을 짚는다. 살아 있던 자들이 비명도 내지 못한 채 숨통이 끊겨 간다.

"능연, 계원들을 살피세요. 돌아가신 분들은 당좌각으로. 심각하게 다치신 분들은 신당으로, 부상이 덜하신 분들은 당우각으로 모시어 치료케 하세요. 서두르세요."

구경꾼으로 들어왔던 일반 계원들이 능연의 지휘 아래 일사분란

하게 계원들의 주검과 환자들을 삼외문 안으로 모셔 올린다. 혜원이
더 크게 소리친다.

"여러분! 지금은 죽음을 애도하거나 부상을 걱정할 시간이 없습니
다. 총소리가 너무 많이 났습니다. 한 시간이면 관군들이 몰려올 것
입니다. 그 안에 우리는 놈들의 주검을 진강포로 내다 배들에 실어
야 합니다. 모든 무절들께서는 소조별로 놈들의 주검을 업고 진강포
로 내려가십시오. 속히 움직이세요. 주검들을 실은 배가 진강포를
떠나는 것을 확인하고 돌아와 좌상로와 우하로 숲에 잠복, 대기하십
니다. 자, 출발하세요."

오늘 밤의 사태를 대비해 계원들을 제외한 원실 아래쪽 일곱 마
을 사람들이 모두 깊은 잠에 빠지게 했다. 왕실의 굿이라 구경하러
올라올 수 없으나 왕실에서 베푼 것이라고 집집마다 증편과 미숫가
루를 돌렸다. 온 식구가 한 끼는 배불리 먹을 수 있을 만치 나누어진
증편과 미숫가루에 수면약제가 섞여 있었다. 마을 사람들이 잠든 것
을 일일이 확인한 계원들이 홍익루에서 진강포에 이르는 길을 엄호
하는 중이었다. 그 길로 내려가기 위해 일백오십여 구의 주검을 업
은 무절들이 피난민들처럼 우물마당을 나가기 시작한다. 이러느니
저러느니 소리 없이 한 무절이 들쳐 업고, 한 무절이 받치면서 빠져
나간다. 마당에 남은 계원들이 주변을 정리하며 주검의 흔적들을 지
운다. 마당을 파 흙을 뒤집고 밟는다. 넘어진 풀들을 세워 다독이고
흐트러진 종이꽃과 등롱들을 바로 놓는다. 내용은 끔찍하되 숙연하
고 장엄하다.

"익위사에서 오신 분들! 대열을 정비하십시오. 동궁을 모시고 환
궁하십니다. 관군들이 닥치기 전에 선인문 앞에 닿아 있어야 합니

다. 서두르십시오."

위사와 별감들이 제단으로 들어온다. 문현조가 무슬이 가리킨 제단의 천 자락을 들어올린다. 어둠 속에서 울며 떨고 있던 동궁 복색의 성로가 나온다. 백동수가 등을 대자 업힌다. 업혀서 제단을 나가 가마로 들어간다. 행차가 갖춰지자 가마꾼들이 가마를 들어올린다. 행차가 마당을 나가자 배웅하고 돌아선 혜원이 다시 소리친다.

"마당에 남은 계원들께서는 수거한 무기들을 병기고로 옮기면서 총탄부스러기며 핏자국들을 세심하게 지우세요. 구일당 형님! 꽹과리를 치게 하십시오. 조금 전의 소란이 굿판의 과정인 듯이 보여야지요."

"아이고, 내 정신머리야!"

뒤늦게 한탄한 구일당이 무녀들과 재비들에게 명한다.

"자아! 한바탕 놀아 봅시다. 일단 꽹과리를 울리세요. 최대한 요란하게요. 무녀들은 악기 소리에 맞춰 굿판을 정비합니다. 수발대는 흩어진 제물상을 걷고 새로 차립니다. 자, 다시 시작합니다!"

머리재비의 땅, 하는 꽹과리 소리에 맞춰 모든 재비들이 꽹과리를 들고 일어나 마당으로 내려오며 치기 시작한다. 땅땅 땅땅땅 땅땅 땅땅땅. 귀가 멀 것 같은 굉음이 산천을 들어올리는 듯하다. 무녀들이 죄 마당으로 따라 나가며 춤을 춘다. 너훌너훌 너훌너훌.

혜원이 제단 안으로 들어와 수앙 앞에 선다. 수앙은 우동아의 등이 나무둥치라도 되는 양 기대앉아 있다.

"아씨, 일어나십시오."

혜원이 말하자 수앙이 아악, 비명을 지르며 제 머리를 쥐어뜯는다. 발작한 듯이 운다. 금세 수앙의 숨이 넘어갈 것 같은데 혜원은 그래 울어라, 하는 얼굴로 돌아서더니 뒤늦게 생각난 듯 이극영을 찾는다. 이극영은 중앙 제단과 오른쪽 제단 사이 뒤편에 웅크리고 있다. 몹시 겁을 먹고 떨고 있는 형세다. 혜원이 다가들어 등을 만지자 어억, 비명을 지른다.

"다, 다쳤니?"

"드, 등에 총알이 박힌 것 같습니다."

혜원이 소리친다.

"머어? 장 무절! 극영이 다쳤다는구나. 어서, 어서 살펴라."

모두 거의 혼이 나간 터라 이극영이 다친 것도 몰랐다. 무슬은 단검을 꺼내 극영의 옷자락을 가르고 등을 살핀다. 사입구로 보자면 파편 같은데 천종혈을 뚫고 들어갔다. 상체 앞쪽을 찬찬히 더듬어도 사출구가 잡히지 않는다. 총탄인지 파편인지가 몸안에 있는 건데, 얼마나 깊이 박혔는지는 알 수 없다. 척추에 박혔으면 그나마 다행인데 척추를 관통해 내장으로 들어갔으면 어려울 것이다. 아직 숨쉬고 말도 하므로 심장에 박힌 건 아닌 게 분명하나 총알이 어느 곳을 뚫었을지 모르지 않는가.

"밝은 데로 가서 봐야겠습니다, 스승님."

"어서, 어서 해라. 자네가 있거니와 위에 의원들 줄줄이 계시니 이 사람 등에서 총알쯤이야 찾겠지?"

그럴 수 있다면 좋겠다. 무슬은 도포를 벗어 극영의 상체를 싸면서 들것 든 계원들을 부른다. 들것이 와 극영을 조심스레 올리는데 극영이 혜원을 찾는다. 혜원이 다가들자 신음처럼 중얼거린다.

"스승님. 국빈이, 다쳐서 어딘가에 넘어져 있는 모양입니다. 살펴 주십시오."

혜원이 바싹 다가앉아 말한다.

"좀 전에 우리가 올라오다가 마구 내달려 내려오는 한 사람을 붙들었는데 총을 들고 있더구나. 대번에 신호탄을 쏜 자라는 걸 알 수 있었다. 그의 몸에서 화약내가 풍겼거든. 무절들이 위로 올라가는 사이에 내가 잠깐 문초했다. 그는 빈총을 주웠기에 들고 가는 것뿐이라 하더라만 내가 이미 그의 몸에서 짙은 화약내를 맡았는데 신호탄 쏜 자가 맞았어. 헌데 그의 이름이 김국빈이라 하더구나."

헉, 놀란 소리를 낸 이극영이 들것 위에서 일어나려다 무너진다. 울음이 터지는 것 같은데 울지도 못한다.

"주, 죽이셨어요, 스승님?"

"널 생각해서 살려 뒀다. 기절시켜 나무에 묶어 두고 올라왔어."

"그를 살려 주세요, 스승님. 살려 주십시오."

"알았다. 내 그를 살릴 방법을 찾을 테니 넌 걱정 말고, 단단히 정신 차리고 치료를 받아라. 알겠니? 장 무절, 어서 극영을 데리고 올라가거라."

"예, 스승님."

김국빈이라! 그는 또 어떤 자이기에 수앙의 아우라는 이극영이 그를 살려 달라고 애원하는 것일까. 무슬은 정신을 거의 잃은 극영의 들것을 들게 하여 제단을 벗어난다. 환자가 움직이지 않게 하려 두 팔로 감싼 채 계단을 오른다.

극영을 올려 보낸 혜원은 허, 한숨을 쉬며 장내를 둘러본다. 열다섯 개의 꽹과리가 동시에 울리므로 목멱산이 흔들거리는 것 같다. 얼추 정리가 됐다. 극영에게 거짓말을 했다. 김국빈에게서 빈총을 보고 화약내를 맡은 순간 분노하여 독침을 쏴 버렸다. 지금쯤 진강포에 있는 배에 실렸을 것이다. 그가 극영의 아우라 해도 도리 없었다. 이록의 직속 만단사자인 데다 근자에는 곤전의 사내로 드나든다는데, 오늘 이 사달을 일으킨 까닭도 곤전을 위해서일 텐데 그를 살려 두어 어쩔 것인가. 조금 전에 잘못된 계원이 스무 명이 넘고 다친 계원은 오십 명도 넘는다. 금위와 오위들은 백오십여 명이 죽었다. 극영도 총상을 입었다. 김국빈을 어찌 살려 둔단 말인가.

"동아야, 일어나 허리 좀 펴렴."

혜원은 동아를 일으키곤 심경 곁에 앉는다. 혜원이 곁에 앉으니 심경의 울음이 다시 솟구친다. 미친 듯 악악대며 울어댄다. 혜원은 허, 한숨을 쉬고 제단에 등을 댄다.

별님 반야는 소리 내어 우는 법이 없었다. 혜원이 모시기 전, 모친과 식구들을 땅에 묻으려 할 때 지금 심경처럼 울었다고 했다. 나이도 같다. 스물두 살. 그렇지만 심경은 별님 반야와 다르다. 분노 때문에 소경이 될 사람이 아니다. 무엇보다 심경은 잃을 것이 없다. 심경은 조선이 존속해야 할 이유를 모른다. 조선이 아무러한 나라면 어떻냐고 한다. 세상 모든 것을 사랑하고 세상 모든 사람을 사랑하던 아이에게서 사랑이 빠져 버렸기 때문이다. 그러니 실컷 울게 둘 일이다. 실컷 울고 나면 별님처럼 맑아지고 온화해질지도 모른다.

심경이 온화이 맑게 살게 하려고, 혜원이 이번 일을 도맡았다. 능연이 심경을 모시며 살게 될 것이므로 그 손에 피가 덜 묻도록 했다. 그렇더라도 이처럼 판이 커질 거라고는 예상치 못했다. 만반의 준비를 갖추면서도 이 모든 게 쓸데없는 짓이길 바랐다. 남의 목숨 해하여 제 영달을 꾀하는 자들이 나타나지 않기를 빌었다. 소망이 무색하게 나설 자들은 죄 나서고 벌어질 일은 모조리 벌어지고 말았다.

결연히 행사했으나 끔찍하고 끔찍하다.

　이 끔찍함을 심경은 평생 동안 온몸, 온 마음으로 겪어야 할 것이다. 그 끔찍한 일들을 견디며 살 수 있게 당분간은 떠돌게 해야 할지도 모른다. 백두산 선인곡과 북수백산 칠성곡. 옛조선 사람들이 살던 모습처럼 살고 있는 그들과 한동안 지내 본 뒤 아래쪽으로 내려가 조선의 끝단인 제주까지 들어가 보라 하면 어떨까. 떠나서 보면 사랑한다던가, 조선이 존속해야 할 이유를 심경이 느낄 수 있을지도 모르지 않는가. 하늘빛, 물빛, 산빛 푸른 조선과 조선에 사는 사람들을 다시 사랑하게 될지도.

　어젯밤 성로는 자정이 가까워 진수당으로 돌아왔다. 함께 환경전으로 건너와 밝은 불빛에서 보자니 낯빛이 해쓱했다. 반야원에서 무슨 일이 있었냐고 동궁이 물었다.

　"명화적 같은 놈들이 나타나 잠시 소란스러웠어요."

　"명화적이 거기 나타났어?"

　"명화적인지 아닌지는 모르지만 굿판을 범하려는 놈들이 나타났고, 금위와 오위들이 그들을 쫓아 전부 나갔어요. 그리고 조용해졌고요. 저는 조상님들 전에 술잔 올리고 절하고 무녀들 굿하는 걸 잠시 보다 나왔어요."

　"헌데 네 얼굴이 왜 그래? 핏기가 없잖아?"

　"곤해서 그렇죠. 한창 잘 시각에 깨어 있어서 그렇고요. 저 졸려요, 저하. 가서 잘게요."

　융복전에 성로의 방 한 칸이 있듯이 환경전에도 성로의 처소가 있었다. 구석진 그 방으로 보내기엔 성로의 상태가 썩 좋지 못했다. 동궁은 내인들한테 성로의 침구를 곁에다 펴게 했다. 성로는 그마저도 사양치 못하고 갓과 도포만 벗고는 이불 속으로 들어갔다. 곧장 잠드는 것 같았다. 동궁도 잠시 뒤척이다 잠이 들었는데 어느 결에 들린 기이한 소리에 깼다. 신음 같고, 이를 가는 것 같고, 바람이 잔가지를 부러뜨리는 것 같고, 오래된 마룻장이 바각거리는 것 같기도 한 소리를 들은 듯했다. 멀리서 파루가 울리고 있었다. 파루소리였나. 다시 잠이 들려다 성로의 이불 속에서 신음이 나는 걸 깨닫는다. 성로의 이불을 걷고 이마를 짚어 보다 놀란 동궁이 소리친다.

"박 상설, 성로가 아파. 의관을 불러. 오상궁! 빨리 들어와요. 성로가 아파요. 진짜 많이 아픈 것 같아."

성로는 정신을 잃은 채 이를 악물고 달달 떨고 있었다. 동궁의 보모상궁인 오상궁이 떠는 성로를 안고 떨림을 진정시키려 기를 쓰는 사이 약방에서 번서던 의관과 의녀가 황급히 불려왔다. 의관과 의녀가 오상궁에게 안긴 성로의 입을 억지로 벌려 수건을 물렸다. 오상궁과 의녀가 성로의 사지를 펴서 묶는 듯 붙든 사이에 의관이 침을 놓았다. 연후에야 의관이 아뢰어 온다.

"몹시 놀라 생긴 경기驚氣에다, 심한 냉기에 감촉된 한학寒瘧이 겹친 것 같나이다, 저하."

"추위 때문에 생긴 학질이라고?"

"예, 저하."

"증세가 심해?"

"한동안 탕약을 먹이며 조심히 지켜봐야 합니다. 언제까지일지는 모르지만 날마다 더하고 덜하는 증세가 반복될 것이옵니다."

"심각하지는 않지?"

"학질 증세의 경중은 사람마다 다릅니다만 치명적인 병증은 아닙니다, 저하. 하온데 근자에 이 사알이 심한 냉기에 노출된 적이 있사오리까?"

어제 저녁에 빙고에서 한참이나 설전을 벌였던 탓이다. 그 사실을 말할 수는 없었다.

"그건 내가 모르겠고, 얼마나 지나면 낫는가?"

"보통 열흘에서 한 달 정도이옵니다. 학질보다 조심해야 할 게 경기입니다. 침을 놓았으므로 우선은 잡힐 것이옵니다만 언제든 다시 발작할 수 있기 때문입니다. 잠자다 경기를 일으킬 나이는 지났는데 어찌된 일인지, 이 사알이 정신이 들면 알아봐야겠나이다."

성로는 정신이 들어도 말하지 않거나 못할 것이다. 반야원에서 심히 놀랄 만한 일을 겪었다는 의미이기 때문이다. 제가 말한 것보다 훨씬 심각한 어떤 일! 그게 무엇이었건 동궁 때문이었다. 대신 보내지 않았어야 했던 것이다. 동궁은 스스로에 분노해 일어섰다. 의관과 의녀와 오상궁에게 성로를 돌보라 명하고 진수당으로 옮겨 계방에 있는 설희평을 불러들였다. 전각 안에 아무도 들지 말라 명하고는 설희평을 향해 입을 연다.

"설 수사, 성로가 학질에 걸리고 경기를 일으켰습니다. 성로가 그리된 게 결국 저 때문이니 제가 전말을 알아야겠습니다. 어젯밤 반야원에서 있었던 일을 상세히 말씀하세요. 작은 일 한 가지도 빼놓지 마시고 모조리요."

설희평이 망설이다가 반야원에서의 사건 전말을 털어놓는다. 금위대와 오위군 군관 여섯 명과 일백오십여 군사들의 역란에 준하는

망동과 반야원이 그들에 대응한 것과 그들을 모조리 치운 일과 계원 사상자만도 칠십여 명이고, 와중에 이극영이 총탄을 맞아 현재 반야원에서 사경을 헤매고 있다는 것까지 말했다.

성로가 경기 일으킬 만했다. 동궁이 그 자리에 있었다면 성로처럼 놀라 정신이 나갔을지도 모른다. 그리하여 부친처럼 미쳐 지내다가 그와 같은 최후를 맞을지도.

"알았습니다. 설 수사께서는 당장 반야원으로 가시어 어떤 상황인지, 이 문학은 어떠신지 살피고 오십시오. 제가 오늘 중으로 그곳에 갈 것인데, 어느 시각에 어떤 양상으로 가면 좋을지 물어봐 주시고요. 제가, 또 우리가 할 일이 무엇인지도 의논하시고 오십시오. 그에 맞춰서 오늘을 지내기로 하지요. 속히 다녀오세요."

"예, 저하."

동궁은 침소로 돌아왔다. 날이 샐 무렵에야 성로의 떨림이 멈추면서 깊은 잠이 들었다. 설희평이 돌아와 반야원의 말을 전해 주었다. 그와의 독대를 끝낸 뒤 동궁은 수유일의 여상한 아침을 시작했다. 경춘전 문안을 하고 대조전 문안을 들었다. 곤전이 간밤 반야원에서 일어난 참극을 전해 들었는지 아직 전해 듣지 못했는지 표정으로는 알기 어려웠다.

"그래 간밤엔 행차를 하시었습니까, 동궁?"

"예, 할마마마. 할마마마의 성려 덕에 선대조님들이며 경운궁마마 신위에 술을 올리고 왔나이다. 은혜가 높고도 깊으십니다, 할마마마."

"허면 이제 굿은 끝났으리까?"

"오늘 오후에 무수한 백성들을 굿판으로 불러들여 그들이 지켜보는 가운데 경운궁 마마와 함께 죽은 자들의 넋을 위로하고 하늘로 올린다 하더이다. 하여 소손도 그 자리에 가 볼까 하나이다."

"거길 또 가신다고?"

"예, 할마마마. 사실 간밤에 소손이 거기 갔을 때 자그만 소란이 있었사옵니다."

"소란이라니요?"

"명화적인 듯한 놈들이 굿판을 침범하려 하였사온데 굿판을 호위하던 군사들이 그들을 밀어내며 따라 나갔습니다. 굿판은 흔들림 없이 진행되었사옵고 소손은 소손 몫의 할 바를 마치고 돌아왔사오나, 별 수 없이 미진했던 터라 다시 가 보려 하나이다."

"명화적을 따라 나간 군사들이 놈들을 잡아 돌아왔답니까?"

"소손이 아직 보고를 받지 못했사온데 이제부터 웃궐로 가서 그 내역을 알아보려 합니다. 연후 할바마마께 청하여 손빈과 청연과 청담, 별궁의 아우들까지 데리고 굿판으로 가려 합니다."

"손빈과 아우들까지 데리고? 행차가 너무 커지지 않으려나?"

"그렇겠지요. 할바마마께서 윤허하셔야 가능할 것이고요."

반야원에서 말하길 이왕 다시 올 것이면 온 도성이 알게끔, 백성들이 죄 구경하며 왕실이 백성들 위가 아니라 그들 가운데에 있음을 느끼게 하시라, 했다.

"대전께서 윤허하시겠소?"

"소손의 굿판 참석을 소손 뜻대로 하라 이미 윤허하시었으니, 아우들 데리고 움직이는 걸 불허하시지는 않으시리라 짐작하옵니다만, 혹여 불허하시면, 소손 홀로 움직이려 하옵니다. 하와 소손 이만 물러가려 하오니 가납하소서, 할마마마."

"그래요, 그만 나가 보시구려."

동궁은 곤전의 표정을 더 살피지 않고 대조전을 물러난다. 경춘전으로 건너와 손빈과 아우들의 행차 채비를 청해 놓고 환경전으로 돌아온다. 약기운에 취한 성로는 혼수에 빠진 듯 깊이 잠들었고, 성로를 태워갈 가마가 선인문 앞에 당도했노라는 기별이 들어왔다. 동궁은 가마를 환경전 안까지 들여오라 명하곤 의녀와 내인들에게 성로를 내보낼 채비를 시켰다. 새벽에 설희평이 가져온 전갈 속에는 성로가 병을 떨칠 때까지 반야원에 두는 게 나을 것이라고, 가마가 선인문 앞에 당도하면 성로를 보내라는 내용도 있었다. 궐 안에 수백 개의 방이 있을지라도 성로를 편히 둘 곳이 없었다. 환경전에 동궁이 머무르지 않을 때 성로가 있을 수는 없기 때문이었다. 동궁은 채비를 마친 성로의 이마를 쓰다듬으며 귀에 대고 속삭인다.

"강건해져 한 달 뒤에 만나자."

백동수가 들어와 이불에 돌돌 만 성로를 안고 나가 가마 안에 뉘었다. 가마를 선인문까지 배웅한 동궁은 몸을 돌려 홍화문으로 향한다. 홍화문 앞에 익위사와 별감들이 죄 말을 타는 기마행렬이 대령하고 있었다. 동궁은 자신의 백마에 오른다. 지금까지 양 궁을 오갈 때는 연을 타거나 가마를 탔다. 세손으로서 궐 안에서 행사 때문에 움직일 때는 교자를 탔고 변복하고 잠행 나설 때는 걸어다녔다. 말은 금원 숲에서만 탔다. 지금까지 그랬는데 하룻밤 사이에 먼 세상을 다녀와 불쑥 커 버린 것 같았다. 경기할 나이가 지난 성로가 발작을 일으킨 것과 반대로 동궁은 가마에 실려다닐 나이가 지나 버린 걸 깨달은 것이었다.

"가죠."

동궁의 말이 떨어지자 설희평이 선두로 가서 서더니 출발을 신호했다. 경희궁으로 향하는 행렬은 천천히 움직인다. 이제 궐 밖에서는 말을 탈 것이라고 설희평에게 말하며 다짐했다. 쳐다보는 백성들누구나가 세손 행렬임을 알 만치 위용을 갖추되 내달리며 백성들을위협하지 않으리라고. 임금이 된 후에도 그리하리라고.

간밤 반야원에서의 소란에 대해서 세세히 들은 대전께서는 아우들과 동행하겠다는 동궁의 뜻을 가납하셨다. 행차 형식도 동궁 뜻대로 하라 윤허하시면서 삼영군 육백으로 하여금 세손 내외와 그 아우들의 형제가 오가는 길목을 지키라는 영을 덧붙여 내리셨다.

동궁이 그리 움직이는 동안 대전께서는 모화관으로 납시기로 했다. 모화관 너른 마당에서 금위대와 오위군을 사열하겠노라고 명하신 것이었다. 그저께 밤 도성을 뒤흔든 도적 떼들이 남긴 흔적들이금위대와 오위군의 부스러기들이었다. 그 부스러기들이 명화당으로위장한 도적들이라고 짐작은 할지라도 도적들이 굳이 그리한 이상뒤집어 볼 필요는 있었다.

더구나 간밤에 동궁을 호위하라 내보낸 금위와 오위들의 절반 이상이 돌아오지 않았다. 도적들을 잡지 못했으면 그냥 와서 그 까닭을 말해야 하고 기별이라도 해야 하는데 종무소식이어서 그 까닭을몸소 캐시겠다는 뜻이었다. 그 까닭을 알려 줄 입들이 이미 세상에없으므로 대전께서 아무리 캐셔도 소용없을 터이지만 휘하를 잘못관리한 상급자들은 곤욕을 겪고 그들도 책임을 지는 게 마땅했다.제들 휘하가 그같은 역심과 욕심에 물들어 난망해지는 동안 몰랐지 않은가. 간밤에 그들이 사라짐으로 하여 상급자들은 최소한 역모의 죄는 쓰지 않아도 될 것이었다.

금위대와 오위군이 사열을 치르기 위한 준비로 난리를 치르고 삼영군이 행차의 길목에 깔리는 동안 동궁은 창경궁으로 돌아왔다. 경춘전에서 일곱 대의 가마에 흰 무명천을 덮어 부친의 진혼굿판에 나가는 자식들임을 표시해 놓았다. 열두 살 손빈의 가마부터 청연군주와 청담군주, 은언군과 은신군과 청근현주와 다섯 살 은전군의 가마까지 모양새가 똑같았다. 은전군은 보모상궁이 안고 가마에 타기로 됐고 각 가마에 수발궁인 한 명씩만 붙여 놓았다. 아침에 동궁이 부탁한 대로였다.

경춘전과 양제 임씨의 배웅을 받으며 홍화문 앞에서 출행한다. 양쪽에서 삼영군이 외줄로 이어져 행차를 호위했다. 행차는 어떤 앞소리도 내지 않고 움직였다. 그렇지만 길가에 있던 백성들은 행렬이 아바님의 진혼굿판으로 향하는 세손 칠남매의 행차임을 알아채고 길을 틔우며 엎드려 인사했다. 동궁 행렬은 고요히 도성 한가운데를 지나 숭례문을 나왔다. 행차가 등마루평으로 올라 홍익루 앞에 이르렀다. 행렬보다 앞서 와 홍익루 일대를 빼곡히 채운 백성들이 황황히 길을 비우며 엎드렸다.

문을 닫아 놓고 있던 홍익루는 동궁 행렬이 당도하자 문을 열어 맞이한다. 동궁이 문 밖에 삼영군을 세운 뒤 손빈과 아우들의 가마를 누각 밑의 문안으로 먼저 들게 한다. 은전군의 가마까지 안으로 들어가고 난 뒤 말에서 내려 설희평에게 묻는다.

"홍익루 문이 닫혀 있다가 우리를 보고 열린 까닭이 무엇입니까?"

설희평이 반야원 수위대장인 듯한 자에게 손짓하자 그가 다가와

읍했다.

"소인 반야원 수위 감우산 저하를 뵙나이다."

"문이 닫혀 있던 까닭이 무엇인가?"

"예, 저하. 오늘 굿판에 들어갈 사람은 남녀노소 지체고하를 막론하고 몸수색을 감당하여 흉기가 될 만한 물건을 지니지 않는 자들이옵니다. 하온데 굿판의 최대 수용인원이 천오백 명쯤인데 이미 그 수가 다 차서 못 들어가는 백성들이 저리 기다리고 있는 것이옵니다. 위에서 굿판이 끝나 사람들이 내려올 때까지는 더 늘어날 것이고요."

"저리 많은 이들이 뭘 기다리는 거지?"

"통상 굿판에 들면 한두 끼니를 해결할 먹을거리가 나누어지고 눈과 귀가 띄는 구경거리가 있으므로 그에 대한 미련이 있는 듯하여이다. 더하여 굿판에 드는 백성들은 자신들의 맺힌 설움을 풀고 소망을 기원하기도 하므로 여기서라도 머물러 있는 게 아닐까 하옵니다, 저하."

"허면 어차피 삼영군이 들어갈 자리가 없었던 거네?"

"그걸 예상하여 오르는 길목에다 삼영군들을 세우고 말들과 가마들과 가마꾼들을 놓고 굿판에 들어 주십사 청할 참이었나이다."

"현재 이 마당에 있는 이들이 몇 명이나 될까?"

"삼영군을 제외하고도 일천 수는 될 것이옵니다, 저하."

"삼영군을 여기 놓아도 저들은 못 들어간다는 것이네?"

"예, 저하."

"그렇다면 내가 잠시 백성들의 구경거리가 돼 주어야겠네."

설희평이 따지듯 묻는다.

"그게 무슨 말씀이신지요, 저하?"

"말 그대로 백성들 앞에 구경거리로 서서 몇 마디 하겠다는 뜻입니다. 내가 누각 위로 올라가면 일대에 있는 백성들이 다 볼 수 있지 않겠어요?"

감우산과 설희평이 동시에 몸을 푹 내리며 한 무릎씩을 꿇는다.

"소신 좌익위 설희평 삼가 아뢰나이다. 저하, 불가하십니다."

그가 불가하다는 이유를 잘 아는 동궁이 두 사람에게 바싹 다가들어 작게 말한다.

"불가할 까닭이 없습니다. 지난달 보름밤과, 그젯밤과 어젯밤까지, 그 같은 난리를 치고도 나를 해하려는 자가 저 백성들과 삼영군 사이에 끼어 있다면, 그리하여 내가 백성들 앞에서 죽는다면 내 명운은 이만큼이 다일 것입니다. 나를 지키기 못한 공들의 운명도 그럴 것이고요."

"그런 건 시험하시는 게 아닙니다, 저하."

"시험하려는 게 아닙니다. 내 아바님의 혼전에 들길 원하였으나 들지 못한 백성들 앞에서 당당하고자 함입니다."

"저하께서는 이미, 원래 당당하십니다."

"내가 세손으로 태어난 것만으로 당당하다, 나는 그리 여기지 않습니다. 나는 백성들을 위해 무엇도 한 일이 없습니다. 하여 나는 오늘을 기점으로 백성들을 위해 무언가를 하고, 할 수 있는 세손임을 백성들 앞에서 또 내 자신에게 보이려는 것뿐입니다. 설 수사, 감 수위! 명입니다. 누각 위로 길을 내세요."

명이라 하므로 두 사람이 복명하고 일어나 주변을 정리한다. 문 안쪽 주랑 사이에 아직 서 있는 가마들을 내려 대기케 하고, 우위조의 위사와 별감들을 누각으로 올려 보내고 삼영 군관들에게 군사들을 백성들 가장으로 물러나게 한다. 세손은 누각 안으로 들어와 계단을 오른다. 좌위조의 위사와 별감들이 따라 올라와 누각 가녘을 에운다. 석양이 가까워 누각 추녀 서쪽에서 쨍한 햇발이 비쳐든다. 앞쪽으로 홍익원이 있고 그 주변에 여러 채의 집들이 골목들을 거느리고 있다. 그 너머 하늘에 붉은 빛이 감도는 구름이 떴고 그 아래 붉기도 하고 회색이기도 한 한강이 흐른다. 시선을 당기니 마당에 가득하고, 골목에 빼곡하고, 양쪽 큰길 저 아래쪽까지 엎드려 있는 백성들이 다시 보인다.

"동궁 저하십니다. 장내의 모든 이들은 동궁 저하께 예를 갖추시오."

설희평의 외침에 한참 전부터 엎드려 있던 백성들이 일어나 절하며 다시 엎드린다. 동궁은 심호흡을 하고는 입을 연다.

"장내에 있는 백성들은 고개를 들어 누각 위의 나를 보세요."

엎드렸던 이들이 가만가만, 옆 사람을 찔러 보기도 하면서 고개를 든다. 고개를 들다가 동궁과 눈이 마주치는가 싶으면 놀라 이마를 박기도 한다. 장내를 고루 둘러본 동궁이 입을 연다.

"내가 최대한 큰소리로 말을 하겠습니다만, 내 목소리가 여러분 모두에게 들릴지 모르겠어요. 여러분이 다 아시다시피 내 아바님은 성상전하께, 또 백성들 앞에 죄를 짓고 가시었습니다. 헌데도 성상전하께서는 내 아바님을 용서하시고 오늘과 같은 위로의 성은을 베푸셨습니다. 여러분은 내 아바님을 사랑해 주었고, 이처럼 모여 기려 주고 있습니다. 나는 이 누각 앞도 저 위쪽 굿판과 마찬가지로 내 아바님의 혼전이자, 내 아바님과 더불어 명운을 달리하신 분들의 영전이라 여깁니다. 하여 나는 이 자리에서 여러분께 감사와 사과의 말씀을 같이 올립니다. 내 아바님을 사랑하고 기려 주시어 고맙습니다. 내 아바님께서 여러분과 여러분 주변의 삶을 다치게 하시고, 상처를 드리기도 한 점을 사과드립니다. 미안합니다, 여러분. 고맙습니다!"

한껏 큰소리를 내어 말을 마친 동궁은 뒤늦게 목이 멘다. 미안하다 하니 참말 미안하고, 고맙다 하니 진정 고마워 울컥한 것이었다. 눈물이 날 것 같아 그걸 들키지 않으려 공수로 예를 갖춘다. 동궁이 허리 숙여 인사를 하고 몸을 세우니 천지가 개벽한 것만큼이나 놀란 백성들이 황망히 맨땅에 이마를 조아리며 외치고 울부짖는다.

"저하."

"동궁마마."

동궁이 자신들 앞에 선 것만으로도 감격하는, 순하고 어진 백성들이다. 이런 백성들이 역당이나 반란군이나 도적으로 변하는 건 이들 탓이 아닌 것이다. 간밤에 성로한테 경기를 일으키게 한 자들 또한 그 자신들 탓만이라 할 수는 없다. 누구 탓을 할 게 아니라 누구 탓을 할 상황에 빠지는 자들이 덜 생기도록 하는 게 미래에 동궁이 오를 임금 자리였다. 이들이 사는 집에 빛이 넘치고 골목마다 나무와 넝쿨이 우거지고 이웃들이 형제처럼 지내고 일한 만큼 등이 따시고 배가 부르고, 울 일보다 웃을 일이 많게 해줘야 할 자리. 지금 그걸 깨닫게 한 백성들 앞에서 동궁이 울며 하고 싶은 말이 많다. 날이 저물고 내일 아침이 올 때까지라도 할 수 있을 만치 쌓여 있었다. 저하라 외치고 동궁마마라 울부짖는 백성들은 오죽 할 말이 많으랴. 그러나 과유불급이라 했다. 더 말하는 순간 성상전하를 넘게 될 것이고 그 아비에 그 자식이라는 낙인이 찍히게 될 터였다. 그리되면 또 무수한 백성들이 상하게 될 것이다.

동궁은 눈물이 나기 전에 돌아서 누각을 내려온다. 다섯 살의 은전군이 제 보모 품에서 빠져나와 가마 앞에서 논다. 아이가 동궁을 보고는 활짝 웃는 얼굴로 외치며 달려온다. 한 달에 두어 번이나 얼굴 볼까. 그나마 잠깐씩 볼 뿐인데도 동궁이 형임을 알아 무람하게 안기는 아이가 달려와 무릎에 감긴다.

"저하, 나도 말 타고 싶어요. 태워 줘. 응, 저하?"

아바님에 대한 기억이 없는 아이였다. 제 모친이 아바님의 손길에 맞아죽은 사실을 나중 언젠가는 결국 알게 될 테지만, 어쩌면 누군가의 사주를 받아 제가 왕이 되겠다고 떨치고 나설지도 모르지만, 현재는 그저 천진하고 귀여운 아이일 뿐이다.

"그럼 우리 찬이, 형님 말을 타 볼까?"

동궁은 아이를 안고 자신의 말로 다가들어 곁에 있는 좌위솔 윤홍집한테 안겨 놓고 말에 오른다. 말에 올라앉아 손을 뻗으니 윤홍집이 아이를 품안으로 넣어준다. 한 팔로 아이를 감싸 안고 한 팔로 고삐를 움직이자 행렬이 움직인다. 산길을 오르다 한 굽이를 돌자 타악기 소리가 들린다. 한 굽이를 더 돌아 연못에 이르자 타악기 소리에 섞인 음률이 느껴진다. 아프고 아픈 백성들이 잔뜩 모여 있다는 저 위 마당, 지천과 지존의 구분 없이 그저 아파 우는 자들에게 실컷 울라 자리를 펴 주는 사람들이 모인 곳, 반야의 세상에서 울리는 음악이다.

사신계(四神界)

사신총(四神總)

사신경(四神卿)

칠요(七曜)

靑龍部(令)	白虎部(令)	七星部(令)	朱雀部(令)	玄武部(令)
청룡선원	백호선원	칠성선원	주작선원	현무선원
각(角)	삼(參)	광(光)	진(軫)	벽(壁)
항(亢)	자(觜)	양(陽)	익(翼)	실(室)
저(氐)	필(畢)	형(衡)	장(張)	위(危)
방(房)	묘(昴)	권(權)	성(星)	허(虛)
심(心)	위(胃)	기(璣)	유(柳)	여(女)
미(尾)	누(婁)	선(璇)	귀(鬼)	우(牛)
긴(箕)	규(奎)	추(樞)	정(井)	두(斗)

사신계 강령(四神界 綱領)

凡人은 有同等自由而以己志로 享生底權利라.
모든 인간은 동등하고 자유로우며 스스로의 의지로
자신의 삶을 가꿀 권리가 있다.

誓願語

不問如何境愚 當絶對沈默於四神界 不問如何境遇 當絶對恂從於 四神總令.
어떠한 경우에도 사신계에 대해 침묵하고, 어떠한 경우에도 사신총령을 따른다.

만단사(萬旦嗣)

만단사령(萬旦嗣領)

부사령(副嗣領)

麒麟部(令)	鳳凰部(令)	七星部(令)	龜部(令)	龍部(令)
기린부	봉황부	칠성부	거북부	용부
一麒嗣子	一鳳嗣子	一星嗣子	一龜嗣子	一龍嗣子
二麒嗣子	二鳳嗣子	二星嗣子	二龜嗣子	二龍嗣子
三麒嗣子	三鳳嗣子	三星嗣子	三龜嗣子	三龍嗣子
四麒嗣子	四鳳嗣子	四星嗣子	四龜嗣子	四龍嗣子
五麒嗣子	五鳳嗣子	五星嗣子	五龜嗣子	五龍嗣子

만단사 강령(萬旦嗣 綱領)

人自有其願 須活如其相 有權獲其生.
모든 인간은 스스로 간절히 원하는 바 그 모습으로 살아야 하며
그런 삶을 얻을 권리가 있다.

願乎? 有汝在. 去之!
그대 원하는가. 거기 그대가 있느니. 그곳으로 가라.

誓願語

不問如何境愚 當絶對沈默於 萬旦嗣. 不問如何境遇 當絶對順從於 萬旦嗣領令.
어떠한 경우에도 만단사에 대해 침묵하고, 어떠한 경우에도 만단사령의 명을 따른다.

반야 10

초판 1쇄 인쇄일 • 2017년 12월 10일
초판 1쇄 발행일 • 2017년 12월 15일

지은이 • 송은일
펴낸이 • 임성규
펴낸곳 • 문이당

등록 • 1988. 11. 5. 제 1-832호
주소 • 서울시 성북구 동소문로 65-2 삼송빌딩 5층
전화 • 928-8741~3(영) 927-4990~2(편)
팩스 • 925-5406
ⓒ송은일, 2017

전자우편 munidang88@naver.com

ISBN 978-89-7456-508-4 04810
978-89-7456-509-1 04810 (전10권)

값은 뒤표지에 표시되어 있습니다.